El matrimonio amateur

Anne Tyler

El matrimonio amateur

Traducción de Gemma Rovira

ALFAGUARA

Título original: *The Amateur Marriage*
© Anne Tyler, 2004
© De la traducción: Gemma Rovira
© Santillana Ediciones Generales, S. L., 2005
© De esta edición: Aguilar, Altea, Taurus, Alfaguara S. A., 2005
  Leandro N. Alem 720, (1001) Ciudad de Buenos Aires

ISBN: 987-04-0089-2

Hecho el depósito que indica la ley 11.723
Impreso en la Argentina. *Printed in Argentina*
Primera edición: junio de 2005

  Diseño:
  Proyecto de Enric Satué
© Cubierta:
  Corbis

Una editorial del Grupo Santillana que edita en: Argentina - Bolivia -
Brasil - Colombia - Costa Rica - Chile - Ecuador - El Salvador -
España - EE.UU. - Guatemala - Honduras - México - Panamá -
Paraguay - Perú - Portugal - Puerto Rico -República Dominicana -
Uruguay - Venezuela

Tyler, Anne
El matrimonio amateur. - 1a ed. - Buenos Aires : Aguilar, Altea, Taurus,
Alfaguara, 2005.
420 p. ; 23x14 cm.

Traducido por: Gemma Rovira

ISBN 987-04-0129-5

1. Narrativa Estadounidense I. Rovira, Gemma, trad. II. Título
CDD 813

El matrimonio amateur

1. Vox pópuli

En el barrio cualquiera habría podido contar cómo se habían conocido Michael y Pauline.

Ocurrió un lunes por la tarde, a principios de diciembre de 1941. Era un día normal y corriente en St. Cassian, una modesta calle de estrechas casas adosadas típicas de la zona este de Baltimore, pequeños hogares muy bien cuidados entre los que se intercalaban tiendas no más grandes que salitas de estar. Las gemelas Golka, con idénticas pañoletas, comparaban los coloretes del escaparate de la droguería Sweda. La señora Pozniak salió de la ferretería con una diminuta bolsa de papel marrón que tintineaba. El Ford Model B del señor Kostka pasó despacio, seguido por el Chrysler Airstream de un desconocido, que produjo un elegante silbido; luego pasó Ernie Moskowicz en la maltrecha bicicleta de reparto del carnicero.

En el colmado Anton —un cuchitril oscuro y abarrotado con un mostrador de madera con forma de L y estantes que llegaban hasta el techo—, la madre de Michael envolvía dos latas de guisantes para la señora Brunek. Las ató fuertemente y se las entregó sin sonreír, sin un «Hasta pronto» ni un «Me alegro de verla». (La señora Anton no había tenido una vida fácil.) Uno de los hijos de la señora Brunek —¿Carl? ¿Paul? ¿Peter? Todos se parecían mucho— pegó la nariz al cristal de la vitrina de las golosinas. Una tabla de madera del suelo crujió cerca del expositor de cereales, pero no eran más que los huesos del viejo edificio, que se asentaban un poco más en la tierra.

Michael estaba colocando pastillas de jabón Woodbury en los estantes, detrás de la parte izquierda, la más larga, del mostrador. Tenía veinte años; era un joven alto e iba vestido con prendas mal combinadas; tenía el pelo muy negro y lo llevaba demasiado corto; la cara era demasiado delgada, con un oscuro bigote que, pese a que se afeitaba con frecuencia, no tardaba en volver a aparecer. Estaba amontonando las pastillas de jabón formando una pirámide: una base de cinco pastillas, un piso de cuatro, otro piso de tres..., aunque su madre había declarado en más de una ocasión que prefería una disposición más compacta y menos creativa.

De pronto se oyó: *¡Tilín, tilín!* y *¡Zas!*, y lo que a primera vista parecía un torrente de jovencitas irrumpió por la puerta. Con ellas entraron una ráfaga de aire frío y el olor a gases de tubo de escape. «¡Socorro!», chilló Wanda Bryk. Su mejor amiga, Katie Vilna, rodeaba con el brazo a una chica desconocida ataviada con un abrigo rojo, a la que otra joven apretaba la sien derecha con un pañuelo manchado de sangre.

—¡Está herida! ¡Necesita ayuda! —gritó Wanda.

Michael dejó de amontonar pastillas de jabón. La señora Brunek se llevó una mano a la mejilla, y Carl o Paul o Peter aspiró produciendo un silbido. Pero la señora Anton ni siquiera pestañeó.

—¿Por qué la habéis traído aquí? —preguntó—. Llevadla a la droguería.

—La droguería está cerrada —dijo Katie.

—¿Cerrada?

—Eso dice en la puerta. El señor Sweda se ha alistado en los guardacostas.

—¿Que ha hecho qué?

La chica del abrigo rojo era muy guapa, pese al hilillo de sangre que resbalaba junto a una de sus orejas. Era más alta que las dos chicas del vecindario, pero más espigada, de complexión más delgada, con una melena corta de cabello rubio oscuro, cortado a capas; su labio superior tenía dos picos tan marcados que parecían dibujados con bolígrafo. Michael salió de detrás del mostrador para verla mejor.

—¿Qué ha pasado? —preguntó, sólo a ella, mirándola de hito en hito.

—¡Trae una tirita! ¡Trae yodo! —le ordenó Wanda Bryk. Había ido a la escuela primaria con Michael, y por lo visto se creía autorizada para darle órdenes.

—He saltado de un tranvía —dijo la chica.

Tenía una voz grave y ronca que contrastaba con la débil y aguda voz de Wanda. Sus ojos eran de un azul violáceo, como los pensamientos. Michael tragó saliva.

—Hay un desfile en Dubrowski Street—iba explicando Katie a los demás—. Los seis hijos de los Szapp se han alistado, ¿no os habéis enterado? Y también un par de amigos suyos. Han hecho una pancarta: «¡Preparaos, japoneses! ¡Vamos a por vosotros!», y todo el mundo ha salido a despedirlos. Se ha congregado tanta gente que apenas podían circular los automóviles. Y Pauline, que volvía a casa del trabajo (hoy todos cierran antes de la hora), va y salta de un tranvía en marcha para unirse a la multitud.

El tranvía no podía circular muy deprisa si el tráfico estaba casi detenido, pero nadie lo comentó. La señora Brunck emitió un murmullo de comprensión. Carl o Paul o Peter dijo:

—¿Me dejas ir, mamá? ¿Me dejas? ¿Puedo ir a ver el desfile?

—Pensé que debíamos apoyar a nuestros chicos —le dijo Pauline a Michael.

Michael volvió a tragar saliva y dijo:

—Ya, claro.

—Si te quedas lela no vas a poder ayudar mucho a nuestros chicos —observó la chica que sujetaba el pañuelo. Su tono, tolerante, indicaba que Pauline y ella eran amigas, aunque ella era menos atractiva: morena, con expresión reposada y unas cejas tan largas y rectas que parecía no tener emociones.

—Creemos que se ha golpeado la cabeza contra una farola —añadió Wanda—, pero con todo el jaleo, nadie estaba seguro. Ha aterrizado en nuestras faldas, por así decirlo, y esta chica, Anna, iba detrás de ella. «¡Jesús!», he dicho yo. «¿Estás bien?» Bueno, alguien tenía que hacer algo; no podíamos dejarla morir desangrada. ¿No tenéis tiritas?

—Esto no es ninguna farmacia —dijo la señora Anton. Y entonces, por asociación de ideas, añadió—: ¿Qué mosca le ha picado a Nick Sweda? ¡Como mínimo debe de tener treinta y cinco años!

Mientras tanto, Michael se había apartado de Pauline y se había reunido con su madre detrás de la parte más corta del mostrador, donde estaba la caja registradora. Se agachó, desapareció unos instantes, y volvió a aparecer con una caja de puros en las manos.

—Vendajes —explicó.

No eran tiritas, sino un anticuado rollo de algodón envuelto con papel azul oscuro, igual que el de los ojos de Pauline, un carrete de esparadrapo blanco y una botella de tintura de yodo de color sangre de buey. Wanda se adelantó para agarrarlos, pero no, Michael desenrolló él mismo el algodón y arrancó un pedazo de una esquina. Lo empapó con tintura de yodo y salió de detrás del mostrador para colocarse frente a Pauline.

—Déjame ver —dijo.

Hubo un silencio respetuoso y atento, como si todo el mundo comprendiera que aquel momento era muy importante; hasta la chica del pañuelo, a la que Wanda había llamado Anna, aunque ella no podía saber que Michael Anton era, por lo general, el chico más reservado del barrio. Anna le apartó el pañuelo de la sien a Pauline. Michael le levantó un mechón de su cabello, como quien separa el pétalo de una flor, y empezó a aplicarle el pedazo de algodón. Pauline se quedó muy quieta.

La herida era una línea roja de cinco centímetros, larga pero no profunda, y ya se estaba cerrando.

—Ah —dijo la señora Brunek—. No va a necesitar puntos.

—¡Eso no lo sabemos! —gritó Wanda, reacia a abandonar el dramatismo.

Pero Michael confirmó:

—No es nada.

Arrancó otro pedazo de algodón y se lo aplicó a Pauline en la sien, sujetándolo con dos trozos de esparadrapo entrecruzados. Ahora Pauline parecía la víctima de una pelea de historieta, y se rió, como si lo supiera. Resultó que tenía un hoyuelo en cada mejilla.

—Muchas gracias —le dijo a Michael—. Ven a ver el desfile con nosotras.

—De acuerdo —aceptó él.

Así de fácil.

—¿Puedo ir yo también? —preguntó el hijo de la señora Brunek—. ¿Puedo ir, mamá? ¡Por favor!

—¡Chssst! —dijo la señora Brunek.

—Pero ¿quién me va a ayudar en la tienda? —le preguntó la señora Anton a Michael.

Michael, como si no la hubiera oído, se dio la vuelta para descolgar su chaqueta del perchero que había en un rincón. Era una chaqueta de colegial, de gruesa tela a cuadros grises. Michael se la puso y se la dejó desabrochada.

—¿Listas? —preguntó a las chicas.

Los otros se quedaron mirándolo: su madre y la señora Brunek, y Carl o Paul o Peter, y la anciana y menuda señora Pelowski, que casualmente se acercaba a la tienda en el preciso instante en que Michael y las cuatro chicas salían disparados por la puerta.

—¿Qué...? —preguntó la señora Pelowski—. ¿Qué demonios...? ¿Adónde...?

Michael ni siquiera aminoró el paso. Ya había recorrido media manzana, con tres chicas detrás y una cuarta junto a él. Pauline se había agarrado del brazo de Michael y caminaba junto a él con su brillante abrigo rojo.

Ya entonces, dijo más tarde la señora Pelowski, supo que Michael estaba perdido.

En realidad, «desfile» era una palabra demasiado formal para describir el tumulto de Dubrowski Street. Varias docenas de jóvenes caminaban por el centro de la calzada, eso era verdad, pero todavía iban vestidos de civil y ni siquiera intentaban marcar el paso. El hijo mayor de John Piazy llevaba la gorra de marinero de John de la Gran Guerra. Otro chico, de nombre desconocido, se había echado sobre los hombros, a modo de capa, una manta reglamentaria del ejército. Formaban un desgreñado, andrajoso y descuidado pequeño regimiento, con las caras cortadas y las narices goteando de frío.

Aun así, la gente estaba entusiasmada. Agitaba letreros y banderas americanas hechos en casa y la primera página del *Baltimore Sun*. Vitoreaba los discursos, cualquier discurso, cualquier frase que gritara alguien por encima de las cabezas de los demás. «¡Por Año Nuevo ya habréis vuelto a casa, chicos!», exclamó un individuo con orejeras, y «¡Por Año Nuevo! ¡Hurra!», se oyó circular en zigzag por la multitud.

Cuando apareció Michael Anton con cuatro chicas, todo el mundo dio por hecho que él también había ido a alistarse. «¡A por ellos, Michael!», gritó alguien. Aunque la esposa de John Piazy dijo: «Ah, no. Su madre se moriría, pobrecilla, con todo lo que ha sufrido ya».

Una de las cuatro chicas, la que iba de rojo, preguntó:

—¿Vas a ir, Michael?

No era más que una desconocida, pero muy atractiva. El rojo de su abrigo realzaba el resplandor natural de su piel, y el vendaje de la frente le daba un aire desenfadado y alocado. No es de extrañar que Michael le lanzara una larga y reflexiva mirada antes de contestar.

—Pues... —dijo al fin, y entonces dio una pequeña sacudida con los hombros—. ¡Pues claro que sí! —dijo.

Todos los que estaban cerca de él lo aclamaron a gritos, y otra de las chicas —Wanda Bryk, de hecho— empujó a Michael hasta que éste se hubo mezclado con los jóvenes que caminaban por el centro de la calle. Leo Kazmerow iba a su izquierda; las cuatro chicas correteaban por la acera a su derecha.

«¡Te queremos, Michael!», gritó Wanda, y Katie Vilna dijo: «¡Vuelve pronto!», como si fuera a embarcarse hacia las trincheras en aquel preciso instante.

Y Michael quedó olvidado. La corriente lo arrastró y lo sustituyeron otros jóvenes. Davey Witt, Joe Dobek, Joey Serge. «¡Id a enseñarles a esos japos con quién se la están jugando!», gritaba el padre de Davey. Pues al fin y al cabo, iba diciendo un hombre, ¿quién sabía cuándo tendrían otra ocasión de vengarse por lo de Polonia? Una anciana lloraba. John Piazy le decía a todo el mundo que ninguno de sus hijos conocía el significado de la palabra «miedo». Y varias personas estaban empezando la típica conversación de «dónde estabas tú cuando se supo». Uno no se había enterado hasta aquella mañana; estaba enterrando a su madre. Otro se había enterado enseguida; había oído el primer anuncio de la radio, pero lo había descartado creyendo que se trataba de otro engaño de Orson Welles. Y una mujer estaba en la bañera cuando su marido llamó a la puerta. «No te lo vas a creer», le dijo él. «Me quedé allí sentada —dijo ella—, sin moverme, hasta que se enfrió el agua».

Wanda Bryk volvió con Katie Vilna y la chica morena, pero sin la de rojo. La chica de rojo se había esfumado. Era como si se hubiera ido a la guerra con Michael Anton, comentó alguien.

Todos se dieron cuenta; todos los que, entre aquella multitud, conocían a Michael. Fue lo bastante sorprendente para que se fijaran y lo comentaran unos con otros, y lo recordaran durante cierto tiempo.

Al día siguiente se supo que habían rechazado a Leo Kazmerow porque era daltónico. ¡Daltónico!, decía la gente. ¿Acaso necesitabas distinguir los colores para luchar por tu país? A menos que no pudiera reconocer el color del uniforme de otro soldado, claro. Si estaba apuntando a alguien con su arma en medio de una batalla, por ejemplo. Pero todo el mundo estuvo de acuerdo en que había maneras de solucionar eso. ¡Que lo pongan en un barco! ¡Que lo sienten detrás de un cañón y que le enseñen dónde tiene que apuntar!

Esa conversación tuvo lugar en el colmado Anton. La señora Anton estaba hablando por teléfono, pero tan pronto como colgó, alguien le preguntó:

—¿Y qué noticias hay de Michael, señora Anton?

—¿Noticias? —dijo ella.

—¿Se ha marchado ya?

—Michael no va a ir a ninguna parte —afirmó la señora Anton.

La señora Pozniak, la señora Kowalski y una de sus hijas se miraron. Pero nadie quiso discutir. La señora Anton había perdido a su marido en 1935, y luego, dos años más tarde, a su primogénito, el atractivo y encantador Danny Anton, que murió de una enfermedad degenerativa que se lo llevó centímetro a centímetro y músculo a músculo. Desde entonces, la señora Anton ya no era la misma, y ¿quién podía recriminárselo?

La señora Pozniak pidió un paquete de cereales Cream of Wheat, jabón Fels Naptha y una lata de judías en salsa de tomate Heinz. La señora Anton puso cada artículo, cansinamente, encima del mostrador. Era una mujer muy seria, gris de pies a cabeza. No sólo su cabello era gris, sino también la piel, fláccida y apagada, y los ojos sin brillo, y el deformado y desgastado jersey de hombre que llevaba encima de un vestido de algodón a cuadros. Tenía la costumbre de mirar por encima del cliente mientras lo atendía, como si abrigara esperanzas de que apareciera alguien más, alguien más interesante.

Entonces sonó el timbre de la puerta y entró una chica con un abrigo rojo, con un paquete envuelto con papel en las manos.

—¿Señora Anton? —dijo—. ¿Se acuerda de mí?

La señora Pozniak no había terminado su pedido. Se dio la vuelta, con un dedo apoyado en la lista de la compra, y abrió la boca para protestar.

—Me llamo Pauline Barclay —explicó la chica—. Me hice un corte en la frente y su hijo me lo curó. Le he tejido una bufanda. Espero que no sea demasiado tarde.

—Demasiado tarde ¿para qué? —preguntó la señora Anton.

—¿Todavía no se ha marchado Michael al frente?

—¿Al frente?

La señora Anton pronunció aquella palabra separando un poco las dos sílabas, como si se atascara. Daba la impresión de que se estaba imaginando la fachada de una casa, o la cara de alguien.

Antes de que Pauline pudiera explicarse mejor, la puerta volvió a tintinear al abrirse y apareció Michael con su andrajosa chaqueta a cuadros. Debía de haber visto a Pauline en la calle; se notó por el fingido respingo de sorpresa.

—¡Pauline! ¡Eres tú! —dijo. (Nunca se le había dado bien el teatro.)

—Te he tejido una bufanda —replicó ella. Le mostró el paquete sujetándolo con sus manos enguantadas e inclinó la cara, de delicadas facciones. La pequeña tienda estaba tan abarrotada que las narices de Pauline y Michael casi se tocaban.

—¿Es para mí? —dijo Michael.

—Para que te la lleves al frente.

Michael le lanzó una fugaz mirada a su madre. Luego tomó a Pauline por el codo y dijo:

—Vamos a beber una Coca-Cola.

—Ah, bueno, me parece...

—¿Michael? Acaban de hacerme otro pedido por teléfono —dijo la señora Anton.

Pero Michael contestó:

—No tardaré —y condujo a Pauline hasta la puerta.

Dejaron atrás un espacio mayor del que habían ocupado, o eso pareció.

La señora Pozniak hizo una larga pausa, por si la señora Anton tenía algo interesante que decir. Pero no. Miraba con seriedad a su hijo mientras pasaba una mano por los bordes de la caja de Cream of Wheat, como si quisiera cuadrar las esquinas.

La señora Pozniak carraspeó y pidió una botella de melaza.

Las ventanas de los salones de St. Cassian Street estaban decoradas con motivos militares; de la noche a la mañana, las vírgenes benditas, los caniches de porcelana y las flores de seda habían sido sustituidos por banderas americanas, lazos de cinta de color rojo, blanco y azul y libros de geografía de primaria abiertos por la página del mapa de Europa. Aunque, en algunos casos, los artículos religiosos permanecieron en su sitio. Las hojas de palma del Domingo de Ramos de la señora Szapp, por ejemplo, siguieron donde estaban incluso después de que engancharan una bandera con seis estrellas de raso al marco de madera de la ventana. Y ¿por qué no? Cuando todos tus hijos arriesgaban la vida por su país, necesitabas toda la mediación que pudieras conseguir.

El señor Kostka preguntó a Michael en qué cuerpo del ejército se había alistado. Fue en la droguería Sweda, que había vuelto a abrir, regentada ahora por el cuñado del señor Sweda. Michael y Pauline estaban sentados a una de las mesas con tablero de mármol; desde hacía unos días, se los veía juntos a menudo.

—En el Ejército de Tierra —contestó Michael, y el señor Kostka repuso:

—¿En serio? Pensé que te alistarías en la Marina.

—Es que me mareo —confesó Michael.

—Pues mira, jovencito, el Ejército de Tierra no te va a mandar al frente en automóvil, ¿sabes? —le espetó el señor Kostka.

Michael puso cara de susto.

—¿Y cuándo te vas al campamento? —inquirió el señor Kostka.

Michael hizo una pausa, y luego respondió:

—El lunes.

—¡El lunes! —era sábado—. ¿Ya ha encontrado tu madre a alguien que la ayude en la tienda?

Uf, agudo; muy agudo. Todo el mundo sabía que la señora Anton no tenía ni idea de que Michael se había alistado. Pero ¿quién iba a decírselo? Hasta la señora Zack, famosa por entrometerse en todo, afirmaba que no tenía valor para hacerlo. Todos estaban esperando que lo hiciera Michael; pero allí estaba él, tomándose una Coca-Cola con Pauline, y lo único que dijo fue:

—Estoy seguro de que encontrará a alguien.

Pauline volvía a ir vestida de rojo. Por lo visto el rojo era su color favorito. Un jersey rojo sobre una impecable blusa blanca con cuello redondo. Ahora ya se sabía que vivía en un barrio al norte de Eastern Avenue; que ni siquiera era católica; que trabajaba de recepcionista en la agencia inmobiliaria de su padre. Y ¿cómo se sabía eso? Pues gracias a Wanda Bryk, que de la noche a la mañana se había convertido en la mejor amiga de Pauline. Fue Wanda quien aseguró a todos que Pauline era la persona más simpática del mundo. ¡Y tan divertida! ¡Tan vivaracha! Siempre estaba planeando alguna diablura. Pero había otros que tenían sus reservas. Los que ahora estaban sentados en la heladería, por ejemplo. ¿Creen que no aguzaban el oído para oír las tonterías que Pauline pudiera estar metiéndole en la cabeza a Michael? Y además la veían reflejada en el espejo que había detrás del mostrador. Veían cómo agachaba la cabeza y escondía la cara, toda recatada, con sus hoyuelos en las mejillas, jugueteando, coqueta, con la pajita de su Coca-Cola. La oyeron murmurar que no podría pegar ojo por las noches, que iba a sufrir mucho por él. ¿Qué derecho tenía ella a sufrir por él? ¡Pero si apenas lo conocía! Michael era uno de ellos, uno de los muchachos predilectos del barrio, aunque hasta ahora nunca lo habían considerado un tipo romántico. (Desde hacía unos días, unas cuantas chicas, Katie Vilna y algunas más, habían empezado a preguntarse si tendría cualidades insospechadas.)

La anciana señora Jakubek, que se estaba tomando un agua de Seltz en la barra con la señora Pelowski, explicó que la noche anterior se había acercado a Pauline en el cine y le había dicho que se parecía a Deanna Durbin.

—Es la verdad, se parece un poco —se defendió—. Ya sé que ella es rubia, pero tiene la misma... ay, no sé cómo decirlo, esa piel suave y blandita, como para hincarle el diente. Pues ¿sabes qué me contestó ella? «¿Deanna Durbin?», dijo. «¡No es verdad! ¡Yo soy como soy! ¡No me parezco a nadie!»

La señora Pelowski chasqueó la lengua, solidarizándose con su amiga, y repuso:

—Y tú sólo intentabas ser amable con ella.

—A mí me encantaría que alguien me dijera que me parezco a Deanna Durbin.

La señora Pelowski echó el cuerpo hacia atrás, sin bajarse del taburete, y examinó a la señora Jakubek.

—Oye, pues ¿sabes que te pareces? La forma de la barbilla, un poco —dijo.

—Yo sólo puedo pensar en la pobre madre de Michael. Y esa chica no es nadie, no tiene raíces. Ni siquiera es ucraniana. ¡Ni italiana! Si fuera italiana, podría aceptarlo. ¡Pero una «Barclay»! Michael y ella no tienen absolutamente nada en común.

—Es como Romeo y Julieta —observó la señora Pelowski.

Ambas cavilaron un momento; luego volvieron a mirar hacia el espejo. Vieron que Pauline estaba llorando, y que Michael se había inclinado sobre la mesa para sujetarle con ambas manos aquella cabeza que parecía un crisantemo.

—La verdad es que parecen muy enamorados —afirmó la señora Jakubek.

Aquella noche había una gran fiesta de despedida en honor a Jerry Kowalski. Los Kowalski siempre armaban más jaleo que nadie. Otras familias habían despedido a sus hijos aquella misma semana y no habían organizado más que una sencilla cena hogareña, pero los Kowalski alquilaron el salón de actos de la Asociación de Hijos de Varsovia y contrataron a Lenny Zee y los Dulcetones para que tocaran. La señora Kowalski y su madre cocinaron durante días; llevaron barriles gigantescos de cerveza. Invitaron a toda la parroquia de St. Cassian, así como a unos cuantos miembros de la de St. Stan.

Y asistieron todos, por supuesto. Hasta había niños de pecho y críos de varias edades; incluso fue el señor Zynda en su silla de ruedas de madera con asiento de mimbre. La señora Anton llegó con una blusa con volantes y una falda con peto ribeteado que la hacía parecer más gris que nunca, y Michael llevaba un traje que le quedaba pequeño y que seguramente había heredado de su padre. Las muñecas, desnudas y bastas, le asomaban por las mangas. En la barbilla tenía un trocito de papel higiénico blanco pegado a un corte.

Pero ¿dónde estaba Pauline?

No cabía duda de que la habían invitado, al menos implícitamente. «Ven con quien quieras», le había dicho la señora Kowalski a Michael (delante de su madre, nada menos. Bueno, la señora Kowalski tenía fama de pícara). Pero las únicas chicas que había allí eran las del barrio, y cuando empezó a sonar la primera polca, fue Katie Vilna quien se acercó a Michael y lo arrastró a la pista de baile. Era la más atrevida del grupo. Le tomó la mano con fuerza, a pesar de que él ofrecía resistencia. Al final, Michael cedió y empezó a brincar torpemente, mirando de vez en cuando hacia la puerta como si esperara ver aparecer a alguien por ella.

El salón de actos de la Asociación era una especie de almacén, con suelo de madera astillado y vigas de metal, iluminado con bombillas desnudas colgadas del techo. Pegadas a la pared del fondo había unas cuantas mesas de juego cubiertas con manteles bordados a mano, verdaderas reliquias, y era allí donde se habían reunido las mujeres más ancianas, inspeccionando los *pierogi* de la señora Kowalski y colocando bien, con mucho remilgo, los ramitos de perejil de adorno cada vez que alguno de los hombres se acercaba a llenarse el plato. Cuando se retiraban y se quedaban de pie contemplando el baile, solían agarrarse las manos sobre el estómago como si llevaran encima un delantal que se las tapara, aunque ninguna de ellas llevaba delantal. Hicieron comentarios sobre los ágiles pasos del abuelo Kowalski, sobre la evidente frialdad entre los Wysocki (recién casados) y, como es lógico, sobre el increíble descaro de Katie Vilna.

—Esa chica es una desvergonzada —aseveró la señora Golka—. Me moriría de vergüenza si alguna de mis hijas persiguiera a un chico de ese modo.

—De todos modos, no tiene muchas posibilidades, con esa tal Pauline rondando por aquí.

—Por cierto, ¿dónde está Pauline? ¿No os parece que debería estar aquí?

—No va a venir —anunció Wanda.

Wanda se les había acercado sin que ellas se dieran cuenta, pues la música había apagado el ruido de sus pasos; de otro modo, las mujeres jamás habrían hecho aquel comentario sobre Katie. Wanda se sirvió una *kielbasa** en el plato y dijo:

—Pauline está ofendida porque Michael no ha pasado a recogerla.

—¿Pasar a recogerla?

—Por su casa.

—Pero ¿por qué...?

—Michael no quería molestar a su madre. Ya saben cómo se pone a veces la señora Anton. Le dijo a Pauline que se encontrarían aquí; fingirían que habían tropezado el uno con el otro por casualidad. Y al principio a ella le pareció bien, pero creo que después se lo pensó mejor, porque esta noche, cuando la he llamado por teléfono, me ha dicho que no pensaba venir. Me ha dicho que ella es la clase de chica de la que un chico debería sentirse orgulloso, y no avergonzado y acobardado.

Wanda se dirigió hacia la mesa de los postres, dejando tras ella un rastro de silencio.

—Bueno, tiene razón —concluyó la señora Golka—. Las chicas tienen que marcar ciertas pautas.

—Pero él sólo lo ha hecho pensando en su madre.

—Ya, pero ¿de qué le va a servir eso, si me permites preguntarlo, cuando Dolly Anton esté muerta y enterrada y Michael se haya convertido en un triste solterón?

—¡Por el amor de Dios! —exclamó la señora Pozniak—. ¡El chico sólo tiene veinte años! Le queda mucho todavía para convertirse en un triste solterón.

---

* *Pierogi*: empanadillas cocidas; *kielbasa*: salchicha. Platos típicos de la cocina polaca. *(N. de la T.)*

La señora Golka no parecía convencida. Seguía con la mirada a Wanda.

—Pero ¿lo sabe él? —preguntó—. ¿O no lo sabe?

—Si sabe ¿qué?

—Si sabe que Pauline está enfadada. ¿Se lo ha dicho Wanda?

Varias mujeres empezaron a inquietarse.

—¡Wanda! —gritó una—. ¡Wanda Bryk!

Wanda se dio la vuelta, con el plato en alto.

—¿Ya le has dicho a Michael que Pauline no piensa venir?

—No, ella quiere hacerlo sufrir —contestó Wanda; se dio la vuelta de nuevo y, con un rápido movimiento, tomó una pasta de una fuente.

Hubo otro silencio, y luego las mujeres dijeron a la vez:

—Ah.

Los Dulcetones dejaron de tocar y el señor Kowalski dio unos golpecitos en el micrófono, produciendo una serie de ruidos rasposos y estridentes que recorrieron la sala.

—En nombre de Barbara y en el mío propio... —dijo. Tenía los labios demasiado cerca del micrófono, y cada B producía una explosión. Varias personas se taparon los oídos. Mientras tanto, los niños jugaban al pilla pilla, y los bebés intentaban dormirse en los nidos que sus madres les habían hecho con los abrigos; varios jóvenes que estaban cerca de los barriles de cerveza se estaban poniendo cada vez más gritones y fanfarrones.

De modo que nadie se fijó en que Michael se había escabullido. O quizá no se escabulló; quizá se marchó sin ningún disimulo. Hasta su madre estaba entonces concentrada en lo que ocurría, en los discursos para desearle suerte a Jerry, en la oración del padre Pasko, en los vítores y los aplausos.

En cambio, sí se fijaron en Michael cuando regresó, eso sin duda. Entró por la gran puerta de tablones, tan valiente, con Pauline de la mano. Y cuando la ayudó a quitarse el abrigo —algo que nadie se había dado cuenta de que Michael supiera hacer— resultó que Pauline llevaba un vestidito negro que la diferenciaba de las otras chicas con sus chalecos acordonados, sus blusas fruncidas con cintas y sus faldas bordadas de volantes. Pero lo que llamó más la atención fueron sus ojos, que estaban húmedos. Cada una de aquellas largas pestañas era una púa mojada y separada de las demás. Y la sonrisa que le dirigió a Wanda Bryk fue la sonrisa lánguida, compungida y contrita de quien acaba de pasar un rato llorando.

En fin, resultaba evidente que Michael y ella habían estado hablando.

Pauline miró a Michael con expectación; él hizo acopio de valor, se puso derecho y volvió a tomar a Pauline de la mano. Entró con ella en la sala, pasó por delante del micrófono donde Jerry se había quedado plantado, con una sonrisa tonta en los labios; por delante del acordeonista, que coqueteaba con Katie; y llegó junto a las mujeres que estaban sentadas en su corrillo de sillas plegables.

—Mamá —le dijo a su madre—, te acuerdas de Pauline, ¿verdad?

Su madre tenía un plato apoyado en el borde de su regazo, sujeto con ambas manos; en el plato, un trozo de remolacha nadaba en salsa de rábano picante. Levantó la cabeza y lo miró con gesto sombrío.

—Pauline es... mi novia, por así decirlo —dijo Michael.

Pese a lo tarde que era, el ruido era ensordecedor (con tanto niño cansado suelto), pero donde estaba sentada la señora Anton el silencio se extendió como las ondas que se forman alrededor de una piedra al caer al agua.

Pauline dio un paso adelante; esta vez compuso una sonrisa sentida y se le marcaron mucho los hoyuelos.

—¡Vamos a ser muy buenas amigas, señora Anton! —dijo—. Nos haremos compañía mientras Michael esté fuera.

—¿Fuera? —dijo la señora Anton.

Pauline siguió sonriéndole. A pesar de las pestañas húmedas, tenía una especie de júbilo natural. Su piel parecía emanar luz.

—Me he alistado en el ejército, mamá —anunció Michael.

La señora Anton se quedó de piedra. Entonces se puso en pie, pero de un modo tan vacilante que la mujer que estaba a su lado se levantó también y le quitó el plato de las manos. La señora Anton lo soltó sin siquiera mirarla. Dio la impresión de que, de no ser por la intervención de la otra, ella lo habría dejado caer al suelo.

—No puedes hacer eso —le dijo a Michael—. Eres lo único que me queda. Jamás te obligarían a alistarte.

—Pues me he alistado. El lunes tengo que presentarme para la instrucción.

La señora Anton se desmayó.

Cayó de una forma muy extraña, en vertical, no desplomándose hacia atrás sino hundiéndose despacio, completamente erguida, en los pliegues de su falda. (Como cuando la bruja malvada se fundía en *El mago de Oz*, así lo describió más tarde un niño.) Habrían podido sujetarla, pero nadie fue lo bastante rápido. También Michael se quedó mirando, estupefacto, hasta que su madre llegó al suelo. Entonces dijo: «¿Mamá?»; se arrodilló de golpe junto a ella y empezó a darle palmadas en las mejillas. «¡Mamá! ¡Dime algo! ¡Despierta!»

—Apártate y déjala respirar —le ordenaron las mujeres. Se levantaron, retiraron las sillas y echaron de allí a los hombres—. Tumbadla. Bajadle la cabeza —la señora Pozniak agarró a Pauline por los codos y la hizo a un lado. La señora Golka envió a una de sus gemelas a buscar agua.

—¡Llamen a un médico! ¡Llamen a una ambulancia! —gritaba Michael, pero las mujeres le dijeron:

—Se pondrá bien —y una de ellas, la señora Serge, una viuda, exhaló un suspiro y dijo:

—Déjala descansar, pobrecilla.

La señora Anton abrió los ojos, miró a Michael y volvió a cerrarlos.

Dos mujeres la ayudaron a incorporarse; después la levantaron y la sentaron en una silla, sin parar de decir:

—Te pondrás bien. Tranquila, con calma.

Cuando se hubo sentado, la señora Anton se dobló por la cintura y se tapó la cara con ambas manos. La señora Pozniak le dio unas palmadas en el hombro y chasqueó débilmente la lengua.

Michael se quedó a cierta distancia, con las manos metidas bajo las axilas. Unos cuantos hombres le daban palmadas en la espalda para tranquilizarlo, pero no parecía que eso sirviera de nada. Y Pauline se había esfumado. Ni siquiera Wanda Bryk la había visto marcharse.

Los Dulcetones se paseaban sin saber qué hacer entre sus instrumentos; unos niños se estaban peleando; Jerry Kowalski seguía plantado junto al micrófono, con la boca abierta. Había un velo de humo de cigarrillo suspendido bajo las altas vigas. Olía a col en vinagre y a sudor. Las mesas estaban arrasadas: había platos casi vacíos con restos de jugos amarronados, cucharas de servir manchando los manteles, ramitos de perejil mustios y enmarañados.

Más tarde todos coincidieron en que aquella fiesta había sido un error. Dijeron que no organizas una fiesta cuando tus hijos se marchan de casa para ir a morir a la guerra.

Las ventanas que había encima del colmado Anton estuvieron oscuras durante todo el día siguiente, sin que se viera ni el más débil brillo detrás de las cortinas de encaje. La tienda estaba cerrada, por supuesto, pues era domingo. Ni Michael ni su madre fueron a la iglesia, pero eso no era inusual. Desde que enfermara Danny, la fe de los Anton parecía haberse debilitado un tanto. Sin embargo, la gente opinaba que, dadas las circunstancias, ¿no habría sido lógico que la madre de Michael hubiera querido ofrecer una plegaria?

Aquél no era un barrio donde fueran habituales las visitas improvisadas; de hecho no era habitual ningún tipo de visita, salvo las de los parientes consanguíneos. Las casas eran extremadamente pequeñas y estaban demasiado juntas, demasiado expuestas, sin matorrales que las protegieran de las miradas curiosas. Era mejor evitar los excesos de familiaridad. Pero al anochecer la señora Nowak, que vivía en la acera de enfrente, llamó a la señora Anton por teléfono. Quería preguntar por el estado de salud de la señora Anton y quizá llevarle un guiso, si su ofrecimiento era bien recibido. Pero no contestó nadie. Más tarde, le dijo a la señora Kostka que había tenido la sensación de que alguien estaba escuchando los timbrazos del teléfono, en silencio. A veces uno tenía aquella sensación. Ocho timbrazos, nueve..., con una especie de tensión entre un timbrazo y otro. Pero también podía ser que fueran imaginaciones suyas. Quizá los Anton hubieran salido. La señora Anton tenía un cuñado, un tipo insociable que regentaba una tienda de confecciones cerca de Patterson Park. De todos modos, parecía poco probable. Seguro que alguien los habría visto por la calle.

Aquella noche, la señora Nowak volvió a mirar en varias ocasiones al otro lado de la calle. Pero lo único que vio fue aquellas impenetrables cortinas y el escaparate que había debajo, con unas letras doradas con florituras, COLMADO ANTON, delante de quince latas de sopa Campbell's dispuestas en forma de pirámide, aquella construcción que tanto le gustaba a Michael.

El ejército alquiló un autocar especial para trasladar a los reclutas a Virginia. Era un autocar escolar, o eso parecía, pintado de un color caqui mate, y el lunes por la mañana a las ocho en punto esperaba en la esquina designada, que se veía desde el mercado de pescado. En grupos de cuatro y de seis, las familias se acercaban con un aire reticente y contenido, todas con al menos un joven en cabeza. Los jóvenes acarreaban maletas de cartón o de piel. Sus parientes llevaban fiambreras, latas para guardar pasteles y termos. Hacía un día frío y ventoso, pero nadie parecía tener prisa para hacer subir a los jóvenes al autocar. Permanecían en pequeños grupos, abrazados a sus cartas, dando pisotones en el suelo para entrar en calor. Unas cuantas familias se conocían, pero había otras muchas que no; el autocar tenía asignada una zona muy extensa. Aun así, la gente se saludaba, aunque no se conociera. Lanzaban fugaces, escrutadoras sonrisas a los otros jóvenes, y después esquivaban sus miradas, respetando la intimidad de las otras familias.

Los Kowalski fueron con Jerry, con la novia de Jerry y con la señora Sweda, que era la hermana de la señora Kowalski. También fueron los Witt. Y la señora Serge y Joey.

Y la señora Anton y Michael.

La señora Anton parecía más deprimida que nunca, y apenas respondió cuando sus vecinos la saludaron. Llevaba un abrigo de tweed gris y unos calcetines cortos, finos, medio tragados por sus zapatos de cordones marrones. Iba con las manos metidas en los bolsillos; era Michael quien llevaba la fiambrera con su comida, además de una mohosa bolsa de lona Gladstone. Se había puesto la bufanda de Pauline alrededor del cuello: anchas bandas azul marino y blancas, un diseño que cualquier chica del vecindario habría considerado demasiado simple.

Cuando llegaron, un individuo fornido vestido de uniforme bajó pesadamente los escalones del autobús con una tablilla con sujetapapeles bajo un brazo. Nadie se había dado cuenta de que estaba allí; sólo habían visto al conductor, que miraba al frente con gesto inexpresivo, con el ruidoso motor al ralentí.

—Muy bien, chicos —dijo el individuo uniformado—. Poneos en fila aquí, a mi izquierda.

La gente empezó a arremolinarse a su alrededor, tanto los reclutas como los familiares. Michael, sin embargo, no se movió de donde estaba. Miraba hacia el norte, hacia el cruce de Broadway y Eastern Avenue.

—Moveos, chicos. Ya podéis despediros.

La señora Kowalski levantó su Kodak y le hizo una fotografía a Jerry, que sonreía con rigidez y con muy poca naturalidad. La hermana pequeña de Jerry hizo sonar una corneta de latón pintada. Su novia lo abrazó y hundió la cara en su cuello.

—Marchando, chicos, a paso ligero.

Pero fue por el este, donde estaba St. Cassian Street, por donde apareció Pauline. Llevaba puesto su abrigo rojo, y por eso la vieron todos desde tanta distancia. Dijeron: «¡Michael! ¡Mira!», y Michael se dio la vuelta de inme-

diato en la dirección correcta, pese a que Pauline no lo
había llamado. Cuando se les acercó, todos comprendieron por qué: la pobrecilla se había quedado sin aliento.
Estaba despeinada, colorada y jadeante; la verdad es que no
estaba tan guapa como otras veces, pero ¿qué más daba
eso? Había abierto los brazos, y Michael dejó caer al suelo lo que tenía en las manos y se puso a correr, y cuando
ambos chocaron, él la levantó hasta que los pies de Pauline dejaron de tocar el suelo. Todos dijeron «Ah», exhalando un largo suspiro de satisfacción; todos excepto la madre de Michael, pero hasta ella se quedó mirándolos con
una expresión que denotaba cierta empatía. ¿Cómo no iba
a ser así? Se abrazaban como si nunca fueran a soltarse,
y Pauline hablaba entrecortadamente:

—... pensaba que te ibas en tren, pero... he ido a tu
casa... he ido a casa de Wanda... al final le he preguntado
a un hombre que había en la calle y... ¡Lo siento tanto,
Michael! ¡Lo siento tanto!

—¡Todos adentro! —bramó el individuo del uniforme.

Michael y Pauline se separaron. Él se dio la vuelta
y fue a recoger sus cosas. Se agachó un poco para que su
madre pudiera besarlo. Le lanzó una última mirada a Pauline y luego subió al autocar.

Cuando el autocar arrancó, Pauline y la señora Anton estaban de pie, juntas, diciendo adiós con la mano de
todo corazón.

Ahora los pesebres de madera tallada y los Papá
Noel de yeso y los árboles de Navidad cónicos de paja verde de veinticinco centímetros de altura, cubiertos de es-
camas de jabón que representaban nieve, compartían las
ventanas de las salas de estar con las banderas. Los famo-

sos ángeles de la señora Szapp (una docena, de cristal soplado) luchaban por su espacio bajo las hojas de palma. La señora Brunek hizo desfilar a ocho renos de porcelana por su mapa de Checoslovaquia.

Casi ninguno de los chicos que se habían alistado regresó a casa en Navidad. Había transcurrido poco tiempo desde su incorporación, de modo que tuvieron que quedarse en sus diversos destinos. En teoría, sus familias ya estaban preparadas para aquello, pero aun así la noticia supuso una fuerte conmoción. De pronto las calles parecían más silenciosas. Los dormitorios de sus hijos parecían más vacíos. Las mesas de comedor estaban demasiado tranquilas y ordenadas: no había jóvenes glotones de brazos largos abalanzándose sobre la última ala de pollo ni bebiéndose de un solo trago un litro entero de leche.

Sólo había cartas, y todas ellas podría haberlas escrito la misma persona. *En mi regimiento hay un montón de chicos «fantásticos»,* y *No te imaginas las toneladas de material que tenemos que cargar,* y *Cómo añoro las tardes de domingo con todos vosotros alrededor de la radio.* Esas frases idénticas, con sólo algunas pequeñas diferencias, las leían en voz alta en el colmado la señora Witt, la señora Serge, la señora Kowalski, la señora Dobek... y sin embargo sus hijos no se parecían en nada, o al menos nadie se había dado cuenta hasta entonces de que se parecieran. *Podría desmontar mi arma con los ojos vendados y volver a montarla,* escribió Michael Anton (¡Michael! ¡Él que era tan pacífico, y tan poco mañoso!), igual que Joey Serge y Davey Witt. No era sólo que vivieran experiencias parecidas (las horas pelando patatas en la cocina, las vacunas contra el tétanos, las ampollas en los pies), sino la forma en que se expresaban: con un lenguaje salpicado de argot, cortado, con demasiadas comillas y con muy pocas comas. *Ayer hice una marcha de 30 km y te aseguro que ten-*

go los «quesos» hechos puré... Ojalá pudieras ver lo bien que hago la cama mamá ahora que tengo a un sargento al lado mirándome.

Quizá las cartas que escribían a sus novias fueran más personales. O quizá no, quién sabe. Tampoco había tantas maneras de decir *Te quiero* o *Te echo de menos*. Pero sus novias no exhibían esas cartas; se limitaban a revelar una o dos frases, y únicamente a las otras chicas. De modo que sobre eso las mujeres mayores sólo podían hacer conjeturas.

Katie y Wanda decían que Michael escribía a Pauline todos los días. A veces le escribía dos veces el mismo día. Pero ninguna de las frases que ellas citaban revelaba nada interesante. A Michael no le gustaba la comida que les daban. El chico que dormía en la litera de al lado tosía constantemente, y fuerte. La vida en el campamento consistía en periodos de duro trabajo alternados con otros de absoluta inactividad durante los cuales no hacían otra cosa que esperar que terminara la guerra. Había empezado un año nuevo, 1942, y a todos les extrañaba que no hubiera terminado semanas atrás.

De vez en cuando, a última hora de la tarde, las tres chicas (Katie, Wanda y Pauline; a veces las acompañaba Anna, la amiga de Pauline) pasaban por el colmado Anton. «¿Cómo va todo, señora Anton? —preguntaba Pauline—. Michael me pidió que pasara a ver cómo estaba. Se preocupa mucho por usted. ¿Ha tenido noticias suyas últimamente?».

La señora Anton estaba tan gris como siempre («Si tanto se preocupa, no debió alistarse», dijo en una ocasión), pero los que la conocían bien sabían detectar los pliegues de satisfacción que se formaban en las comisuras de su boca. Y siempre decía: «Supongo que tú sí has tenido noticias suyas», lo cual era una forma muy astuta de preguntar sin preguntar.

—Sí, he recibido una carta esta mañana. Dice que está bien.

Cuando las chicas se marchaban, las mujeres le comentaban a la señora Anton que era todo un detalle por parte de Pauline pasar a verla.

—Intenta ser amable contigo —le decían—. Eso tienes que reconocerlo.

La señora Anton se limitaba a decir:

—Bah. Para tratarse de alguien que tiene un empleo, me parece que tiene mucho tiempo libre, qué queréis que os diga.

La señora Anton había contratado a un hombre de color para sustituir a Michael en la tienda. Se llamaba Eustace. Era un individuo de edad indefinida, bajito y enjuto, con la piel de un marrón tostado; siempre vestía igual: una chaqueta de traje con unos pantalones de peto. Cada vez que la señora Anton le asignaba una tarea, él decía: «Sí, señora», y se tocaba el ala del sombrero con un aire respetuoso y circunspecto, pero ella les decía a las otras mujeres que estaba deseando perderlo de vista. «Esto es un negocio familiar —argumentaba—. ¡No puedo permitirme el lujo de contratar a un perfecto desconocido! Lo que quiero es que Michael vuelva a casa. No entiendo qué es lo que se lo impide».

Michael volvió a casa en febrero, pero sólo fue una breve visita. La gente ya se estaba acostumbrando a ver uniformes en el barrio, pues sus hijos iban de visita con sus llamativos cortes de pelo y sus prendas de lana facilitadas por el Gobierno. Pero Michael parecía más cambiado que los otros chicos. Tenía la cara muy demacrada, con los pómulos muy marcados, y sombras del color de cardenales bajo los ojos. Se mostraba menos atento con su madre, apenas se lo veía por la tienda, y cuando sus amigos se lo encontraban en la calle parecía distraído. Daba la impresión de que cada átomo de su ser estuviera concentrado en Pauline.

Bueno, ésa era otra de las cosas a las que la gente se estaba acostumbrando: aquellos intensos romances en tiempos de guerra. ¡Tres hijos de los Szapp se habían casado en una sola semana! Pero como Pauline no era del barrio, Michael había desaparecido prácticamente del mapa. Pasaba la mayor parte del tiempo en casa de Pauline. Según Wanda, la familia de ella lo adoraba. Era una gente muy cariñosa y cordial (una familia con cuatro hijas, de las cuales sólo una estaba casada). Cocinaban para Michael y armaban un gran alboroto cada vez que él aparecía. Y Pauline, como es lógico, estaba feliz. Fueron cinco días perfectos y dichosos, en todos los sentidos, y después Michael partió hacia California, donde recibiría instrucción especial. (¿Era por su habilidad para desmontar y montar rifles? ¿Por algún arsenal de inteligencia superior que Michael había mantenido oculto hasta entonces?) La señora Anton se quedó más sola y abandonada que nunca. Ya no hablaba de su intención de despedir a Eustace.

La señora Szapp le preguntó a la señora Anton si Michael y Pauline pensaban casarse, con lo que demostró tener muy poco tacto. Las otras clientas se pusieron en tensión. Pero la señora Anton las sorprendió a todas. Sí, dijo con ligereza, su hijo había hecho algún comentario al respecto. Había dicho que había hablado de aquello con Pauline. Y evidentemente, era preferible que se casara con una chica de Baltimore que con una francesa o una inglesa.

Ah, sí, desde luego. Eso no podía ponerse en duda, coincidieron las demás, interrumpiéndose unas a otras en su afán de tranquilizar a la señora Anton.

Pero nunca se sabía, prosiguió la señora Anton. No había que anticiparse a los acontecimientos. Era mejor no hacerse demasiadas ilusiones.

Al decir aquello, la señora Anton se alegró (indecorosamente, opinaron algunas más tarde, cuando lo comentaron entre ellas).

Katie Vilna dejó su empleo en la fábrica de conservas y se puso a trabajar en otra de piezas de aviones. Las gemelas Golka se desplazaban cada día hasta la planta de laminación de acero de Sparrows Point. Y Wanda Bryk estaba pensando entrar en el Cuerpo Auxiliar Femenino del ejército tan pronto como empezaran a aceptar solicitudes. ¿Debía hacerlo o no?, preguntó mientras giraba en su taburete, en la heladería. ¡Sí!, contestaron las otras chicas. ¡Claro que sí! Ellas lo harían sin pensarlo si sus padres las dejaran.

Pauline ya no iba mucho por St. Cassian Street. Estaba muy ocupada con su trabajo de voluntaria. Las chicas del barrio también trabajaban de voluntarias (ya debían de haber enrollado un millón de vendas, con unos tocados blancos que hacían que parecieran esfinges), pero el trabajo de Pauline sonaba más interesante. Ayudaba en la cantina de la Cruz Roja, dijo Katie; servía café y donuts a los solitarios soldados que pasaban por el puerto. A veces Katie también iba a ayudar allí. ¡Katie había perdido la cuenta de todos los jóvenes a los que había conocido! Decía que últimamente se gastaba casi todo el dinero en papel y sobres de carta.

Unas cuantas chicas le preguntaron si podrían ir con ella la próxima vez.

En el colmado Anton, la señora Szapp dijo:
—¿Dónde se ha metido Pauline? Nadie la ha visto.
—Oh, está por aquí —respondió la señora Anton.

—Pensaba que se había ido.

—¡Te digo que está por aquí! Vino a verme... ¿cuándo fue? La semana pasada, o la anterior. No paraba de hablar de Michael. Ya sabes cómo le gusta hablar.

La señora Szapp se quedó callada un momento, y luego preguntó cuántos puntos de racionamiento le costaría una libra de salchichas.

El hijo menor de los Piazy se hundió con su barco en el Mar del Coral. Fue la primera víctima de la parroquia. El señor Piazy dejó de hablar por completo. Durante varios días, los vecinos caminaban con cara pálida y tensa, moviendo la cabeza en silencio, murmurando frases de incredulidad cuando se encontraban en la calle. ¡Esto va en serio!, parecía que se estuvieran diciendo unos a otros. ¡Un momento! ¡Nadie les había dicho que las cosas pudieran ponerse tan serias!

Los Dobek recibieron un telegrama informándoles de que Joe había desaparecido en combate. A Davey Witt lo enviaron a casa con cierto problema nervioso del que los Witt preferían no hablar. Jerry Kowalski enfermó de malaria. Y Michael Anton recibió un disparo en la espalda y lo llevaron al hospital.

La señora Anton dijo que se alegraba. Dijo: «Cada día que mi hijo pasa tumbado en esa cama de hospital es otro día que no pasa al otro lado del océano poniendo en peligro su vida». Nadie se lo echaba en cara.

Ahora Pauline recibía más cartas que nunca, y ya tenía tres cajas llenas. Ella decía que a Michael «lo habían herido». Y desde luego lo habían herido, pero sólo por error. Un estúpido error por parte de otro recluta. Sin embargo, cuando oías hablar a Pauline, parecía que Michael hubiera participado en un combate cuerpo a cuerpo.

El anciano japonés que limpiaba pescado en el mercado de Broadway había desaparecido discretamente. ¿Adónde había ido? ¡Era muy simpático! Ay, las cosas se estaban alargando demasiado. Aquella guerra estaba durando una eternidad; todo duraba mucho más de lo que nadie había imaginado. Ya era verano. Daba la impresión de que lo de Pearl Harbor hubiera ocurrido hacía cien años.

Había escasez de los artículos más extraños. De horquillas, por ejemplo. ¿Quién podía haber imaginado que fueran a escasear las horquillas? La gasolina sí, de acuerdo, pero... Y al hijo menor de los Brunek no pudieron regalarle el triciclo que había pedido por su cumpleaños. Por las ruedas de neumático. ¡Pero cómo iban a explicarle eso a Petey Brunek!

Entonces el Ministerio de Guerra envió a los Szapp dos telegramas en sólo tres días, y todo el mundo se sintió culpable por haberse quejado por tonterías.

Aunque la verdad era que habría estado muy bien que hubieran podido regalarle a Petey su triciclo.

Antes de volver a casa definitivamente, Michael Anton escribió a su madre diciéndole que le gustaría que Pauline fuera a recibirlo sola a la estación. La señora Anton no pareció ofenderse por eso. Explicó a las otras mujeres que suponía que su hijo quería proponerle matrimonio a Pauline, y lo dijo con serenidad, y con un ligero encogimiento de hombros. Lo importante era que su hijo iba a volver; lo demás no le importaba.

El motivo de la baja de Michael era una acusada y permanente cojera. Su madre sólo se había atrevido a soñar con que lo transfirieran a un trabajo de oficina pero, misteriosa e inexplicablemente, a Michael lo enviaron a casa. Nunca jamás tendría que participar en ningún combate. La señora Anton dijo que los soldados llamaban a aquello «una lesión de un millón de dólares». Luego se aturulló un poco y miró a la señora Szapp, pero la señora Szapp dijo con tono cordial:

—Diez millones de dólares, la llamaría yo. Dios ha sido misericordioso contigo, Dolly.

Más o menos a la hora que se esperaba que Michael y Pauline se apearan del tranvía (hacia mediodía de un miércoles de finales de agosto), empezaron a entrar mujeres en el colmado para hacer pequeñas compras. Una caja de postre de gelatina Jell-O. Un matamoscas. Se entretuvieron mucho, charlando y lanzando miradas de soslayo a la señora Anton, que llevaba un vestido más bonito de lo habitual y se había dado un toque de pintalabios. Finalmente, no teniendo más pretextos para quedarse allí, salieron a la acera y se quedaron delante de la ventana de la sala de estar de la señora Serge, que vivía en la casa de al lado. La señora Serge había puesto una hilera de monjas de porcelana bajo su bandera de las fuerzas armadas, unas monjitas muy monas que cantaban, dibujando una O con la boca, con un cantoral en las manos, o rezaban arrodilladas, con diminutos puntos dorados pintados sobre el pecho que representaban rosarios. Hacía un calor asfixiante; a las mujeres les brillaba la cara y unas medias lunas oscuras se extendían bajo sus brazos, pero aun así ellas seguían examinando las monjitas de la señora Serge.

Debimos imaginarnos que el tren llegaría tarde, murmuraban. Últimamente los trenes siempre llevaban retraso; siempre iban abarrotados de soldados y tenían que hacer muchas paradas improvisadas.

La señora Anton se les unió dos veces, con la excusa de acompañar a una clienta hasta la puerta, algo que ella no solía hacer. Miró en dirección a Dubrowski Street y luego volvió a esconderse dentro de la tienda. Las mujeres se dieron cuenta de que llevaba medias de verdad.

La tercera vez que salió, dijo: «¿Y Eustace? ¿Está con vosotras?», aunque no tenía ningún motivo para imaginar que Eustace pudiera estar allí. Entonces miró hacia la calle y gritó: «¡Ahí está!».

No era Eustace, claro, sino Michael, con Pauline a su lado. Desde aquella distancia, parecían tan pequeños y tan bien emparejados como los muñecos de una tarta de boda; Pauline iba vestida con tonos pastel, y Michael llevaba un uniforme militar de verano. ¡Oh, hasta qué punto podía emocionarte un uniforme y llenarte de amor, de pena y de añoranza! Michael llevaba un bastón, eso era verdad. Se apoyaba mucho en él, inclinándose hacia un lado al adelantar la pierna derecha, y Pauline llevaba la bolsa de lona sujeta con ambas manos delante del cuerpo. Pero aun así avanzaban a buen ritmo. Las mujeres dejaron que Michael llegara hasta donde estaban ellas. Se quedaron esperando de pie, asimilando aquella imagen.

Hasta que Michael se acercó lo suficiente para que ellas pudieran ver su amplia sonrisa, que daba forma de rombo a su cara y les recordaba al niño guapetón que era cuando iba a la escuela primaria. Y su madre emitió un sonido que parecía arrancado de su pecho y echó a correr, renqueando, para abrazarlo.

Mucho tiempo después, recordando juntas la extraña excitación de los duros y tristes años de la guerra, más de una de aquellas mujeres evocaba en secreto la imagen de Michael Anton y su madre abrazándose en la acera mientras Pauline los observaba con una sonrisa en los labios, ligeramente inclinada hacia atrás por el peso de la bolsa de Michael.

Michael aseguraba que no le dolía nada, excepto cuando llovía. Entonces notaba alguna punzada en la articulación de la cadera. Porque le habían disparado en la cadera, no en la espalda. En el trasero, para hablar claro. (*Espalda* había sido un eufemismo.) Estaba de maniobras en el bosque, y al pasar por encima de un tronco caído notó una especie de golpe y un intenso y ardiente dolor, y de pronto se encontró tumbado boca abajo sobre un montón de hojas enmohecidas. Fue una suerte que estuviera saltando aquel tronco, porque si no habría recibido el disparo en la espalda y seguramente la bala le habría atravesado el corazón. Y sí, sabía quién le había disparado: aquel tipo que no paraba de toser que dormía en la litera de al lado en Virginia. Cómo no, de todos los jóvenes con los que había estado en el campo de instrucción, fue a aquel al que enviaron a California con él. El chico había tropezado y se le había disparado el rifle; fue un accidente, pero un accidente que nunca debió ocurrir teniendo en cuenta las medidas de seguridad que les habían inculcado desde el principio. Sin embargo, también podía mirarse así: aquel tipo estaba mucho peor que Michael. Él todavía estaba en el ejército.

Era jueves por la tarde y Michael, que llevaba unos pantalones de faena grises y una camisa de algodón azul a cuadros casi transparente, colocaba alubias pintas en los estantes mientras hablaba. La señora Brunek, la señora Jakubek y la señora Serge estaban de pie junto al mostrador, cada una exhibiendo con ostentación su lista de la compra, pero no iban a engañar a nadie. Durante todo el día había ido entrando gente en la tienda con las excusas más pobres; en realidad sólo querían desearle suerte a Michael y oír cualquier cosa que a él se le ocurriera contarles.

Michael aseguraba que tardaría un tiempo en acostumbrarse a aquello de los puntos de racionamiento. ¡Era tan complicado! ¡Había tantos impresos! Y había otras cosas a las que acostumbrarse. Habían pintado el tragaluz de Penn Station, dijo; habían convertido aquel bonito vidrio grabado con la rosa de los vientos en una superficie opaca por temor a los ataques aéreos. ¿No lo sabían? No, no lo sabían. Últimamente no viajaban mucho en tren.

Y también le había sorprendido mucho, prosiguió, ver las persianas protectoras en las ventanas de todas las casas. ¡Vaya, aquí pasaba lo mismo que en el oeste! Era evidente que Michael se había imaginado que su ciudad natal estaría en cierto modo al margen, que la guerra era algo que ocurría en otro sitio.

Bueno, pues bastaba con ver a Davey Witt. Davey ya no quería dormir solo. A saber qué les había pasado a aquellos pobres chicos, tan lejos de Baltimore.

La señora Anton pulsó las teclas de la esculpida caja registradora de bronce y el cajón se abrió produciendo su musical *¡cling!* Volvía a llevar la ropa de siempre, pero hacía una eternidad que nadie la había visto tan contenta, y cuando dijo a las mujeres «¡Volved cuando queráis!», lo hizo casi cantando.

Cuando estaban saliendo por la puerta, las mujeres vieron a Pauline. Iba volando hacia ellas envuelta en un halo de muselina blanca con flores rosas, sujetándose el sombrero de paja para que la brisa que se había levantado no se lo arrancara. Era curioso cómo había cambiado de colores a medida que se transformaba la opinión que la gente tenía de ella. Había pasado de un rojo peligroso y dramático a suaves y amables tonos pastel. Seguramente eso se debía a la estación, pero de todos modos, ¡les caía tan bien! Ella era justo lo que Michael necesitaba, alguien que le alegrara la vida. Pauline siempre saludaba a las mujeres por su nombre. «¡Hola, señora Brunek! ¡Hola, señora Jakubek! ¡Hola, señora Serge!» Y parecía sentirse como en su casa; pasó a su lado y entró en la tienda, saludó a la madre de Michael agitando los dedos y le lanzó a Michael una sonrisa adornada con hoyuelos que hizo que él se sintiera dulcemente cohibido. Porque, como es lógico, las mujeres volvieron a entrar en la tienda. ¡Habría sido una lástima perderse aquello!

—¿Sabes una cosa, Michael? —dijo Pauline.

—¿Qué? —repuso él, con una radiante sonrisa en los labios. Agarró el bastón que había dejado colgado en el borde del mostrador.

—¡Adivina!

—Pues no sé, Polly.

—El reverendo Dane dice que podemos casarnos en su iglesia.

—¿Ah, sí? ¿En serio? ¡Qué bien! —dijo Michael.

Recorrió toda la longitud del mostrador para salir y reunirse con ella, y al pasar junto a su madre le lanzó una mirada fugaz. Las vecinas también miraron a la señora Anton. ¿Cómo le sentaría aquella noticia? Su hijo iba a casarse en una iglesia protestante: no era eso lo que la mayoría de las mujeres deseaba para sus hijos.

La señora Anton reaccionó estoicamente. Levantó la barbilla y dijo:

—Qué bien, ¿no?

—Estáis todas invitadas, por descontado —les dijo Pauline a las mujeres.

Ellas se miraron unas a otras y le dieron las gracias murmurando. (El padre Pasko se iba a poner hecho una fiera.)

—¿Y sabes otra cosa, Michael? —añadió Pauline.

Michael se había puesto enfrente de ella, y estaba apoyado en su bastón, con el brazo rígido, sonriéndole.

—¿Qué? —dijo.

—¡Adivina!

Michael era tan lento y tan aburrido... Las mujeres no se habían dado cuenta hasta entonces de lo aburrido que era.

—¿Qué, Polly? —dijo él.

—Mi padre nos va a buscar un apartamento.

Michael parpadeó.

—¿Para qué necesitamos un apartamento? —preguntó.

—¡Para vivir en él, tonto!

—Pero si ya tenemos un sitio para vivir. Aquí, encima de la tienda.

—Sí, pero mi padre dice que puede buscarnos un sitio para nosotros. Dice que muchas veces es el primero en enterarse cuando van a desahuciar a alguien, porque van a verlo a él para que les busque algún sitio barato cuanto antes. Él sólo tiene que preguntarles «¿Y dónde vivían hasta ahora?», y si el casero todavía no ha...

—Pero nosotros no podemos pagar un apartamento, cariño. Ya te lo dije. Mi madre nos va a ceder su dormitorio y podrás decorarlo como tú quieras.

¿Que la señora Anton les iba a ceder su dormitorio? Eso quería decir que tendría que dormir en aquella habitacioncita que antes era la de Michael y Danny. (No era muy difícil imaginárselo, pues todas las casas tenían más o menos la misma distribución.) ¡Menudo sacrificio! Las mujeres le lanzaron una ojeada a la señora Anton, pero ella no dijo nada. Estaba mirando a Michael y a Pauline.

—Ah —dijo Pauline.

—Lo entiendes, ¿no? —dijo Michael.

—Bueno —dijo ella.

Pauline dio un paso hacia atrás. Llevaba unas sandalias muy finas, increíblemente estrechas, unos zapatos que ninguna de las corpulentas chicas del barrio jamás habría soñado ponerse; y el paso que dio fue tan ligero y delicado que no produjo ningún sonido, pese a que aquel suelo crujía a la mínima. Dio media vuelta y desapareció sin decir más. La puerta de tela mosquitera se cerró de golpe. El oxidado muelle de la parte superior de la puerta hizo un ruido vibrante, parecido al de una cuerda tensada al soltarse.

Michael se volvió hacia las mujeres con tal expresión de perplejidad que la señora Brunek, por lo pronto, creyó necesaria una explicación. Soltó una débil risita y dijo:

—¡Bueno, ya sabes, los nervios de la boda!

—Será mejor que hable con ella —dijo Michael.

Salió de la tienda. El bastón con contera de goma producía un chirrido de ansiedad.

La señora Jakubek estaba tan trastornada que se puso a comprar otra vez, pese a que ya llevaba en la mano su paquetito de latas de conservas.

A veces daba la impresión de que la guerra estaba desdibujando los límites de St. Cassian. Las chicas de la fábrica salían con chicos de Carolina del Sur y Virginia occidental; los chicos que habían cruzado el Atlántico escribían cartas en las que hablaban de chicas que tenían acento británico. Unas cuantas mujeres del barrio —mujeres respetables, casadas, con hijos— se habían puesto a trabajar en Glenn L. Martin. Se iban al trabajo cada mañana ataviadas con unos bastos monos azules de tela vaquera, mientras sus madres, con bufandas anudadas al cuello y vestidos con forma de sacos de patatas ceñidos por la cintura, las veían marchar y sacudían la cabeza. ¿Quién podía saber cómo acabaría todo aquello?

Ya no se oían sólo polcas; se oía *Chattanooga Choo Choo, The White Cliffs of Dover* y *I've Got a Gal in Kala-*

mazoo. Se oía *Blues in the Night, Take Me* y *I Don't Want to Walk Without You, Baby.* Los jóvenes bailaban agarrados, girando despacio como sonámbulos. Katie Vilna se quedó embarazada. La novia de Jerry Kowalski se escapó con un marinero de Memphis. Todos los vecinos aprendieron a identificar aviones.

Encontraron el cadáver de Joe Dobek y lo enviaron a casa, y el primero de septiembre, un día frío, celebraron su funeral. Ya antes de que comenzara la guerra, el cementerio de St. Cassian se había quedado pequeño, pero le hicieron sitio entre las tumbas de dos desconocidos de hacía mucho tiempo, cuando el barrio era irlandés. Las lápidas cubiertas de musgo de un tal O'Malley y un tal O'Leary flanqueaban la de Joe, de un blanco nacarado, y la señora Dobek adquirió la costumbre de poner flores en las tres tumbas cuando iba a visitar la de Joe. John O'Malley había vivido noventa y dos años y había muerto tras recibir los santos sacramentos. O'Leary (no aparecía su nombre de pila) había llegado al mundo y había vuelto a marcharse en el espacio de un solo día. La señora Dobek contó a sus amigas que a veces, cuando se suponía que estaba rezando por Joe, se ponía a pensar en la madre del pequeño O'Leary; pensaba en lo terrible y dolorosamente triste que debía de haber sido para ella perder a su hijo recién nacido, pero que habría podido perder mucho más: toda la infancia del niño hasta convertirse en una persona independiente con sus peculiaridades y sus flaquezas y su propia manera de hacer las cosas, como abrazar con fuerza a su madre hasta casi romperle el cuello, ponerle las orejas del revés al perro o fingir que confundía a su hermana pequeña con Betty Grable.

También confesó que cuando se enteró de que habían encontrado el cadáver de Joe, sintió un arrebato de algo que ella casi describiría como rabia. Por el modo en que se lo comunicaron, parecía que lo hubieran perdido por descuido, dijo. Como un juguete viejo. Después de lo cuidadosa que había sido ella todos aquellos años, y de lo que se había preocupado por su salud y su seguridad.

Últimamente había tantas parejas que se casaban con prisas que la gente se había acostumbrado a las bodas abreviadas y chapuceras. En el pasado, las mujeres se habrían pasado meses cosiendo, semanas cocinando, y después habría habido una fiesta gigantesca donde los invitados lanzarían sobres con dinero al delantal de la novia, que ella sujetaría por las puntas; pero ahora parecía que casarse no requería más reflexión previa que una tarde en el cine.

De modo que cuando la señora Anton anunció a sus clientes, un viernes de finales de septiembre, que la boda de Michael se celebraría al día siguiente por la tarde, en realidad nadie se escandalizó. Y cuando dijo que estaban todas invitadas, ocho o nueve mujeres aceptaron la invitación. Ningún hombre, curiosamente. Los hombres alegaron que no se imaginaban entrando en una iglesia protestante, pero eso sólo era una excusa. Todos sabían la pereza que les daba a los hombres ponerse corbata los sábados.

Pese a que la gente hablaba como si Pauline hubiera llegado de la luna, su barrio estaba a sólo veinte minutos a pie desde St. Cassian Street; era un paseo muy agradable, si hacía buen tiempo. Y el día que se casó Michael hacía un tiempo espléndido. El día amaneció frío y despejado, muy otoñal, y a medida que las mujeres se alejaban de su barrio empezaron a ver arbolitos vallados que estaban adquiriendo un color rojo pintalabios o un amarillo yema de huevo. Iban caminando sin prisas, haciendo comentarios sobre las casas que veían, que también eran casas adosadas, pero más amplias y en cierto modo más desordenadas: las fachadas no eran perfectamente uniformes, todas las cortinas eran de colores diferentes, y las entradas estaban rodeadas de desorganizadas matas de vegetación. Cuando la iglesia apareció ante ellas, vieron que era de tablas de madera y que en las ventanas no había vidrieras, sino unos cristales de color rosa, esmerilados, como los de las ventanas de los cuartos de baño. Sobre eso las mujeres no hicieron ningún comentario. Estaban decididas a exhibir un comportamiento impecable. Todas llevaban sus vestidos más americanos, negros y severos, con sombreros oscuros e inmaculados guantes blancos, y llevaban regalos envueltos y con lazos porque, donde vivía Pauline, a las novias les regalaban artículos de Hutzler's. Eso lo sabían todas.

Wanda Bryk iba en cabeza; era la más joven de todas, con una diferencia de veinte años o más, pero resultaba evidente que era ella la que estaba al mando. Dio instrucciones a las otras mujeres mientras subían los escalones de la entrada de la iglesia.

—Estarán los padres de Pauline, como es lógico, y sus tres hermanas, y el marido de la hermana mayor, que tiene asma, así que no digáis nada, quiero decir que no preguntéis por qué no se ha alistado, porque él se siente fatal... No, no hay damas de honor, ni padrino... ¡ni siquiera hay una procesión de verdad! Nos sentaremos todas en las primeras filas y el pastor... ¡Oh, ya está aquí! ¡Pauline ya está dentro!

¿Pauline? ¿Ella sola? Sí, desde luego, era Pauline. Estaba de pie en el vestíbulo, en carne y hueso, con un sencillo vestidito de color marfil, francamente decepcionante, hablando con un anciano. Al ver a las mujeres, exclamó:

—¡Oh! ¡Cuánto me alegro de que hayan venido! ¡Michael, mira quién está aquí!

Dios bendito, sí, Michael también estaba allí, apoyado en su bastón, a menos de un metro de su novia. Al parecer no tenían ningún reparo en verse antes de la boda. Michael llevaba aquel traje que le iba pequeño, una camisa blanca y una corbata roja. ¡Estaba tan guapo! Las mujeres se sintieron orgullosas de él. Lo besaron, le dieron palmaditas en el brazo, simularon que tenía el cuello de la camisa torcido.

—Mi madre está en camino —les dijo—. Va a venir con tío Bron.

Y entonces les presentó a la madre de Pauline. «Mamá», la llamó; ¡caramba, sí que habían intimado! La señora Barclay era esbelta y atractiva, con el cabello rubio oscuro, como Pauline, y se mostró tan efusiva con las mujeres de St. Cassian, elogiando sus vestidos y sus sombreros y los envoltorios de sus regalos, admirándose de lo mucho que debían de haber andado, que ellas empezaron a sentirse inseguras. Entonces llegó un joven marinero, y la señora Barclay dirigió su elegante sonrisa hacia él y las mujeres pudieron entrar en la iglesia.

Las paredes estaban pintadas de color azul celeste, y los bancos eran de madera clara, lo cual hacía que a aquel lugar le faltara misterio. En la parte delantera estaba Anna, la amiga de Pauline (la chica del pañuelo a la que habían visto el primer día en la tienda de comestibles Anton); tocaba el piano de espaldas a los fieles, pero su cabello, liso y castaño, peinado a lo paje, y su impecable postura eran fácilmente identificables. Ya había varios invitados sentados aquí y allá; las mujeres de St. Cassian no conocían a ninguno, pero poco después de que se hubieran sentado en uno de los bancos, la madre de Michael apareció en el pasillo del brazo de su cuñado. Llevaba un vestido azul marino de lunares que ellas no habían visto nunca, y una rosa de tela blanca enganchada en el escote, en forma de pico. Cuando la señora Serge dijo «¡Psst!», la señora Anton les lanzó a las mujeres una sonrisita superficial, pero se puso seria al instante, como si tuviera que concentrar toda su atención en otro asunto. Sin embargo, la gente hablaba en tono normal y hasta se levantaba para participar en otras conversaciones. Ningún invitado llevaba regalos. ¿Acaso se habían equivocado respecto a lo de los regalos? Cada uno se había sentado donde quería, o eso parecía, pero la señora Anton se dirigió hacia un banco de la primera fila, lo que las mujeres de St. Cassian consideraron correcto.

Se abrió una puerta que había detrás del altar y apareció un joven pálido con un traje negro. Fue hacia el púlpito, colocó en él una Biblia y sonrió a los fieles. Eso no tuvo un efecto inmediato, pero poco a poco los invitados que se habían levantado para conversar volvieron a sus asientos, un tanto aturullados. Entonces la señora Barclay recorrió el pasillo con un hombre de cabello canoso y aspecto cansado —el señor Barclay, sin duda— y se sentaron ambos en el otro banco de la primera fila. Anna dejó de tocar el piano. El pastor carraspeó. Se hizo silencio. Todos miraron hacia la puerta de la iglesia.

No pasó nada.

Los invitados se miraron unos a otros. Quizá la pareja entraría por algún otro sitio; ¿cuál era el plan? Volvieron a mirar al frente. El pastor empezó a hojear su Biblia, pero sin que pareciera que se disponía a leerla.

Empezaron a circular susurros por los bancos. Un niño formuló una pregunta y lo hicieron callar entre risas; después de eso, la atmósfera se relajó. Varias personas reanudaron sus conversaciones intrascendentes. La señora Anton se mantenía con la espalda erguida y la vista al frente, pero la señora Barclay no paraba de girar la cabeza hacia la puerta de entrada. Era evidente que ella no tenía más información que sus invitados.

—¿Qué pasa? —le preguntó la señora Nowak a Wanda.

En lugar de responder, Wanda se levantó y salió del banco. Fue hacia uno de los pasillos laterales, taconeando con brío, mientras las mujeres se miraban unas a otras.

Había un vaso de agua junto al borde derecho del púlpito, y el pastor lo tomó y dio un sorbo simbólico, poco convincente. Dejó de nuevo el vaso sobre el púlpito. Tosió. Era increíblemente joven.

—Espero que no tengan dudas de última hora, ja, ja —dijo.

Unas cuantas personas soltaron una risita cortés.

Detrás de las mujeres de St. Cassian, dos hombres hablaban de las oropéndolas. Uno de ellos dijo que él ya había abandonado toda esperanza. El otro le aconsejó que esperara. Dijo que todo sería diferente en 1943.

Wanda volvió al banco y se sentó, sin aliento, moviéndose afanosa y ruidosamente, como para hacerse notar.

¿Qué pasa?, preguntaron las mujeres inclinándose hacia delante.

Pauline había cambiado de parecer.

¿Cómo? ¿Que había hecho qué?

La respuesta llegó a trozos, y sufrió pequeños cambios a medida que las mujeres se la transmitían a lo largo de la hilera, susurrando pese al barullo para que no las oyera nadie desde otro banco.

Dice que no sabe en qué estaba pensando..., dice que lo único que hacen es discutir..., dice que él nunca quiere ir a ningún sitio y... que es muy insociable... Que no se parece en nada a ella, que es de ideas fijas, que nunca cede en nada...

—¿Que siempre hace qué? ¿Que nunca quiere ir adónde? —preguntó la señora Serge desde el extremo—. Espera, no te he oído bien.

La señora Zack aseguró que a todas las novias les pasaba lo mismo. ¡Una boda era precisamente eso! Wanda afirmó que Michael le había dicho lo mismo a Pauline. Le había dicho: «Mira, Poll, lo que te pasa es que estás muy nerviosa», y Pauline había replicado: «No me digas cómo...».

—¡Chisst! —dijo la señora Serge.

Era la que estaba sentada más cerca del pasillo, y por eso fue la primera en percibir el movimiento en la parte trasera de la iglesia. Las mujeres giraron la cabeza, y lo mismo hicieron los otros invitados. El piano empezó a sonar, interpretando la marcha nupcial, y Michael y Pauline echaron a andar hacia al altar agarrados de la mano. No iban del brazo, como hacían los novios en las bodas más estiradas, más sofisticadas, sino fuertemente agarrados de la mano y con una radiante sonrisa en los labios.

Parecían la pareja perfecta. Estaban dando los primeros pasos por el asombroso camino del matrimonio, y maravillosas aventuras estaban a punto de desarrollarse ante ellos.

2. Bola de rayos

—Érase una vez una mujer que celebró su cumpleaños —dijo Pauline.

Michael, sentado al otro lado de la mesa, dejó de verter cereales en su cuenco y la miró.

—Fue el cinco de enero —prosiguió Pauline—. La mujer cumplió veintitrés años.

—¡Anda, igual que tú! —saltó la madre de Michael—. ¡Tú cumpliste veintitrés años ayer!

—Y como esa mujer atravesaba momentos difíciles —continuó Pauline—, se sentía muy susceptible respecto a su edad.

—¿Atravesaba momentos difíciles? —preguntó Michael con cautela.

Pauline se levantó para poner al bebé en su trona. La niña había llegado a esa fase en que podía mantenerse sentada, pero con dificultad. Cuando la dejaban sola, tendía a resbalar gradualmente hacia abajo hasta que apoyaba la barbilla en el pecho.

—Sí, ya no era tremendamente atractiva —dijo Pauline mientras volvía a sentarse—. Estaba embarazada de dos meses, tenía náuseas y todavía no había recuperado la figura después del embarazo anterior. Además, su marido era tres meses más joven que ella. Durante tres meses, después de cada cumpleaños, ella era una vieja. ¿Os imagináis cómo se sentía? Era vieja, gorda y fea, y empezaba a tener los pechos caídos.

Michael opinaba que Pauline estaba más guapa que nunca. A aquella hora de la mañana, sin colorete y sin carmín, con una bata de cretona con estampado de flores, parecía una niña. Todavía no se le notaba el segundo embarazo, pese a lo que ella imaginara, y el único resultado aparente del primero era aquella nueva y emocionante redondez de sus pechos. Michael casi notaba cómo éstos le llenaban las manos mientras ella hablaba. Sonrió; intentó captar la mirada de Pauline. Pero Pauline dijo:

—¿Más café, mamá?

—No, gracias, querida. Ya sabes lo mal que le sienta a mi estómago —contestó la madre de Michael.

—Afortunadamente —prosiguió Pauline—, el marido de esa mujer era muy comprensivo. ¡No soportaba verla deprimida! Decidió hacer todo lo posible para que ella tuviera un cumpleaños perfecto.

Michael, incómodo, se revolvió en la silla. No se le había olvidado el cumpleaños de Pauline (eso habría sido imperdonable, desde luego), pero tampoco podía afirmar que hubiera hecho todo lo posible para que ella tuviera un cumpleaños perfecto. (Aquel año había caído en un día laborable, y él tenía un negocio del que ocuparse.)

—Por la mañana, el marido se levantó —añadió Pauline—, fue a la cocina caminando de puntillas y le preparó unas tostadas y zumo de naranja. Volvió al dormitorio con una bandeja y dijo: «¡Feliz cumpleaños, cariño!». Entonces le llevó las flores que había escondido en la escalera de incendios. Una docena de rosas de tallo largo; no le había importado el gasto. «Te mereces esto y mucho más, cariño —dijo—. Ojalá fueran rubíes en lugar de rosas».

Pauline estaba muy vivaracha y su voz tenía un tono alegre, de modo que engañó completamente a la madre de Michael. La señora Anton exhaló un suspiro de satisfacción.

—Qué romántico, ¿no? —le dijo a su hijo. (Desde aquellos dos mareos que había tenido el verano anterior, parecía menos lúcida.) Pero Michael miraba a Pauline en silencio, apretando la servilleta con los dedos.

—Y le regaló... —Pauline titubeó por primera vez. Se volvió para quitarle el babero a la niña—. Algo personal —dijo al final—. Una botella de colonia, o un camisón transparente. ¡Él nunca le regalaba nada útil! ¡Ni le decía que se comprara ella lo que quisiera! Nunca le decía: «Feliz cumpleaños, cariño, ¿por qué no pasas por la ferretería Zack y te compras una de esas cazuelas para preparar conservas de tamaño familiar que llevas tiempo diciendo que necesitas?».

Michael advirtió que su madre le lanzaba una mirada de vacilación.

—Ah, pues... —dijo la señora Anton.

—Ay, pero ¿por qué os aburro a vosotros con estas cosas? —canturreó Pauline—. Nosotros no somos así, ¿verdad que no?

Se puso en pie de un brinco, levantó a Lindy de la trona y salió con ella de la cocina.

Abajo, en el colmado, Michael abrió una caja de cartón y empezó a sacar latas de melocotones. Las fue colocando en un estante en el que había una etiqueta que rezaba «17 centavos/18 puntos». Mientras tanto, iba defendiéndose mentalmente. *¿Qué pasa, que tenía que leerte el pensamiento?*, le preguntaba a Pauline. *¿Cómo iba a saber yo lo que querías que te regalara por tu cumpleaños? ¡Tengo veintidós años! ¡La única mujer a la que le he comprado regalos es mi madre! ¡Y a mi madre siempre le ha encantado que le regale cosas útiles!*

Recordó el momento en que se le había ocurrido lo de la cazuela para preparar conservas, la sensación de alivio al recordar las quejas de Pauline sobre aquella otra, tan pequeñita, de su madre. ¡Se había sentido tan orgulloso de sí mismo! Ahora estaba dolido.

Y Pauline no había hecho ningún comentario respecto a su pastel de cumpleaños. Un pastel de chocolate, con baño de chocolate no sólo por encima (estilo «portaaviones», como los llamaba la Junta de Racionamiento), sino también por los lados. ¿Quién creía que le había pedido a su madre que hiciera aquel pastel? Si él hubiera dejado que la señora Anton se las arreglara sola, seguramente ella ni siquiera se habría acordado de qué día era.

Eustace salió del almacén, cargando con un cajón de huevos. Lo dejó junto a la nevera y se enderezó, gruñendo y masajeándose la parte baja de la espalda.

—Creo que va a nevar —comentó—, me duelen los huesos.

—Sí, a mí también me duele la cadera —coincidió Michael.

—¿Están listas las cosas de la señora Pozniak?

—Sí, las he puesto allí, junto a la caja registradora.

Eustace fue a comprobarlo. Los artículos estaban en un saco de lona de esos que llevaban los repartidores de periódicos, con una correa que cruzaba el pecho en bandolera. (Eustace afirmaba que era demasiado viejo para aprender a montar en la bicicleta de reparto con el enorme cesto de tela metálica que Michael utilizaba de niño.) Se cargó el saco a la espalda y llegó a la puerta en el preciso instante en que entraba la señora Serge.

—¡Buenos días, Eustace! ¡Buenos días, Michael! —saludó, y se apartó para dejar pasar a Eustace.

—Buenos días, señora Serge —dijo Michael. Se incorporó (estaba inclinado sobre la caja de melocotones) y agarró su bastón—. ¿Hace mucho frío?

—Huy, sí, ya lo creo —respondió ella, y se ciñó aún más el cuello del abrigo. De hecho, como acababa de salir de la casa de al lado, apenas había tenido tiempo para notar el frío. Pero Michael había descubierto que a la gente le gustaba oír aquellos comentarios intranscendentes—. ¿Cómo está tu madre? —le preguntó la señora Serge—. ¿Cómo está Pauline? ¿Y la pequeña Lindy?

—Están todas bien. ¿Y usted, sabe algo de Joey?

—Mañana por la tarde llega de permiso.

—¡Qué bien!

—Sí, así que necesito un poco de leche, porque quiero prepararle helado.

—Leche —dijo Michael, y se volvió hacia los estantes—. ¿Una lata, o dos?

—Que sean dos. Vas a pensar que estoy loca, haciendo helado en enero.

—No, señora —replicó Michael—. Ya sé cómo le gusta a Joey el helado —dejó las latas sobre el mostrador—. ¿Algo más?

—A ver... Una caja de gelatina, y creo que también me llevaré un poco de extracto de vainilla, por si acaso... ¿Ha probado ya Pauline la infusión de jengibre de que le hablé?

—No sé —contestó Michael.

—Un cuarto de cucharilla de jengibre en polvo en media taza de agua caliente, le dije. Hay que bebérsela muy despacio antes de desayunar. Cuando estaba embarazada de Joey, yo lo hacía todas las mañanas, y funcionaba a las mil maravillas.

—Mañana se la preparé —dijo Michael.

—Pobrecilla. Con lo delgada que está, no conviene que deje de comer.

—Sí, lo está pasando mal —concedió Michael.

Aunque más tarde, cuando la señora Serge se hubo marchado, se dijo: *Y ella no es la única que lo está pasando mal.*

Bueno, Michael sabía que no debía quejarse. ¿Cómo se comportaría él si no pudiera aguantar ni un bocado en el estómago? Además de todas las otras molestias propias del embarazo.

Sin embargo, no estaba seguro de hasta qué punto el mal humor de Pauline se debía al embarazo, o si más bien se debía al hecho de que... bueno, de que ellos dos no se llevaran muy bien. ¡Ay, qué desconcertantes eran las mujeres! ¡Y él tenía tan poca experiencia! «¿Qué he dicho? ¿Qué he hecho? ¿Qué ha pasado?», preguntaba continuamente. ¿Tenían todos los hombres ese problema? ¿Había alguien con quien pudiera hablar de eso? Si él supiera elegir las palabras adecuadas, si tuviera la habilidad, la intuición adecuadas, ¿sería más feliz su esposa?

Cuando se conocieron, Pauline era una persona feliz por naturaleza, o eso creía él. ¡Aquellos encantadores hoyuelos, y su risa clara y cantarina! En su primera cita, ella había deslizado una mano en la de él confiadamente; sus delgados dedos, de una suavidad increíble, se habían acurrucado dentro de la mano de Michael cuando él daba por hecho que tardarían semanas en adquirir tanta confianza. Tuvo la sensación de que la responsabilidad lo engrandecía. Deseó que pasara algo peligroso (que apareciera algún matón, o que pasara por allí un coche a toda velocidad) para poder protegerla.

Pero después había cometido varios errores, eso lo reconocía. El día que le pidió que se encontrara con él en la fiesta de los Kowalski en lugar de ir a recogerla a su casa y acompañarla, para no herir los sentimientos de su madre, por ejemplo. Aquello fue un grave error, y Pauline estaba en su derecho de no presentarse en la fiesta. Michael se dio cuenta de ello casi al instante; de pronto se vio como un niño mimado, como un cobarde; muy turbado, corrió hasta la casa de Pauline, llamó a la puerta y le suplicó al señor Barclay que fuera a buscar a su hija. Quería disculparse y convencerla para que lo acompañara a la fiesta. Pero más tarde, aquella misma noche, cuando su madre se desmayó... Bueno, ¿qué se suponía que tenía que hacer él? ¡No podía ignorarla! Así que Pauline desapareció, se la tragó la noche, y Michael tuvo que ir otra vez a su casa y volver a molestar al señor Barclay (que esta vez le abrió la puerta en pijama y batín); pero esta vez fue rechazado. «Lo siento, muchacho, me temo que ahora mi hija no quiere ver a nadie.» Ni ahora ni al día siguiente, cuando la señora Barclay salió repetidamente a la puerta para ofrecerle una excusa detrás de otra. Pauline todavía dormía; luego estaba indispuesta; y luego, «Creo que será mejor que no vuelvas, querido», o algo por el estilo. Con la cantidad de veces que se había plantado en el porche de los Barclay, aquellas escenas tendían a desdibujarse y mezclarse en su mente.

Pero sabía que, en su lecho de muerte, el último recuerdo al que se aferraría, el mejor, sería el de Pauline con su abrigo rojo bajando a todo correr por Aliceanna Street para despedirse de él, que se marchaba a la guerra. ¿Acaso no era aquello recompensa suficiente por todo lo demás? Por tantos otros momentos tensos, imperfectos, exasperantes de su matrimonio.

La señora Piazy entró pidiendo fiambre de cerdo enlatado y una caja de macarrones.

—Quiero probar una receta nueva para la cena de esta noche —le explicó a Michael—. La he recortado de una revista. ¿Cómo se encuentra hoy Pauline?

—Todavía no está muy bien —respondió Michael.

—¿Ha probado las galletas saladas? Eso era lo que hacía yo. Tiene que comerse de seis a ocho en cuanto despierte, y unas cuantas más cada vez que se sienta mareada.

—Se lo diré, señora Piazy. Gracias.

—Y deja de preocuparte, Michael. ¡A mí no me vas a engañar! ¡Se te ve en la cara! ¡Sé lo mucho que te preocupas por ella! Pero créeme, ya se le pasará.

—Gracias, señora Piazy.

—Formáis una pareja maravillosa —agregó ella.

Y sonrió de modo cariñoso e indulgente mientras metía la mano en su bolso para sacar el monedero.

A mediodía Michael fue a buscar a Eustace, que ya había terminado el reparto y se había escondido en la penumbra del almacén.

—¿Eustace? —llamó—. ¿Está usted ahí?

—Sí, aquí estoy.

—Me voy a comer.

—Muy bien —replicó Eustace, y salió con dificultad de detrás de un barril de encurtidos, con un bocadillo de pan casero a medio comer sujeto con una nudosa mano.

—Ah —dijo Michael al verlo—. ¿Quiere que espere hasta que haya terminado de comer?

—No, señor. Ya puede marcharse.

Lo que Michael había querido decir era que prefería que Eustace no comiera delante de los clientes, algo que a él nunca se le habría ocurrido hacer. Pero no sabía cómo decírselo. Lo cierto era que se sentía incómodo dando órdenes a un empleado. Antes de la guerra, ellos nunca habían tenido empleados. Pero primero al alistarse él, y después con los problemas de salud de su madre, y con Pauline tan atareada con el bebé...

Cruzó el almacén y subió por la escalera que había al fondo, apoyándose en la barandilla y no en el bastón. En realidad ya no necesitaba mucho apoyo. Su cojera había quedado reducida a un tirón del pie al dar el paso, un movimiento lateral cuando impulsaba aquella pierna hacia delante, y Michael era tímidamente consciente de que ya sólo utilizaba el bastón para evitar que los desconocidos le preguntaran por qué no llevaba uniforme.

Pauline opinaba que aquello era una tontería. «¿Qué importa lo que diga la gente? —le preguntaba—. Tú y yo sabemos la verdad».

En muchos aspectos, Pauline era más fuerte que él.

La señora Anton ya estaba sentada a la mesa de la cocina, y Pauline de pie frente a los fogones removiendo un cazo de sopa, con el bebé en brazos rodeándole la cintura con las piernas. «Hola», dijo Michael, y su madre replicó: «Hola, cariño», pero Pauline estaba callada. Michael fingió que no se daba cuenta. Dijo: «¡Lindy-Lou!», y estiró ambos brazos para agarrar a su hija; Pauline la soltó con tan poco cuidado y tanta brusquedad que a Michael estuvo a punto de caérsele al suelo. Se sentó con la niña en una silla, apretando su compacto cuerpecito contra el pecho. «Ha llegado papá —le dijo—. ¡Di "papá"! Di "¡Bienvenido a casa! ¡Llevo toda la mañana suspirando por verte!"».

Lindy le examinaba atentamente los labios. Era una niña seria y reconcentrada; tenía el cabello negro y las facciones marcadas, como su padre. Sus ojos eran de un gris pizarra que sin duda acabarían tornándose castaños como los de Michael cuando creciera, y ya tenía sus delgadas manos y sus largos y delgados dedos. ¿Era sólo el parecido con él lo que hacía que Michael se sintiera tan unido a ella? Michael siempre había dado por hecho que tendría hijos, igual que había dado por hecho que tendría una esposa y quizá algún día un automóvil, pero nunca había imaginado que querría tanto a su hija.

La señora Anton estaba relatando un roce reciente que había tenido con Leo Kazmerow.

—Se toma tan en serio sus obligaciones —iba diciendo—. Un vigilante de ataques aéreos no es Dios. Me dejo una lucecita encendida durante un simulacro, y ya está él: «Señora Anton, ¿cómo se sentiría si bombardearan Baltimore y lo borraran del mapa y resultara que la responsable era usted?».

—Eso es porque lo declararon no apto —dijo Pauline—. Cree que debe hacer algo para compensarlo.

Hablaba con un tono relajado y amable. Pauline y la madre de Michael se habían hecho muy amigas, y Michael era el intruso que pegaba la nariz al cristal de la ventana. Suspiró y le ofreció una cuchara a Lindy.

—¿No piensas comer con nosotros? —preguntó al ver que la niña no la tomaba. Como si su padre la hubiera convencido, Lindy estiró un brazo, agarró la cuchara y se la arrancó de la mano con una fuerza asombrosa. Michael acercó la cara a la cabeza de la niña y aspiró el aroma de su cabello. Percibió, por debajo del olor a talco, una pizca de sudor reciente que encontró atractivo y ligeramente cómico.

Pauline sirvió la sopa de tomate con un cucharón. Se sentó a la mesa y desdobló su servilleta. Michael le quitó la cuchara a Lindy y se puso a comer, y su madre tomó también la suya, pero Pauline se quedó allí sentada, contemplando su cuenco de sopa.

—Cariño —dijo Michael finalmente—, ¿no vas a comer ni siquiera un poco de sopa?

—¿Para qué? ¿Para vomitarla al cabo de un momento? —repuso ella.

—La señora Piazy dice que deberías probar las galletas saladas.

Había una caja de galletas saladas encima de la mesa, pero Pauline no cogió ninguna.

—Me disculpáis, ¿verdad? —dijo; dejó la servilleta junto a su cuenco, se levantó y salió de la cocina.

Michael y su madre se miraron. La puerta del dormitorio se cerró sin hacer ruido.

—Se va a quedar en los huesos —comentó su madre pasados unos instantes.

Contra toda lógica, Michael sintió una punzada de algo parecido a los celos fraternales. ¿Acaso no merecía él también un poco de comprensión? ¡Aquello tampoco era divertido para él!

Cuando terminaron de comer (el tintineo de sus cucharas era un sonido demasiado fuerte, demasiado enérgico, que les hacía sentirse culpables; los comentarios que le hacían a la niña, demasiado alegres), Michael le dijo a su madre que iba a ver qué hacía Pauline.

—Sí, ve a ver cómo está —replicó ella—. Ya me encargo yo de recoger los platos.

Michael levantó a Lindy de la trona y se la llevó con él.

Para no arriesgarse, Michael llamó a la puerta del dormitorio antes de entrar. Pauline no dijo «Pasa», pero de todos modos Michael esperó un momento y entró.

Pauline no estaba tumbada en la cama, como él esperaba encontrarla, sino de pie cerca de la ventana, junto a la cuna de Lindy. Había apartado la cortina de encaje para mirar al exterior, y no se dio la vuelta cuando Michael entró en el dormitorio.

—Pauline —dijo él.

—Qué.

—Me gustaría que intentaras comer algo.

Ella siguió mirando por la ventana, aunque desde allí sólo se veían las fachadas de las casas del otro lado de la calle.

Aquella habitación, que en otros tiempos había sido la de los padres de Michael, había adquirido una especie de doble personalidad desde su boda. La cama de hierro blanca de sus padres y la mesilla de noche de caoba con tiradores de cristal compartían ahora espacio con el edredón de cuando Pauline era pequeña; el prendido de su baile de graduación, desteñido y reseco, descansaba sobre la cómoda, y había fotografías de sus amigas del instituto enganchadas en el marco del espejo. Pauline tenía un estilo decorativo muy personal. Hasta los pocos muebles que había añadido —una mecedora de niño, un baúl de ajuar— tenían sus asociaciones íntimas, sus larguísimas, confidenciales historias.

Michael fue junto a Pauline y se quedó de pie a su lado.

—¿Ves a mamá? —le preguntó a Lindy—. Pobre mamá. No se encuentra bien.

—Ni siquiera sabes lo que pasa, ¿verdad? —dijo Pauline con tristeza.

—Creo que sí lo sé —replicó Michael. No alteró la voz para no molestarla más—. O al menos sé lo que crees que pasa. Crees que debí darle más importancia a tu cumpleaños.

Pauline iba a decir algo, pero él levantó la mano que tenía libre, mostrando la palma.

—Mira, lamento mucho que te sientas así —dijo—. Créeme, no quería que te disgustaras. Pero sospecho que últimamente estás sometida a una fuerte presión. Estás embarazada, tienes náuseas, y además no te hace mucha gracia —a mí tampoco— tener otro bebé tan pronto. Eso es en realidad lo que te preocupa.

—¿Cómo sabes tú lo que me preocupa? —preguntó Pauline dándose media vuelta.

Lindy gimoteó, y Michael le dio unas palmaditas en la espalda. Después añadió:

—Mira, Pauline. Mira, cariño. Tranquiiízate, cariño.

—¡Cariño por aquí, cariño por allá! ¡No me digas que me tranquilice! Tú, siempre tan sabio y tan superior. ¡La única que puede decir lo que me preocupa y lo que no soy yo!

Habría podido oírla cualquiera: su madre, sin duda, y quizá también Eustace y cualquier cliente que pudiera estar en la tienda. Su voz había subido al menos una octava y se había vuelto chillona y áspera, nada que ver con su atractiva voz ronca. Enfatizaba cada palabra que pronunciaba con todo su cuerpo, y su furia tenía algo tan físico que se le puso el cabello tieso, como si hubiera recibido una descarga eléctrica. (Como una bola de rayos, pensó Michael de pronto.) Cuando las cosas llegaban a ese extremo, él no sabía qué hacer. No tenía forma de controlarla. Si intentaba calmarla, sólo conseguía enfurecerla aún más. «Corazón», decía, y «Poll, cariño», y «Sé razonable, Pauline». Pero ella seguía adelante, apretando fuerte los puños. Agarró a la niña, que se había puesto a llorar, la abrazó contra su pecho y gritó:

—¡Lárgate! ¡Vete de aquí! ¡Vete con tu afectación, tu pedantería, tu aburrimiento y tu arrogancia y déjanos en paz!

Michael se dio la vuelta sin decir ni una palabra más. Era en esos momentos cuando más detestaba su cojera, porque en lugar de salir de la habitación dando grandes zancadas tenía que hacerlo con un aire vacilante, como una víctima. Sin embargo, hizo lo que pudo. Cuando llegó a la cocina pasó al lado de su madre, que lo miró con fijeza desde el fregadero, agarrando un trapo con ambas manos.

—Creo que me voy a trabajar —le dijo Michael; sonrió, o intentó sonreír, y salió precipitadamente por la puerta.

¿Podía uno tener aversión a su propia esposa? No, claro que no. Aquello no era más que la clásica crisis por la que pasaban todas las parejas. Michael había visto referencias a ese tema en las portadas de aquellas revistas que tanto le gustaban a Pauline. «Cómo atajar las peleas conyugales antes de que aparezcan», o «¿Por qué discutimos tanto?».

Pero Michael estaba seguro de que las otras esposas no eran tan desconcertantes como Pauline. Tan caprichosas, tan ilógicas.

Cogió tres cebollas de la balanza, las metió en una bolsa de papel marrón y se las dio a la señora Golka por encima del mostrador. La señora Golka dudaba si llevarse una libra de azúcar, pero no quería gastar todos sus puntos. Las gemelas eran tremendamente golosas, explicó. Michael dijo: «Ya, muy golosas...», y se puso a estudiar la bandeja de la balanza, que tenía una abolladura de un día en que Pauline la había soltado con excesiva brusquedad durante una discusión.

Sí, habían tenido muchas discusiones. Discusiones sobre dinero: ella se gastaba el dinero en cosas que a él le parecían innecesarias, adornitos para la casa y cosas para el bebé sin ninguna utilidad práctica, mientras que Michael era más prudente. (Tacaño, lo llamaba ella.) Discusiones sobre el apartamento: ella juraba estar volviéndose loca, atrapada en aquellas habitaciones mal ventiladas y oscuras, pegada todo el día a la madre de Michael, y quería que se fueran a vivir a las afueras tan pronto como acabara la guerra, a una casa con jardín y árboles, una casa aislada, y no a una de esas urbanizaciones de casas adosadas que empezaban a aparecer por todas partes. Cuando Michael le recordaba que no podían pagar una casa en las afueras, ella decía que su padre los ayudaría; ya se había ofrecido. (¡Ya se había ofrecido! Michael notó cómo se ruborizaba de vergüenza.) Cuando decía que estarían demasiado lejos de la tienda, ella le decía que podía trasladar también la tienda. «Y entonces, ¿dónde comprarían los comestibles los vecinos de St. Cassian?», replicó él, pero ella dijo: «¡Los vecinos de St. Cassian! ¡Qué más da! ¡Estoy harta de los vecinos de St. Cassian! Aquí todo el mundo sabe la vida de todo el mundo, hasta tres generaciones atrás. ¡Ya va siendo hora de que ampliemos nuestros horizontes!».

Hasta su vida sexual era motivo de disputas. ¿Por qué Michael siempre empezaba exactamente igual, cada vez? Los mismos pasos aprendidos de memoria, la misma y única postura. Michael se quedó atónito. «Pero si..., bueno, no sé... ¿cómo quieres que...?», balbuceó, y ella dijo: «Es igual, no importa. Si tengo que explicártelo yo, mejor que lo olvides». Y él lo había olvidado, a efectos prácticos, porque al fin y al cabo ya casi no tenían vida sexual, aunque él suponía que eso era comprensible debido al estado de Pauline.

Pero las peores riñas, reflexionó Michael mientras cogía el azúcar para la señora Golka, que había decidido comprarlo, eran aquellas cuya causa él no podía precisar con exactitud. Las que simplemente surgían, no tanto a partir de algo que dijeran sino por quiénes eran, por naturaleza. Por naturaleza, Pauline vivía de forma atropellada, improvisando, mientras que Michael actuaba con deliberación. Por naturaleza, Pauline consideraba que tenía derecho a decir cualquier cosa que le pasara por la cabeza, mientras que Michael sopesaba cada palabra antes de pronunciarla. Ella rebosaba energía —se paseaba por la habitación, sacudía el pie, tamborileaba con los dedos—, mientras que él era lento y pausado, e incluso un tanto perezoso. Para ella siempre era o todo o nada —cada nueva amiga, su mejor amiga; cada insignificante desacuerdo, el final de la amistad para siempre jamás—, mientras que para él, el mundo era algo calibrado de un modo más progresivo y más confuso.

Pauline creía que el matrimonio era una unión inextricable de las almas, mientras que Michael lo concebía como dos personas que viajaban una al lado de la otra, pero separadamente. «¿En qué piensas?», solía preguntarle ella, o «Dime lo que sientes, con franqueza». Pauline tenía la costumbre de abrir el correo de Michael. No tenía ningún reparo en preguntarle con quién había estado hablando por teléfono. Hasta sus eternas adivinanzas («¿Sabes qué, Michael? No, en serio, adivina. Vamos. A ver si lo adivinas. No. Vuelve a intentarlo. ¡Adivina!») le parecían a él una forma de intrusión.

¿Cómo podían soñar dos personas tan diferentes en unirse inextricablemente? Lo que venía a demostrar, en opinión de Michael, que su concepto del matrimonio era el correcto.

«Bueno, Michael es así —se la imaginaba diciendo—. Jamás en la vida se ha equivocado, o eso cree él».

Michael dejó con cuidado el azúcar sobre el mostrador.

—¿Algo más? —le preguntó la señora Golka.

—¿Cómo dice? —repuso él.

—«¿Desea algo más, señora Golka?»

—Ah —dijo él—. Lo siento.

La señora Golka sonrió, sacudiendo la cabeza, y le entregó su cartilla de racionamiento.

En un colmado, la actividad tiene altibajos: las prisas de primera hora de la mañana para comprar los alimentos básicos que se terminaron la noche anterior; las prisas de última hora de la mañana para preparar la comida de los niños antes de que lleguen a casa de la escuela; las prisas de la tarde para comprar los artículos necesarios para la cena. Hacia las cinco, la actividad se había reducido mucho, y sólo estaba Wanda Bryk frente al mostrador. Wanda se había casado y se había convertido en la señora Lipska. Ya había comprado todo lo que necesitaba, pero se quedó un rato para cotillear con Michael. ¿Se había enterado de que habían llamado a filas a Ernie Moskowicz?

—¡Ernie Moskowicz! —exclamó Michael—. ¡Pero si sólo es un crío!

Y había habido un incendio en la cafetería Nick el Griego, y Anna Grant se había casado con un coronel y se había ido a vivir a Arizona.

—Te acuerdas de Anna, ¿no? La chica que tocó el piano en tu boda —dijo Wanda.

—Sí, claro —respondió Michael sólo por educación; pero entonces se acordó de Anna, de sus cejas rectas, escasamente arqueadas, y de su cabello castaño y liso, con las puntas hacia dentro, y lo sorprendió una punzada de nostalgia. ¿Por qué no se había enamorado de una mujer como Anna Grant?, se preguntó. ¡Qué sencilla y tranquila habría resultado su vida!

O de Wanda, puestos a fantasear. Siempre había encontrado irritante a Wanda, pero allí estaba ahora, embarazada de seis meses, radiante y sonrosada, con una salud excelente, abrazada a su saco de alimentos. Su abrigo de color marrón, que le iba un poco corto y que casi no

se podía abrochar, tenía el mismo aspecto gastado y cómodo que la ropa que llevaban su madre y sus amigas,
y su redonda cara de polaca resplandecía de satisfacción.

—Dale recuerdos a Pauline —dijo antes de salir de
la tienda—. Dile que espero que se encuentre... ¡Oh, pero
si estás aquí! ¡Hola!

Era Pauline, que entraba por la puerta de la calle
con Lindy en brazos y la bolsa de red de la compra colgada del hombro. Llevaba puesto su abrigo rojo y lo que
Michael llamaba su sombrero de Robin Hood, un sombrero de fieltro a juego que generalmente ella reservaba
para los domingos, con el ala estrecha y asimétrica y una
elegante pluma negra. Cuando empezaron a salir juntos,
Michael solía buscar aquella mancha roja por la calle; en
cuanto la divisaba en medio de una multitud, se le aceleraba el corazón.

—¡Hola, Wanda! ¡Hola, Michael! —saludó Pauline—. Se me ha ocurrido entrar para ver si cerrabas ya.

—Qué hermosura de niña —le dijo Wanda a Lindy—. Es un angelito —y se puso a hacer ruiditos con los
labios, como si le diera besos. Lindy también iba muy
arreglada, con un abrigo de lana rosa y un gorrito. La niña
se quedó mirando a Wanda con seriedad; luego miró a Michael como preguntándole «¿Qué está pasando aquí?».
Volvió a mirar a Wanda, sin sonreír.

—Hemos ido a la carnicería —explicó Pauline—.
Quería comprarle unas chuletas de cerdo a Michael. ¡Qué
cara se ha puesto la carne de cerdo! Siete puntos la libra.
Pero Michael trabaja tanto que quiero asegurarme de que
toma suficientes proteínas.

—Qué suerte tienes de estar casada con un tendero
—le dijo Wanda—. Me encantaría estar en tu lugar, y saber que en el piso de abajo hay todo el café y todo el azúcar que pueda necesitar.

Pauline soltó su alegre risita.

—Sí —admitió—, tengo mucha suerte —y miró a Michael con la cabeza ladeada, esperando a que él se riera también.

Pero Michael no se rió. Se quedó mirándola, impávido, hasta que Wanda carraspeó y anunció que tenía que marcharse.

Pauline debía de pensar que las palabras eran como el polvo, o como las rozaduras, o como la leche derramada, que se limpiaban fácilmente y no dejaban rastro. Debía de pensar que una simple disculpa (o ni siquiera eso, sólo un cambio de humor) podía borrar de la mente de una persona el hecho de que ella lo hubiera llamado afectado, pedante, aburrido y arrogante. Con qué desenfado se movía alrededor de la mesa de la cocina, tarareando *People Will Say We're in Love* mientras, con ayuda de un tenedor, ponía una chuleta de cerdo en cada plato. Había cocinado las chuletas como le gustaban a Michael, salpimentadas, pasadas por harina y fritas a fuego vivo con grasa de beicon. (Normalmente le encantaba hacer experimentos, estropeando unas materias primas excelentes con especias y salsas líquidas.) Y la verdura también era la favorita de Michael: espárragos en conserva; y las patatas estaban servidas sin salsa, con una porción de mantequilla auténtica. «Qué buena pinta», comentó la señora Anton alegremente, y se colocó la servilleta sobre la falda. Lindy empezó a gorjear en su trona mientras estrujaba un espárrago hasta que éste rezumó por ambos lados de su puño. «Hmmm», dijo Michael, y agarró la sal.

Durante la comida, Pauline expuso todas las novedades que había reunido mientras hacía las compras. La hija del señor Zynda, que vivía en Richmond, había ido de visita. Henry Piazy se había casado con una inglesa, o quizá sólo se había comprometido con ella. A la pequeña Tessie Dobek la habían llevado al hospital la noche anterior con el apéndice reventado.

—¡Madre mía! —se lamentó la señora Anton—. ¡Pobres Tom y Grace! Primero pierden a su único varón, y ahora esto. Deben de estar preocupadísimos.

Michael siguió comiendo como si nada. Oyendo hablar a Pauline, cualquiera habría imaginado que todo aquello le importaba de verdad. Cualquiera habría pensado que sentía verdadero cariño por el barrio, en lugar de desdeñarlo, calumniarlo y morirse por irse a vivir lejos de allí.

—¿Qué edad debe de tener Tessie? ¿Doce años? ¿Trece? —preguntó la señora Anton—. Tú tienes que saberlo, Michael —insistió, intentando hacerle participar en la conversación.

Pero Michael se limitó a decir:

—No —y tomó otra rebanada de pan.

—La cadera lo ha estado fastidiando —le explicó Pauline a la señora Anton—. Seguro que va a nevar. ¿No ha visto cómo andaba hoy? Y esta mañana no ha podido terminar sus ejercicios.

Como si él no estuviera en la cocina; como si su madre no supiera cuál era la verdadera causa de su comportamiento.

Y su madre le siguió la corriente a Pauline.

—Ya —dijo—. ¡Yo también he notado que va a nevar! Me duelen las articulaciones una barbaridad.

—¿Se ha tomado las píldoras? —le preguntó Pauline.

—¡Me he olvidado! Gracias por recordármelo.

—Voy a buscarlas, no se mueva.

—¡No, no! No te levantes.

Como si representaran una complicada danza, ambas mujeres hicieron ademán de levantarse de la silla, y pareció que se estuvieran haciendo reverencias. Entonces Pauline se sentó definitivamente y la madre de Michael se levantó del todo y salió de la cocina arrastrando los pies.

—Debí recordárselo antes —le dijo Pauline a Michael—. Es mucho más fácil prevenir el dolor que curarlo una vez que se ha instalado.

Michael no dijo nada. Arrancó un trocito de pan de su rebanada y lo puso en la bandeja de la trona de Lindy.

—Pero de eso sabes mucho más tú que yo —añadió Pauline—. Tú ya estás acostumbrado a pelearte con tu cadera.

Michael siguió callado.

—¿Michael?

—Prueba un poco de pan, Lindy. Está delicioso —dijo Michael.

—¿No piensas dirigirme la palabra, Michael?

—Ñam, pan. ¿Sabes decir «pan»?

Lindy le sonrió, mostrando dos diminutos dientecitos inferiores cubiertos de una capa verde de espárragos triturados.

—No seas así, Michael, por favor. ¿Hacemos las paces?

—Pan —le dijo él a Lindy, con claridad.

—¡No quise decir lo que dije, de verdad! Es que no me encontraba muy bien. ¡No soporto cuando te enfadas conmigo, Michael!

—No estoy enfadado contigo —replicó él. Todavía estaba vuelto hacia la trona; era como si estuviera hablando con la niña.

—¿Ah, no? —dijo Pauline.

—No, sólo estoy harto de ti. Estoy asqueado. Estoy hasta la coronilla de ti y de tu mal carácter. No debí casarme contigo.

Esta vez el silencio fue más profundo, una especie de agujero en la atmósfera de la cocina.

Entonces se oyeron los torpes pasos de la señora Anton, que salía de su dormitorio.

—¡Ya las tengo! —gritó.

Entró en la cocina manteniendo en alto una caja de píldoras de cartón azul de la droguería Sweda.

—Muy bien —dijo Michael. Pauline se enderezó en la silla y preguntó:

—¿Quiere que le dé algo para tomárselas, mamá?

—No, gracias, querida, todavía me queda agua —contestó, y se sentó en la silla.

Michael tomó su tenedor y siguió comiendo, pero Pauline se quedó quieta en su silla, con las manos a los lados del plato.

Cuando terminaron de comer, la madre de Michael dijo que ella lavaría los platos.

—Vosotros dos podéis ir a descansar —dijo. Pero Lindy ya se estaba poniendo inquieta, lo que significaba que tenía sueño; así que Michael dijo:

—Voy a prepararle el biberón.

—Eso puedo hacerlo yo. Idos, de verdad.

Michael fue hacia la encimera, donde estaban los biberones esterilizados, como si su madre no hubiera dicho nada, así que la señora Anton no insistió más.

Pauline se llevó a Lindy al dormitorio para cambiarla mientras Michael llenaba un biberón de leche y lo ponía a calentar al fuego en un cazo de agua. Michael permaneció de pie con los brazos cruzados y los pies separados, viendo cómo el agua empezaba a hervir. Detrás de él, su madre recogía los platos y los vasos.

—No dejes que se caliente demasiado —le dijo al cabo de un rato, y Michael repuso:

—¿Hmmm? ¡Ah! —y sacó precipitadamente el biberón del cazo, quemándose los dedos—. ¡Mierda! —dijo entonces. Por una vez, su madre no le reprendió por su lenguaje. Michael puso el biberón bajo el chorro de agua del fregadero, obligando a su madre a apartarse de allí, y luego se dirigió al dormitorio, agitando enérgicamente el biberón.

En el dormitorio no había nadie.

La cuna de Lindy estaba vacía. Su manta, arrugada, estaba colgada de la barandilla. El protector de plástico que Pauline siempre extendía sobre la cama de matrimonio antes de cambiar a la niña seguía doblado sobre la cómoda.

Michael cruzó el pasillo y fue al cuarto de baño. Allí tampoco había nadie. Hasta se asomó a la habitacioncita de su madre, pero allí tampoco estaban, claro.

Debían de haber salido por la escalera exterior. No por la escalera interior del fondo, más segura y protegida, sino por la desvencijada escalera metálica de incendios que descendía por la fachada del edificio que daba a Porter Street. Pauline había salido por la ventana del dormitorio a la rejilla del rellano, que estaba a la intemperie, y había bajado por la escalera con una niña de seis meses hambrienta y soñolienta en brazos, una fría noche de invierno, con fuerte viento del norte y una nevada inminente.

Volvió a la cocina y dejó el biberón en la encimera. Su madre, que agitaba un puñado de cubiertos en el agua de aclarar, le lanzó una mirada inquisidora.

—Supongo que habrán ido a dar un paseo —dijo Michael.

La señora Anton dejó de agitar los cubiertos.

—Habrán ido a dar un paseo por el barrio antes de acostarse —añadió Michael.

—Ah —dijo ella.

La señora Anton dejó los cubiertos en el escurreplatos. Michael cogió un trapo y se puso a secar las cucharas, repasando meticulosamente el cuenco de cada una antes de guardarlas. Cuando llegó a los tenedores, se puso a tararear con aire alegre y despreocupado. Entonces se dio cuenta de que la melodía que estaba tarareando era *People Will Say We're in Love*. Pero ya era demasiado tarde para cambiarla.

Ah, y su falta de coherencia; ¿había incluido Michael aquello en su lista? Sus caprichosas, irresponsables e imprevisibles reacciones. ¿Cómo iba a aprender Lindy que había una hora de acostarse, si Pauline se la llevaba a pasear en plena noche cada vez que se le antojaba? Ya eran casi las nueve; hacía más de dos horas que habían salido. Los niños necesitaban horarios. Necesitaban rutinas.

En uno de sus numerosos e impacientes viajes al dormitorio, Michael cogió la manta de Lindy de la barandilla de la cuna, la sacudió y la dobló. También necesitaban orden. No podías criar a una niña en medio del caos y luego esperar que viera el mundo como un lugar seguro y estable. Necesitaban que les marcaran los límites con claridad y que todo encajara en su sitio. Necesitaban tener la seguridad de que las cosas estaban donde les correspondía.

Michael oyó a su madre salir del cuarto de baño, vacilar un momento en el pasillo y seguir hacia su habitación; oyó los lentos e inseguros pasos de sus pesados zapatos. Michael sabía que debía ir a desearle buenas noches, pero eso requería demasiado esfuerzo. La puerta del dormitorio de su madre se cerró y produjo un ruido que le pareció lleno de reproche y resignación.

La manta de Lindy la había hecho Pauline cuando estaba embarazada; había cosido un ribete de raso amarillo a los cuatro lados del rectángulo de lana, también amarillo, porque decía que a los bebés les encantaba pasar los dedos por encima de algo suave y resbaladizo cuando intentaban conciliar el sueño. Pauline sabía muchas cosas así. Sabía que los bebés muy pequeños temían romperse; les gustaba que los envolvieran y les dieran forma de cilindro, como a los rollitos de repollo. Sabía cuál era el tono de voz que más les gustaba (agudo, pero no estridente), y sabía que así como un balanceo oscilante tenía un efecto tranquilizador, un movimiento de arriba abajo podía hacer que un niño tensara todos los músculos de su cuerpo.

Michael no tenía ni idea de dónde había aprendido ella todo aquello. Sospechaba que no lo había aprendido, que eran cosas que procedían de un caudal de empatía natural, de un instinto innato.

Dejó la manta doblada a los pies de la cuna. Colocó bien la rana de tela verde que había junto a la almohada. Era la rana de Pauline, de cuando ella era niña. Tenía un aspecto desteñido, desmadejado y flexible; se notaba que la habían querido mucho. Un agujero en una de las comisuras de la boca, hecha de puntadas, convertía su sonrisa en una mueca torcida. El brazo derecho estaba cosido con un hilo de un verde más intenso.

Pauline era sentimental y guardaba montones de recuerdos. Todavía conservaba el grillo de hojalata rojo de la bolsa de Cracker Jack que Michael le había comprado en su primera cita. Tenía un vaso de papel cónico, aplanado y convertido en un triángulo, que se había llevado del tren en que habían viajado a Washington, D.C. en su luna de miel.

Michael recorrió la habitación, recogiendo más indicios del tipo de persona que era Pauline. Las risueñas y cariñosas caras de sus amigas en las fotografías enganchadas en el marco del espejo. La mata de culantrillo que florecía en el alféizar. (Pauline cultivaba de todo, en cualquier sitio. El jardín que había plantado en el patio —¡un patio del tamaño de un felpudo, duro como el cemento!— había producido tantas hortalizas el verano anterior que las habían vendido en la tienda. Aunque por lo general ella se las regalaba a los vecinos antes de que Michael pudiera recolectarlas.)

Muchas veces, por la noche, Pauline y la señora Anton miraban juntas alguna revista y se morían de risa. Cualquier cosa podía hacerlas reír: una fotografía de moda exagerada o un ridículo consejo doméstico. «"¿Quieres aportar tus medias de seda para la campaña solidaria?" —citaba Pauline—. "Guárdalas en este bonito saco de ganchillo fruncido con un cordón, con bordados de motivos botánicos, donde nadie podrá verlas"». La señora Anton se doblaba por la cintura y hacía unos ruiditos con la nariz, tapándose tímidamente la boca con una mano y con los ojos reducidos a dos risueñas rendijas. Michael no recordaba haber visto reír a su madre, ni siquiera cuando todavía vivían su padre y su hermano. Sólo Pauline lograba despertar en la señora Anton aquella alegría.

Oía el despertador, que hacía tictac en la mesilla de noche; oía cada lento, hueco tictac. Aparte de eso, la habitación estaba en silencio, un silencio que parecía dirigido precisamente a él. *¿Lo ves?*, le preguntaba. *¿Ves lo poco que tendrías si no tuvieras a Pauline?*

Sacó su chaqueta del armario, abrió la puerta del dormitorio y salió.

No cabía duda de que iba a nevar. Se dio cuenta por el color del cielo: había un matiz rosado bajo el gris, como el rosa de una fotografía coloreada a mano. Un olor a silicio impregnaba la atmósfera. Los pocos transeúntes que había en la calle caminaban deprisa, abrigados y encogidos. Cada vez que Michael apoyaba el bastón en la acera, éste producía un sonido metálico, como si la contera de goma se hubiera congelado y endurecido.

La ausencia de Pauline le producía un sentimiento de desgarro que se alojaba en lo más profundo de su ser. No le habría sorprendido mucho comprobar que sangraba.

Cuando estaba en el campamento para el entrenamiento de reclutas solía guardar la bufanda que ella le había tejido, doblada, bajo su almohada. Por la noche la sacaba de su escondite, se tapaba con ella la cara e inhalaba. Al principio olía a Pauline, o al menos eso imaginaba él: a su loción de almendras, a su aliento de menta verde, y hasta al aroma de compota de manzana de la cocina de su madre. Pero cuando Michael partió hacia California aquellos aromas ya se habían desvanecido, y el único que quedaba era el olor a levadura de la lana. Michael empezó a asociar el olor a lana con Pauline. Hasta tal punto que cualquier tipo de lana —la de las mantas del ejército, la de las gorras que se ponían los reclutas para hacer las guardias, los mitones que un club de insensatas mujeres envió a su unidad en pleno mes de junio— provocaba en él una profunda y casi placentera melancolía. Le escribía *Estoy locamente enamorado de ti* y *Creo que no podría vivir sin ti,* frases que sonaban exageradas, lo sabía; pero cada palabra era dolorosa, absolutamente cierta.

Y Pauline le contestaba *¡Te quiero!, ¡Te echo de menos!, ¡Qué lástima que no estuvieras aquí anoche cuando fuimos todos a la bolera!* Luego sus cartas fueron espaciándose y hasta aquellos escasos comentarios personales, ya bastante insatisfactorios, quedaron reducidos a nada. Pauline cada vez hablaba más de la cantina donde servía café y donuts a los soldados. Se refería a aquellos soldados como si fueran sus amigos, *Ese chico tan simpático de Nebraska* y *Dave, el pelirrojo, creo que ya te he hablado de él;* pero aun así, Michael no podía evitar sufrir cuando se enteraba de que Pauline no sólo iba con ellos a la bolera, sino también a patinar y a bailar. *¡Tengo que cumplir con mis obligaciones patrióticas!,* argumentaba ella para justificar lo de los bailes. *¡Si hay que bailar, iré a bailar!* Leía las cartas de Pauline con los ojos entrecerrados, esforzándose por leer entre líneas. Le escribía: *Espero que no estés empezando a olvidarme,* y ella contestaba: *¡Jamás te olvidaré! Pero no puedo quedarme toda la noche sentada en casa, tengo veintiún años, ¿qué quieres que haga?* En realidad, a él le parecía buena idea aquello de quedarse sentada en casa, pero no se lo dijo.

Además, Michael odiaba el ejército, y eso lo empeoraba todo. La vida al aire libre le hacía sentirse desgraciado, la falta de intimidad lo sacaba de quicio, y casi siempre tenía miedo.

No sólo temía los combates, sino también los ejercicios con que pretendían prepararlo para afrontarlos: arrastrarse entre la áspera maleza, pasar bajo alambre de espino, embestir con su bayoneta mientras a ambos lados, demasiado cerca de él, los otros reclutas, gruñendo de forma espantosa, embestían también... En el campamento rezaba en secreto para que lo destinaran a algún lugar seguro de Estados Unidos: un batallón de intendencia, por ejemplo, donde tuviera que encargarse de los comestibles. ¿Acaso no era ése el mejor destino para un tendero? Pero sospechaba, por lo que le estaban enseñando en California (todo estaba relacionado con los explosivos), que el ejército tenía otros planes para él. La instrucción especial era más o menos lo mismo; de hecho, irónicamente, Michael tuvo que seguir durmiendo junto al soldado Connor de Virgina, con su insoportable tos.

Entretanto, Pauline bailaba con soldados, les susurraba secretos al oído a sus amigas y se peinaba delante del espejo. La imagen del mundo cómodo y acogedor de Pauline llenaba a Michael de añoranza, aunque a veces, de repente, pensaba que se había alistado por culpa de ella. Bueno, quizá no por su culpa, sino influido por ella: influido por su mirada de admiración y expectación. No, no podía pensar eso. Tenía que responsabilizarse de sus propias decisiones.

Eso era lo que se decía, y sin embargo su resentimiento contra el ejército crecía, hasta que pasó a vivir en un estado continuo de rabia precariamente contenida. Rabiaba contra las picaduras de los insectos voladores del campo de entrenamiento, contra el peso cada vez mayor de su arma mientras permanecía de pie, rígido, durante el interminable discurso de algún oficial y contra los exasperantes carraspeos y gargarismos de la tos de Connor. Una noche, cuando llevaba ocho días seguidos sin tener noticias de Pauline, y tras recibir una alegre nota describiendo el «culto» acento de Boston de un capitán, Michael saltó de su cama gritando «¡Basta! ¡Basta! ¡Basta!», le tapó la cara a Connor con una almohada y la sujetó con todas sus fuerzas. Hicieron falta tres hombres para apartar a Michael. Connor se incorporó, pestañeando, confundido e incrédulo; Michael se sentó en su camastro y se sujetó la cabeza con ambas manos.

Después de aquello, sus compañeros empezaron a rehuirlo. De todos modos no había hecho amigos en aquel nuevo campamento, y ahora los pocos que se habían mostrado mínimamente educados con él empezaron a ningunearle. Sus superiores lo observaban con excesivo celo, y Connor, que era un patán, lo acosaba siempre que tenía ocasión, volcando «sin querer» la taza de café de Michael o haciéndolo salir de la formación de un empujón. Entonces fueron a hacer una ruta entre los matorrales, a Connor se le disparó el rifle y la bala le destrozó la cadera a Michael. Nadie se molestó siquiera en fingir que había sido un error. Michael sabía que el único error era que hubiera salido herido de aquel trance, en lugar de muerto. Pero no era tan ingenuo como para presentar cargos contra Connor.

Además, al final a Connor le salió el tiro por la culata, porque a Michael lo mandaron a casa.

Cruzó Purslane Street y torció a la izquierda. Se hallaba delante de la casa de los Barclay; las ventanas de la planta baja estaban bordeadas de luz alrededor de las persianas, y las columnas de madera del porche eran de un blanco luminoso. Michael no estaba acostumbrado a los porches. Los consideraba un lujo, pese a que el de los Barclay tenía un aire destartalado, con un montón de botas de goma tiradas por el suelo y la oxidada pala de nieve y la pequeña escoba de paja apoyadas, expectantes, junto a la puerta.

Tocó el timbre. Se limpió los zapatos, innecesariamente, en la estera de coco. Iba a llamar otra vez, pero se lo pensó mejor y se pasó los dedos por el pelo.

—Ah —dijo el señor Barclay, que por fin había aparecido en un rayo de luz que se iba ensanchando—. Eres tú, Michael.

—Hola, señor Barclay.

—Hola.

El señor Barclay se hizo a un lado. Al menos todavía no iba en batín. Llevaba un jersey de cuello de pico y unos pantalones que le hacían bolsas en las rodillas. De una de sus manos colgaba una parte del *News-Post* y llevaba puestas las gafas de leer, sin montura, caladas a media nariz.

—Me parece que va a nevar —dijo Michael al entrar.

—Sí, eso dicen —el señor Barclay señaló la escalera con el periódico—. Está arriba, con el bebé —dijo, y se dirigió de nuevo hacia su butaca.

La madre de Pauline saludó cariñosamente a Michael con la mano desde su mecedora.

—¿Cómo estás, Michael? —preguntó.

—Bien, bien, señora Barclay.

La señora Barclay estaba tejiendo algo de color azul que colgaba sobre su regazo. El fuego ardía en la chimenea, y salía una débil música de la radio, que tenía el dial en la parte superior para que no fuera necesario agacharse al manipularlo. Cuando el señor Barclay se instaló de nuevo en su butaca, dejó escapar un suspiro de satisfacción y abrió su periódico.

Michael contempló un momento aquella escena antes de darse la vuelta y empezar a subir la escalera.

Pauline estaba de pie en el mayor de los dormitorios que daban a la parte de atrás (su antigua habitación), meciendo la vieja cuna de los Barclay al ritmo que siempre hacía dormir a Lindy cuando estaba inquieta. La habitación se encontraba a oscuras, pero entraba suficiente luz desde el pasillo para que Michael pudiera ver la expresión de Pauline cuando ésta levantó la cabeza y lo miró. Tenía los ojos húmedos y su boca, con los dos pequeños y conmovedores picos de su labio superior muy marcados, tenía un gesto vulnerable y esperanzado.

—Pauline, cariño —dijo él; tiró el bastón al suelo, recorrió la distancia que los separaba y abrazó a su mujer. Notó cómo las lágrimas de ella le humedecían la piel del cuello. De pronto a Michael volvió a asombrarlo lo adorable, frágil y delgada que era.

—Creí que nunca vendrías a buscarme, creí que ibas a abandonarme, creí que ya no me querías —susurró.

—Jamás se me ocurriría abandonarte. Claro que te quiero. ¿Cómo no iba a quererte? No podría vivir sin quererte.

Fuertemente abrazado a ella, mirando por encima de su cabeza por la alta y oscura ventana, Michael vio que por fin había empezado a nevar. Detrás del cristal pasaban unos blandos copos blancos, tan ingrávidos que apenas caían. Michael tuvo la impresión de que, si contenía la respiración, ambos podrían permanecer suspendidos eternamente en aquel momento de tiempo detenido.

3. El Comité de Ansiosos

Cuando sonó el teléfono, Pauline gritó:

—¡Quieto todo el mundo! ¡Ya contesto yo! ¡Que no se mueva nadie!

Aunque ninguno de los niños, que estaban desayunando, se había movido. Lindy y George la miraron plácidamente por encima de sus tostadas. Karen, que todavía era demasiado pequeña para contestar el teléfono, siguió metiendo cereales empapados en la boca con forma de O de su muñeca.

La señora Anton había salido de su dormitorio e iba arrastrando los pies por el pasillo enmoquetado. Al ver que se acercaba Pauline, se pegó contra la pared y la dejó pasar corriendo. Porque Pauline no pensaba contestar el teléfono en la cocina; iba corriendo hacia el que había abajo, en la sala de estar.

—¿Diga? —dijo casi sin aliento mientras saltaba a la pata coja porque con las prisas se había golpeado un dedo del pie.

—Hola, querida —contestó su madre.

—Ah, eres tú.

—¡Menudo recibimiento!

—Perdona, mamá, es que... ¿Cómo estás?

—Muy bien, gracias, pero no puedo decir lo mismo de tu hermana. Por lo visto anoche se puso de parto, o eso creyó ella, y me llamó por teléfono a las dos de la madrugada; me levanté, me vestí, tu padre me llevó a su casa para que vigilara a los niños, Doug y ella se marcharon con su maletita, y ¿qué pasó? Pues que les dijeron que era una falsa alarma. «¿Falsa alarma?», dijo ella. «¡No puede ser una falsa alarma! ¡No soy una primeriza! ¡Sé perfectamente cuándo...!»

Alguno de sus hijos había dejado un tebeo encima de la barra de bar y ahora había una marca: fragmentos de letras invertidas dentro de bocadillos blancos y una imagen de Minnie Mouse con su enorme lazo rojo. En realidad, tener una barra de bar era una tontería. Ni Pauline ni Michael bebían mucho. Pero Pauline tenía pensado empezar a celebrar fiestas en cuanto sus vidas volvieran a la normalidad y dejaran de ser tan ajetreadas, y ya se imaginaba los sofisticados refrescos y helados que serviría en esas reuniones cuando los niños alcanzaran la adolescencia. Además, el bar iba incluido en la casa. Podías elegir el plano A, B o C, y aunque los planos B y C estaban por encima de sus posibilidades (o mejor dicho, por encima de las posibilidades de su padre, pues había sido él quien había dado la entrada), incluso el plano A, el Rancho Californiano, tenía varios elementos lujosos, entre ellos no sólo el bar, sino también una columna de ladrillo que parecía una chimenea, sólo que donde debería estar la chimenea había un hueco donde pensaban poner un televisor tan pronto como pudieran comprarlo.

La pobre Donna había llegado a casa hecha un mar de lágrimas, iba diciendo su madre.

—Ya sabes lo tedioso que es. No puedes dormir por la noche, no encuentras la postura cómoda para la espalda...

Pauline introdujo un dedo en el 1 del dial y lo hizo rotar mínimamente, aunque no lo suficiente como para cortar la voz de su madre. Entonces se pasó un poquito y su madre se quedó callada después de decir «retención de líquidos». Cuando Pauline soltó el dial, su madre estaba

diciendo: «... los tobillos hinchados como morcillas...».
Pauline no se había perdido nada.

—Bueno, ya la llamaré más tarde —dijo—. Intenta animarla un poco.

—Ay, cariño, ¿por qué no te encargas tú de eso? Está tan triste y tan desanimada.

—¡Tengo que dejarte! —zanjó Pauline, y colgó sin más.

Se quedó un momento de pie junto al teléfono, pero éste no volvió a sonar.

Arriba, la señora Anton vaciaba el armario que había junto a la cocina, sacando de él sal, pimienta, maizena, azúcar, tapioca... Llevaba el cabello recogido con un pañuelo anudado sobre la frente, y por debajo de la bata asomaban unas piernas muy blancas, delgadas y surcadas de venas.

—¿Busca algo? —le preguntó Pauline.

—Ciruelas pasas.

—Siéntese, ya se las doy yo. George, deja de jugar con la tostada. O te la acabas, o pides permiso para levantarte de la mesa. Y tú, Lindy... Lindy, ¿qué es eso que llevas puesto?

Lindy llevaba unos pantalones cortos de tela vaquera y una blusa rosa con ribetes de encaje y mangas abombadas, la parte de arriba de un conjunto idéntico al de su madre que hasta entonces se había negado a ponerse. Todos los domingos por la mañana, cuando se estaban vistiendo para ir a la iglesia, Pauline le preguntaba: «¿Qué? ¿Nos vestimos iguales?», y Lindy siempre se negaba. Ella quería ponerse el traje de marinero; quería ponerse la falda escocesa azul. Cualquier cosa, por lo visto, menos un conjunto igual que el de su madre. ¡Cómo le gustaba llevarle la contraria! Pauline había acabado por desistir, resignándose a esperar que Karen heredara aquel conjunto.

Además, a Karen le pegaba más: era blanca, rubia y de ojos azules, mientras que Lindy tenía la tez y el cabello oscuros como Michael y, ya a los siete años, su mismo cuerpo huesudo y anguloso. Pauline estaba convencida de que algún día Lindy sería una belleza (aunque admitía que quizá fuera amor de madre). Se convertiría en lo que la gente llamaba una mujer atractiva y deslumbrante, alguien capaz de ponerse aquellos modelos que se veían en la revista *Vogue*. Pero, mientras tanto, allí estaba aquel sábado por la mañana, una estrafalaria mezcla de encaje y vaqueros; y Pauline con pantalones cortos.

—Lindy —dijo Pauline—, ¿quieres hacer el favor de ir a ponerte una camiseta? Y cuelga esa blusa en una percha antes de que se arrugue del todo.

—No me apetece ponerme camiseta —replicó Lindy. Tenía la barbilla levantada en un gesto desafiante, y los ojos entrecerrados. El cabello le colgaba a ambos lados de la cara, lacio como palos de regaliz.

—Pues nadie va a venir conmigo a la piscina vestido así —la amenazó Pauline. Se dio la vuelta y se puso a buscar las ciruelas pasas, porque con Lindy era mejor no forzar un enfrentamiento. Lindy tardó en reaccionar, pero entonces Pauline la oyó levantarse de la silla y salir de la cocina.

—Yo puedo ir a la piscina —anunció George—. Llevo camiseta.

—Sí, Georgie. No encuentro las ciruelas, mamá. Me parece que tendrá que tomar otra cosa para desayunar.

—Es que el doctor Stanek me recomendó que comiera ciruelas pasas. Muchas ciruelas pasas y mucha fibra.

—¿Qué le parece un poco de compota de manzana? —preguntó Pauline.

—¿Compota de manzana? ¿Acaso quieres matarme? ¡Ya sabes que la compota de manzana es astringente!

—Pues macedonia de frutas. El otro día vi una lata de macedonia por aquí, estoy segura...

—De verdad, no me explico —dijo la señora Anton— que mi hijo tenga una tienda de ultramarinos y que nunca haya comida en casa.

Pauline agarró una caja de Grape-Nuts e hizo una mueca.

—Por cierto, ¿dónde está Michael? ¡Hoy es sábado! ¿No prometió que los sábados se quedaría en casa?

—Ya sabe cómo es —dijo Pauline—. Se niega a creer que alguien pueda ocupar su lugar. Eustace le ha llamado para decirle que tenía un problema con el frigorífico, y ha ido corriendo a ver qué pasaba.

—Y con toda la razón —repuso la señora Anton, cambiando repentinamente de actitud—. ¿Dónde se ha visto que alguien deje el negocio a cargo de un negro?

—Tome —dijo Pauline—. All-Bran. ¿No quería algo con fibra?

La señora Anton frunció los labios en una mueca de descontento, pero se sentó en la silla y dejó que Pauline le llenara un cuenco de cereales.

—Ve a buscar tu toalla y tu bañador —le dijo Pauline a George—. Karen, querida, acábate los cereales. Si queremos ir a la piscina, ya podemos darnos...

Volvió a sonar el teléfono.

—¡Ya contesto yo! —gritó Pauline.

Salió a toda velocidad de la cocina, recorrió el pasillo y bajó por la escalera hasta la sala de estar. Cada vez que oía otro timbrazo, daba gracias al cielo, porque nunca sabías cuándo a la señora Anton (que por lo general no parecía oír ni teléfonos ni timbres) podía ocurrírsele levantar el auricular.

—¿Diga?

—¿Pauline?

—¡Oh! Hola, Alex.

Muy sorprendida y espontánea, como si aquella llamada fuera lo último que podía habérsele ocurrido.

—¿Te pillo en mal momento?

—No, qué va.

—Ya sé que el sábado es un día para estar en familia.

—Pues mira, Michael ha ido al centro —dijo ella—. Para mí es un día como otro cualquiera.

—Verás, es que tengo un pequeño problema y he pensado que quizá tú pudieras ayudarme.

—¡Suéltalo!

De pronto Pauline parecía haberse convertido en una persona totalmente diferente, una de aquellas mujeres atléticas que empleaban un lenguaje lleno de argot y que se paseaban en faldita por los campos de golf.

—Resulta que en el congelador del sótano hay varios paquetes de carne —explicó él—, y llevan bastante tiempo allí. Desde antes..., ya sabes, desde antes de la famosa fuga. ¿Crees que puedo envenenarme si me la como?

—Ah. Bueno... —dijo Pauline. Estaba alargando deliberadamente su respuesta para que la conversación durara más.

—Todavía no estoy preparado para abandonar este mundo —añadió él—, pese a lo desconsolado que se supone que estoy.

— ¡Claro que no! —coincidió ella—. Pero el congelador no ha dejado de funcionar, ¿no? No se ha estropeado, ni ha estado desenchufado, ¿verdad?

—Que yo sepa, no.

—Y Adelaide se marchó hace...

Pese a que últimamente habían hablado muy a menudo, aquélla era la primera vez que Pauline se refería de modo tan directo a la fuga de la esposa de Alex. Se sintió muy atrevida al pronunciar su nombre en voz alta.

—En mayo —dijo Alex—. Pero era una persona con visión de futuro. Podría ser que hubiera comprado esa carne varias semanas atrás.

—De todos modos —dijo Pauline—, no creo que esté mala.

—¿Seguro?

—Quizá haya perdido un poco de sabor, pero...

—Entonces me arriesgaré —dijo Alex.

—¡Oye, no te fíes demasiado de mí!

—¿Por qué no? —preguntó él—. ¿De quién podría fiarme más? ¡Pero si eres Madame Betty Crocker*! Todavía me acuerdo de aquella salsa que llevaste al picnic del Cuatro de Julio.

—Mi salsa hawaiana —dijo ella. No pudo evitar sentirse orgullosa.

—Era increíble —afirmó él.

—Michael dijo que tenía un sabor demasiado exótico.

—¡Pero si ésa era precisamente la gracia!

—Me preguntó: «¿Cómo se te ocurre servir un plato con salsa de soja el Día de la Independencia?».

—Mamá —dijo Lindy.

Pauline se dio la vuelta tan bruscamente que se golpeó el codo contra el borde de la barra de bar.

—¡Hola! —exclamó.

---

* Popular personaje ficticio especializado en cocina casera, creado en 1921 en Estados Unidos para personalizar el contacto con los clientes de una empresa de alimentación. *(N. de la T.)*

Lindy estaba al pie de la escalera, con una mano encima de la barandilla. Se había puesto una camiseta sin espalda muy ceñida que por delante se le pegaba al pecho, todavía completamente plano.

—¿Qué quieres, cariño? —preguntó Pauline, pero Lindy se limitó a seguir taladrándola con aquella mirada enigmática que su madre no sabía interpretar.

En el otro extremo de la línea, Alex seguía hablando:

—... siempre he admirado a las mujeres con gustos cosmopolitas —Pauline lo interrumpió:

—Tengo que dejarte —dijo con desenvoltura—. Mi hija quiere decirme algo.

—Ah, vale —dijo Alex.

—¡Hasta luego!

—Adiós, Pauline.

Pauline colgó el auricular, y Lindy preguntó:

—¿Quién era?

—Un amigo.

—¿Qué amigo?

—Un amigo, Lindy, que quería preguntarme algo sobre un congelador.

—¿Sobre un congelador?

—Una pregunta de cocina. Ya sabes, ¿no?

Lindy siguió estudiándola.

—Vámonos —dijo Pauline, y echó a andar con brío hacia la escalera, frotándose el codo que se había golpeado contra la barra.

Algún día tendrían dos coches, como los vecinos de la esquina, pero de momento no podían permitírselo. Pauline debía llevar a los niños a pie a todas partes, o acompañar a Michael en coche al centro y recogerlo a la hora de cerrar la tienda. De todos modos, para ella Elmview Acres valía la pena. ¡Era un barrio tan verde, tan seguro y tranquilo, tan estructurado, tan hermosamente organizado!

Al principio, Michael se había opuesto a irse a vivir allí. Argumentaba que era demasiado caro y que estaba demasiado lejos de toda la gente que conocían. Pero ¿cuánto tiempo habrían podido seguir viviendo en aquel apartamentito donde los tres niños tenían que dormir en la misma habitación? Donde Pauline y Michael ni siquiera tenían una habitación para ellos, y tenían que dormir en el sofá cama del salón. Y donde cualquiera que fuera a visitarlos tenía que entrar por la cocina.

Además, George y Lindy tenían que jugar en la calle. Ése fue el factor decisivo. Los dos volvían a casa mugrientos y cubiertos de polvo, con las rodillas sucias y llenas de rasguños. Mientras que en las afueras todas las casas tenían su propio jardín, y cada nueva urbanización, su propia piscina.

La piscina de Elmview Acres era muy bonita, azul y con forma de guitarra, y había varias tumbonas plegables agrupadas alrededor de la parte menos profunda para las mujeres con niños pequeños. Aquel día sólo había dos mujeres sentadas allí —Mimi Drew y Joan Derby—, porque era sábado por la mañana, cuando la mayoría de las esposas iban a hacer recados con sus maridos. Pauline saludó a Mimi y a Joan con la mano y empujó la sillita de paseo hacia los vestuarios. Tras la habitual discusión con George —«No, tú no puedes entrar en el vestuario de señoras; eres lo bastante mayor para ir solo al vestuario de los hombres»—, el niño entró en el vestuario con su toalla enrollada bajo el brazo. Pauline aparcó la sillita junto a la entrada del vestuario de señoras y sacó la bolsa de playa de la cesta. Entró con Lindy y Karen en el vestuario, frío y en penumbra, donde olía a cemento húmedo. Había un banco que recorría toda la habitación, y unas cabinas de madera basta alineadas en la pared del fondo. En una de las cabinas, Pauline le puso a Karen un traje de baño rojo y blanco con volantes alrededor de la cintura para disimular el volumen del pañal. Lindy, entretanto, se puso un bañador de chico y una camiseta interior sin mangas, el único traje de baño que aceptaba ponerse. Pauline había dado por perdida aquella batalla.

Hizo salir a las niñas de la cabina —«Pero no salgáis del vestuario, ¿de acuerdo? Quedaos sentadas en el banco y esperadme»—, y se puso un traje de baño a cuadros con vueltas en la parte inferior, lo cual se suponía que la hacía parecer más delgada. Últimamente, a Pauline habían empezado a ensanchársele las caderas.

¡Si se las viera Alex Barrow!

Pauline solía pensar lo injusto que era el poco tiempo que había sido joven y medianamente guapa. Aunque el bueno de Michael siempre le llevaba la contraria cuando ella lo comentaba. «¡Pero si todavía eres joven! ¡Ni siquiera tienes treinta años! Todavía eres la chica más guapa de la ciudad.» Pero eso sólo demostraba lo poco que se fijaba en ella. Tenía la impresión de que empezaba a colgarle la parte inferior de las mejillas y de que su cara se estaba volviendo casi cuadrada, y sólo la rebelde abundancia de su cabello podía ocultar el hecho de que se estaba volviendo... no gris, todavía no, pero más mate, y de textura más delicada.

Se colgó las asas de paja de la bolsa de playa al hombro y salió de la cabina. Karen seguía sentada en el banco, tal como le habían ordenado, chupándose el pulgar, pero Lindy estaba en el umbral de la puerta, con medio cuerpo dentro y medio cuerpo fuera y con los delgados hombros iluminados por el sol mientras las larguiruchas piernas permanecían en sombra.

—¡Lindy Anton! —gritó Pauline—. ¿No te he dicho que te quedaras sentada en el banco?

Sin contestar, Lindy salió disparada del vestuario. Pauline y Karen la siguieron, y George se les unió cuando pasaron por delante de la entrada del vestuario de los hombres. George era obediente, igual que Karen. Se había quedado esperando donde le habían ordenado, rechoncho, blanco y dócil con su enorme bañador de algodón. Le dio su toalla a Pauline y preguntó:

—¿Ya puedo bañarme, mamá?

Su mejor amigo, Morris Derby, estaba haciendo una guerra de agua con los hijos de los Drew en el otro lado de la piscina.

—Sí, ya puedes ir —dijo Pauline, y George se separó de ella—, ¡pero sin correr! —añadió Pauline, aunque demasiado tarde. Lindy ya estaba en el agua; se había zambullido, salpicando abundantemente, en cuanto llegó a la explanada.

Pauline agarró a Karen de la mano —una manita sedosa que parecía un pastelito de merengue— y fueron juntas hacia donde estaban las otras dos mujeres.

—¿Dónde habéis dejado hoy a vuestros maridos? —les preguntó al tiempo que dejaba su bolsa de playa en el suelo.

—Brad tiene migraña otra vez —dijo Mimi exhalando un largo suspiro, y Joan dijo:

—Phil ha tenido que ir a trabajar.

—Ah, Michael también —replicó Pauline.

Mimi Drew era una mujer regordeta, con la cara redonda y bastante vulgar, pero Joan Derby habría podido ser modelo: era alta y esbelta, y con aquellas gafas de sol de gato parecía distante e inexpresiva; llevaba un bañador negro sin tirantes que se adhería como una segunda piel al contorno de su elegante figura. Pauline siempre se sentía cohibida en compañía de Joan. Se sentó en el extremo de una tumbona, a la izquierda de Mimi, y colocó a Karen entre sus rodillas, buscando seguridad en el pequeño pero robusto torso de su hija.

—Me prometió que los sábados se quedaría en casa —continuó—, pero por lo visto siempre surge algún problema en la tienda que requiere su presencia.

—Ya —dijo Joan. Su forma de hablar encajaba perfectamente con su físico: arrastraba las palabras, con una voz socarrona, de fumadora. Dirigió la cara hacia el sol y agregó—: Cada vez que le digo a Phil que hay que cortar el césped, él salta: «Qué pena, mi secretaria me ha puesto una reunión muy importante».

—¡O limpiar los canalones! —aportó Mimi—. No falla nunca: cada vez que saco el tema de los canalones, a Brad le empieza a doler la cabeza.

Michael no sabía limpiar los canalones. Cuando se fueron a vivir a la urbanización, Bob Dean, el vecino de al lado, le comentó que el único árbol adulto del vecindario había atascado todos los canalones de Winding Way, y que cuando quisiera él le prestaría su escalerilla. Más tarde Michael confesó que hasta que Dean mencionó la escalerilla, había creído que su vecino le estaba hablando de las alcantarillas de la calle. «¿No podemos dejar las hojas donde están? —le preguntó Michael a Pauline—. ¿Acaso no son para eso los canalones de los tejados, para recoger las hojas?».

Pauline, impotente, mostró las palmas de ambas manos en un gesto de exasperación. Al fin y al cabo, ella también era una chica de ciudad.

«¡Bastante castigo es tener que cortar el césped cada semana!», añadió Michael.

Y los domingos por la tarde, cuando todas las familias iban a la piscina, Michael era el único marido que no sabía nadar. Era al que más bolsas le hacía el bañador, cuyo pecho parecía más blanco y el que parecía más desnudo y desprotegido.

Karen se escurrió de entre las piernas de su madre y echó a andar hacia el borde de la piscina. Pauline sabía perfectamente que la niña no se atrevería ni a meter un pie en el agua, y además el socorrista, un muchacho adolescente, vigilaba desde su silla; de modo que Pauline se tumbó en la hamaca y cerró los ojos. El sol todavía no pegaba muy fuerte, como sin duda lo haría unas horas más tarde. Una débil brisa le acariciaba la piel, y el olor a cloro del agua tibia de la piscina le hacía sentirse mustia y lánguida, como si estuviera flotando en la superficie.

Mimi intentaba decidir qué haría para cenar.

—... esta semana ya hemos comido atún —iba diciendo—, hamburguesas, perritos calientes...

—A mí no me importa el trabajo que supone preparar las comidas; lo que me importa es tener que pensar qué voy a hacer —dijo Joan—. A veces me gustaría que alguien me diera los menús de toda la semana. Que me dijeran: «Toma. Hoy es lunes. Tienes que hacer esto».

—La verdad es que debería preparar ese trozo de carne para asar que hay en la nevera —prosiguió Mimi—. No sé si todavía estará bueno.

—Como Alex —dijo Pauline, y abrió los ojos.

—¿Alex? —se extrañó Mimi.

Pauline notó que se le aceleraba el corazón, como si estuviera a punto de hacer algo peligroso.

—Alex Barrow —concretó—. Nunca conseguirá vaciar su congelador.

—¿Alex Barrow te ha hablado de su congelador?

—Sí —contestó Pauline. Se le puso la voz trémula, como si no pudiera controlarla. Hizo pantalla con una mano y miró hacia Karen para ganar un poco de tiempo—. No se aclara con las cosas de la cocina; ya sabéis cómo son los hombres. ¡Karen, cariño, no te acerques tanto al borde!

Karen, que estaba de pie a unos dos palmos del borde de la piscina, se volvió y miró a su madre sin quitarse el pulgar de la boca.

—¿Cómo es que te ha comentado eso? —preguntó Joan.

—Ah, mira, salió en la conversación un día que estábamos hablando por teléfono.

—¿Estabas hablando por teléfono con Alex Barrow?

—Sí, ¿por qué?

—¿Lo llamaste tú, o él a ti?

—Me llamó él, por supuesto —respondió Pauline.

Pero ya se había arrepentido de haberlo mencionado. Se incorporó en la tumbona y dijo:

—¡Karen! ¿Quieres comer algo?

—¿De qué más habláis? —inquirió Joan.

—De cosas sin importancia.

—¡No tenía ni idea de que fuerais tan amigos!

Pauline mantuvo la vista fija en Karen.

—¿Te ha contado que su esposa lo ha dejado? —preguntó Mimi.

—¡No, claro que no! —dijo Pauline. Se inclinó y metió una mano en su bolsa de playa—. Nunca tocamos ese tema. Pobre hombre, no tiene ningunas ganas de hablar de eso.

Pauline sacó la mano de la bolsa y vio que las dos mujeres la miraban fijamente. Los labios de Mimi estaban fruncidos formando una O. Joan se había quitado las gafas de sol y mordisqueaba pensativamente una patilla, con los ojos entrecerrados, como si estuviera evaluando a Pauline.

—Yo no me lo explico —dijo Mimi por fin—. ¡Formaban una pareja tan atractiva! Alex tan moreno, guapo y gracioso, y Adelaide con su melena rubio platino, como una diosa gélida. Jamás los vi discutir. ¿Y vosotras?

—Pero no tenían hijos —le recordó Joan—. Quizá fuera ése el problema.

—Bueno, pero... —dijo Pauline, pero se interrumpió. Las otras dos se habrían quedado perplejas si les hubiera dicho que ella no estaba segura de que los hijos pudieran mejorar un matrimonio.

—Y una noche —continuó Mimi con tono de desconcierto, como quien narra un cuento— él llega a casa del trabajo y descubre que ella se ha marchado. No tiene más remedio que preguntar a los vecinos si alguien la ha visto. ¡Oh! ¡Debió de sentirse tan humillado! Fue Laura Brown, prácticamente una desconocida, quien le dijo que su esposa había decidido abandonarlo.

—Y ni siquiera Laura sabía por qué —apuntó Joan—. Dijo que Adelaide había llamado a su puerta, le había entregado las llaves de la casa y le había dicho que se iba a vivir a casa de sus padres, a Ohio.

—¡Qué misterioso! —dijo Mimi.

Miraron expectantes a Pauline, pero ella se limitó a llamar a su hija diciendo:

—¡Toma, cariñito! —y le mostró una caja de galletas con forma de animales.

Cuando se marcharon de la piscina el sol ya estaba muy alto en el cielo y les daba con fuerza en la cara, como si se reflejara en una plancha de metal, y los niños, con la piel ligeramente quemada, estaban sudorosos y malhumorados. Karen, que se resistía a sentarse en la sillita de paseo, estiraba las piernas y arqueaba la espalda, furiosa. George no entendía por qué tenía que irse a casa si Buddy Derby podía quedarse. «A lo mejor Buddy Derby no tiene a una abuela esperándolo para comer en casa», le espetó Pauline. Los tirantes del sujetador le lastimaban los hombros quemados. Los zapatos —bajos, de bailarina, blancos; se los había comprado en las rebajas el fin de semana anterior— le estaban haciendo ampollas en los talones. La perspectiva de preparar la comida en una cocina donde todavía estaban por recoger las cosas del desayuno, con platos sucios, baberos manchados, cuentos ilustrados y partes de juguetes por todas partes la llenaba de desesperación.

Iban por Beverly, y de pronto Pauline torció a la izquierda y enfiló Candlestick Lane.

—¡Por aquí no se va a casa! —protestó Lindy.

Pauline no dijo nada. (La constante atención de Lindy no dejaba de sorprenderla. Ninguno de sus otros dos hijos hacía que se sintiera bajo un microscopio.)

—¿Por qué vamos por esta calle, mamá?

—He pensado que os gustaría cambiar de camino —le contestó Pauline.

—¡A mí no me importa el camino! Lo que quiero es llegar a casa. Quiero comer.

—Bueno, pues a mí sí me importa. Estoy harta de ver siempre lo mismo —repuso Pauline. Y se puso a tararear, empujando la sillita de paseo más despacio y mirando deliberadamente a derecha e izquierda para contemplar el paisaje. Que no era, en realidad, muy diferente del de Winding Way. Las mismas casas bajas de una sola planta, los jardines que se juntaban unos con otros como si formaran un gran campo de golf, delgados árboles jóvenes atados a estacas con tiras de goma negra. George caminaba en cabeza a un ritmo irregular, evitando todas las grietas de la acera. Lindy iba a la zaga; Pauline la oía arrastrar las puntas de los zapatos al andar, como tantas veces le había pedido que no hiciera.

Al llegar al final de la segunda manzana, frente a la casa anterior a la de Alex Barrow, Pauline se detuvo. Sonrió a una mujer que desherbaba un parterre de petunias.

—¡Qué flores tan bonitas! —le dijo.

—Gracias.

—¡Hace un día precioso para arreglar el jardín!

—Sí, hace un día muy bonito.

La mujer arrancó otra mala hierba, pero entonces hizo una pausa, se sentó sobre los talones, preguntándose quizá si debía decir algo más.

—La verdad es que ha hecho un tiempo excelente todo el verano —comentó.

—Sí, ya lo creo.

Pauline siguió andando a regañadientes. Empujó la sillita muy despacio al pasar por delante de la casa de Alex, un edificio de ladrillo y piedra del plano C, la Maison Deluxe.

—Esta casa tiene una barbacoa de obra en el patio trasero —le explicó a Lindy—. De ladrillo, con una parrilla de hierro colado.

Lindy miró detenidamente la casa.

—¿Cómo lo sabes? —preguntó.

—Porque una vez nos invitaron a un cóctel.

—¿Se pueden asar malvaviscos en una barbacoa de obra?

—Sí, claro.

—Eso es lo que haría yo si viviera aquí.

—Aquí vive Alex Barrow —dijo Pauline.

Lo dijo sólo para oír aquellas palabras pronunciadas en voz alta, el elegante «Alex» y el fácil, fluido «Barrow».

Volvió a detenerse, sólo un instante. Pero la casa estaba cerrada a cal y canto. Nadie salió afuera. Finalmente echó a andar de nuevo.

Su suegra estaba apostada junto a la ventana del salón, esperando verlos llegar. Al acercarse a la casa, Pauline vio cómo se movían las cortinas de red. Sin embargo, cuando entraron por la puerta de atrás, la señora Anton estaba sentada en la cocina, agarrada al borde de la mesa con ambas manos.

—¿Dónde os habíais metido? —gritó—. ¡Estaba preocupadísima!

—Hemos ido a la piscina, ¿no se acuerda?

—No veníais de la piscina. Veníais del otro lado.

—Hemos vuelto por otro camino —explicó Pauline. Dejó la bolsa de playa en el único sitio despejado de la encimera, y luego se puso a amontonar los platos del desayuno bajo la escrutadora mirada de la señora Anton. La mujer no se había atrevido a salir por la puerta desde que se mudaran a la urbanización por temor a perderse, pero por lo visto sabía exactamente en qué calle debía estar Pauline en cada momento.

—Primero he pensado: Bueno, será que se lo están pasando tan bien que no se han acordado de que es la hora de comer. Pero luego me he dicho: ¿Y si alguno de los niños se ha ahogado? ¿Y si ha ocurrido alguna desgracia?

—Estábamos tan tranquilos en la piscina con los Derby y los Drew —aclaró Pauline—. Y hemos vuelto a casa por Candlestick Lane para hacer un poco de ejercicio.

—¿No habéis hecho bastante ejercicio en la piscina?

Pauline puso el montón de platos en el fregadero. Mojó una esponja y volvió a la mesa, rodeando a Karen, que se había sentado en el suelo, en medio de la cocina, y estaba cantándole a su muñeca.

—¿Qué sopa le apetece? —le preguntó a su suegra.

—No sé si voy a poder comer. Llevo tanto rato hambrienta que se me ha pasado el hambre. Tengo el estómago completamente cerrado.

Pauline terminó de limpiar la mesa y a continuación sacó una lata de sopa de pollo con fideos del armario. Cuando ya había abierto la lata, la señora Anton dijo:

—Ternera con verduras, quizá.

—¿No le apetece la de pollo con fideos?

—No, prefiero la de ternera con verduras.

Pauline cerró momentáneamente los ojos. Luego dejó a un lado la lata de pollo con fideos y volvió al armario.

Karen cantaba *Rockabye Baby*. George y Lindy se peleaban por una caja de letras magnéticas.

—Lindy —dijo Pauline—, ¿quieres hacer el favor de sacar tus lápices de cera de mi horno? Se van a derretir.

—Seguro que después pasasteis por casa de Joan Derby a tomaros una Coca-Cola —dijo la señora Anton—. Es la mujer más holgazana del mundo, sin duda alguna. No tiene nada mejor que hacer que pasarse toda la mañana tumbada en la piscina, y luego invita a sus amigas a su casa para chismorrear con ellas.

—No —replicó Pauline—. Joan se ha quedado en la piscina. Los niños y yo hemos venido directamente a casa.

—Directamente, no. Acabas de reconocerlo no hace ni un minuto.

A veces Pauline notaba una comezón terrible, una especie de vibración en todo el cuerpo, y tenía la sensación de que en cualquier momento iba a darle un ataque.

—Recuerdo que me gustaba un chico de mi parroquia que tenía una madre encantadora —le dijo un día a Michael.

Michael había vuelto tan tarde que ya habían recogido los platos de la comida; Karen y la señora Anton estaban echando la siesta, y los otros dos niños jugaban en los columpios del patio trasero. Pauline le preparó una ensalada de atún hecha con prisas y la acompañó con los restos de ensalada de col del día anterior y, pese a que ella había comido con los demás, no pudo evitar picar un poco de atún mientras le hacía compañía a Michael.

—La señora Dimity, así se llamaba —continuó—. Siempre que iba a su casa, me ofrecía té en sus mejores tazas de porcelana. Me regaló perfume el día de mi cumpleaños, una botella de Amour Amour que mis padres no me dejaron ponerme.

—¿Quién era? —preguntó Michael. Iba a servirse ensalada de col, pero se detuvo para mirar a su esposa.

—Ya te lo he dicho. La señora Dimity.

—Me refiero al chico.

—Un chico de mi parroquia, Rodney.

—Nunca me habías hablado de ningún chico de tu parroquia.

—¿Ah, no? Su madre tenía siete hijos y ninguna hija. Siempre decía que le habría gustado tener una hija como yo.

—¡Jamás me habías dicho nada de ningún chico de tu parroquia! Siempre dices que me has hablado de todos los novios que tuviste, pero es la primera vez que me hablas de un chico de tu parroquia.

—Hombre, novios... —dijo Pauline—. Teníamos trece años. No puede decirse que fuéramos novios.

—Entonces, ¿a qué viene que ahora me hables de
él? —preguntó Michael.

—No te estoy hablando de él; te estoy hablando
de su madre. Era su madre la que me encantaba. Es una
lástima que no mantuviera el contacto con ella.

Michael miró a Pauline un momento más; luego
sacudió la cabeza y tomó la fuente de ensalada de col.

¡Rodney Dimity! Tenía pecas y la nariz pequeña
y chata, y se ruborizaba como una niña cada vez que Pauline hablaba con él. Ella suponía que aquél era precisamente su atractivo: que era inofensivo. No demasiado varonil, ni atrevido. Ni siquiera habían llegado a tomarse de
la mano; sólo habían intercambiado algunas sonrisas se-
cretas que hacían que el rostro de Rodney se cubriera de
un intenso rubor. Luego Pauline creció más que él y empezó a interesarse por otros chicos. Como Richard Brand,
el primer chico al que besó. O Darryl Macc, que le regaló
su gigantesco anillo; ella lo llevaba colgado de una cadena bajo la blusa para que sus padres no lo descubrieran.
Los padres de Pauline opinaban que Darryl era demasiado mayor para ella. (Él tenía dieciocho años y ella quince.) A Pauline todavía no la dejaban siquiera ir sola al cine
con un chico, pero aquel tibio y pesado anillo descansaba
entre sus pechos. ¡Lo de Rodney Dimity ya había pasado
a la historia!

En el instituto daba la impresión de que cada chico
del que se enamoraba era más inalcanzable, más imposible que el anterior. Al principio ella siempre daba por hecho que aquel nuevo chico jamás la miraría siquiera, pero
entonces resultaba que él sí la miraba, y salían juntos un
tiempo hasta que gradualmente ella se iba impacientando;
y se fijaba en algún otro chico, uno presuntamente inac-

cesible, pero aun así... Cuando repasaba su pasado, era como contemplar desde arriba un largo tramo de escaleras. El tierno e indeciso Rodney estaba al final del todo, y Roy Cannon —delegado del último curso, capitán del equipo de fútbol americano, el chico más codiciado de la escuela— estaba arriba del todo, con un cuello tan ancho y musculoso que casi no se distinguía de sus poderosos hombros. Después de graduarse, Roy había entrado en el negocio de coches de segunda mano de su tío, pero para entonces el entusiasmo de Pauline había empezado a disminuir. De pronto le llamaba la atención lo fuerte que era su voz; cuando llevaba traje en lugar del uniforme de fútbol, su cuello parecía grotesco y deforme. Sin embargo, cuando dejó de salir con él Pauline no tenía a ningún otro chico en el horizonte, al principio. (Ella también había terminado los estudios, y trabajaba en la oficina de su padre, donde era más difícil conocer a chicos.) Cuando estalló la guerra, ella no tenía a nadie de quien despedirse, y aunque algunos lo consideraran una gran suerte, ella no se sentía afortunada. En aquella primera desbandada febril, después de Pearl Harbor, Pauline veía parejas abrazándose allá donde mirara, chicos haciendo cola frente a las oficinas de reclutamiento con sus novias orgullosa y valientemente colgadas de su brazo, pero Pauline estaba sola.

Y entonces apareció Michael.

¿Era ésa la única explicación? ¿Que Pauline también quería tener un novio al que enviar al frente?

Pero además él era tan bueno y tan guapo, y ella había visto algo tan noble en su cara... ¡Es que Michael era verdaderamente noble! Era un hombre decente, sobrio y trabajador, y a Pauline habría podido irle mucho peor, como a menudo se recordaba.

Con todo, durante su noviazgo Pauline empezó a descubrir ciertos defectos en él. Los veía, pero no los veía;

digamos que no pensaba demasiado en ellos. Cuando él no entendía los chistes de ella, cuando anteponía los sentimientos de su madre a los de Pauline, cuando demostraba falta de imaginación, cuando criticaba a alguna de sus amigas, ella se tapaba los ojos y perseveraba en la imagen original que tenía de él: Michael era el gran amor que ella llevaba toda la vida esperando. ¿Acaso no estaba todo el mundo de acuerdo en eso? ¡Formaban una pareja perfecta! ¡Él iba a ir a luchar por su país! ¡Ella iba a quedarse esperándolo en casa! ¡Por la radio sonaba *I'll Never Smile Again*, la guerra hacía estragos en Europa y el mundo intentaba separarlos, pero al final se impondrían ellos!

De modo que Pauline siguió por el camino equivocado, con constancia, con tesón, con terquedad. Sí, en retrospectiva lo veía claramente. Se había hundido cada vez más, prometiendo escribir a diario pese a que detestaba escribir cartas, cuando no había nada nuevo que contarle a una persona si tenías que escribirle cada interminable día de la semana y cuando las cartas que le enviaba él eran informes exasperadamente detallados de batallas ficticias en las que no sé quién estaba detrás de no sé qué árbol, no sé quién en el flanco derecho, no sé quién en el izquierdo, etcétera, etcétera. Y prometiendo no salir con otros hombres pese a que se moría de aburrimiento, sola y sin distracción alguna, y pese a estar la ciudad atestada de apuestos soldados... ¡Ella era demasiado joven para vivir así! ¡Aquello era un desperdicio!

Hasta que al final pensó: *Tengo que acabar con esto. Le escribiré y acabaré con esto. ¿Qué me importa? ¿Qué me importa lo que diga la gente?*

Pero mientras Pauline todavía estaba eligiendo las palabras adecuadas, Michael sufrió su accidente. No puedes dejar plantado a un chico que está ingresado en un hospital. Pauline decidió esperar un poco. Esperaría a que él volviera a caminar, y entonces le escribiría la carta. Pero entonces mandaron a Michael a casa. Se apeó del tren con unas profundas arrugas que tiraban hacia abajo de las comisuras de su boca, pese a que apenas tenía veintiún años, y sus pantalones militares eran tan nuevecitos y tan imponentes, y su cojera tan conmovedora; y Pauline era la joven novia del soldado, y corría hacia él con su vestido de verano. Cuando Michael soltó sin pensarlo el bastón y la abrazó y le preguntó si quería casarse con él, ¿a quién podía extrañarle que ella dijera que sí?

Todavía no era demasiado tarde para echarse atrás. ¡Pauline todavía podía rectificar! Y estuvo a punto de hacerlo, media docena de veces, incluida la última, sólo minutos antes de la boda. Pero allí estaba, aunque no supiera cómo, pasados tantos años.

Los defectos de su marido la irritaban diariamente: su rigidez, su cautela, su escasa imaginación, su pesada forma de hablar, su reticencia a gastar dinero, su desconfianza ante cualquier cosa que no fuera conocida, su tendencia a juzgar a los demás, su limitada comprensión ante sus propios hijos, su actitud poco caritativa hacia la gente menos afortunada que ellos, su aversión a todos los eventos sociales, su poca gracia en la cama, su mágica habilidad para hacer que ella pareciera una histérica, su exasperante y paciente «Mira, Poll» cada vez que ella se enfadaba, su afición a recordarle, durante las discusiones, debilidades que ella había confesado, con excesiva ingenuidad, en momentos más felices. Y sin embargo, en el fondo ella sabía que el verdadero problema no era nada de todo eso. El verdadero problema era que no estaban hechos el uno para el otro. Nunca debieron casarse, sencillamente.

Y pese a todo, cada vez que él expresaba aquella idea, a ella se le partía el corazón. ¿Estaba deseando dejarla?

¿Se imaginaba él la vida sin ella? Entonces ella comprendía que quizá no se tratara de que él fuera demasiado lento, sino de que ella era demasiado rápida e impaciente; no de que él fuera demasiado prudente, sino de que ella era demasiado temeraria, y así sucesivamente. Pauline se ponía a llorar a lágrima viva y deseaba poder volver a empezar —conocerlo, enamorarse, casarse con él—, pero esta vez valorando a Michael de la forma adecuada.

El dormitorio principal era el orgullo y la alegría, la joya de la casa. En el salón, Pauline había tenido que hacer concesiones a la señora Anton (tapetes de encaje de estilo rústico y telas bordadas a mano; un crucifijo encima de la puerta), pero en cuanto entrabas en el dormitorio principal te dabas cuenta de que habías llegado a la edad moderna. En el suelo había moqueta de color beige, y los muebles eran de madera clara, con tableros de formica de color crema y, en los cajones, tiradores asimétricos cromados. La cabecera de la cama era de eskay blanco con acabado de «hielo resquebrajado», y la colcha tenía un estampado abstracto de un rojo, un amarillo y un azul vibrantes. Sobre la cama había una reproducción de Picasso a la que Michael siempre se refería como «Los músicos después de un accidente de tren», y sobre el tocador, un espejo con forma de bumerán.

La idea era que todas las superficies horizontales estuvieran desnudas, como máximo con un solo objeto de buen gusto, puramente decorativo, pero teniendo hijos aquello no resultaba tan fácil como parecía. De momento, la superficie de la cómoda estaba oculta bajo un montón de ropa limpia que todavía no se había ordenado, y un montón de muñecas de papel de Lindy, y las gafas de piscina que George se había pasado toda la mañana buscando. Además, Pauline tenía la costumbre de esparcir ropa por todas partes cuando se vestía. Ahora se estaba arreglando para ir a una partida de canasta, y nada de lo que se probaba le quedaba bien; de modo que había faldas, blusas y pantalones amontonados en la cama y zapatos que apuntaban a varias direcciones esparcidos por la moqueta. Se había decidido por una blusa rosa con cuello en pico, pero no sabía con qué ponérsela, y se estaba quitando una falda que le iba demasiado ceñida cuando sonó el teléfono. Tambaleándose, con los pies enredados en los pliegues de la falda, se lanzó hacia el supletorio que había en la mesilla de noche.

—¿Diga?

—¿Pauline?

Era Alex.

—¡Oh! —dijo ella. Miró hacia la puerta, que no estaba cerrada del todo—. ¿Qué quieres? —preguntó.

Se dio cuenta de que había respondido con excesiva brusquedad, y se llevó una mano a los labios. Pero él no se había ofendido, y dijo:

—Creía que estaba descongelando un filete, pero al desenvolverlo me he dado cuenta de que era carne de ternera picada.

—Carne picada —dijo ella, y añadió con atrevimiento—: ¿No etiquetaba Adelaide los paquetes congelados?

—Éste no —contestó él—. Tuve que imaginar qué era por la forma del paquete, y es evidente que me equivoqué. ¿Qué puedo hacer? ¡Ayúdame! ¡Me encuentro en plena emergencia culinaria!

Pauline se rió. De pronto la vida parecía un asunto menos serio, menos importante. La carne de ternera picada, Elmview Acres y los problemas domésticos en general eran... algo cómico, en realidad.

—Bueno, podrías hacerte unas hamburguesas, ¿no?

—La última vez que hice hamburguesas, se caían a trozos entre la parrilla —repuso él—. Adelaide estuvo a punto de matarme. Teníamos invitados, y ya me ves a mí sirviendo aquellos trocitos de carne calcinada. ¡Para rescatarlos del fuego me arriesgué a sufrir quemaduras de tercer grado! «Tomad, amigos, migajas de ternera *flambé*.»

—Hamburguesas *carbonisé* —sugirió Pauline, haciendo gárgaras con la R como le habían enseñado a hacer en el curso de francés. Alex se rió, y ella se ruborizó, satisfecha—. ¿Y pastel de carne? —propuso entonces.

—Sí, ya lo había pensado...

—Ya sé que suena un poco aburrido, pero tengo una receta excelente. Se llama «pastel de carne oriental». Escoges cualquier receta de pastel de carne de alguno de los libros de cocina de Adelaide, *Better Homes & Gardens* o algo parecido, y le añades una lata de verduras *chop suey* y media lata de fideos *chow mein*. Es delicioso.

—Espera un momento, lo estoy anotando. Verduras *chop suey*...

—Pero primero tienes que escurrirlas —dijo Pauline. Le encantaba sentirse experta en algo.

—Fideos *chow mein*...

—Y yo lo que hago es tapar la sartén con papel de aluminio cuando la carne empieza a dorarse. No soporto que el pastel de carne quede demasiado tostado por arriba.

—Papel de aluminio... —repitió Alex—. Muchas gracias, Pauline. Sabía que tú me salvarías.

—Cuenta conmigo —dijo ella—. ¡Espero que quede bueno!

Se despidieron, y Pauline colgó el auricular.

Después de eso, Pauline no tardó nada en decidir qué ponerse. Se puso una falda blanca y se abrochó la cremallera; se calzó unos zapatos de salón de tacón no muy alto y tomó su bolso de la silla de plástico con forma de ameba que había en el rincón.

—Me voy —le dijo a Michael al pasar por la cocina. Él jugaba a las cartas con George y Lindy en la mesa de la cocina. Karen, que acababa de levantarse de la siesta, estaba sentada con aire soñador en el regazo de su padre, chupándose el pulgar y enroscando un rizo en su regordete dedo índice—. En la caja de galletas hay galletas para los niños —dijo Pauline—, y si quieren hay batido de leche en la nevera.

—¿Quién era? —preguntó Michael.

—¿Cómo dices?

—¿Con quién hablabas por teléfono?

—Ah, con Wanda.

—¿Con Wanda? ¡Pero si vas a verla ahora mismo!

—¿Y qué?

—¡Os habéis pasado una hora hablando!

—Ya sabes cómo somos las mujeres —repuso Pauline; le dijo adiós con la mano y se marchó.

Tenían un Dodge Special de 1940, un coche negro mate con forma de tortuga, que habían heredado del padre de Pauline después de la guerra, cuando él se compró un Deluxe de color rosa claro. Cuando se lo regalaron, Michael ni siquiera sabía conducir. Ella había tenido que enseñarle. Y resultó que Michael era un alumno demasiado aventajado. Ahora, cada vez que Pauline lo llevaba a la tienda, él veía algún fallo en cómo cambiaba de marchas, o se preguntaba en voz alta por qué aceleraba tanto el motor. Salió dando marcha atrás a toda velocidad hasta la calle y frenó bruscamente porque no había visto una furgoneta que se acercaba hasta que ésta tocó la bocina; hizo una mueca y miró hacia la casa. Pero Michael no debía de haberla oído, porque no se asomó a la ventana.

Recorrió las calles con curvas de Elmview Acres hasta llegar a la verja de la entrada, torció por una calle equivocada, rectificó y finalmente llegó a Loch Raven, donde pudo colocarse detrás de un autobús, relajarse y fantasear un poco. La despejada cara de Alex Barrow, con aquella piel curtida que le daba un aire de hombre experimentado. Su fuerte y musculoso cuerpo de luchador. El denso vello negro que asomaba por el cuello de su camisa. No podía decirse que fuera guapo, aunque todas las mujeres lo encontraban muy atractivo. En realidad era más bien feo, pero tenía algo excitante y conmovedor que hizo que Pauline se removiera en el asiento mientras pensaba en él.

Las pasadas Navidades, Michael y ella habían ido a una cena con tantos invitados que la anfitriona tuvo que alquilar una mesa adicional para el comedor. Las parejas estaban separadas, la esposa en una mesa y el marido en la otra, y casualmente Alex se sentó al lado de Pauline. Al rato de empezar la cena, Alex se inclinó hacia ella y le preguntó si se había fijado en que la suya era la mesa de los gamberros. «¿Los gamberros?», preguntó ella, y él dijo: «Sí, en nuestra mesa contamos chistes, mientras que en la otra hablan de política. Ellos son la mitad seria de los matrimonios, y nosotros somos la mitad alegre».

Pauline se dio cuenta de que Alex tenía razón. Jack Casper, que estaba sentado a su izquierda, estaba contando una historia divertidísima sobre la visita que hizo a Papá Noel cuando tenía tres años, mientras que en la otra mesa, su esposa censuraba el traslado del Parlamento israelí a Jerusalén. Cuando los invitados sentados a su mesa rompieron en carcajadas con la frase final de la historia de Jack, Alex le dijo a Pauline: «¿Lo ves?», y como es lógico, todos quisieron saber: «¿Ver qué?».

—Nosotros somos los gamberros. La otra mesa es la de los responsables, los que llevan las cuentas de la casa y nos dicen que no podemos permitirnos aquel viaje que queríamos hacer.

Entonces la conversación llegó a los de la otra mesa, que participaron en ella: la esposa de Jack protestó diciendo que a ellos también les gustaba divertirse; el que hubieran estado hablando en serio no quería decir que fueran unos sosos.

—Pero al fin y al cabo —señaló—, hay cosas más importantes que la diversión, tienes que reconocerlo.

—¿Ah, sí? —dijo Alex.

—Quiero decir que tienes que admitir la realidad.

—¡La realidad! —repitió Alex horrorizado, y Jack Casper se puso en pie de un brinco, gritando:

—¡Jamás! ¡Eso, jamás! —y empezó a mover ambos puños de arriba abajo por encima de su cabeza. El resto de los de su mesa lo vitorearon y aplaudieron, mientras los de la otra lo miraban sin comprender.

¿Fue entonces cuando Pauline empezó a prestarle atención a Alex Barrow?

Huy. Había llegado al centro casi sin darse cuenta. Tendría que haber torcido a la izquierda por la calle que acababa de dejar atrás. Y en la siguiente había un letrero que prohibía girar a la izquierda, así que giró a la derecha. Y después a la izquierda. Pero ¿dónde estaba ahora? Por lo visto se había despistado.

Pero torció otra vez a la izquierda y el paisaje volvió a resultarle familiar. Entró en un batiburrillo de tiendas y casas; muchos de los letreros de las tiendas tenían nombres griegos, polacos o checos; las entradas de las casas, blancas, estaban limpias como patenas, y en las ventanas de los salones había flores artificiales, muñecas ataviadas con trajes típicos, vírgenes de yeso con los brazos extendidos, otorgando bendiciones. Por las aceras había ancianas vestidas de negro, con pañuelos en la cabeza, que caminaban despacio, cargadas con sus bolsas de la compra. También había niñas pequeñas que jugaban a la pata coja o a las tabas; otras, mayores, con vestidos de tirantes finos, andaban pavoneándose y al cruzarse con grupos de chicos fingían no oír los silbidos que éstos les lanzaban.

Pauline había hecho bien animando a Michael a marcharse de allí, donde todo estaba revuelto, lleno de nudos y enredado.

La partida de canasta se jugaba en casa de Katie Vilna. Siempre se reunían allí, porque Katie estaba divorciada y era la única del grupo que tenía libertad para invitar a sus amigas siempre que quisiera sin que apareciera un marido entrometido. Katie vivía con su hijo en el apartamento donde había crecido, encima de la barbería Golka's. Pauline estaba maniobrando con el coche para aparcar en un espacio que se le resistía, delante de la casa, cuando vio a Wanda y a su cuñada, Marilyn Bryk, caminando hacia ella. Tocó la bocina y sus amigas se pararon para esperarla: Wanda, con las caderas cuadradas y vestida con poca gracia, con un vestido con estampado de flores y mangas abombadas; Marilyn (que era de New Jersey) iba más a la moda, con un vestido camisero de falda ahuecada. «Vale, ya casi está —dijo Wanda—. Gira un poco a la izquierda... atrás, atrás... ¡ya!».

Pauline apagó el motor y salió del coche, dejando todas las ventanillas abiertas porque allí hacía mucho más calor. «¡Hola! —dijo—. ¡Qué guapa estás con ese peinado, Marilyn!». (Lo dijo como cumplido, porque en realidad el peinado de Marilyn —llevaba una permanente muy fuerte, de caniche, con los rizos muy pegados al cráneo— le agrandaba la cara.) Wanda y Marilyn abrazaron brevemente a Pauline, y luego entraron las tres por la puerta que había a la derecha de la barbería.

Las escaleras interiores eran estrechas y empinadas, de madera, con peldaños de caucho estriado, y hacía tanto tiempo que no pintaban las paredes que el blanco se había convertido en amarillo mostaza. Sin embargo, cuando Katie abrió la puerta de su apartamento de par en par, la cosa cambió por completo. Katie había sustituido los oscuros muebles de sus padres por otros a la última moda. Todos los bordes tenían bandas cromadas, los cojines estaban cubiertos de eskay de color naranja, y los cantos redondeados daban a los muebles una elegancia aerodinámica. «¡Pasad, pasad! —dijo Katie—. ¡Llegáis tarde! ¡Empezaba a pensar que os habíais olvidado!».

En opinión de Pauline, Katie era la que mejor había envejecido de todas ellas. Todavía conservaba su buen tipo, y los apuros que había pasado —una boda precipitada, un bebé «prematuro» y un divorcio polémico— habían aportado a su rostro un aire de intrigante amargura. De las cuatro mujeres, Katie era la única que llevaba pantalones (unos Capri con estampado tropical de color verde claro). A su lado, las otras parecían demasiado arregladas.

—Donald está en casa de mi tía —dijo—. Se va a quedar a dormir con ella, porque esta noche tengo una cita, y pensé que, para simplificar las cosas, podía llevarlo allí antes de nuestra partida de cartas.

¡Una cita! Imagínense. Las ancianas del barrio sacudían la cabeza cuando hablaban de Katie, y daban gracias a Dios de que sus padres no vivieran para ver cómo había acabado, pero Pauline creía que Katie llevaba una vida fascinante. Su ex marido era el heredero de una acaudalada familia de Milwaukee, y gracias a la pensión alimenticia que recibía, Katie había podido comprarse los muebles nuevos y la ropa. Hasta habría podido comprarse una casa mejor, si hubiera querido, y Pauline no entendía por qué no lo hacía. Pauline siempre estaba animando a Katie a mudarse a Elmview Acres.

La verdad es que la partida de canasta no era más que un pretexto. Sí, se sentaron inmediatamente alrededor de la mesa plegable, y Marilyn barajó las cartas, y Wanda cortó la baraja... Pero entretanto, hablaban sin parar. La cita de Katie era con un desconocido, el hermano de una amiga suya; de momento no había mucho tema allí. Pero Katie tenía noticias de Janet Witt. Janet se había ido a vivir nada más y nada menos que a Hollywood, California. Se había casado con un diseñador de decorados veinte años mayor que ella. Y entonces Wanda explicó que había recibido una carta de Anna Grant, la compañera de colegio de Pauline con la que la propia Pauline había perdido prácticamente todo contacto, exceptuando las felicitaciones de Navidad.

—¿Ya os habéis enterado todas de que Anna está embarazada? —preguntó Wanda—. ¡Por fin! No sé si os acordáis de que primero quería terminar sus estudios de música, pero por fin se ha quedado embarazada; dice que espera para principios de septiembre —y entonces las otras se acordaron de la hermana de Pauline, y preguntaron por ella.

—Hace tres semanas que salió de cuentas —explicó Pauline—. Parece una montaña, y está a punto de enloquecer.

—Es su tercer hijo, ¿no? —preguntó Katie.

—El cuarto. No sé en qué estaría pensando.

—Yo se lo dejé muy claro a Lukas —dijo Marilyn—. Le dije: «Dios me ha dado dos manos, sólo dos, para pasear con mis hijos por la calle. Eso significa algo».

—Sí, claro, si te sale bien —terció Wanda, que tenía cinco hijas—. Las cosas no siempre salen como habías planeado.

—Sí, eso es verdad —intervino Pauline, y todas le sonrieron, porque eran ellas las que habían tenido que consolarla cuando Pauline se enteró de que estaba embarazada de Karen. De pequeña siempre había querido tener muchos hijos, pero había cambiado de opinión después de los primeros años, durísimos, con los dos primeros hijos tan seguidos.

—Nunca olvidaré —aportó Wanda— el verano que estaba embarazada de Claire y nadie lo sabía todavía. Mi suegra no paraba de traerme hortalizas para que hiciera conservas, y yo siempre le decía: «Lo siento, ahora no puedo», porque no soportaba hacer conservas, y la señora Lipska se creía ese cuento de viejas de que las mujeres no debían preparar conservas cuando estaban indispuestas. Y me decía: «¿Todavía?», y se marchaba murmurando por lo bajo. Un día me preguntó si no creía que debía ver a un médico. ¡La cara que puso cuando se enteró de que estaba embarazada!

Todas rieron, pese a que ya conocían aquella historia. En cierto modo las consolaba repetir una y otra vez los recuerdos de las otras hasta hacerlos suyos.

Marilyn estaba repartiendo las cartas. «Una, una, una, una —contaba—. Dos, dos, dos, dos», y colocaba una carta tras otra, meticulosamente, haciendo una pausa de vez en cuando para dar una calada al cigarrillo que había apoyado en el cenicero, entre Katie y ella. Pauline examinó sus cartas, pero las otras las dejaron boca abajo sobre la mesa mientras seguían hablando.

Lo que sus amigas no sabían, pensó (mientras sacaba un tres de picas y lo ponía junto a un cuatro de picas), era que en realidad Karen no había sido exactamente un error. Karen era el resultado de una reconciliación: Pauline y Michael se habían echado el uno en los brazos del otro con furia, casi como locos, tras una de sus peores peleas, dejando que pasara lo que pasó, deseando de hecho que pasara, al menos en aquel instante en particular. ¿Era por eso por lo que Karen era la más dulce de los tres niños? Una hija de la naturaleza, la llamaba Pauline secretamente, adaptando para su conveniencia la expresión «hija natural», que quería decir otra cosa completamente diferente.

—Once —anunció Marilyn por fin, y las demás levantaron sus cartas.

Pauline no mencionó a Alex Barrow en ningún momento. Para empezar, ellas no lo conocían. Y además, Pauline se había arrepentido de nombrarlo en la piscina. Así que permaneció callada, mucho más callada que de costumbre, escuchando en lugar de hablar. Escuchó a Wanda, que explicó lo que había dicho su marido sobre la moqueta nueva; luego escuchó a Marilyn, quien contó lo que su marido había dicho de su *golabki;* ambos comentarios eran insultantes, tan insultantes que las otras mujeres soltaron risitas escandalizadas. (No importaba que el marido de Marilyn fuera el hermano de Wanda. En aquella habitación, él también estaba en el Lado Opuesto.) ¿Acaso todas las esposas creían que habían tomado el camino equivocado?

Tras terminar la partida, beberse el café, comerse los últimos pastelitos de Kostka Brothers y limpiarse los dedos con las llamativas servilletas con dibujos de Miró de Katie, Pauline fue la primera en anunciar que se marchaba. «¡No te vayas todavía!», protestaron sus amigas, pe-

---

* Hojas de repollo rellenas de carne con salsa de tomate. *(N. de la T.)*

ro ella dijo: «No olvidéis que tengo que conducir. Y seguro que el Comité de Ansiosos estará mirando por la ventana, retorciéndose las manos». Así que la dejaron marchar, con abrazos y palmaditas en la espalda y promesas de llamarse por teléfono.

Pauline bajó por las escaleras de madera con aquella leve sensación de vacío que siempre la invadía cuando se separaba de sus amigas.

El trayecto de regreso a casa, como de costumbre, se le hizo más corto que el de ida. Y desde luego tuvo menos problemas para encontrar el camino. Antes de darse cuenta ya estaba en Loch Raven, circulando hacia el norte, y cerró casi del todo la ventanilla para no despeinarse. Iba repitiendo mentalmente una cancioncilla que a sus hijos les gustaba cantar y de la que ahora ella tarareaba fragmentos deshilvanados. *Lo siento, amiguitos, no puedo jugar con vosotros...*

La entrada de Elmview Acres era una verja doble de hierro forjado que siempre estaba abierta; cada una de las partes de la puerta salía de sendos pilares cuadrados de ladrillo y describía una elegante curva. En el pilar de la derecha había un letrero negro con letras de bronce que rezaban: ELMVIEW ACRES, 1947.

Mi muñequita tiene la gripe, buuah, buuah, buuah...

Torció a la derecha por Santa Rosa, dejó atrás la piscina, donde ahora sólo quedaba el socorrista en su alta silla blanca, cuya silueta se destacaba contra la puesta de sol; pasó por delante de la casa club con su tablón de anuncios protegido con cristal (clases de bridge, clases de repaso para niños, talleres de jardinería). Giró a la derecha por Beverly Drive y entonces, por segunda vez aquel día, torció sin premeditación a la izquierda por Candlestick Lane.

Si por causalidad él estaba en el jardín de su casa, Pauline se pararía, bajaría la ventanilla y le preguntaría algo simpático, cómo le había ido con el pastel de carne o algo así. Si él no estaba en el jardín, ella seguiría su camino. Él no estaba en el jardín. Pero Pauline no siguió su camino.

Redujo la velocidad hasta parar y se quedó contemplando la fachada de la casa. Era una casa que no revelaba nada. La puerta principal era sólida, sin siquiera un pequeño cristal. El gigantesco ventanal estaba protegido con una tela blanca tan prieta y opaca que parecía una especie de forro, como la cortina interior impermeable de una ducha.

Apagó el motor y salió del coche. Caminó hacia la entrada con aire decidido, con el bolso bajo el brazo: una mujer que cumple con su deber.

Pero antes de que Pauline apretara el timbre, él abrió la puerta. «¡Pauline!», exclamó. Ella no se acordaba de lo grueso y ensortijado que era su cabello, ni de cómo enmarcaba sus negras cejas, increíblemente pobladas. Alex llevaba una camisa blanca con las mangas enrolladas hasta tan arriba que Pauline alcanzó a verle los bíceps.

—Volvía de la ciudad —dijo ella. («De la ciudad» sonaba más sofisticado que «de casa de una amiga».)—. Y se me ha ocurrido parar para preguntarte cómo te iba con el pastel de carne.

—¡Caramba, qué detalle! Pasa —dijo él, apartándose y haciendo un ademán hacia el recibidor. No era mucho más alto que ella; eso la sorprendió un tanto. Aunque parecía todo músculos, de modo que cuando Pauline pasó a su lado y entró en la casa se sintió muy pequeña.

—El pastel de carne está elaborado, por decirlo así —dijo Alex—, pero todavía no ha entrado en el horno. Todavía estás a tiempo de darle el visto bueno.

La guió hasta la cocina por una casa de distribución extrañamente similar a la de la suya, pero más espaciosa y más abierta. Todo estaba muy ordenado. Alex no había dejado cosas por todas partes como hacían muchos hombres. Y la cocina estaba impecable. De no ser por el pastel de carne, que estaba sobre la encimera, junto a la cocina, nadie habría sospechado que Alex había estado cocinando.

El pastel de carne tenía un color marrón muy poco apetecible, en lugar de un bonito color rojo. Pauline se inclinó sobre él y lo olfateó. Le pareció que olía bien.

—¡Te felicito! —dijo—. ¡Esto tiene un aspecto delicioso! —se enderezó y miró alrededor. Las cortinas de la ventana tenían una cenefa de frutas, un estampado que a su madre le habría gustado. En cambio Pauline nunca habría elegido algo tan anticuado. Junto al teléfono había colgado un calendario de pared sin ninguna nota.

—Yo no me atrevería a decir «delicioso» —dijo Alex—. Me conformo con «comestible». Soy un hombre en crisis. Anoche hice alubias militares y fue un desastre.

—¿Alubias militares?

—Sí, o... ¿cómo se llaman? ¿Alubias de cuartel?

Pauline frunció el ceño. Entonces lo comprendió.

—¡Alubias de rancho! —dijo riendo.

—Eso es, alubias de rancho.

—Verás, las alubias de rancho son muy traicioneras. Hay que cocerlas durante horas. ¿Cómo se te ocurrió hacer alubias de rancho?

—Creí que serían pan comido —respondió él—. Mi madre solía hacerlas; las cocinaba con una lata de tomates. Pensé: ¿qué puede haber que sea más sencillo que eso? Pero a las diez de la noche todavía estaban duras como piedras. Acabé tirándolas a la basura.

Pauline lo miró un momento, y luego dijo:

—Debe de ser difícil vivir solo.

Una vez más la sorprendió su atrevimiento, pero Alex no se extrañó.

—Sí —admitió—, en cierto modo lo es. En la práctica, como cuando tienes que averiguar cómo funciona la lavadora, y cosas así. ¡Hay tanto trabajo en una casa! Pero en otros aspectos es un alivio.

Pauline ladeó la cabeza y esperó. Nunca había visto tan serio a Alex. Estaba apoyado contra la encimera, con los brazos cruzados sobre el pecho, los bíceps muy marcados.

—Hacia el final yo lo hacía todo mal —continuó—. Nada de lo que hacía la satisfacía. Se quedaba callada, miraba hacia un lado y arqueaba las cejas. Era como si hubiera alguien más allí, un personaje invisible, ratificando que yo era un inútil.

—¡Ya! ¡Dímelo a mí! —exclamó Pauline casi sin pretenderlo.

Alex iba a continuar, pero hizo una pausa y miró a Pauline.

—Sé exactamente lo que quieres decir —añadió ella en voz más baja.

—¿Ah, sí?

—Y luego está esa forma de apretar los labios, como si se les ocurrieran montones de cosas que decir pero fueran demasiado prudentes para decirlas.

—Exacto —dijo Alex—. Pero no puedo creer que alguien haga eso contigo.

—Intenta decirle eso a mi marido —replicó ella.

—Siempre pensé que tu marido era un tipo muy agradable.

—¡Agradable! —dijo ella—. Bueno, sí. Pero ya sabes cómo te sientes cuando alguien está constantemente decepcionado contigo. Cuando alguien critica cuanto haces. Cuando te juzgan y no te dan el aprobado.

—Y cuando fruncen el ceño con cara de desconcierto —añadió Alex— cada vez que haces un comentario que creías gracioso.

—A mi marido ni siquiera le gusta la música —dijo Pauline—. Prefiere el silencio. Si tengo la radio encendida cuando él llega a casa, algo animado, ya sabes, para alegrar el ambiente, va y la apaga inmediatamente. A veces me entero así de que Michael ha llegado a casa: porque de repente no oigo nada.

—Imagínate qué pasaría si fueras tú la que estuviera tocando —dijo Alex—. Yo, ahora, toco la trompeta.

—¿En serio?

—Cuando iba al instituto tocaba en la banda.

—¡Dios, me encanta la trompeta! Es tan enérgica.

—Pero cuando intenté tocarla después de casarme, a Adelaide le preocupaba que molestara a los vecinos. Quería que utilizara una sordina. Con la sordina, la trompeta parece otro instrumento.

—Desde luego —coincidió Pauline.

—Sus vidas están llenas de restricciones —dijo Alex.

—No saben divertirse —afirmó Pauline.

Se quedaron un momento callados. De pronto Pauline se sintió cohibida. Bajó la mirada y se aferró a su bolso. Entonces Alex estiró el brazo hacia el bolso de Pauline y se lo quitó suavemente de las manos; ella levantó la cabeza y vio que él la miraba fijamente. Sin dejar de mirarla, Alex dejó el bolso en la encimera, junto al pastel de carne, y se inclinó hacia ella para besarla en los labios. Alex tenía los labios muy calientes. Olía a tomillo, o a mejorana, algo verde y ligeramente amargo.

Cuando se separaron, ella seguía sintiéndose cohibida. Para disimular el bochorno que sentía bajo la seria y escrutadora mirada de él, dio un paso hacia delante y volvió a acercar la cara a la de él, y volvieron a besarse. Alex deslizó las manos por debajo de la blusa de Pauline, calentándole la piel a través de la enagua. Dios mío, ¿qué sujetador llevaba? ¿El del imperdible? Alex dirigió las manos hacia los pechos de Pauline; ella se apartó de él, se alisó la blusa y compuso una temblorosa sonrisa.

—¡Dios! —exclamó.

Vio que él estaba sin aliento. Y que no sonreía.

—Bueno, será mejor que... ¡Dios mío! ¡Mira la hora que es!

En realidad no había ningún reloj a la vista, aunque era verdad que la cocina estaba más oscura que antes.

—Pauline —dijo él.

Ella recuperó su bolso y miró a Alex con una expresión que pretendía ser alegre e interesada.

—Lo siento —se disculpó él—. No tenía que haberlo hecho.

—¡No pasa nada! —replicó ella.

Confiaba en que Alex no quisiera decir que se arrepentía.

—¿No podemos...? —dijo él—. ¿Seguro que tienes que irte ya? Me gustaría que te quedaras un rato.

—Ya llego muy tarde —repuso ella—. Se estarán preguntando qué pasa con la cena.

—¿No podríamos vernos más tarde? ¿Esta noche? ¿Y si paso por delante de tu casa cuando ya haya oscurecido? ¿No podrías salir y dar un paseo conmigo? Sólo para hablar.

—No sé... —vaciló ella.

—Podrías decir que quieres tomar el aire, dar una vuelta.

Pauline jamás había dicho que quería tomar el aire. Michael y ella nunca iban a dar una vuelta sin un propósito concreto. Pero se descubrió diciendo:

—Michael suele acostarse antes que yo. Sobre las nueve.

—Entonces, a las nueve —propuso Alex.

—Pero sólo para hablar.

—Sí, claro —dijo Alex—. De verdad. Te lo prometo.

Para enfatizar su promesa, agarró a Pauline de la muñeca, rodeándola completamente con sus fuertes y gruesos dedos. Ella necesitó toda su determinación para separarse de él y marcharse.

Tenía la impresión de no haber estado más de dos minutos en casa de Alex, pero fuera el cielo estaba blanco y apagado, y avanzaba lentamente hacia el crepúsculo. Pauline puso en marcha el coche con excesiva brusquedad y arrancó demasiado deprisa, acelerando por Candlestick Lane hasta Pasadena y girando luego a la derecha por Winding Way; enfiló hacia su casa en dirección contraria, pues lo que más le importaba era llegar antes de que la vieran. Aparcó de cualquier manera en cuanto entró en el camino, lejos del garaje; salió precipitadamente del coche y corrió hacia la entrada. Pero al llegar a la puerta se detuvo. Se tocó los labios con las yemas de los dedos, se arregló un poco el cabello y comprobó que su blusa estuviera firmemente metida dentro de la falda. En realidad, lo que necesitaba era una especie de margen, una tierra de nadie entre las dos casas que le permitiera serenarse. Pero la puerta ya se estaba abriendo, y de pronto Lindy gritó:

—¡Mamá! ¡Dile a George que no puede jugar con mi Silly Putty[*]! ¡Me lo ha dejado todo hecho un asco copiando dibujos de sus estúpidos tebeos!

---

[*] Material parecido a la plastilina que, entre otros usos, permite calcar dibujos. (*N. de la T.*)

Karen, que tenía los labios manchados de una cosa negra, tenía ambos brazos extendidos y decía: «Aúpa, mami, aúpa», y la señora Anton iba detrás de la niña, con aquel aire indeciso y vacilante que tanto irritaba a Pauline.

—¿No te entendí bien? —le preguntó a Pauline—. Creía que ibas a volver a casa mucho más pronto. ¿Tenía que preparar la cena?

—No, no... Karen, ¿qué es eso que llevas en la cara? No te cuelgues de mí, Lindy; déjame respirar. ¿Dónde está vuestro padre?

—Está en la cocina intentando hacer sopa —contestó Lindy.

—¿Sopa? ¿Para qué quiere hacer sopa? ¡Pero si he dejado la cena preparada en la nevera!

Se abrió camino por el comedor, entorpecida por los niños, que se agarraban a su falda o a sus tobillos o a cualquier cosa que pillaran —no parecía que hubiera tres, sino una docena de niños—, y seguida de la señora Anton con aquella expresión de víctima. Michael estaba intentando abrir una lata con el pequeño abrelatas de bolsillo que Pauline sólo utilizaba en los picnics. Cuando Pauline entró en la cocina, Michael se volvió y dijo:

—¡Gracias a Dios que has llegado! ¡Los niños estaban llorando de hambre!

—No digas tonterías —replicó ella—. De hambre no se van a morir —dejó su bolso en la encimera y le arrebató el abrelatas—. Pondré la cena en el horno y estará lista dentro de una hora.

—¡Una hora! —exclamó Michael.

Pauline fingió no haberlo oído. (En realidad iba a ser más de una hora, porque el horno tenía que calentarse. Quizá pudiera subir un poco la temperatura para acelerar el proceso.) Puso el termostato a doscientos y sacó de la nevera una fuente de pyrex y una lechuga. El agudo sonido de sus tacones la hacía parecer enérgica y eficaz, o eso esperaba ella; pero no, Michael seguía mirándola con aquellos ojos llenos de reproche.

—¿Dónde has estado tanto rato? —preguntó.

—¡No es tan tarde! —dijo ella—. ¡Qué exageración! Si no tuvierais la mala costumbre de cenar antes de la puesta de sol...

—He llamado a Katie y me ha dicho que te habías marchado hacía una eternidad.

—Sí, bueno, es que... pasé por casa de mis padres —mintió Pauline. Estaba metiendo la fuente en el horno, para no tener que mirar a su marido a la cara.

—¿Por casa de tus padres? —preguntó Michael, pero entonces Karen empezó a pedirle a gritos que la tomara en brazos, una distracción providencial.

—¿Cómo está la pobre Megan? —preguntó la señora Anton—. ¿Ya ha tenido el bebé?

—Se refiere a Donna, ¿no? —la corrigió Pauline. Por lo visto la señora Anton era incapaz de recordar los nombres de las hermanas de Pauline, y normalmente eso la sacaba de quicio, pero aquella noche Pauline agradeció el cambio de tema—. La que va a tener el bebé es Donna —aclaró—. No, todavía no ha nacido, y eso que anoche la llevaron al hospital y tuvieron que pedirle a mi madre que fuera a cuidar a sus otros hijos... Resultó que sólo era una falsa alarma.

—Válgame Dios, a estas alturas ya debería reconocer una falsa alarma —dijo la señora Anton—. ¿No es su tercer hijo?

—El cuarto.

—Ah, creía que tenía dos.

—La que tiene dos hijos es Megan.

—¿No es de Megan de la que estamos hablando?

Pauline dejó de arrancar hojas de lechuga y le lanzó una mirada de desesperación a Michael, pero él le sostuvo la mirada con gesto inexpresivo. Karen se retorcía en sus brazos, intentando trepar hasta sus hombros, mientras él permanecía allí plantado como un objeto inanimado.

—¿Qué es eso que tiene Karen alrededor de la boca? —le preguntó Pauline a Michael. Le pareció oportuno pasar al ataque—. ¡La dejo un momento a tu cuidado y cuando llego a casa me la encuentro cubierta de alquitrán!

—Es chicle —intervino George. Estaba sentado en el suelo, con un tebeo en las manos—. Se ha puesto chicle hasta en el pelo, y papá ha tenido que cortárselo con las tijeras.

Pauline se fijó mejor en Karen y comprobó que tenía un buen trasquilón encima de la oreja izquierda.

—¡Oh! ¡Por amor de...! ¡Sabes perfectamente que es demasiado pequeña para mascar chicle!

Michael no contestó. Siguió mirando a Pauline, sin duda ganando puntos para ir al cielo con su paciencia, y fue George quien aclaró:

—El chicle no se lo ha dado papá. Lo ha cogido ella de encima de tu cómoda.

—Bueno, no sé cómo vamos a quitarle eso de la cara —dijo Pauline—. A lo mejor no se le va hasta que se haga mayor.

Y empezó a cortar las hojas de lechuga, evitando mirar a Michael a la cara.

Al final, para limpiarle la cara a Karen no bastó con agua y jabón y fue necesario utilizar quitaesmalte. Pauline tuvo que forcejear con la niña hasta derribarla y sentarse prácticamente encima de ella para impedir que se escabullera; mientras tanto Karen se retorcía como si la estuvieran matando, y sus chillidos rebotaban en los azulejos del cuarto de baño. «¡Basta! —le dijo Pauline—. ¡Me duelen los oídos!». Lindy contemplaba la escena desde la puerta, muy entretenida y satisfecha, y George, metido en un baño de burbujas, miraba con los ojos como platos desde el borde de la bañera. Como es lógico, luego Pauline tuvo que meter otra vez en la bañera a Karen, que no paraba de hipar y sorberse la nariz, porque ahora apestaba a salón de manicura.

Al menos todo aquello los tuvo distraídos mientras se calentaba la cena. Los niños parecían haber olvidado que tenían hambre. Ni siquiera cuando por fin se hubieron sentado alrededor de la mesa del comedor, mojados, pálidos, calmados y con los pijamas limpios, mostraron interés por la comida que Pauline les había servido en los platos. «A comer», ordenó su madre, y agarró su tenedor con un movimiento exagerado, para dar ejemplo. Ella también estaba un poco mojada, pues los niños le habían salpicado la blusa y la falda con el agua de la bañera, y su cara estaba cubierta de sudor. Y no tenía mucho más apetito que ellos, pero atacó su pechuga de pollo con ostentoso entusiasmo. «Esta receta me la dio Mimi Drew —le dijo a Michael—. Creo que te gustará».

Iba a ser un milagro que le gustara (uno de los ingredientes eran las castañas), pero por una vez Michael no hizo ningún comentario despreciativo. Lo que hizo fue levantarse e ir a la cocina a buscar... ¿qué? Mantequilla. Ella lo interpretó como una reprobación; Michael habría podido pedirle que fuera a buscarla, y a Pauline no le habría importado. Pero no, Michael tuvo que cruzar todo el comedor cojeando hasta la cocina y volver, haciendo oscilar más de lo normal su pierna mala desde la cadera, como solía hacer cuando estaba cansado. Dejó la mantequera delante de su madre y se sentó muy despacio en su silla al tiempo que soltaba un gruñido. Para colmo, la mantequilla era para su madre; eso quería decir que Pauline no estaba atenta a las necesidades de la señora Anton. La señora Anton hundió el cuchillo en la mantequilla inmediatamente y untó con ella una rebanada de pan, como si aquel retraso se le hubiera hecho insufrible. Michael se metió un trozo de pollo en la boca y se puso a masticar con tenacidad, a un ritmo constante. Una vena, o un músculo pequeño, palpitaba en su sien izquierda cada vez que cerraba las mandíbulas, y eso hacía que pareciera que comer fuera una tarea durísima.

—¡Bueno! —dijo Pauline alegremente—. Ha sido toda una experiencia volver a nuestro antiguo barrio. Ya sé que tú estás acostumbrado, Michael, porque vas a la tienda todos los días, pero para mí siempre es una sorpresa. En cuanto llego allí, me digo, ¿de verdad vivíamos aquí? ¡Las casas son tan estrechas y tan pequeñitas!

—Pero allí puedes comprar un carrete de hilo sin necesidad de conducir el coche —señaló la señora Anton.

—Sí, claro...

—Tiene sus pros y sus contras —aportó Michael.

—Mamá —dijo entonces George—, Buddy y yo... —pero Pauline le interrumpió diciendo:

—Cállate, George, estaba hablando tu padre.

Primero Michael tuvo que terminar de masticar el trozo de pollo que tenía en la boca. Luego tuvo que tragárselo. Entonces tuvo que beber un sorbo de agua. El silencio se hizo tan pesado que casi se podía cortar con cuchillo.

George lo intentó otra vez:

—Buddy y yo...

—Hay ventajas e inconvenientes —dijo Michael por fin—. Eso ya lo sabíamos cuando decidimos mudarnos aquí. Sí, ahora tenemos más espacio. De modo que si pensamos en los niños, si pensamos en su..., bueno, cómo decirlo, en sus actividades recreativas, admito que podríamos afirmar que...

Si por una vez elegía la palabra equivocada, ¿qué podría pasar? Si no conseguía encontrar el término perfecto, el más idóneo, ¿sería el fin del mundo?

—... y sin embargo a veces tengo la sensación de que el espacio es, no sé cómo expresarlo, casi un... inconveniente —prosiguió—. Es decir, un... perjuicio. Tengo la impresión de que como familia, esto es, como una unidad familiar cohesionada, no sé si me explico...

Pauline hincó el tenedor en un trozo de lechuga, pero el tenedor resbaló en el plato y la lechuga salió despedida. George y Lindy rieron. Michael dejó de hablar y miró a Pauline.

—Lo siento —se excusó ella.

Los sábados por la noche, a las 8.30, había en la radio un programa de polcas que a la señora Anton le gustaba escuchar. Se sentó en el sofá del salón con algo de ropa para arreglar en el regazo —un pijama entero de Karen, al que se le estaba soltando una suela— y empezó a mover la cabeza mientras Frankie Yankovic entonaba *Don't Flirt with My Girl*. No seguía el ritmo con la cabeza; sus movimientos eran lentos, rígidos y majestuosos, como si sólo pretendiera expresar su conformidad con el gusto musical del locutor.

En el otro extremo del sofá estaba sentado Michael, leyendo el periódico. Era el periódico del sábado, más delgado que otros días, con titulares de letra pequeña que Pauline no podía leer desde donde estaba. Ella estaba hojeando un ejemplar del *Ladies' Home Journal* en la butaca que había al otro lado de la habitación. Lo único que veía de Michael eran sus dedos en ambos bordes del periódico, sus largas y delgadas piernas, cubiertas con unos pantalones grises, y sus pesados zapatos marrones.

—Quizá debería utilizar una aguja más gruesa para coser esto —le dijo la señora Anton a Pauline—. Estas suelas tienen doble capa. Me cuesta pasar la aguja.

—¿Le traigo una? —se ofreció Pauline. De todos modos, no lograba concentrarse en la revista.

—No, espera un poco; a ver si puedo.

Michael dio un gran bostezo detrás de su periódico. Pauline se dio cuenta de que era un bostezo artificial. Michael dobló el periódico, lo dejó a un lado y se desperezó exageradamente.

—¡Aaah! —bostezó de nuevo—. Oh, estoy agotado. Creo que voy a acostarme.

Pauline pasó una página de la revista. Una mujer con delantal de volantes exhibía una fuente de estofado.

—¿Vienes, Pauline?

—Enseguida —contestó ella, y pasó otra página.

Michael se levantó. Vaciló un momento. Pauline notó que su mirada se posaba en ella. El sábado por la noche siempre hacían el amor; así de previsible era él. Le gustaba mantener las costumbres. Pauline frunció los labios y arrugó la frente, concentrándose en una receta de patatas gratinadas.

—Bueno —dijo Michael al fin—. Buenas noches, mamá.

—Buenas noches, hijo —repuso su madre.

Pero Michael se quedó allí plantado. Finalmente Pauline levantó la cabeza, sin retirar el dedo índice para no perder la página.

—Subo enseguida, ¿de acuerdo? —dijo.

—De acuerdo.

Pauline volvió a bajar la cabeza. Michael se dio la vuelta y salió cojeando de la habitación.

En la radio sonaba *Good Night Polka*, la canción que señalaba el final del programa. Debían de ser las nueve. La señora Anton mordió el hilo y clavó la aguja en el brazo del sofá.

—¿Ya está? —le preguntó Pauline.

—Ha quedado como nuevo —respondió su suegra.

Dejó el pijama de Karen encima de la mesita de café e hizo ademán de levantarse, pero de pronto Pauline sintió una necesidad imperiosa de entretenerla. Estaba temblorosa y le faltaba el aliento; todo parecía indicar que tenía miedo. (Pero ¿por qué? Si sólo estaba pensando dar un inocente paseo nocturno.)

—¡Bueno! —dijo—. ¡Muchas gracias!

Habló con una voz extrañamente débil, pero la señora Anton no pareció fijarse en ese detalle.

—De nada —se limitó a responder.

Entonces se levantó, primero corriéndose hasta el borde del sofá y luego poniéndose en pie, ayudándose con ambas manos, pero Pauline siguió hablando.

—Espero que Karen pueda volver a ponerse ese pijama, con lo rápido que está creciendo últimamente. ¡Quizá cuando llegue el frío ya se le haya quedado pequeño! ¿No le parece?

—Sí, ha pegado un estirón tremendo —concedió la señora Anton, distraída, mientras iba hacia el pasillo.

—Y sería una lástima, después de lo que le ha costado arreglarlo.

—Bueno, eso no importa.

—¡Porque ya no vamos a tener más hijos, eso seguro!

Aquel último comentario de Pauline consiguió atraer la atención de la señora Anton, por fin. Se detuvo y se dio la vuelta, sin disimular su curiosidad.

—¿Ah, no? —dijo—. Bueno, de eso nunca se puede estar seguro.

—Tres niños dan mucho trabajo —dijo Pauline—. ¿No está de acuerdo conmigo? Las mujeres somos las que tenemos que ocuparnos de todo; somos las que cargamos con todo el trabajo. Los hombres no tienen ni idea. ¿No está de acuerdo?

La señora Anton ladeó la cabeza para cavilar sobre aquella pregunta.

—Mira —dijo—, no creo que mi John tuviera ni idea de todo lo que yo hacía. Recuerdo que un día, cuando Danny y Michael tenían la escarlatina... ¡Estaba tan agotada que creía que me iba a morir! Me quedé dormida con la ropa puesta, y cuando desperté ya era de día y John estaba inclinado sobre mí. «¿Qué pasa, querida? —me estaba diciendo—. ¿Dónde está el desayuno?».

Pauline se rió y dijo:

—Entonces ya sabe de qué hablo.

—¡Sí, y tú tienes tres hijos! Yo sólo tenía dos.

Pero entonces, de repente, la señora Anton recobró la compostura.

—Bueno, esto no me va a ayudar a dormir —dijo; se dio la vuelta de nuevo, describiendo un semicírculo con un brazo, y siguió avanzando hacia el pasillo—. Buenas noches, querida —dijo.

—Buenas noches, mamá.

Pauline cerró su revista y la dejó a un lado. Estiró un brazo y apagó la radio. Oía los zapatos de su suegra arrastrándose por el pasillo. Volvió a notar aquel temblor.

Ya se le había secado la ropa, y si se la alisaba un poco tendría un aspecto aceptable. Pero quería empolvarse la nariz y ponerse carmín en los labios.

De todos modos, seguía sentada.

La casa estaba tan silenciosa que hasta oía el zumbido del ventilador del desván, que hacía que entrara una corriente de aire tibio por la ventana más cercana. Oyó pasar un coche, y la caja de música del dormitorio de los niños de los Dean, los vecinos, tocando *Waltzing Matilda*.

Sonó el teléfono.

Lo primero que pensó fue que podía ser Alex. Se levantó de un brinco y corrió hacia la cocina, desesperada por descolgar el auricular e interrumpir los timbrazos antes de que contestara Michael. Pero entonces se dio cuenta de que a Alex no se le ocurriría llamar a aquellas horas. Tanteando en la oscuridad, asió el auricular, lo levantó y dijo:

—¿Diga?

—¡Pauline! —era su madre.

—Hola, mamá.

—¡No me has llamado!

—¿Qué?

—No me has llamado, ni has llamado a tu hermana...

—Pero ¿de qué estás hablando?

—Te he dejado un recado —dijo su madre—. ¿No te lo ha dicho Michael? Donna ha tenido el bebé.

—¿Ah, sí?

—Sí. Es una niña. Jean Marie. Tres kilos trescientos.

—¡Michael no me ha dicho nada!

—La madre y la niña están bien. Michael me prometió que te lo diría.

—Espera un momento. ¿Cuándo ha sido? —preguntó Pauline.

—A la una de la tarde. Dos horas y media de parto; mucho menos que con...

—Pero ¿a qué hora has llamado? ¿Dónde estaba yo?

—Michael dijo que estabas en una partida de canasta.

Pauline se quedó callada. De pronto sintió como si una lenta y dilatada ola de sangre inundara todo su cuerpo.

—¿Pauline?

¿Qué le había dicho exactamente a Michael? ¿Le había especificado que había estado en casa de su madre? Sí, estaba segura de que se lo había dicho.

Y él había dicho... La había mirado con expresión de...

—¿Piensas telefonear a Donna, Pauline? Quizá ya esté durmiendo, pero...

—La llamaré a primera hora de la mañana —dijo Pauline—. Gracias, mamá. Adiós.

Colgó el auricular haciendo el menor ruido posible.

La caja de música del bebé de los Dean ya no sonaba, o al menos no se la oía desde aquel punto de la casa, pero Pauline todavía oía el ventilador del desván. Miró hacia la pantalla luminosa del reloj que había entre los mandos de la cocina: 9.22. Se dio la vuelta y miró hacia la ventana que había encima de la mesa de la cocina. Fuera había más luz que dentro; debía de haber luna llena. Vio la mata de hortensias de los Swenson al otro lado de la calle —una inflada nube, pálida y nacarada, junto al buzón— y el reluciente capó de su coche. Y vio a un hombre que caminaba muy despacio, se paraba delante de su casa y seguía andando. Pasados un par de minutos lo vio aparecer desde la dirección opuesta. El hombre volvió a detenerse un momento y luego siguió andando. Pero Pauline no se movió de su sitio.

El dormitorio estaba completamente a oscuras, porque las gruesas cortinas impedían que entrara la luz de la luna. Tuvo que andar a tientas hasta el pie de la cama, y de ahí hasta su armario. Cuando lo hubo encontrado, se desvistió, dejando la ropa en el suelo, cogió el camisón de la percha y se lo pasó por la cabeza. Olía a ropa recién planchada, un olor muy hogareño. Volvió junto a la cama, cuyo contorno ya se distinguía, y se acostó junto a Michael.

Él estaba tumbado sobre el costado, de espaldas a Pauline, y respiraba acompasadamente. Pauline no supo discernir si de verdad estaba dormido. Se acercó más a él, lo abrazó y apretó la mejilla contra su espalda. Pero él siguió inmóvil, respirando a un ritmo pausado, y su corazón siguió latiendo con tesón bajo su piel lisa e ilegible.

4. Tímida esperanza

Karen y George habían entrado por separado en la habitación de Lindy para ver si había pasado la noche en casa. Karen lo hizo primero. Sufridora por naturaleza, no podía darse la vuelta y seguir durmiendo hasta tarde (era domingo) si no se levantaba y recorría el pasillo hasta el dormitorio de su hermana. Y como encontró la cama sin deshacer y la habitación en silencio y vacía, todavía estaba despierta cuando George fue a comprobarlo más tarde, tras orinar ruidosamente en el cuarto de baño. Él lo hizo con más descaro: llamó con los nudillos una sola vez y luego abrió la puerta. Karen sabía que George sólo asomaría la cabeza, echando un rápido vistazo, en lugar de entrar en la habitación de puntillas como había hecho ella y mirar alrededor con los ojos como platos, preguntándose dónde se había metido Lindy.

Desde hacía tiempo, los dos hermanos se imaginaban que un día no la encontrarían allí. En realidad era como si ya no estuviera: tenía diecisiete años, cursaba el último año de instituto (cuando se dignaba ir a clase), se paseaba con chicos extraños vestidos de negro hasta bien pasada la hora que tenía marcada para volver a casa, llegaba con el aliento oliéndole a cerveza y con un extraño olor a quemado en la ropa y discutía con sus padres, burlándose de su «aburguesada» rutina, soñando en voz alta con el día en que podría empezar a vivir de verdad en la carretera como su autor favorito, Jack Kerook. Cuando pensaba en Lindy, Karen se la imaginaba suspendida en el umbral, con medio cuerpo fuera y el largo y negro cabello ondeando tras ella, como el mascarón de proa de un barco. Se la imaginaba con el pulgar en alto contra el viento, o trotando por la autopista bajo el peso de una mochila más grande que ella. Pero nunca en casa, portándose bien. Ese papel se lo dejaba Lindy a sus dos hermanos.

Y como si esas cosas estuvieran calculadas —como si a cada casa sólo le correspondiera cierta cantidad de rebeldía—, los otros dos se portaban bien. Estudiaban mucho, obedecían todas las normas, se sentaban exageradamente erguidos y permanecían exageradamente callados durante la cena, deseando que Lindy siguiera su ejemplo, rezando para que no estallara ninguna discusión a grito pelado antes de los postres, suplicando en silencio que sus padres se fijaran en ellos, los buenos, y no en Lindy, que estaba apoltronada enfrente de ellos, chupándose un mechón de cabello y poniendo en blanco los ojos, pintados con perfilador, cada vez que alguien decía algo.

Karen era la delegada de su clase de séptimo. George formaba parte del cuadro de honor. George todavía no tenía carnet de conducir, pese a que contaba dieciséis años; seguramente porque aún no había encontrado novia y por lo tanto podía pasar sin él. (Lindy tampoco tenía carnet, pero eso no le había impedido conducir el coche de su madre una noche, sin su permiso, y abollar el lado derecho del parachoques delantero al chocar contra el poste del buzón de correos de los Dean.)

Se había producido una evolución; por eso Karen y George estaban tan alerta. El mes anterior, pocas semanas después de que empezaran las clases, Lindy no había vuelto a casa una tarde. Al principio nadie le había dado importancia, pero pasaron las horas, y su madre empezó a llamar por teléfono a todas las antiguas amigas de Lindy, con las que Lindy ya no salía, para preguntarles si tenían alguna idea de dónde podía estar. (Porque nadie sabía cómo se llamaban aquellos chicos vestidos de negro.) Llamó a la tienda y su padre cerró antes de lo habitual; no se sirvió la cena; nadie le preguntó a Karen si había terminado los deberes antes de que se pusiera a ver la televisión. Llamaron a la policía, pero no les hicieron mucho caso y les aconsejaron que volvieran a llamar si Lindy no había vuelto a la mañana siguiente. Y entonces, hacia las diez de la noche, cuando su madre todavía estaba exponiéndole a la policía lo que pensaba de su actitud, Lindy entró tan tranquila en casa, con aire de aburrimiento, sin tomarse siquiera la molestia de inventar una buena excusa. Dijo que había estado por ahí con unos amigos. ¿Qué amigos? ¿Dónde? Lindy se encogió de hombros.

Lo que los otros dos comprendieron de pronto fue que sus padres no tenían, ni de lejos, la autoridad que siempre habían asegurado tener.

Y luego, el sábado anterior, Lindy había ido a algún sitio con otra chica —una chica con el mismo maquillaje a lo mapache que Lindy; eso fue lo único que pudieron discernir cuando paró con su coche en el camino de la casa—, y a las siete de la mañana siguiente Lindy todavía no estaba en su cama. Ni a las siete y media. Pero Karen debió de quedarse dormida entonces, porque poco después de las ocho oyó a George susurrando con fiereza en el pasillo —«¿Dónde has estado, idiota?»—, y el cortante e ininteligible murmullo de Lindy. Y cuando su madre llamó a la puerta de la habitación de Lindy, a las diez y cuarto, y preguntó con voz alegre: «¡Lindy! ¿Vienes a la iglesia?», Lindy sí contestó, aunque su respuesta no fue muy educada. (Siempre se refería a la Iglesia del Consuelo Divino como la «Iglesia del Somnífero Divino», algo que George y Karen encontraban graciosísimo pero su madre, evidentemente, no.)

De modo que aquello podía volver a ocurrir. La radio despertador de la mesilla de noche de Karen marcaba las ocho y veinticinco, pero Lindy todavía podía aparecer.

Por otra parte, quizá fuera aquél el día para el que todos, más o menos, se habían estado preparando. El día en que Lindy se habría marchado para siempre.

No mintieron a la hora del desayuno, pero ninguno de los dos dijo toda la verdad.

—¿Se ha levantado ya Lindy? —preguntó su madre—. ¿Alguien la ha oído?

George frunció las cejas y gruñó algo que podía querer decir cualquier cosa. Karen clavó los ojos en sus tortitas y dijo que no con la cabeza.

—Pero ha dormido en casa —dijo su madre. Le lanzó una rápida mirada a Michael.

George no dijo nada. Karen, tras una pausa, se sintió obligada a decir:

—¡Sí, claro! He entrado a mirar en su habitación.

De no ser por aquel «sí», no se le habría podido recriminar nada. Pero había hablado demasiado, como de costumbre. Inclinó la cabeza sobre su plato. Sintió una punzada de rabia, no sólo hacia George (el cobarde), que, con aire de suficiencia, untaba sus tortitas con mantequilla, sino también hacia sus padres. ¿Por qué no habían ido a mirar ellos mismos, si podía saberse? ¿Y por qué no habían esperado despiertos la noche anterior? Otros padres que tenían menos motivos para preocuparse lo hacían.

Sin embargo, allí estaban ellos, en bata, inocentes como recién nacidos. Su padre leía una sección del periódico que había doblado en cuatro. Su madre contemplaba con aire soñador una golondrina que se había posado en

el comedero del alféizar. Estaban ambos en uno de aquellos periodos de calma que solían seguir a sus peleas. Esta
vez había sido una pelea de las gordas, provocada por un
cheque para la Fundación de Huérfanos que Pauline había firmado sin el permiso de Michael. Él la había acusa-
do de despilfarradora y tozuda y de querer simpatizar con
la mujer encargada de recaudar el dinero. «¡Ni siquiera era
una causa que te importara! —se había quejado—. ¡La
Fundación de Huérfanos del Sagrado Pastor! ¡Pero si nosotros ni siquiera pertenecemos a la Iglesia del Sagrado
Pastor! Le diste el dinero a Sissy Moss sólo porque querías
caerle bien!».

—¡Eso no es verdad! —protestó ella—. ¡Me importan mucho los huérfanos! ¡Me tiene sin cuidado qué
iglesia se ocupe de ellos!

—Y todo ¿para qué? —le preguntó él—. ¿Crees
que le importas algo a Sissy Moss? ¿Te ha invitado alguna vez a su casa? ¿Te ha llamado alguna vez por teléfono?

—Pues sí, para que lo sepas.

—¿Ah, sí? ¿Cuándo?

—El viernes pasado, cuando la llamé, me dijo que
era muy curioso porque estaba a punto de llamarme ella
a mí.

—Pauline —dijo Michael con tono severo, y entonces vino lo de siempre: los insultos, las acusaciones, las
lágrimas, los gritos, los portazos y los dolorosos, elocuentes silencios. Y todo ello seguido de algo aún peor: la re-
pugnante escena de la reconciliación, que solía producirse
un par de días más tarde. Los dos se ponían muy acara-
melados y se hacían arrumacos; la puerta del dormitorio
se cerraba disimuladamente con llave y después salían ellos
con caras tímidas e idiotizadas.

De modo que se avecinaba un periodo de paz que,
si todo iba bien, duraría varias semanas. Karen rezaba para

que así fuera. Su padre tarareaba por lo bajo mientras doblaba el periódico; cuando Pauline se levantó para ir a buscar el café, le pasó una mano por la espalda.

Si Lindy hubiera estado allí, hasta la atmósfera habría sido diferente, tensa y frágil. Lindy tenía todo un lado de la mesa para ella sola, enfrente de George y Karen, y cada vez que hacía una de sus declaraciones, tenía la costumbre de estirar ambos brazos y agarrar las esquinas de la mesa mientras hablaba, ocupando no sólo la mesa sino toda la cocina. Era una niña delgada y huesuda (deliberadamente delgada, obsesionada con las calorías; una niña que pesaba todas sus prendas de ropa antes de decidir lo que iba a ponerse para ir a la consulta del médico), pero curiosamente se las ingeniaba para parecer imponente; conseguía parecer mucho más corpulenta que los otros cuatro juntos. Decía palabras como «clase media» y «doméstico» como si fueran graves insultos. En una ocasión citó un verso de un poema titulado «Aullido» que hizo que la mandaran castigada a su habitación. Instaba a sus padres a leer libros —los de su querido Jack Kerook y los de un tal Albert Caymus—, pero cuando su padre le preguntaba si tenían «estilo» (como él lo llamaba), ella decía: «Bah, ¿de qué serviría? Nada te va a cambiar. No sé por qué me molesto».

Con todos aquellos intereses literarios, cualquiera habría pensado que Lindy sólo sacaba sobresalientes, pero de hecho había tenido que repetir un semestre de Literatura el verano anterior, y en el boletín de notas de aquel otoño no había ninguna nota más alta que un suficiente; y eso también era motivo de interminables altercados: su padre decía: «Tanto Caymus, o como se llame, y resulta que ni siquiera apruebas un examen sobre *Silas Marner*», y Lindy replicaba: «¡Qué típico! Estás tan estancado en tu actitud intolerante y en tu rutina de ganar dinero que no te interesa nada por lo que no se te vaya a reconocer algún mérito, nada que no encaje en un expediente académico, nada que no quede bien en un currículum vitae», y su madre opinaba: «Reconoce que es interesante que lea cosas por su cuenta, Michael», a lo que su padre respondía: «Si no te pusieras siempre de su parte, Pauline, a lo mejor aprendería un poco de disciplina», a lo que su madre respondía: «¡Ah, muy bien! Ahora resultará que sólo yo tengo la culpa de que tu hija suspenda...».

Pauline volvió con la cafetera y se apoyó en el hombro de Michael mientras le llenaba la taza. «Gracias, cariño», dijo él, y le dio unas palmaditas en la mano antes de beber el primer sorbo.

Cuando descubrieran que Lindy no estaba en casa, pedirían explicaciones a Karen por aquel «sí». «¡Sí, claro!», había dicho, Lindy había dormido en casa; Karen había mirado en su habitación. Después de desayunar, mientras se vestía, empezó a notar un extraño vacío en el estómago. Se quitó la parte de arriba del pijama, se puso una camiseta interior sin mangas y se quedó sentada en el borde de la cama, contemplando sus zapatillas de piel de conejo. Sus padres le recriminarían que, como había dicho una mentira, las autoridades habían tardado en iniciar la búsqueda de su hermana. Si Lindy se encontraba en un aprieto, dondequiera que estuviera —enterrada en una cámara subterránea, por decir algo, con oxígeno para sólo doce horas—, Karen sería la responsable de su muerte.

Se le estaba poniendo la carne de gallina en los brazos y empezaba a temblar de frío; se levantó y terminó de vestirse. Se puso unas braguitas con la palabra «domingo» bordada, la blusa con estampado de capullos de rosa, el mono rosa de pana y unos calcetines también de color rosa. Pero no se puso los zapatos. Salió sin hacer ruido de la habitación y recorrió el pasillo hasta el dormitorio de Lindy.

Habría sido lógico pensar que una chica tan rebelde como Lindy sería desordenada y descuidada, pero curiosamente mantenía su habitación muy limpia y arreglada. Su ropa (casi toda negra, excepto la que su madre le había comprado sin consultarle) estaba colgada en el armario. En el tablón de anuncios, donde debería haber colgados invitaciones a fiestas, banderines del equipo del instituto y fotografías de sus compañeros de clase, sólo había un póster de James Dean fumando un cigarrillo. Los libros de la estantería estaban ordenados según su altura, y encima de la cómoda sólo había tres fotografías familiares con marcos dorados de una tienda de baratillo. Casi parecía que allí no viviera nadie. ¿Se trataba de eso? La expresión «huida limpia» apareció en la mente de Karen.

Lo más ordenado de todo era la cama: la almohada no tenía ni una sola arruga, la parte superior de la sábana estaba doblada, la colcha tirante. Nadie que hubiera entrado en aquella habitación habría podido imaginar que en aquella cama dormía alguien.

Karen fue al armario y sacó la bata de Lindy, un abrigo raído comprado en una tienda de ropa de segunda mano que su madre se estremecía sólo con ver. Luego fue junto a la cama, retiró las sábanas y colocó la bata en el centro, formando un bulto alargado. Cuando tapó la bata con las sábanas, parecía que hubiera alguien sin cabeza durmiendo en la cama, pero Karen solucionó ese problema cambiando la almohada de posición, de modo que pareciera que había una cabeza debajo.

Si sólo te asomabas por la puerta, podías pensar que había alguien en la cama.

Al salir de la habitación de su hermana, Karen se paró junto a la cómoda para mirar las fotografías. Una de ellas estaba también encima de su cómoda, así como en la de George, aunque en ambos casos oculta tras una montaña de cachivaches. Era la del decimoquinto aniversario de sus padres, un retrato a todo color que su madre había enmarcado para cada uno de sus hijos. Su padre llevaba su traje oscuro y su madre un vestido gris, de modo que el color más destacado era el azul del falso cielo de raso del fondo. Ambos parecían muy cohibidos y rígidos, y sorprendentemente jóvenes, pese a que no había pasado mucho tiempo desde que se hicieran aquella fotografía.

La segunda era la felicitación de Navidad del año anterior. «Feliz Navidad, 1959», rezaba el pie de foto, bajo una imagen de George y Karen, sonrientes, y Lindy con cara de pocos amigos. Los tres llevaban jerséis rojos y blancos con renos, lo cual explicaba quizá la expresión de Lindy. Un accidente de la composición —la línea vertical del borde de una cortina separaba a Lindy de sus dos hermanos— acentuaba la disparidad de Lindy; su cabello oscuro, su delgadez y sus facciones angulosas contrastaban con los rasgos redondeados y el cabello rubio de George y Karen. A su madre no le gustaba aquella fotografía, pero era la que había quedado mejor. Mientras firmaba las felicitaciones en el escritorio de la salita del televisor, no paraba de hacer muecas de disgusto. ¡Quién iba a decir que Lindy robaría una y la pondría en un marco, como si con ello quisiera hacer una declaración!

La tercera fotografía era de la abuela Anton, que había muerto cuando Karen iba al parvulario. Karen apenas recordaba aquel rostro insondable, marcado por el dolor, ni aquel cabello sin color y sin estilo, pero Lindy todavía echaba de menos a la señora Anton porque ella era la favorita de su abuela, o eso aseguraba. Decía que la abuela Anton la vigilaba desde el cielo; que nada podía salirle mal en la vida porque la abuela Anton la protegía constantemente; estaba convencida de ello porque en los momentos difíciles le parecía oír la canción favorita de su abuela, *Tímida esperanza*. Karen pensaba que seguramente Lindy tenía razón. Era una canción tan cursi, tan anticuada (nada parecida a la machacona música de rock que solía escuchar Lindy), que no había otra forma de explicar que a su hermana le pareciera oírla.

Su abuela había muerto de un derrame cerebral, y Pauline se lo había tomado muy mal. Era la madre de su padre, no la de su madre, pero Michael se había puesto sencillamente triste mientras que Pauline había pasado semanas llorando. Se lamentaba de no haber sido más sensible con los sentimientos de la abuela Anton, de no haber sido más considerada con ella, de no haber estado más atenta a sus quejas. Temía que Dios la castigara; temía enterarse, cuando alcanzara la vejez, de lo que significaba vivir lejos de sus amigas, ser la única abuela del barrio, sin nada que hacer ni ningún sitio adonde ir a menos que su nuera accediera a acompañarla en coche, lo cual muchas veces se negaba a hacer. Michael le decía que exageraba. «¡Exagerar! —gritaba Pauline—. ¿Cómo puedes decir eso?», y él respondía: «Mira, cálmate, Poll». La palabra mágica, la llamaba Lindy. *Cálmate, cálmate.* La palabra que ponía histérica a su madre. Además, Pauline no soportaba que la llamaran Poll. Eso lo sabía todo el mundo, y sin duda también Michael.

Lindy tampoco soportaba que la llamaran Lindy. Decía que aquel nombre le pegaba a una niña con un vestido de tela de cuadros rosas. A principios de aquel curso había pedido a todos sus maestros que se dirigieran a ella por su nombre completo, Linnet. (Era el nombre de un pájaro inglés del que un soldado le había hablado a su madre durante la guerra.) Al principio Karen intentó también llamarla así, pero sonaba tan forzado que poco a poco fue desistiendo. Sin embargo, comprendía a su hermana, y en una ocasión en que un profesor llamó por teléfono a casa y preguntó por «el padre o la madre de Lin-NET Anton», poniendo el acento en la sílaba equivocada, como hacía todo el mundo, Karen sintió una punzada de dolor. Entonces le pareció entender lo que debía de sentir uno cuando no lo entendían, lo consideraban raro y no caía bien a los adultos.

Pegó una oreja a la puerta por si oía a sus padres; luego salió de la habitación de Lindy y volvió sigilosamente a la suya.

En el coche, Pauline dijo que no se podía obligar a los hijos a ir a misa si su propio padre no quería ir. Dio un brusco frenazo y dijo: «¡Oh! ¡Lo siento mucho! Creía que parte de esta calle era para mí». Le hablaba al conductor de una furgoneta que se aproximaba, aunque evidentemente él no podía oírla. «Le pido humildemente disculpas», añadió. Entonces giró a la derecha sin señalizar la maniobra, y la rueda trasera derecha chocó contra el bordillo. Le tocaba a Karen sentarse delante, y se agarró al salpicadero sin disimular su sobresalto, pero su madre no le prestaba atención. «Mimi Drew obliga a sus hijos a ir a misa y a catequesis —iba diciendo—, y después, en la mesa, cada uno tiene que comentar algo de lo que ha aprendido. Pero claro, su marido es diácono. Vete a saber lo que significa eso».

Se quedó callada un momento, cavilando quizá sobre el significado de aquella palabra. Conducía mejor cuando no hablaba. Llevaba puesto el jersey de punto de angora azul que según ella le hacía parecer gorda; era verdad que resaltaba ligeramente la ondulación de su vientre, pero también destacaba el azul de sus ojos, que Karen consideraba un azul *de verdad,* un azul profundo y sincero. Un vello rubio y fino, casi invisible, doraba la piel de encima de su labio superior, puntiagudo y perfectamente delineado. Las amigas de Karen solían decir que su madre era guapísima. Karen siempre contestaba: «¿Ah, sí?», como si jamás se hubiera parado a pensarlo. Pero en realidad estaba de acuerdo con ellas.

Torcieron a la izquierda por Turtle Dove Lane, donde vivía Maureen, la mejor amiga de Karen, pero ella iba a una iglesia del centro, y casi nunca podían verse los domingos. Karen miró con nostalgia la casa de Maureen al pasar por delante; vio el porche lateral acristalado donde habían pasado el verano entrelazando cordones de colores, y el pequeño árbol del jardín, atado a un poste, cuyas hojas se estaban poniendo de un amarillo tan intenso que Karen tuvo que entornar los ojos.

«Si vuestro padre fuera a la iglesia, yo me sentiría más autorizada para obligar a Lindy a ir también —continuó su madre—. Ya sé que la fe no se le puede meter a la fuerza a nadie, pero la iglesia podría ser una válvula de escape para ella, ¿no os parece? Podría entrar en el club juvenil y conocer a chicos y chicas más cabales. ¿Qué te ha dicho, George? —preguntó, mirando a su hijo por el espejo retrovisor—. ¿Te ha dicho que no venía a la iglesia porque está en contra de la iglesia, o sólo porque quería seguir durmiendo?».

George debió de encogerse de hombros. «En fin», dijo su madre. Karen giró la cabeza para ver la expresión de George, pero su hermano miraba imperturbable por la ventanilla lateral, con las manos relajadas sobre las rodillas. ¡Parecía una mosquita muerta! «Ve a preguntarle a Lindy si viene con nosotros», le había dicho su madre antes de salir, y él había vuelto poco después: «Dice que no, que se queda en casa». Si se le había ocurrido pensar que ahora él era tan culpable como Karen, que Lindy podía quedarse sin oxígeno en cualquier momento, no parecía preocupado por ello.

«No puedo creer que sea antirreligioso además de antisocial —perseveró Pauline, quien evidentemente volvía a referirse a Michael—. ¿Os habéis fijado en que no tiene amigos? ¡Sin contar a los clientes de la tienda, ni a los vecinos a cuyas fiestas lo obligo a ir, no conoce ni a un alma! En cambio, yo... ¡Ay, no quiero ni pensar qué sería de mí sin mis amigas! Yo necesito compartir mis sentimientos con la gente. A veces ni siquiera sé lo que siento hasta que se lo he explicado a Mimi o a Dot. Ah, *excusez-moi, monsieur,* no sabía que aquí teníamos que sobrepasar el límite de velocidad».

Lo cierto es que había reducido mucho la velocidad —algo que solía hacer sin darse cuenta cuando hablaba—, pero tan pronto como el coche que había tocado la bocina detrás de ella pasó al carril izquierdo para adelantarla, Pauline aceleró otra vez. El otro coche volvió a situarse detrás de ella. «Sabes lo que quiero decir, ¿verdad, Karen? —insistió Pauline—. Cuando Maureen y tú quedáis para charlar... Y tú también eres muy sociable, George, para ser un chico. Pero Lindy se parece más a vuestro padre. ¡Es imposible saber lo que está pensando! Me tiene totalmente desconcertada».

De pronto a Karen se le ocurrió una cosa. A lo mejor era verdad que George había hablado con Lindy. A lo mejor su hermana había entrado en su dormitorio sin que nadie la viera —era lo lógico, porque seguro que quería evitar una escena—, se había metido en la cama, porque evidentemente debía de tener sueño... Entonces George había asomado la cabeza y le había preguntado: «¿Vienes a la iglesia, Lin?».

«Lárgate —le había contestado ella, sin apartar las sábanas—. Déjame en paz».

Y él había dicho: «Vale», y había cerrado la puerta. Karen debió plantearse antes esa posibilidad. Se recostó en el asiento, mucho más relajada. Pasaron al lado de un estanque cubierto de hojas rojas y amarillas. Hacía un hermoso día de otoño.

Pero cuando volvieron de la iglesia y Karen volvió a mirar en la habitación de Lindy, el abrigo viejo seguía en su sitio. (Karen se preguntó cómo había podido pensar que con eso iba a engañar a alguien.) La almohada seguía donde debería haber estado la cabeza de Lindy. Karen cerró la puerta y volvió a la cocina. Estaba un poco mareada. El olor de la comida —una receta especial de domingo que incluía curry en polvo— le produjo picor en la nariz.

—¿A quién le toca poner la mesa? —preguntó su madre—. ¿A Lindy? ¡Ve a despertarla! ¡No pensará pasarse el día durmiendo!

Seguramente Karen habría podido alargarlo un poco más, pero de repente la invadió una especie de cansancio.

—No está —le dijo a su madre.

—¿Cómo que no está?

Karen la miró con gesto inexpresivo.

—¿Qué quiere decir que no está?

—No está en la cama. Acabo de mirar.

—Pero entonces, ¿dónde está?

—No lo sé.

Pauline miró a George, que arrancaba trocitos del baño de chocolate del pastel que había en la encimera.

—¿Tú la has visto? —le preguntó.

—No —contestó George, con una voz tan monótona como la de Karen. Seguramente él sentía un cansancio parecido al de ella.

—¡Bueno, no creo que se haya esfumado! Los dos la habéis visto antes, no puede andar muy lejos.

George y Karen permanecieron callados.

—Esto se tiene que acabar —sentenció su madre—. ¿Dónde está vuestro padre? ¡Michael! —dejó la espátula dentro de la cazuela y salió al pasillo—. ¡Michael! —gritó. La oyeron abrir la puerta de la habitación de Lindy, entrar en ella un momento antes de seguir hacia la escalera. Seguramente estaba bajando a la salita del televisor, donde su padre pasaba las mañanas de domingo ordenando las cuentas de la casa. Pero desde la cocina no oyeron lo que se decían.

A la hora de comer, Pauline sólo hablaba de la desaparición de Lindy.

—Ha arreglado su cama para que pareciera que estaba durmiendo —dijo—. ¡Ha sido premeditado! Aquí pasa algo.

Michael, por su parte, parecía más interesado en repasar el presupuesto.

—Calculo que cada mes —dijo— gastaremos cierta cantidad en cada categoría. Ya te lo he explicado, Pauline.

—¿Cómo puedes pensar en el dinero cuando tu hija ha desaparecido? —le preguntó ella.

Desde luego, la actitud de Michael parecía despiadada, pero entonces Karen recordó que, para sus padres, Lindy sólo llevaba una hora desaparecida. Entonces se fijó en la ridícula expresión de su madre, con el ceño fruncido y los puños apretados a ambos lados del plato. Cuando se enfadaba empleaba palabras más sofisticadas, como *desaprensiva* o *concebir*.

—No puedo concebir por qué una chica como Lindy, con un hogar lleno de cariño y atenciones...

—Tendremos que hablar con ella —dijo Michael—. A ver, los donativos, por ejemplo. Los donativos son un gasto como cualquier otro. Benefician a alguien, cierto, pero de todos modos necesitamos tenerlos previstos. No podemos hacer donativos a diestro y siniestro cada vez que se nos antoja.

Genial, ya volvía a atacar con la Fundación de Huérfanos. Pauline se enderezó y preguntó:

—¿Eso no lo hemos hablado ya?

—Sí, pero mira, también le has firmado un cheque a...

—¡Michael! Tu hija mayor está en paradero desconocido con una pandilla de vagos con jerséis negros de cuello vuelto y a ti sólo se te ocurre pensar...

—¡Por el amor de Dios, Pauline, eres su madre! ¿Por qué no aflojas un poco?

Se miraron fijamente desde los extremos opuestos de la mesa. En momentos como aquél, Karen siempre tenía la impresión de que era como si los niños de aquella familia no existieran. ¡Sus padres eran de una manera...! ¡Tan egocéntricos! Se concentró en el plato que tenía delante; intentó coger un poco de arroz con el tenedor sin tocar la salsa amarilla que tenía por encima. George, en cambio, se lo estaba comiendo todo ordenadamente: primero las judías verdes, luego el arroz con la salsa amarilla y luego la ensalada Waldorf. Tenía un codo apoyado en la mesa, y se aguantaba la cabeza con la mano que tenía libre, pero nadie se molestó en corregirlo.

Enfrente de Karen el vaso de leche de Lindy permanecía intacto, calentándose cada vez más. No había nada más asqueroso que la leche a temperatura ambiente. Sólo de pensarlo, a Karen se le revolvió el estómago.

Michael fue a la ciudad para ver cómo estaba la tienda y Pauline no puso objeciones, pese a que normalmente lo habría hecho. (La tienda ni siquiera abría los domingos. A veces daba la impresión de que Michael se ponía nervioso cuando llevaba demasiado tiempo en la casa.) Pauline aprovechó la ocasión para llamar por teléfono a cada una de sus hermanas y hablar con ellas sobre Lindy. «No sé, a ti nunca te ha pasado nada parecido, ¿no?», le dijo a una. (¿A Sherry? ¿A Megan?) «¡Esta niña está completamente descontrolada, no nos engañemos!»

George estaba haciendo su trabajo de historia —un diorama sobre el Primer Congreso Continental—, y echó a Karen de su habitación cuando fue a hablar con él. Karen decidió ponerse a hacer su disfraz de Halloween. Quería disfrazarse de Fidel Castro, y ya tenía un puro que le había prestado el padre de Maureen. Pero la barba iba a ser un problema. Ella quería algo con textura real, nada de barbas pintadas con perfilador de ojos. Al final encontró un ovillo de hilo negro en el costurero de su madre, y se lo llevó a su habitación para experimentar con él.

—Es que no la entiendo. No la entiendo —reconocía su madre por teléfono—. Y sin embargo sé que, en cierto modo, todavía nos quiere. O nos necesita, como mínimo. Me recuerda a un gato que yo tenía, un gato enorme, muy antipático, que se escabullía cada vez que intentabas acariciarlo. Pero si te ibas a otra parte de la casa, tarde o temprano te lo encontrabas allí, paseándose como por error en la habitación en la que tú acababas de entrar.

Si tenía que explicar a qué gato se refería, no podía ser que todavía estuviera hablando con sus hermanas. Debía de haber llamado a alguna de sus amigas del antiguo barrio: a Joan, a Dot, a Mimi o a Wanda.

Karen cortó el hilo en trozos de tres centímetros de largo y los amontonó encima de su cómoda. Estaba intentando calcular las horas que Lindy llevaba fuera de casa. ¿A qué hora habían cenado la noche anterior? A las seis, o las seis y media. Y Lindy no había esperado hasta los postres. «¡Siéntate! —le había dicho su madre—. Todavía no te han dado permiso para levantarte de la mesa, señorita. Los demás no hemos terminado». Lindy se había quedado un rato más en su sitio, haciendo un gran esfuerzo —casi se oían los resortes comprimidos dentro de ella, como en una caja de sorpresas—, y de pronto había dicho: «¡Mamá! ¡Lo prometí! ¡Llego tarde!». Y su madre había dicho: «Bueeeno», exhalando un suspiro, y Lindy se había levantado de un brinco de la silla y había salido a toda prisa de la habitación. Debían de ser más o menos las siete. Desde las siete de la tarde anterior hasta las siete de aquella mañana habían pasado doce horas, y cinco horas más hasta mediodía hacían diecisiete; ya eran más de las tres de la tarde, de modo que Lindy llevaba casi un día entero fuera de casa.

Si Karen se lo contaba todo a su madre ahora que su padre no estaba en casa (en situaciones como aquélla, él actuaba como contrapeso), seguro que a Pauline le entraba el pánico. (Siempre se imaginaba lo peor: el cadáver en el arcén de la carretera, o la momia envuelta en gasa en la cama de un hospital.) Pero si esperaba a que su padre regresara a casa, él podía hacer preguntas incómodas. ¿Por qué había dicho Karen que sí, que Lindy estaba en su habitación aquella mañana? ¿Por qué había afirmado George que Lindy le había dicho que no pensaba ir a la iglesia? Su padre era un hombre muy recto. Muy sincero. Como había comentado su madre en más de una ocasión, «Estamos hablando de un hombre que se empeña en poner dinero en el parquímetro incluso cuando ve que el usuario anterior ha puesto más dinero del necesario». Era mejor decírselo a su madre cuando estuviera sola. Ella entendía que de vez en cuando hicieras cosas que no estaban del todo bien. No le costaba tanto ponerse en tu piel.

Karen echó un chorrito de cola Elmer's en la yema de su dedo índice y luego se la aplicó en la barbilla. Tenía la barbilla igual que su madre, pequeña y firme. Se miró en el espejo: tenía la piel cubierta de una película blanca y brillante; quizá hubiera puesto demasiada cola. Se limpió el dedo con un pañuelo de papel, cogió un puñadito de trozos de hilo y los apretó contra la parte de piel cubierta de cola. Los trozos de hilo se proyectaban en todas direcciones; algunos se le pegaron al dedo pese a que se lo había limpiado, y otros se desprendieron de su barbilla en cuando apartó la mano. Ahora la persona reflejada en el espejo tenía tres o cuatro pelos negros y rebeldes que salían del mismo punto, y una mirada de extrema preocupación (hasta tal punto que los ojos, con el contorno deformado por la tensión, en lugar de azules parecían marrones).

George abrió la puerta de la habitación de Karen, que estaba casi cerrada del todo. Podría haber llamado antes de entrar.

—¿Qué es eso que tienes en la cara? —preguntó.

—Quiero disfrazarme de Fidel Castro —contestó su hermana.

—¿Por qué no te pones una verruga en la barbilla y te disfrazas de bruja?

—Todo el mundo se disfraza de bruja.

—Todo el mundo se disfraza de Fidel Castro —repuso él.

—No es verdad.

—Ya lo creo.

Karen desistió y se quitó los trozos de hilo de la barbilla con otro pañuelo de papel.

—Oye —dijo entonces—, creo que deberíamos decírselo a mamá.

George no le preguntó a qué se refería. Entró en la habitación y cerró la puerta.

—No lo sé —dijo—. Quizá dentro de un rato, si Lindy no ha vuelto.

—¡Lleva más de veinte horas fuera de casa! ¡Nunca ha tardado tanto en volver!

—Bah, seguro que está con esos amigos suyos. Y no olvides que la abuela la vigila.

—No creo que baste con que la vigile la abuela —objetó Karen.

George se encogió de hombros. Se había puesto a juguetear con los trocitos de hilo, recogiéndolos y formando con ellos un ramillete.

—No creo que la abuela esté al corriente de todas las cosas malas que te pueden pasar hoy en día —agregó Karen—. No creo que lo sepan ni papá ni mamá, mira lo que te digo.

—Bah, esos chicos no son mala gente —dijo George. Debía de referirse a los chicos de negro—. Sólo son un poco raros.

—No me preocupan ellos, sino... las cosas que hacen —replicó Karen.

Aunque Karen no estaba segura de qué era exactamente lo que hacían. Sin embargo, tenía la sensación de que Lindy no parecía la misma después de haber estado con ellos. Su aspecto era diferente, olía diferente, hablaba con un tono de voz diferente, altanero. En lugar de ponerse furiosa con sus padres, actuaba como si los encontrara muy graciosos, lo cual, en cierto modo, parecía mucho peor. Acosaba a su padre con preguntas sobre Eustace —Era muy trabajador para ser negro, ¿no?, casi como un miembro más de la familia, ¿verdad?—, y su padre era demasiado ingenuo para captarlo. Felicitaba a su madre por la imaginación con que empleaba la piña en conserva —¡Los propietarios de Dole deberían poner tu fotografía en un anuncio publicitario!— y por su famosísima Salsa Pu Pu (pronunciando el nombre con excesiva claridad, mientras George y Karen reprimían la risa*), y Pauline, que era más lista que Michael, adoptaba una expresión ligeramente dubitativa y decía: «Vaya, gracias». En momentos así, Karen se asustaba de lo inocentes que parecían sus padres. ¿Cómo podían confiar en ellos? ¿Cómo podían confiar en que supieran criar a tres hijos?

—Ya sé lo que podemos hacer —le propuso a su hermano—. Le diremos a mamá que de repente los dos nos hemos acordado de que en realidad no hemos oído hablar a Lindy cuando hemos entrado en su habitación esta mañana. Sólo nos ha parecido que hablaba. Y que nos hemos dado cuenta de que podría no haber vuelto a casa.

—¿Por qué no esperamos a que llegue papá? —sugirió George.

—Sí, pero papá pensará que no hemos sido sinceros, o algo así.

—Ya sabes cómo se pone mamá a veces.

—Yo creo que tendríamos que decírselo ya —insistió Karen.

—Pues díselo tú, si no te importa que se ponga a chillar.

Se quedaron mirándose, ambos con las mandíbulas apretadas. Su madre seguía hablando por teléfono: «¡Ah, sí! ¡Hombres! Ya no me sorprende nada de lo que hacen». Para Karen, aquello era tranquilizador. Alguien, no sabía quién, debía de estar contándole sus penas. Al fin y al ca-

---

* La palabra *pooh* significa «caca» en el lenguaje infantil. *(N. de la T.)*

bo, su madre no era tan rara; había muchas mujeres igual de..., bueno, no chifladas, pero sí...

Si le contaban lo de Lindy, quizá reaccionara de un modo perfectamente razonable.

Pero George seguía con aquella expresión imperturbable, y Karen comprendió que no iba a cambiar de opinión.

Y entonces, de repente, Pauline dijo:

—¡Un momento!

Había dejado el teléfono, al fin, y estaba arreglando sus exuberantes plantas de interior: regándolas, rociándolas, arrancando hojas secas, girando los tiestos, chasqueando la lengua ante un helecho que había osado ponerse mustio pese a las atenciones que ella le prodigaba.

—¡Un momento! —repitió. Se volvió hacia Karen con cara de susto—. ¿Cómo puede ser que la cama de Lindy estuviera como estaba?

Por un instante, Karen temió que su madre la hubiera descubierto. Estaba a punto de confesar: «Tienes razón; lo de la cama lo hice yo; fui yo quien puso ese abrigo allí», pero entonces su madre dijo:

—Eso tuvo que hacerlo anoche.

—¿Anoche? —preguntó Karen.

—Claro. ¿Por qué iba a arreglar la cama por la mañana? No tiene sentido. Si anoche durmió en su cama, si se ha levantado esta mañana y se ha marchado mientras nosotros estábamos en la iglesia... Pero tú dices que la has visto cuando has entrado en su cuarto antes de desayunar.

—Bueno —dijo Karen—, me ha parecido verla.

—¿Qué has visto exactamente?

—Pues... un bulto en la cama.

Su madre la miró un momento y dejó en el suelo la regadera que tenía en la mano.

—¡George! —gritó—. ¡George! —y fue hacia la habitación de su hijo, con Karen pisándole los talones.

George seguía trabajando en su diorama. Sobre su escritorio había una hilera de hombrecitos de cartón con pelucas blancas —todos cortados de un mismo patrón, lo que a Karen le pareció poco convincente—, y les estaba pintando la cara de un rosa intenso como en una cadena de montaje. Ni siquiera giró la cabeza cuando su madre irrumpió por la puerta.

—Piensa, George —dijo Pauline—. Cuando le has preguntado a Lindy si iba a venir a la iglesia, ¿te ha contestado? ¿O ha seguido durmiendo?

—Ha seguido durmiendo —respondió George al tiempo que agarraba el siguiente hombrecito de cartón.

—¿Se ha movido? ¿La has visto moverse?

—No. Ha seguido allí tumbada.

—Pero antes has dicho... ¿No te había dicho que prefería quedarse durmiendo?

—He dicho que se ha quedado durmiendo —concretó él.

George parecía tan seguro de sí mismo, y tan sinceramente concentrado en su trabajo (se agachó un poco más para pintarle la línea del cabello a una de las figuras), que Karen casi creyó que aquello era lo que había dicho su hermano. ¿Lo era o no? Ya no estaba segura.

—Dios mío —dijo su madre.

—No te preocupes, mamá —dijo finalmente George, levantando la cabeza—. Seguro que Lindy está bien.

—Ya me gustará oírte decir eso cuando se trate de tu hija —replicó su madre. Y dicho eso, salió de la habitación y recorrió el pasillo. Karen la siguió; suponía que su madre se dirigiría hacia el teléfono y empezaría a llamar a sus amigas, pero no: Pauline entró en el salón, apartó una de las cortinas de red y miró hacia la calle por el ventanal.

—¿Dónde está vuestro padre? —se lamentó—. Podría irse a vivir a la tienda; es como si estuviera casado con ella. ¿Dónde está? ¿Qué demonios estará haciendo allí tanto rato?

—Podrías llamarle por teléfono —sugirió Karen. La ponía nerviosa tener que vérselas con su madre sin ayuda.

—A veces pienso que va a la tienda sólo para fastidiarme —prosiguió Pauline—. Como fui yo la que quiso que nos mudáramos a un barrio más bonito, ahora él me lo hace pagar. ¡Pero si esa tienda prácticamente funciona sola! Tu padre podría decirles a las seis o siete clientas que le quedan que dejaran el dinero en el mostrador y se llevaran lo que quisieran; o eso, o cerrarla de una vez por todas y abrir un negocio nuevo aquí, en Baltimore County.

—Un supermercado no estaría mal —dijo Karen. Ya no le gustaba la tienda de su padre, que olía a pan rancio y a queso cheddar fermentado. Cuando era pequeña le gustaba llevar a sus amigas a la tienda para regalarles caramelos, pero con los años había acabado sintiéndose un tanto avergonzada de aquel establecimiento.

—Me parece que Lindy se ha ido a México —expuso su madre, apartándose de la ventana.

—¿A México?

—Se pasa la vida leyendo esos libros sobre gente que viaja por todo el país, haciendo autoestop o robando coches o viajando en tren sin billete hasta llegar a México, donde la vida es sencilla y bucólica.

Mientras lo decía, agarraba con fuerza la cortina, pero para Karen aquella idea suponía un consuelo. ¡Ah, sólo se había ido a México! Ella temía cosas mucho peores que eso, relacionadas con secuestradores y violadores.

Recordaba una noche en que Lindy estaba esperando a que pasaran a buscarla para ir al cine, vigilando desde aquella misma ventana, y en cuanto divisó un par de faros que se acercaban por la calle salió corriendo de la casa, abrió la puerta del coche y se metió dentro, y entonces se dio cuenta de que no conocía de nada al conductor. Más tarde, cuando se lo contó a Karen y a George —cuando les explicó que aquel hombre, un tipo de mediana edad, se había mostrado sorprendido al principio, pero que luego se había alegrado mucho, le había dado unas palmaditas en la rodilla y le había dicho que la llevaría a donde ella quisiera— Lindy reía a carcajadas, pero Karen estaba horrorizada. ¡Podría haberle pasado cualquier cosa! ¡Aquel país estaba plagado de peligros! En comparación con eso, una vida bucólica en México parecía algo inofensivo.

—¿Sabes si Lindy tiene novio, Karen? —le preguntó Pauline—. ¿Hay alguien especial en ese grupo con el que sale? Puedes decírmelo.

—A mí nunca me ha hablado de ningún novio —respondió Karen.

—Pues yo temo que se haya fugado con su novio.

Karen abrió la boca.

—Si lo hubiera hecho, ¿tú me lo dirías?

—¡Lindy jamás se casaría! —dijo Karen—. No cree en el matrimonio.

Pauline emitió un leve gemido.

Entonces el Chevy de Michael apareció en el camino de la casa: una imagen reconfortante y tranquilizadora.

—Ahí llega papá —anunció Karen.

—¡Ya era hora! —soltó Pauline, y se volvió de nuevo hacia la ventana.

Su padre tenía una forma muy peculiar de salir del coche: sacaba las largas piernas de entre los pedales, se agarraba a la parte de arriba de la puerta y se levantaba. Echó a andar por el sendero, cojeando.

En una ocasión, Michael le había dicho a Pauline: «¿Sabes qué me encantaría, Pauline? Que no me recibieras siempre con malas noticias. Por la noche, cuando llego de trabajar, podrías dejarme poner las llaves del coche en su sitio, quitarme la chaqueta y recobrar el aliento, y entonces podrías decirme que se ha atascado el retrete». Pero aquella tarde, ni siquiera había llegado a la entrada cuando Pauline abrió la puerta, gritando:

—¡Lindy se ha marchado a México!

—¿Qué?

—O a algún otro sitio. ¡Sabía que acabaría pasando esto!

—Empieza por el principio, Poll. ¿Qué ha hecho?

—No está en casa, y ahora me doy cuenta de que nunca ha estado aquí, es decir, que anoche no volvió a casa. Sólo dimos por hecho que había vuelto. ¡Ha desaparecido!

Michael miró a Karen.

—Creo que yo y George creímos que estaba en su cama esta mañana, pero lo que había en la cama era una bata enrollada —explicó Karen.

—George y yo —corrigió su padre.

—Hay que llamar a la policía —resolvió entonces su madre—. Llama tú, Michael. A un hombre le harán más caso.

—Huy, la policía... —Michael entró en el salón y se sentó en el sofá sin quitarse la chaqueta—. Ya sabes lo que nos dirá la policía. Que volvamos a llamar cuando hayan pasado veinticuatro horas.

—¡Pero si ya han pasado! O casi. Lindy se marchó a la hora de la cena. ¡Y son más de las cuatro del día siguiente!

—Pauline. ¿Por qué no empiezas por el principio? ¿Dices que Lindy no estaba en casa esta mañana?

—Arregló su cama para que pareciera que sí estaba.

—Pero George ha dicho..., y Karen...

—¡A ellos también los engañó! ¡Salió ayer por la noche y nadie la ha visto desde entonces!

Por una vez, Michael no le pidió a Pauline que se tranquilizara. Se quedó sentado en el sofá, muy quieto, sujetándose las rodillas con ambas manos.

—Llama, Michael, por favor —insistió Pauline.

George había aparecido en el umbral, y su padre lo miró sin mudar la expresión.

—Veamos —dijo Michael al cabo de un momento—. Pongamos que fueran las seis o las siete de la noche; las siete, más bien. Hasta las cuatro de hoy... Sólo han pasado veintiuna horas.

Pauline soltó un bufido de exasperación.

—Pues diles que se marchó a las cuatro —sugirió George.

—¿Cómo? ¿Mentirles? —dijo su padre—. ¡Eso no nos va a ayudar! No, esperaremos hasta las siete, y entonces llamaré.

—¡Por el amor de Dios, Michael! —se lamentó Pauline.

—Mientras tanto, evaluemos la situación. ¿Has hablado con los otros padres?

—¿Qué otros padres? ¡Si ni siquiera los conocemos! No sabemos con quién sale, cómo se llaman, dónde viven...

—¿Cómo es posible? —preguntó Michael. Parecía sinceramente sorprendido, aunque Karen había oído a su madre decirle eso un montón de veces—. Karen, George. Vosotros conoceréis a esos chicos.

—Bueno —dijo Karen—, está Smoke.

—¿Smoke?

—Es el que le presta esos libros de los que habla siempre.

—Ya, y Smoke... ¿Qué nombre es ése? ¿Sabes cómo se llama de apellido?

—No, no lo sé —respondió Karen—. Ni siquiera sé su nombre de pila, porque creo que no es Smoke.

—¿Sabes si son novios? —le preguntó su madre.

—No lo sé —contestó Karen—. No creo.

—¿Por qué será tan misteriosa? ¿Qué intenta ocultarnos?

—Serénate, Pauline —dijo Michael—. Ponerse histérico no sirve de nada.

—¡Por el amor de Dios, Michael! ¿No te das cuenta de que a nuestra hija mayor se la ha tragado la tierra?

—Lo único que podemos afirmar es que aún no ha regresado a casa. Podría estar... no sé, podría haber pasado la noche con alguna amiga. Sabes perfectamente que esas reuniones que organizan las chicas pueden alargarse mucho.

—¡En casa de una amiga! —exclamó Pauline, y de pronto fue como si desistiera. Se dejó caer en una butaca y se sujetó la frente con ambas manos.

—A las siete en punto —sentenció el padre— llamaré a la policía.

Miró el reloj de péndulo que había en la librería, que marcaba las cuatro y diecisiete. Luego miró a su familia, y todos le devolvieron la mirada. El tictac del reloj resonaba en la habitación.

Dos policías acudieron a su llamada, uno tirando a viejo y el otro más joven. Aparcaron el coche junto al bordillo, para que lo vieran todos los vecinos, y luego echaron a andar hacia la entrada, pero antes de que pudieran tocar el timbre Pauline abrió la puerta.

—¡Pasen, agentes! Gracias por venir tan deprisa. No se pueden imaginar lo que...

A Karen le pareció que su madre estaba ridícula. (*Agente* era una palabra tan falsa; era como dirigirse a un desconocido llamándolo *caballero* sólo porque tenía el detalle de escucharte.) De pronto toda aquella situación parecía absurda: su madre paseándose histérica por el salón, dando golpecitos en los cojines, y su padre tan serio, solemne y varonil. Los policías eligieron las dos sillas más incómodas de la habitación, unas con respaldo de madera, heredadas de la abuela Anton. Cuando se sentaron en ellas se oyeron unos extraños crujidos, producidos quizá por el rígido cuero negro de sus pistoleras (parecía que no las hubieran abierto nunca, que no las hubieran ni tocado); o por sus uniformes, que parecían hechos de un material más rígido que la tela corriente. El mayor de los dos era bajito y enjuto, pero el más joven era gordo, con una cara infantil, imberbe. Fue el joven quien formuló las primeras preguntas. Preguntó cuál era el nombre completo de Lindy, su edad y su descripción, incluida la ropa que llevaba. (Negra, fue todo lo que pudieron decirle.) Anotó las respuestas en un bloc de espiral como los que vendían en Woolworth's. El bolígrafo era un Papermate, retráctil.

—Vemos muchos casos como éste —dijo el mayor dirigiéndose a los padres—. Empiezan a salir con un chico, no vuelven a casa a la hora acordada... Muchas veces los encontramos en Elkton, Maryland. Van allí a casarse porque casi no hay que esperar.

—Ya, pero me parece que en este caso no hay novio —puntualizó Pauline.

—Perdone que se lo diga, señora, pero generalmente los padres son los últimos en enterarse.

—Verá, es que Lindy prefiere salir en grupo. Prefiere salir con un grupo de chicos, en lugar de con uno solo.

El más joven de los policías no anotó aquello, aunque Karen se había imaginado que lo haría. Miró al otro policía, que dijo con una voz más grave de la que había estado utilizando hasta entonces:

—Entiendo. Entiendo —repitió, y luego añadió—: ¿Con cuántos calcula que sale a la vez?

—Pues no sé... ¿Con cuántos, Michael? ¿Cinco? ¿Seis?

—¿Y pasa toda la noche fuera con esos chicos?

—¡No, nada de eso! Tiene marcada una hora para volver a casa. Y no sale sólo con chicos. ¿Verdad, Karen? No, en el grupo también hay chicas, por supuesto. Se trata de una pandilla, agente, una pandilla normal y corriente de chicos y chicas. No son sólo chicos.

—¿Sabe usted si su hija bebe, señora Anton?

—¿Si bebe... alcohol? ¡Por supuesto que no! ¡Sólo tiene diecisiete años! ¡Y hasta el segundo curso siempre estuvo en el cuadro de honor!

—Hasta el segundo curso —repitió el mayor de los dos agentes, y ambos intercambiaron otra mirada. Entonces añadió—: Dígame una cosa, ¿suele frecuentar algún sitio en particular? ¿Hay algún bar o algún club nocturno donde los clientes pudieran recordarla?

—¡Algún bar! —exclamó Pauline, al tiempo que su marido decía:

—Me parece que no nos está interpretando bien, señor.

Los dos agentes lo miraron; el más joven guardó su bolígrafo para demostrar que le prestaba atención.

—Quizá nuestra hija sea un poco rebelde —concedió Michael—, quizá llegue un poco tarde a casa algunas noches; es un poco crítica con la gente de más edad. Pero no se dedica a ir de juerga a los bares con un grupo de delincuentes. No es la chica de un grupo de gánsters. No es... ninguna golfa, ¿entendido?

—Sí, señor —dijo el mayor de los agentes, pero la expresión de su rostro no se alteró, ni la de su compañero. Siguieron mostrándose fríamente inexpresivos y educados.

Ahora les había llegado a los Anton el turno de intercambiar miradas. Se miraron unos a otros, los padres en el sofá, George en la butaca, y Karen sentada en el borde de la otomana, frente a su hermano. No dijeron nada; ni siquiera se movieron, pero Karen tuvo la sensación de que en cierto modo estaban más cerca unos de otros.

Normalmente los domingos cenaban más temprano de lo habitual, pero nadie había tenido hambre mientras esperaban a que llegara la hora de llamar a la policía. Sin embargo, cuando se marcharon los dos policías, Pauline dijo: «¡Me muero de hambre!», y Michael dijo: «Yo también. ¿Qué os parece si preparo unos bocadillos calientes de queso?» (era lo único que sabía hacer, y sólo lo hacía unas pocas veces al año).

De modo que fueron todos a la cocina, donde Michael sacó la enorme y cuadrada plancha y la gigantesca barra de Velveeta, y pasados unos pocos minutos un delicioso olor a mantequilla derretida impregnó la habitación, y Karen empezó a alegrarse un poco. Sí, claro, todavía notaba aquel vacío en el estómago, y seguía muy atenta por si oía algún ruido en la puerta. («Mi pronóstico es que su hija volverá a casa esta noche con las orejas gachas», había dicho el mayor de los dos agentes.) Pero aun así, tenía una extraña sensación de fiesta. Quizá fuera un alivio volver a tener la casa para ellos solos; aquellos dos brutos se habían marchado por fin, y ellos habían dejado de oír el ocasional, alarmante y punzante chisporroteo de la radio del mayor de los dos. Y por lo visto, el resto de la familia sentía lo mismo que ella. Su padre hacía el payaso alrededor de la cocina, enarbolando su espátula y hablando con acento francés. Su madre cada vez estaba más suelta y risueña. Su hermano estaba repantigado en una silla de la cocina, inusitadamente sociable.

—Éste es el poco hecho, para el joven que no lo quiere muy tostado —dijo Michael, pronunciando las erres a la francesa, al tiempo que retiraba un bocadillo de color beige claro de la plancha y lo ponía en un plato que le entregó a Karen, que era a la que tenía más cerca. Karen hizo una reverencia y aceptó el plato extendiendo ambas manos con las palmas hacia arriba, como si fuera una camarera.

—«Con las orejas gachas» —dijo Pauline—. Odio esa expresión, ¿vosotros no?

—Bah, qué sabrán ellos —dijo Michael—. Y no me explico cómo aceptaron a ese joven en la policía. ¿Acaso no imponen un límite de peso a los aspirantes? ¿Qué ha sido de la buena forma física?

Al volverse para darle su bocadillo a George, Karen vio que su hermano era el único que no sonreía. Tenía una expresión adusta y ceñuda, y Karen se preguntó en qué estaría pensando. Entonces se acordó. *Ah,* se dijo. *Lindy.* Fue como un golpe sordo.

Se imaginó a Lindy poniéndose unas largas y finas medias; a Lindy cerrando de golpe la puerta de su dormitorio, con tanta violencia que se desencajaba el marco; a Lindy riendo a carcajadas mientras les explicaba cómo se había metido en el coche de un desconocido. Todas las imágenes estaban llenas de movimiento; Lindy siempre agitaba los puños, o gritaba, o sollozaba, o reía. Ella era la que más chispa tenía de la casa, la más intrépida, la aventurera.

Karen sintió que se le partía el alma, pero dejó el plato de George delante de su hermano y dijo:

—Su bocadillo, *monsieur*.

Pareció que George estuviera decidiendo algo. Entonces su rostro se relajó, y dijo:

—*Merci beaucoup, mademoiselle* —y sonrió.

Lindy todavía no había aparecido, eso era verdad, pero inmediatamente Karen se sintió llena de esperanza, casi exaltada. Pensó que quizá ahora, por fin, su familia podría ser feliz.

5. El abuelo de Heidi

Michael tenía un recuerdo de infancia del que no conseguía librarse.

Iba caminando por Boston Street con su madre y su hermano. Debía de tener unos ocho años, lo cual significaba que Danny debía de tener doce. Iban a comprar algo, pero ya no recordaba qué; seguramente, algo para la casa. Era un encargo que a él no le apetecía hacer, y estaba enfadado y cansado ya antes de llegar a esa tienda a la que se dirigían, así que fue rezagándose cada vez más, entrecerrando los ojos bajo un sol abrasador, arrugando la nariz al pasar por delante de la fábrica de conservas y percibir el desagradable olor a tomates calientes. «Levanta esos pies», apremió su madre, y de inmediato Danny cayó de bruces en la acera. Michael rompió a reír. Creía que Danny, el payaso de la familia, había levantado ambos pies a la vez para tomarle el pelo a su madre, que no tenía sentido del humor, y que se había caído a propósito. «¡Ja, ja!», rió, tapándose la boca con una mano, pero entonces vio la cara de Danny y dio un paso hacia atrás.

—¡Danny! —gritó su madre—. ¡Danny!

—No sé qué me ha pasado —dijo Danny.

Justo entonces, cuando todavía estaba retrocediendo, con una mano sobre la boca, Michael divisó a Johnny Dymski y a Johnny Ganek a media manzana de distancia. Eran los dos mejores jugadores de béisbol de la escuela elemental St. Cassian. E inmediatamente pensó: «Dios mío, no dejes que vean esto, por favor».

Después de aquel día, Danny podía caminar bien a veces, pero otras no. A veces podía llevarse un vaso de leche a los labios, pero otras se le caía de la mano. Ya no se podía estar seguro nunca.

Consultaron a un médico, por supuesto —de hecho consultaron a varios médicos—, y los padres de Michael debieron de comentar aquel problema con sus vecinos. Pero durante aquellos primeros meses, cuando los síntomas aparecían y desaparecían, Michael concebía la enfermedad de Danny como algo que había que ocultar. Cuando estaban en público, Michael se ponía muy nervioso; tensaba todo el cuerpo y rezaba para que a Danny no le fallaran los músculos. ¡Habría sido tan humillante que los desconocidos hubieran descubierto el secreto de la familia!

Sus recuerdos de las etapas posteriores, más duras, eran más imprecisos. Sólo conservaba vagas imágenes de Danny en una silla de ruedas, Danny acostado en la cama, Danny bebiendo con una pajita mientras su madre le sujetaba el vaso. Y afortunadamente, Michael estaba profundamente dormido cuando Danny murió, una noche de invierno, poco después de cumplir diecinueve años. Michael despertó por la mañana y Danny ya no estaba. Con el tiempo desapareció también el sonido de su voz, y aquel gesto irónico que hacía con la boca justo antes de hacer algún comentario gracioso. Pero el recuerdo de aquel día en Boston Street no desapareció de su memoria.

La aburrida, reconfortante normalidad se retiró de golpe. De pronto Michael, horrorizado, lo comprendió todo. Miraba de reojo para comprobar si alguien más se había dado cuenta de que a los Anton les pasaba algo.

Michael tenía la sensación de que toda su vida era una versión de aquel paseo por Boston Street. Siempre tenía algo que ocultar. ¡Seguro que los matrimonios de los demás no eran tan irregulares ni dispares! ¡Seguro que las hijas de los demás no eran tan conflictivas! Estudiaba a sus vecinos buscando defectos en ellos, y nunca encontraba nada grave. Mimi Drew le hablaba con brusquedad a su marido, de acuerdo, pero al cabo de un momento se agarraba cariñosamente a su brazo. La hija de los Brian llegó tarde a casa después de una cita, pero la castigaron y ella lo aceptó con toda naturalidad, casi con elegancia. Además, ella había vuelto a casa, aunque tarde.

Tras la primera desaparición de Lindy, parecía que la niña se había acostumbrado. Era como si no pudieran retenerla; saltaba de las manos de sus padres cada vez que ellos intentaban sujetarla. A medida que se repetían las llamadas a la comisaría, la policía se iba tomando menos interés. El director de la escuela hacía preguntas insultantes sobre la vida familiar de los Anton.

El otoño del último curso la expulsaron temporalmente dos veces. (La primera por no ir a clase, y la segunda por fumar; un día de expulsión en cada caso.) Durante las vacaciones de Navidad desapareció tres días, y al volver a casa no dio ninguna explicación. La llevaron a un psicólogo recomendado por el orientador de la escuela. Lindy se sentó con la barbilla apoyada en el pecho en su despacho y se negó a abrir la boca.

En primavera la expulsaron de la escuela una semana entera por llevar una caja de cervezas a la clase de educación física. El director les habló a los padres de Lindy de una institución para niñas problemáticas en Virginia occidental, pero ni Michael ni Pauline querían oír hablar de enviarla allí. No sabían qué hacer. Tenían la impresión de que aquella situación era demasiado complicada para ellos. Lindy se pasó toda la semana de expulsión viendo la televisión en la sala de estar; parecía un negro nubarrón de tormenta que lanzaba descargas de rabia y descontento desde el sillón La-Z-Boy de su padre. Pauline le contó a Michael que, cuando pasaba el aspirador, Lindy guardaba un silencio pertinaz y seguía mirando a Dave Garroway como si su madre no estuviera allí, pese a que siempre había ridiculizado la televisión llamándola «el opio del pueblo».

Una tarde tuvo visita. Tres chicos y una chica, todos vestidos de negro de pies a cabeza, bajaron resueltamente al sótano en fila india. Las cosas habían llegado a tal extremo que Pauline recibió de buen grado a los amigos de su hija. Les llevó una bandeja con Coca-Colas y un cuenco de Tupperware lleno de galletas saladas. Los chicos dejaron de hablar cuando entró Pauline, pero al menos reconocieron su presencia y murmuraron las gracias.

—Hace un día precioso —les dijo Pauline—. ¿Por qué no salís al patio?

—Mamá —dijo Lindy—. Por favor.

—No, si sólo era una sugerencia —dijo Pauline.

Cuando más tarde se lo explicó a Michael, dijo que uno de los chicos —el más alto y delgado; tenía aspecto enfermizo y la barbilla cubierta de una barba rala— parecía el líder del grupo. Al menos, era el murmullo de su voz el que Pauline había oído cuando se puso a escuchar desde arriba. El chico estaba sentado en un brazo del sillón La-Z-Boy, como enroscado alrededor de Lindy. A Michael le sorprendió la satisfacción que le produjo saber que su hija era la preferida del líder.

Aquello fue un viernes. El lunes siguiente Lindy volvió a la escuela, dócil y sin protestar, cargada con su cuaderno de tres anillas y su bolsa de gimnasia de lona beige a rayas. Más tarde, cuando los otros dos se hubieron marchado, Pauline llamó por teléfono a Michael, que estaba en la tienda, y le dijo que creía sinceramente que aquella última expulsión había funcionado. «Hombre, una semana es mucho tiempo para pasártelo tumbado sin pegar golpe —dijo—. Esta mañana, por primera vez, no he tenido que meterle prisas. Casi parecía contenta de ir a la escuela. Creo que ha aprendido la lección».

Aquel día Michael se sintió liberado. Al parecer llevaba meses temiendo que pasara algo, aunque no había sido plenamente consciente de aquel temor hasta que éste desapareció.

Karen llegó de la escuela a las tres, y trajo a su amiga Maureen, a la que había invitado a merendar. George llegó sobre las cuatro y media. Lindy no apareció.

A las seis, cuando llegó Michael, Pauline estaba fuera de sí.

—¿Qué vamos a hacer? —le preguntó, abalanzándose sobre él en cuanto entró por la puerta, aquello que él tanto detestaba—. ¡No podemos llamar a la escuela! Pensarán que pasa algo.

—Quizá esté recuperando el tiempo perdido —sugirió Michael—. Algún profesor la estará ayudando a ponerse al día con los trabajos. No olvides que ha perdido toda una semana de clases.

—¡Los profesores no se quedan a ayudar a los alumnos hasta las seis!

—O quizá...

—Y no puede ser que la estén ayudando a ponerse al día con los trabajos. No la expulsaron para eso.

—Pauline. Evaluemos la situación. Todavía es pronto. Los alumnos de último curso del instituto suelen salir más tarde para..., qué sé yo. Para hacer actividades extraescolares y esas cosas.

—Por el amor de Dios, Michael, ¿imaginas que está ensayando el papel principal en la obra de teatro o algo así?

Michael no soportaba que Pauline adoptara aquel tono tan mordaz y sarcástico.

Aplazaron la cena hasta las siete y media, y luego comieron sin hablar; los dos hijos menores permanecían inclinados sobre sus platos, sin compartir sus opiniones con los demás. A Michael le costaba tragar. Había vuelto aquella sensación de temor.

¿Se había dado cuenta, ya entonces, de que aquella vez Lindy se había ido para siempre? Más tarde le pareció recordar que sí, pero quizá fueran imaginaciones suyas. Veía claramente a Lindy marchándose a la escuela aquella mañana, como Pauline se la había descrito, y tenía la impresión de que él habría sospechado algo; que el excesivo peso de su bolsa de gimnasia, o el hecho de que no llevara ningún libro de texto, o —lo más revelador de todo— una cierta rigidez en los hombros lo habrían puesto en guardia. ¿Por qué Pauline no sospechó nada? ¡Se suponía que ella era la que tenía una gran intuición! En su fuero interno, Michael la hacía responsable de lo ocurrido. Durante varios días hubo entrevistas con policías, representantes de la escuela, vecinos, compañeros de clase, otros padres, y Michael no decía casi nada y observaba con mirada crítica mientras Pauline gesticulaba, hablaba por los codos, se tapaba la cara con las manos, lloraba y se desesperaba. Por primera vez se le ocurrió pensar que su esposa no era muy inteligente. Siempre habían dado por hecho que él era menos listo que ella, pero ¡mírala ahora! ¡Mírala!

—Quiero que entienda que mi hija es una chica decente —le dijo Pauline a un oficial de la policía—. No están buscando a una delincuente juvenil. Lindy no procede de una familia desestructurada. Jamás ha cometido ningún delito. Es sólo... ¡joven! Es sólo... ¡Ay, no sé lo que es! ¡Todo esto me ha sorprendido tanto! ¡Jamás pensé que pudiera pasar! Le juro que cuando era pequeña era una niña normal y corriente. Su comportamiento era perfectamente correcto, no hacía nada que resultara sospechoso. Siempre ha sido muy tozuda, desde luego. Testaruda como una mula. Pero jamás pensé que pudiera hacer algo tan exagerado. Es como si hubiera dado... una especie de salto. ¡Un salto sin ninguna progresión lógica! Bueno, usted debe de tener hijos. Ya sabe cómo son. Tan tercos y discutidores, a veces. Pero eso no quiere decir que vayan a desaparecer, ¿verdad? Entonces, ¿por qué ha desaparecido Lindy? ¿Por qué? Hasta ahora yo siempre culpaba a los amigos con los que salía, pero ayer, cuando vino a verme Leila Brand... ¿Han hablado ya con la señora Brand? Es la madre de Howard Brand, ese chico al que llaman Smoke; él es uno de los otros dos que también han desaparecido. Pues bien, Leila resultó ser una persona completamente normal y corriente, una persona muy bien educada. Llevaba un jersey idéntico al que me compré yo el mes pasado en Penney's —eso nos hizo mucha gracia—, y un elegante peinado. ¿Quién iba a decirlo, con un hijo tan raro y tan desaliñado? Y supongo que ella pensó lo mismo de mí. Yo era la madre de la malvada Lindy Anton, la chica que había pervertido a su inocente hijo; eso debió de pensar. ¡Seguro que tenía muy mala opinión de mí!

Y ya no pudo continuar, porque se puso a llorar otra vez, pero Michael no intentó consolarla. Siguió sentado rígidamente, agarrándose las rodillas con ambas manos, sin apartar la vista del oficial de policía. Y entonces cayó en la cuenta de que Pauline no había dicho «nosotros» ni una sola vez, ni se había referido a Lindy como «nuestra hija». Sólo había dicho «yo» y «mi hija», como si aquel drama fuera exclusivamente suyo. Sintió que se volvía insensible ante su esposa. Confiaba en que el oficial de policía comprendiera que ellos dos no se parecían en nada.

Al principio Michael supuso que Lindy aparecería en cualquier momento, hoy, o mañana, o pasado mañana. Pasaban las semanas, y cada vez que sonaba el teléfono mientras él estaba trabajando, podía ser Pauline que llamaba para comunicarle que Lindy acababa de entrar en casa. O quizá entrara con sigilo por la noche; quizá la encontraran a la mañana siguiente apaciblemente dormida en su cama. Cada día, cuando se levantaba, Michael iba a mirar en la habitación de Lindy. Suponía que Pauline debía de hacer lo mismo. Ahora dejaban la puerta de la habitación abierta de par en par, algo significativo, y triste, teniendo en cuenta el celo con que Lindy protegía su intimidad.

Las semanas se convirtieron en meses, y tanto Michael como Pauline perdieron la esperanza. Ya no le daban la lata a la policía, ni discutían hipótesis en la cama por la noche. («¿Te acuerdas de aquella amiga suya que se marchó a Maine en sexto? ¿Y si se ha ido con ella? ¿Te acuerdas de cómo se llamaba?») Asombrosamente, empezó a haber mañanas en las que la ausencia de Lindy no era lo primero en que pensaba Michael cuando se despertaba. Se daba cuenta de forma progresiva: percibía la tibieza del sol de verano, oía el ruido del coche de un vecino poniéndose en marcha, el musical murmullo de voces en algún otro sitio de la casa, hasta que de pronto... *Pasa algo raro.* De pronto abría los ojos y lo comprendía. *Lindy no está.*

¿Cómo podía haberlo olvidado, aunque sólo fuera por una milésima de segundo?

Michael sabía que Pauline no lo olvidaba nunca. Sabía que ella pensaba constantemente en Lindy; sabía que aquella situación la hacía envejecer y la consumía. En la frente de Pauline habían aparecido dos arrugas horizontales que cada vez se hacían más profundas, y su postura erguida y desenfadada se había vuelto encorvada. Incluso cuando George contaba uno de sus chistes malos y sonreía, o cuando escuchaba los chismorreos de colegiala de Karen, Pauline tenía el aspecto de alguien que a duras penas consigue sobreponerse a su dolor.

Sin embargo, aquello no los unió más. No, eso no podía decirlo. A veces Michael pensaba que la desaparición de Lindy podía significar el fin de su matrimonio. La deserción de Lindy, pensaba, era una declaración sobre su relación con Pauline. *Vosotros dos estáis haciendo teatro. En realidad no sois una pareja. En realidad esto no es una familia.* Quizá fuera por eso por lo que Michael no soportaba hablar de ello con extraños, con los nuevos vecinos que, milagrosamente, todavía no se habían enterado de lo ocurrido. (Y parecía increíble que ya hubiera varios vecinos que nunca habían visto a Lindy.) Pauline no tenía reparos para contarles todos los detalles en cualquier momento —era como una compulsión—, pero cuando la gente le preguntaba a Michael cuántos hijos tenía, él les contestaba: «Dos. Un chico de dieciséis y una chica de doce». Cuando lo hacía, Pauline se ponía furiosa.

—¿Cómo puedes negar la existencia de tu propia hija? —le preguntaba más tarde, y él respondía:

—Sólo querían saber si tenemos hijos de la edad de los suyos. Y yo les he dado una respuesta práctica.

—¡Práctica! Yo la llamaría desleal. Te da vergüenza, eso es lo que te pasa.

—Tú lo llamas vergüenza; yo lo llamo discreción. Nunca he entendido qué sentido tiene airear nuestros asuntos privados a los cuatro vientos.

—¡Esto no es un asunto privado, Michael! ¡Es el hecho central de nuestras vidas! ¡El terrible, increíble, insoportable hecho central de nuestras vidas!

—No hay necesidad de melodramas —replicó él.

—¡Bueno, al menos yo no soy de piedra, como otros que conozco!

Etcétera, etcétera, etcétera.

Ahora que ya no pensaba *Quizá hoy* o *Quizá la semana que viene,* Michael empezó a buscar a Lindy únicamente en las fechas señaladas. El Día del Trabajo, por ejemplo; ese día solían hacer una barbacoa en el patio. Seguro que Lindy no se perdía aquello, ¡le encantaba! Pero seguía sin aparecer, cruel y tenaz. El día de Nochebuena de 1961, Michael dejó las luces del árbol encendidas toda la noche, sin preocuparle el riesgo de incendio, y a la mañana siguiente, el día de Navidad, se levantó al amanecer como un niño pequeño, muy nervioso, y fue sigilosamente al salón, pero allí sólo encontró a Pauline profundamente dormida en una butaca.

Michael sabía que Pauline tenía todas sus esperanzas puestas en el día de su cumpleaños; esperaba al menos una felicitación, o una llamada telefónica. Cuando le preguntó a su esposa si quería salir a cenar, ella le contestó que no, que prefería quedarse en casa. Michael sospechaba que Pauline se había pasado todo el día esperando al cartero, abalanzándose sobre el teléfono cada vez que éste sonaba. Pero no pasó nada. Michael hizo lo único que se le ocurrió hacer por ella: fingió no darse cuenta. Aunque, tres meses más tarde, el día del cumpleaños de

Michael, Pauline no hizo lo mismo con él. Al llegar la noche, cuando iban a acostarse, le dijo: «Cariño, no te lo tomes tan a pecho. Estoy segura de que no se ha acordado».

—¿Quién no se ha acordado? —preguntó él, y Pauline le dio un beso en la mejilla y apagó la luz.

Si George y Karen abrigaban también esperanzas, nunca se lo demostraban a sus padres. Desde la fuga de Lindy, ambos habían cambiado: se habían vuelto más callados y retraídos. Un incómodo silencio se apoderó de la casa. Ahora, el tumulto que siempre rodeaba a Lindy —las discusiones en la mesa, las pruebas de fuerza, las escenas de desafío— parecía el acompañamiento natural de un espíritu vital y librepensador; y Michael se sentía culpable cuando se daba cuenta de que sus otros dos hijos parecían sosos comparados con Lindy. El conformismo de George y el carácter dócil e insulso de Karen lo ponían nervioso. Le habría gustado zarandearlos y decirles: «¡A ver si vibráis un poco!».

Aunque sabía que él era igual de soso que ellos.

A veces llamaba el oficial de policía. Michael suponía que debía de tener una nota apuntada en el calendario. «Sólo llamaba para mantener el contacto, no hay noticias. El otro día detuvieron a una joven que pretendía robar un coche en Oklahoma; al principio creímos que encajaba con la descripción de su hija, pero no, fue una falsa alarma...» Michael no se molestaba en ser amable con él. Había llegado a la conclusión de que la policía era una pandilla de inútiles. Si hubieran actuado deprisa, la pista todavía habría estado caliente, y no les habría costado mucho encontrar a Lindy. Pero estaban tan convencidos de que ella volvería por su propio pie en cuanto tuviera que enfrentarse a la más pequeña penuria —la primera tormenta o el primer frío— que no se habían tomado las cosas en serio. Y después, cuando aquel otro chico, Smoke, le envió una postal a su primo (el Gran Cañón a todo color, y en el dorso: «¡Alucina, tío! La otra noche acampamos donde está la X»), la policía se lo tomó con mucha calma; porque aquello les demostraba que no pasaba nada grave. Los jóvenes eran así.

¡Pero Lindy sólo tenía diecisiete años! ¡Y estaba allí fuera, sola en medio del universo!

Los padres de Smoke se fueron a vivir a Florida y dejaron de mantener el contacto con la familia Anton. En 1963 encontraron al otro chico, Clement Ames, en Chicago, viviendo con una puertorriqueña. Les contó a sus padres que se había separado de los otros dos cuando apenas hacía una semana que se había fugado, por una discusión de dinero. No tenía ni idea de qué había sido de Lindy.

El recuerdo de Lindy empañaba sus días. Michael jamás volvió a tener otro momento de felicidad absoluta. En medio de una reunión familiar, o cuando celebraban algún evento destacado, o sencillamente mientras saboreaba una buena comida, se preguntaba: *¿Qué estará haciendo Lindy ahora?*

¿Estará bien? ¿Tendrá hambre? ¿Estará enferma? ¿Estará viva?

Lo dejaba atónito, cada vez que lo pensaba, ser capaz de ver un partido de baloncesto. De hacer el amor con Pauline. De silbar una melodía mientras escuchaba la radio.

Las fechas destacadas en que esperaba ver aparecer a Lindy cada vez se fueron espaciando más y haciéndose más improbables: el funeral de la madre de Pauline, la espectacular inauguración de su nueva tienda en las afueras, la boda de George y Sally. ¿Qué posibilidades había de que Lindy se hubiera enterado de aquellas cosas? Pero aun así, Michael escudriñaba la multitud. Y cada vez que

Lindy no aparecía, era como si hubiera vuelto a abandonarlos. Su ausencia era algo punzante; era algo malvado, una bofetada en la cara. Michael siempre tenía la sensación de que sus pulmones se quedaban sin aire cuando, una vez más, comprobaba que ella no se había presentado.

Más tarde se le ocurrió pensar que aunque hubiera aparecido, quizá él no la habría reconocido. ¿Cuál sería su aspecto? Tenía veinticinco años. Llevaba más de una cuarta parte de su vida fuera de casa. Y Michael no tenía ni idea de qué le habían hecho a ella aquellos años.

Una tibia tarde de mayo de 1968, refrescada por una brisa agradable, Pauline llamó por teléfono a Michael y se puso a hablar a toda velocidad en cuanto él contestó.

—Tu primo Adam acaba de llamar: Lindy está en San Francisco, la han ingresado en un hospital, su hijo se ha quedado con la casera, tenemos que ir a buscarlos.

Michael se sentó en una caja de cartón de impresos de nóminas.

La única silla que había en su despacho la ocupaba en ese momento la empleada que le llevaba la contabilidad, que siguió pulsando tranquilamente las teclas de su calculadora, pese a que Michael habría jurado que debía de estar oyendo los latidos de su corazón.

—Tenemos que irnos, tienes que venir a casa, ¿cómo vamos a ir hasta allí? —iba diciendo Pauline, pero Michael sólo fue capaz de pensar: «¿El primo Adam? No lo entiendo»—. Tenemos que comprar los billetes de avión, ¿cómo se hace eso?

—¿El primo Adam, el hijo de tío Bron? ¡Pero si apenas conozco al primo Adam! ¡Como mucho lo habré visto dos veces en mi vida!

—Por favor, Michael. Concéntrate.

Michael hizo una pausa. Hizo un esfuerzo y respiró hondo.

—¿Qué le pasa a Lindy? —preguntó por fin.

—No lo sé, es algo mental. No sé qué alteración mental.

—Dios mío.

—¿Quieres hacer el favor de venir a casa?

—Ahora mismo voy —dijo él, y colgó el auricular.

La señora Bird ya no tecleaba tan deprisa, y la curva de su espalda denotaba una actitud alerta, pero Michael salió del despacho sin ofrecer ninguna explicación. Pasó por delante del mostrador de la carne, por delante de la nevera de productos lácteos y por delante de las tres cajas registradoras. No era una tienda muy grande. Era más amplia y más luminosa que la antigua, pero seguía siendo pequeña, y Michael conocía bien a todos los empleados. Sin embargo, lo único que le dijo al encargado fue: «Esta noche tendrás que cerrar tú, Bart». Abrió la puerta de vidrio y salió al aparcamiento.

Por el camino a casa intentó imaginarse a Lindy en un hospital. Por primera vez en siete años sabía dónde estaba su hija, pero prefería la incertidumbre respecto a su paradero a la que estaba acostumbrado que aquella nueva imagen de Lindy, pálida y temblorosa, en una habitación con barrotes en las ventanas.

Bueno, seguro que estaba bien. Seguro que no le pasaba nada grave. Se la llevarían a casa, la cuidarían y enseguida se recuperaría.

Pero... un hijo.

Aquello del hijo iba a costarle más asimilarlo. Ya se ocuparía de ese tema más adelante.

Pauline dijo que la casera debía de haber procedido por orden alfabético, y que por eso había llamado primero a Adam. «Supongo que le diría a la operadora que empezara por la A y fuera bajando», conjeturó. Mientras hablaba iba preparando el equipaje; iba de la cómoda a la maleta que había puesto encima de la cama mientras Michael la miraba desde la puerta. Sólo llevaba puestas una enagua de encaje blanco y unas medias, como si pensara vestirse inmediatamente para el viaje pese a que se habían enterado de que no había vuelo hasta el día siguiente. Tenía dos manchas rosadas en las mejillas que parecían arañazos. Michael se fijó en que le temblaban ligeramente las manos cuando alisaba una de sus camisetas. «La casera le preguntó a Adam si tenía una hija llamada Linnet —prosiguió Pauline—, y Adam le contestó que no, pero que conocía a alguien que sí».

—Me sorprende mucho —dijo Michael—. Adam nunca ha tenido mucha relación con la familia Anton.

—Bueno, a lo mejor se enteró por aquel artículo del periódico que publicaron poco después de la desaparición de Lindy.

Michael hizo una mueca. Lo atormentaba recordar cómo habían aireado en público sus asuntos privados.

—Entonces la casera le preguntó si podía avisarnos, porque ella llamaba por conferencia, y él dijo que sí, y buscó nuestro número en la guía telefónica y llamó y me dio la noticia como quien da el parte meteorológico. «Señora Anton», dijo. ¡Señora Anton! ¿Te imaginas? «Creo que su hija Linnet está en San Francisco. Tendría que llamar a este número de teléfono.»

Cuando Pauline citaba a otras personas, captaba tan bien su tono que Michael siempre tenía la impresión de que los estaba oyendo realmente. Su primo Adam era un chico torpe, pálido y con los ojos saltones, el vivo retrato de la ex mujer de su tío Bron, y ahora apareció en la mente de Michael, con un metro ochenta de estatura, pero todavía con un cuerpo joven, los brazos caídos junto a los costados y la boca siempre abierta.

—He llamado enseguida, y supongo que la casera estaba esperando junto al teléfono, porque ha contestado de inmediato. Le he dicho: «Me llamo Pauline Anton, soy la madre de Lindy Anton. El primo de mi marido acaba de decirme que...».

—Pero ¿qué te ha dicho ella? —la interrumpió Michael. Había llegado al punto en que no creía que pudiera soportar aquello ni un minuto más.

Pauline lo miró con expresión dolida, frunciendo los labios hasta formar con ellos una roja y arrugada frambuesa.

—Es lo que intento contarte, Michael, pero tú no me escuchas. Me ha dicho que Lindy y su hijo tenían alquilada una de sus habitaciones desde hace varias semanas y que ella no sabía dónde vivían antes ni quién era el padre del niño ni..., y que hace un par de días Lindy tuvo un ataque, así fue como lo dijo; no sé, que «tuvo un ataque», y que ahora está en un hospital, o quizá no haya dicho hospital, pero el caso es que está en una especie de clínica o institución..., y alguien tiene que encargarse del niño porque la casera no está acostumbrada a cuidar niños y además parece ser que el niño no está muy bien.

—¿Cuántos años tiene? —preguntó Michael.

—Me ha dicho que no lo sabía.

—Bueno, alguna idea debía de tener.

—Todavía no va al colegio, evidentemente, porque no paraba de quejarse de que lo tenía en casa todo el día.

—¿Habla?

—La casera ha dicho que ha dejado de hablar.

—Madre mía —dijo Michael.

De pronto se le ocurrió pensar que era abuelo. Y que Pauline era abuela. Un niño directamente relacionado con ellos estaba tan alterado que había dejado de hablar.

—Es una lástima que no haya ningún vuelo hoy mismo —comentó Michael.

—Tenemos que recoger los billetes cuando lleguemos al aeropuerto —le explicó Pauline. Salió de puntillas al pasillo; se dirigía sin duda hacia el armario del dormitorio de Karen, del que Pauline se había adueñado en cuanto Karen se marchó de casa. (¿Era por superstición por lo que, de las tres habitaciones de los niños, sólo la de Lindy permanecía intacta? No habían sacado de allí su ropa, ni habían puesto la máquina de coser ni los archivadores de las declaraciones de la renta.)—. No quiero ni pensar lo que nos va a costar esto —añadió. Regresó a su habitación, con un vestidito con estampado de margaritas colgado del brazo.

—¿Crees que me importa lo que nos pueda costar? —preguntó Michael.

—Destino me ha dado el número de teléfono de una pensión de precio razonable y he reservado una habitación.

Michael reflexionó durante un minuto y luego dijo:

—Que el destino te ha dado...

—Destino, la casera.

—Vaya, sí que habéis intimado —repuso él, refiriéndose a la familiaridad con que se refería a ella por el nombre de pila. Pauline no pareció entenderlo; le lanzó una mirada inocente antes de darse la vuelta para colgar el vestido en la puerta de su armario—. ¿Para cuántos días has alquilado la habitación? — le preguntó él entonces—. ¿Qué día volvemos? ¿Crees que nos dejarán traernos a Lindy a casa enseguida?

—Pues claro —respondió Pauline—. ¡Nosotros somos su familia! La habitación sólo la he alquilado para una noche. Y he reservado cuatro plazas en el avión de regreso para el día siguiente.

Michael intentó imaginarse la situación: los cuatro sentados de dos en dos: él con Pauline, y Lindy (se la imaginó con un pijama de hospital) con su hijo sin rostro.

No se explicaba cómo su vida se podía haber convertido en algo tan extraño.

Ninguno de los dos había viajado en avión, pero Sally (la esposa de George) tenía mucha experiencia, y mientras los llevaba en su coche al aeropuerto los iba tranquilizando. «No temáis que el avión se estrelle —dijo—. ¡Pensad en las estadísticas! Es mucho más seguro viajar en avión que en automóvil».

A Michael no le preocupaba que el avión pudiera estrellarse, sino no saber cómo tenía que comportarse. ¿Qué tenía que hacer con la maleta? ¿Dónde tenía que pagar el billete? ¿Te perforaban los billetes, como en el tren? Sintió un gran alivio cuando Sally se empeñó en aparcar el coche y acompañarlos a la terminal. A veces su nuera lo ponía un poco nervioso —era una rubia risueña y vivaracha, una chica muy eficiente—, pero aquel día siguió agradecido el seguro movimiento de su falda de tenis por el aeropuerto Friendship.

A Pauline sí le daba miedo estrellarse. Destrozó varios pañuelos de papel mientras esperaban para embarcar, y cuando se despidió de Sally con dos besos, dijo:

—Si nos pasa algo, he dejado una nota en mi joyero donde dice qué hay que darle a quién.

—¡Pero Pauline! —exclamó Sally—. ¡No va a pasar nada!

—Ya sé que sólo son prendas de ropa, pero hay varias que sé que les harían ilusión a ciertas personas.

Sally la abrazó y dijo:

—Que tengáis buen viaje. Dadle un beso a Lindy de mi parte, ¿vale? —(aunque, como es obvio, Lindy y ella no se conocían). Los empujó hacia la puerta, y ellos se volvieron para seguir al resto de pasajeros hacia la pista.

Para Michael, la experiencia de viajar en avión resultó decepcionante. Se había imaginado que notaría más la sensación de volar, pero una vez que el avión hubo despegado (trabajosamente, como un pájaro acuático poco entrenado), se desplazaba con una fuerza constante como la de una locomotora, y las filas de pasajeros que había a ambos lados del pasillo le hacían sentirse como si estuviera en una sala de espera muy estrecha. Casi ni notaba que se movían. «¡Mira!», dijo Pauline, señalando por la ventanilla. (Ella volvía a ser tan intrépida como siempre.) Michael giró el talle y vio un río allá abajo, largo y serpenteante, y sin embargo aparentemente inmóvil, en cuya superficie se reflejaba un gris plateado y estriado como el trazo que hace la mina de un lápiz. No se veían autopistas ni edificios por ninguna parte; no había nada excepto copas de árboles, apiñadas y verdes como cogollitos de brécol. Cuando el país era una extensión inexplorada, aquél era el paisaje que debían de ver los halcones y las águilas. Entonces el avión entró en un banco de nubes y la ventana se quedó blanca, y Michael volvió a apoyarse en el respaldo de su asiento.

—Quizá debí coger el historial médico de Lindy —comentó Pauline.

—¿Qué historial médico? —preguntó él.

—Todavía debe de estar en la consulta del pediatra.

—Ay, cariño... —dijo Michael. Pero no añadió que hacía tiempo que su hija había pasado la edad de ir al pediatra.

Después Pauline se quedó callada. Michael vio cómo empezaban a temblarle los párpados hasta cerrarse, y en varias ocasiones Pauline pestañeó y se puso derecha, pero al final apoyó la cabeza contra la ventanilla. Michael no podía dormir, pese a que habían tenido que levantarse muy temprano para tomar el avión. Se puso a examinar las instrucciones de emergencia que encontró en el bolsillo del asiento que tenía delante; hojeó un *Newsweek* que le dio una azafata. Pauline emitió una especie de ronquido y se le abrió la boca. Si lo hubiera sabido, se habría sentido abochornada. Con ocasión del viaje se había puesto un lápiz de labios más oscuro de lo habitual, lo cual siempre la hacía parecer mayor, y maquillaje, que se estaba resquebrajando alrededor de sus hoyuelos. Michael se fijó por primera vez en que los hoyuelos de Pauline parecían ahora dos diminutas incisiones. Y tenía los párpados un poco arrugados, y sus muslos abultaban como salchichas bajo la minifalda del vestido.

En 1957, con ocasión de su decimoquinto aniversario de boda, Pauline había propuesto a Michael que se arreglaran y se hicieran una fotografía de estudio. Dijo que ya había tenido que arrancarse cuatro canas de la cabeza y que aquello era sólo el principio; estaba empezando a hacerse mayor y nunca más volvería a estar tan guapa. A Michael le hizo gracia aquella sugerencia. Dijo que si le hacía ilusión, él no tenía ningún problema en hacerse la fotografía. Así que fueron al Estudio Fotográfico Aronson —Michael con su traje, Pauline con su vestido de seda gris—, y el fotógrafo los colocó delante de una cortina de terciopelo que formaba un charco de estudiados pliegues alrededor de sus pies. «Un poco más juntos —dijo el fotógrafo—. Señora, levante un poco la barbilla... Señor, rodee a la señora con un brazo...». Michael obedeció: rodeó a Pauline por la cintura y la sujetó por el codo, deslizando la mano por debajo de la manga de su blusa; y, aunque no supiera por qué —por la desacostumbrada esponjosidad de la piel de ella, quizá, o por el olor de la seda, con el que no estaba familiarizado—, tuvo por un instante la sensación de que estaba de pie junto a una desconocida. ¿Quién era aquella mujer? ¿Qué vínculo tenía con él? ¿Cómo podía ser que hubieran compartido casa, que hubieran criado juntos a unos niños, que hubieran entretejido sus vidas durante tanto tiempo? El hombro de ella apretado contra su axila parecía un objeto inanimado.

Sin embargo, la fotografía que había encima de la cómoda de Pauline mostraba a una pareja normal y corriente: el señor y la señora Perfectamente Avenidos, juntos, de pie, y exhibiendo la misma rígida sonrisa. Un anuncio de revista que promocionaba el matrimonio.

San Francisco parecía hermosa desde el aire. Había tanta agua que por un instante Michael creyó que el avión no acertaría a aterrizar en tierra firme; y Pauline señaló un puente que se veía a lo lejos y que podía ser el Golden Gate, pese a que era rojo. Luego, durante el trayecto que hicieron en taxi, vieron más agua y unas empinadas montañas con pintorescos asentamientos desprendiéndose por sus laderas. La pobre, sencilla y humilde Baltimore no podía competir con aquella ciudad.

El taxista era un hombre mayor que llevaba un sombrero de fieltro marrón que descansaba sobre sus orejas. No era un tipo muy locuaz, aunque Pauline intentó entablar conversación con él en cuanto le hubo dado la dirección.

—¿Ha vivido usted siempre aquí? —le preguntó.

—Sí —contestó el taxista.

—Ah, pues parece una ciudad muy bonita.

—Mmmm —dijo él.

—Nosotros acabamos de llegar de Baltimore, Maryland. Es la primera vez que paso del Mississippi.

El taxista no dijo nada.

El silencio hizo que Michael se sintiera cohibido, de modo que cuando retomó una discusión que habían iniciado antes de aterrizar habló en voz muy baja y sin vocalizar.

—El problema de ir primero al hospital... —le dijo a Pauline.

—¿Qué dices, Michael? No te oigo —dijo ella con voz chillona.

Michael cerró los ojos, volvió a abrirlos y empezó de nuevo, hablando con más claridad esta vez, pero aún en voz baja.

—Si vamos primero al hospital, tendremos que cargar con la maleta.

—¿Y qué? Sólo es una maleta pequeña.

—Sí, pero si nos dejan llevarnos a Lindy y ella también tiene equipaje...

—Michael, me niego a perder tiempo sacando mi camisón de la maleta cuando tengo una hija enferma esperándome.

—Nadie te dice que saques el camisón de la maleta. Lo único que digo...

—Nuestra hija está en el hospital —le explicó Pauline al taxista, subiendo aún más el tono de voz—. Nos enteramos ayer.

—En un refugio —dijo el taxista.

—¿Cómo dice?

—Lo llaman refugio, no hospital.

Pese a la gravedad de las circunstancias, Michael encontró gracioso que el taxista corrigiera a Pauline con aquel desparpajo.

—¿Y usted cómo lo sabe? —inquirió Pauline.

—Todo el mundo conoce el número diecinueve de Fleet Street.

—¿Y dice usted que es... un refugio?

—Lo dirigen unos monjes —aclaró el taxista.

—Ah, ¿monjes católicos?

—No, creo que son... yoguis, o algo así.

Pauline le lanzó a Michael una mirada que él no supo interpretar.

—Espere un momento —le dijo Pauline al taxista—. ¿Me está diciendo que mi hija ha entrado en una secta?

—No, ahí no entra uno voluntariamente —especificó el taxista—. Salen ellos y te recogen. Es su... ¿cómo se llama? Su misión. Recogen a la gente de la calle y los acogen para atenderlos.

—Recoge a la gente de...

—Recogen a drogadictos. Drogatas, hippies, beatniks de esos que toman LSD y hongos y esas cosas.

Michael decidió que aquel hombre le desagradaba enormemente. Se volvió hacia Pauline y dijo, en voz baja y con tono apremiante:

—Podríamos ir a la pensión primero y dejar allí la maleta. Tú misma dijiste que la casera había dicho que se podía ir caminando al...

—Nuestra hija ha tenido una crisis nerviosa —le dijo Pauline al conductor—. Hemos venido para llevárnosla a casa. Siempre hemos sido una familia muy unida y estamos seguros de que se pondrá bien en cuanto se encuentre de nuevo en casa.

El taxista se limitó a poner el intermitente.

Habían entrado en la ciudad. Al principio, a Michael las casas le parecieron impresionantes. Eran unas casas antiguas, asombrosamente bonitas, con elaboradas molduras, torrecillas, balcones, galerías, ventanas con vidrieras y tejados inclinados. Pero poco a poco se fueron volviendo sórdidas. Como si el taxi estuviera haciendo un viaje hacia delante en el tiempo, empezaron a ver edificios con la pintura desconchada, las persianas caídas y los ornamentos quebradizos y desmoronados. Las cortinas de las ventanas se convirtieron en colchas indias o banderas americanas desteñidas. Entonces aparecieron algunas ventanas cegadas con tablones. Vio a un chico con el pelo largo, con varias capas de harapos, apoyado contra una farola con los ojos cerrados. El taxista puso el seguro de las puertas, así que Michael y Pauline hicieron otro tanto.

El número diecinueve de Fleet Street era una casa destartalada como las otras. Ni siquiera había un letrero que lo identificara. Pauline le preguntó al taxista:

—¿Está seguro de que es aquí?

—Sí —respondió él.

Pauline iba sentada en el lado del asiento que quedaba junto al bordillo, así que tiró de la manivela para abrir la puerta, olvidando que había puesto el seguro. «Ay», dijo. Al parecer, aquel error la había bloqueado. Se recostó en el respaldo del asiento y emitió una especie de gemido. Antes de que Michael pudiera acudir a rescatarla, el taxista estiró un brazo y quitó el seguro de la puerta. «Ya está», dijo.

Pauline volvió a tirar y salió a la acera, con la minifalda arrugada, y la correa del bolso se enganchó en la manivela de la ventanilla.

—Espero que todo vaya bien —le dijo el taxista a Michael.

Pero a Michael seguía cayéndole mal aquel individuo. Le dio un mísero dólar de propina, pese a que el taxi les había salido carísimo.

El hombre que les abrió la puerta no tenía aspecto de monje. Era alto, tenía el cabello canoso e iba bien afeitado; era guapo, aunque curtido, y llevaba una camisa de franela de cuadros, vaqueros y botas camperas muy puntiagudas.

—¿Sí? —dijo, ocupando el marco de la puerta.

—Me llamo Michael Anton —se presentó Michael, y dejó la maleta en el suelo—. Ésta es mi mujer, Pauline. Creo que nuestra hija está aquí.

Hubo una pausa. El hombre ladeó la cabeza.

—Nuestra hija Lindy. Linnet —dijo Michael.

—En esta casa no utilizamos etiquetas —replicó el hombre.

—¿Cómo dice?

—Apellidos, nombres de pila... Nos desprendemos de los símbolos de nuestra antigua vida para avanzar por el nuevo camino.

Así pues, el hombre era religioso, aunque no lo pareciera. Aquella forma de hablar tan seria, aquella jerga, no dejaba lugar a dudas. Michael adoptó una expresión de cortés atención.

—¡Qué interesante! —dijo—. Bueno, la trajeron aquí hace tres días. Creo que..., bueno, que tuvo un ataque. Es así de alta, tiene los ojos castaños y el pelo negro, aunque no estoy seguro de cómo lleva el pelo ahora...

—Serenidad —dijo alguien.

Michael se interrumpió. Se quedó mirando al chico que había aparecido junto al hombre, un adolescente terriblemente delgado ataviado con una túnica blanca de gasa y pantalones de pata de elefante con estampado de flores.

—Sí —dijo el hombre—. Debe de ser Serenidad. Vino a compartir su vida con nosotros el lunes.

—¿Podemos verla? —preguntó Pauline, precipitándose un poco.

—Ah, no —contestó el hombre con tristeza—. Me temo que no va a poder ser. En esta casa, todos nos hemos liberado de las ataduras del hogar y la familia.

—Oiga, espere un momento —dijo Pauline.

—Cariño, si no te importa... —dijo Michael. Se volvió hacia el hombre, que clavó en él una mirada desapasionada—. Me parece que no lo ha entendido. Hace siete años que no sabemos nada de nuestra hija. Hasta ayer, ni siquiera sabíamos si estaba viva. Sólo queremos hacerle una visita, ver cómo está.

—Y luego llevárnosla a casa para que se cure —añadió Pauline, pegada al codo de su marido.

—Pauline, por favor —dijo Michael—. Deja que me encargue de esto —miró al hombre y añadió—: Queremos saber cómo está. Si quiere venir a casa con nosotros, estupendo. Si no, nos marcharemos sin ella.

—Lo siento mucho, amigos míos —dijo el hombre con tono amable—. Serenidad no puede recibir visitas.

—Pero ¿qué es esto? —saltó Pauline—. ¿Una especie de cárcel? ¿Acaso tienen prisionera a nuestra hija?

—Pauline...

—¡No vamos a hacerle ningún daño! ¡No somos de esos padres... perjudiciales! ¡Pregúnteselo a Lindy! ¡Déjela salir un momento a hablar con nosotros! ¡No tiene ningún derecho a impedirle vernos!

El hombre dio un paso hacia atrás, dejando entrever la habitación que tenía detrás: un vestíbulo amueblado con una mesa pequeña y redonda, cubierta con un tapete, y nada más.

—Dígame si ve barrotes o cerraduras —le dijo a Pauline en un tono afable. Señaló al chico que había a su lado y agregó—: Estragón puede marcharse cuando quiera. Estragón, ¿te gustaría marcharte?

El chico reculó y negó con la cabeza.

—No le estamos acusando de nada —se apresuró a decir Michael. Sintió la mirada de desaprobación de Pauline, pero no apartó los ojos del hombre—. Pero si fuera tan amable de decirle a nuestra hija que hemos venido... Dígaselo, a ver qué dice ella. Déjela elegir.

—Ella ya ha elegido —repuso el hombre con el mismo tono afable—. Lo hizo cuando la trajeron aquí.

Pauline emitió un extraño y estrangulado sonido.

—Entiendo —dijo Michael, y se irguió un poco más—. A ver, ¿cuál es exactamente el procedimiento? ¿Sueltan ustedes a la gente cuando... vuelven a ser ellos mismos? ¿Hay un periodo de tiempo determinado?

—Los «soltamos», como usted dice, cuando ellos deciden que están preparados para nacer —respondió el hombre—. Cuando abren esta puerta y vuelven a nacer en el mundo.

—¡Santo Dios! —estalló Pauline.

El hombre la miró con benevolencia. Luego se volvió hacia Michael.

—Si quieren, pueden llamar por teléfono de vez en cuando —dijo—. Para ver cómo va creciendo Serenidad. Aquí no escondemos secretos. Nuestro número está en la guía telefónica: Refugio de Fleet Street. Yo me llamo Resurgir.

Por segunda vez aquel día, Michael tuvo que reprimir una inadecuada risotada.

La casera les había recomendado aquella pensión por su ubicación. Estaba a tres manzanas del número diecinueve de Fleet Street y a dos de su casa, en Haight. Desgraciadamente, eso significaba que se encontraba en el mismo barrio deprimido. Michael recordaba muy bien las secuencias de televisión sobre Haight-Ashbury en sus días de gloria —los grupos de «hijos naturales» que atestaban las calles—, pero ahora aquel lugar tenía una atmósfera de desolación, un ambiente de día después. Por las aceras sólo había unos cuantos rezagados con aire deprimido, y los papeles obstruían las alcantarillas. Un chico que parecía muerto de hambre les pidió una moneda de veinticinco centavos. (Ni siquiera Pauline le hizo caso.) Vieron a un anciano vestido con una túnica bíblica acuclillado en un portal. Los polvorientos escaparates de las tiendas exhibían un revoltijo de mercancías: blusas mexicanas, zapatillas chinas, campanillas, palillos de incienso, y todo tipo de pipas, boquillas y narguiles orientales.

Michael observaba todo aquello intrigado, pero Pauline caminaba con los hombros caídos y los brazos cruzados. En dos ocasiones dijo que tenía frío; al final le pidió a Michael que parara y le dejara sacar el jersey que llevaba en la maleta. Era verdad que corría un aire frío, como si las estaciones de San Francisco, al igual que sus relojes, llevaran retraso respecto a las de la costa este.

—Ya ves que tenía razón cuando quería que nos quedáramos con la maleta —le dijo a Michael mientras metía los brazos por las mangas del jersey.

Michael suspiró, y ella dijo:

—Qué.

—El motivo por el que nos hemos quedado la maleta, Pauline, es que estabas empeñada en ir primero a Fleet Street.

—¿Y qué? ¿Me lo vas a echar en cara?

—No te echo nada en cara, sólo digo que...

Pero Michael comprendió que ya no tenía sentido discutir.

—¡Quería ver a mi hija! —gritó Pauline—. ¡He esperado siete años, he cruzado todo el continente, y a ti sólo se te ocurre pedirme que espere un poco más para que puedas dejar tu maleta en una ridícula habitación de alquiler!

—Poll...

—Y cuando llegamos allí, ¿qué haces? Te quedas allí plantado como un... pánfilo. «Le pido disculpas, señor», dices. «¿No piensa soltar a nuestra hija? ¿Se niega a dejarnos verla? Muy bien, señor. Como usted diga, señor.»

—Tiene más de veintiún años, Pauline. Por lo que sabemos, ha entrado en ese sitio voluntariamente, y su política es...

—¡Huy, sí, su política! ¡Normas! ¿Qué me importan a mí las normas? ¡Soy su madre y esto me está destrozando! ¡Me está matando! ¡Me está consumiendo! ¡No lo soporto más!

Las lágrimas resbalaban por sus mejillas. Se dio la vuelta y echó a andar de nuevo, con el bolso rebotando contra su cadera y la espalda rígida, la viva imagen de la indignación. Michael agarró la maleta y la siguió, pero no intentó hacerla entrar en razón.

Además, ¿qué podía decirle?

En la esquina, una pareja más o menos como ellos —cuarenta y tantos años, el hombre con chaqueta sport, la mujer con una falda corta— contemplaba un póster psicodélico que se estaba despegando de la fachada de un edificio. El hombre levantó la cámara que llevaba colgada del cuello, y de pronto Michael se sintió como el día que visitaron a Karen el otoño anterior, durante el fin de semana de puertas abiertas: él sólo era uno más entre un grupo de cuarentones acartonados que hacían todo lo posible por seguir en contacto con los jóvenes. Y Pauline, con su minivestido, ofrecía un aspecto chocante y ridículo; su cabello, rubio y minuciosamente cortado a capas, parecía en exceso ornamentado comparado con las largas trenzas de las dos chicas que cruzaban la calle delante de ellos.

Cuando Michael oyó hablar por primera vez de los hippies —del amor libre, de las sentadas, de las manifestaciones antibelicistas, de armonizar y desarmonizar, de desertar y esas cosas—, en el fondo se alegró. ¡Eso significaba que Lindy no era más que una adelantada para su tiempo! ¡Y que Pauline y él ya no estaban solos!

Se preguntó si la pareja de la cámara fotográfica también habría ido a San Francisco en busca de un hijo o una hija desaparecidos. Pero no, más bien parecían un par de turistas. Si se sintieran como se sentían Pauline y él no estarían haciendo fotografías.

Alcanzó a su esposa en la otra acera y le puso la mano que tenía libre en la parte baja de la espalda.

—Eso de la izquierda debe de ser la pensión —dedujo.

Era otro edificio victoriano destartalado, con una escalera de madera gris que se combaba bajo sus pies y un letrero escrito a mano colgado encima del timbre: NO FUNCIONA; la mujer que les abrió la puerta cuando llamaron con los nudillos también parecía venida a menos. Debía de tener treinta y tantos años, pero tenía un rostro fláccido y sombrío, y llevaba una bata de aquellas que Michael no había vuelto a ver desde que se marcharan del barrio viejo de Baltimore. «Somos los Anton», anunció. Ella se dio la vuelta sin decir nada y los guió hasta la parte trasera de la casa. La puerta de la última habitación estaba abierta, y dejaba entrever dos camas estrechas, juntas, y un tocador bajo, muy feo, con un televisor muy viejo encima. «El cuarto de baño está al otro lado del pasillo», dijo la mujer. «Se paga por adelantado, y no se admiten cheques. Son nueve dólares justos.» Mostró la palma de la mano, y Michael le puso el dinero. «Si salen, cojan la llave que hay encima del televisor», dijo la mujer, y luego se marchó.

¿Salir? Lo único que quería hacer Michael era tumbarse en la cama que tenía más cerca; no le importaba que fuera poco más de mediodía. Estaba tan cansado que hasta aquella lóbrega y desangelada habitación parecía un remanso de paz. Pero Pauline le preguntó:

—¿Quieres ir al lavabo antes de marcharnos?

—¿Marcharnos adónde?

—¡Michael! ¡Tenemos que ir a buscar a nuestro nieto!

—¿Ya? —preguntó él.

—¡Nos está esperando! ¿No tienes ganas de conocerlo?

No, la verdad era que no. Aquel niño había aparecido en sus vidas con excesiva brusquedad. La mayoría de los abuelos tenían nueve meses para prepararse. Qué va, tenían años, normalmente, mientras sus hijas salían con su novio, se comprometían, se casaban como Dios manda... Pero Pauline estaba tan impaciente; se había secado las lágrimas y tenía la cara resplandeciente y animada. Así que dijo:

—Está bien, cariño —y fue al cuarto de baño.

Cuando salieron de la pensión, no lograban ponerse de acuerdo respecto al camino que debían tomar. Michael estaba convencido de que Haight quedaba a su derecha. Ya empezaba a hacerse una idea de la distribución del barrio. Pero Pauline se empeñó en que no, que la casera le había dicho que tenían que ir hacia la izquierda. Así que se quedaron de pie en la entrada mientras ella revolvía en su bolso en busca de sus notas. Sacó el monedero, la bolsa de pinturas, la funda de las gafas... y un pequeño coche de bomberos rojo, metálico, en una caja con uno de los lados de celofán. Michael fingió que no lo había visto, pero cuando ella dijo «Sí, hemos de ir hacia la derecha. ¿No te lo decía yo?», le contestó: «Tienes razón, cariño», y se adelantó para sujetarla por el codo y bajar con ella los escalones.

Olía a chile con carne, y eso hizo recordar a Michael las horas que habían pasado desde el desayuno, si es que se podía llamar desayuno al pastelito mustio y rancio y la lata de zumo de naranja que les habían dado en el avión.

—Oye, Poll —se aventuró a decir—. ¿Por qué no llevamos al niño a comer un perrito caliente?

—Buena idea.

—Seguramente la casera se alegrará de librarse de él durante un par de horas.

—¿Un par de horas? —dijo Pauline. Dejó de andar y miró a Michael—. Pero ¿qué dices? El niño no es responsabilidad de la casera, es responsabilidad tuya y mía.

—Sí, pero...

—Nos lo vamos a llevar para siempre, Michael. Vamos a recoger sus cosas y nos lo vamos a llevar a casa, porque somos lo único que tiene.

Michael ya lo sabía, por supuesto, y sin embargo, por algún extraño motivo, no había asimilado del todo las consecuencias.

—¿Ya? ¿Tenemos que llevárnoslo ya?

—¿Tú qué crees?

—Bueno, es que... Supongo que pensaba..., ya sabes, que esperaríamos a poder llevarnos también a Lindy.

—¿Y cuándo vamos a poder llevarnos a Lindy? —le preguntó Pauline—. ¡No podemos dejar a un niño abandonado en una pensión! Tenemos que llevárnoslo inmediatamente. Pero lo que hagamos después... No lo sé. No lo sé —se pusieron de nuevo en marcha—. Ese hombre del refugio no nos dijo cuánto tiempo podría permanecer Lindy allí.

—Lo voy a llamar esta noche —dijo Michael. Ya lo había decidido. Pauline tenía razón: había cedido con excesiva facilidad—. Quién sabe, quizá ya se le haya pasado eso que tenía. Hay mucha gente que pasa una mala racha, una crisis pasajera. Pero si no se le ha pasado, le diré: «Mire, creemos que se recuperará más deprisa en su casa». ¡En Baltimore están los mejores médicos del país! Y si aun así intenta impedir que la veamos...

—Es aquí —lo interrumpió Pauline, y se detuvo.

Se había parado delante de una casa aún más desvencijada que sus vecinas, aunque en su día debió de ser el colmo de la elegancia. La puerta de entrada, doble, tenía dos ventanas ovaladas, una con un cristal biselado y la otra tapada con un cartón. Lindy había subido aquellos mismos escalones, saltándose el que estaba podrido. Había hecho girar aquel mismo picaporte, que colgaba suelto sobre una cerradura desaparecida que ya no era más que un agujero irregular en la madera.

—Bueno, es el número que me dijo esa mujer —dijo Pauline, deseando, evidentemente, que no lo fuera.

Subieron los escalones, y Michael apretó el agrietado botón de goma que había a la izquierda de la puerta.

—¿Cómo estoy? —le preguntó Pauline.

—Muy bien, cariño.

A Michael le sorprendió que Pauline se preocupara por su aspecto, pues sólo iban a ver a un niño.

Una joven de cabello claro y greñudo abrió la puerta y asomó la cabeza. Llevaba un vestido de algodón azul de cuadros, de manga larga y falda hasta los tobillos, como los de la época de los pioneros. Otra huéspeda, supuso Michael; quizá incluso otra hija desaparecida. Pero Pauline dijo:

—¿Destino?

—Sí.

—¡Hola! Me llamo Pauline. Éste es Michael, mi marido.

—Ah, vale —dijo la chica—. Ya han llegado.

Pauline entró en el recibidor, pero Michael necesitó un momento para adaptarse. (La palabra «casera» había hecho que se imaginara algo muy diferente.)

—No quería llamar a la Asistencia Social si se podía evitar —le decía Destino a Pauline en voz baja y con tono confiado.

—¡A la Asistencia Social!

—No me fío nada de esa gentuza. Pero sabía que tenía que hacer algo. Se pasa el día encerrado en su habitación; no quiere salir por nada del mundo. A veces lo oigo ir de puntillas al cuarto de baño, pero en cuanto subo la escalera, él se escabulle y vuelve a encerrarse.

Iba subiendo delante de ellos mientras hablaba; el papel pintado de la pared amarilleaba y se estaba desprendiendo. La casa olía a ratones. El pasamanos parecía pegajoso, y Michael evitó tocarlo.

—Le he subido las comidas, pero no veo que coma mucho —iba diciendo Destino—. Como es lógico, yo no tengo ni idea de qué comen los niños de esta edad. Le digo: «¡Toma! ¿Te apetecen unas lentejas?», pero él se queda mirándome fijamente, así que le dejo el cuenco y me marcho. Quiero respetar su intimidad, ¿entiende?

Al llegar al final de la escalera, se dio la vuelta y arqueó las transparentes cejas. Llevaba un par de complicados pendientes de latón que le llegaban casi hasta los hombros.

—¿Cómo se llama? —le preguntó Pauline.

—Pagan.

—¿Pagan? —dijeron Michael y Pauline a la vez.

La chica se encogió de hombros, y sus pendientes tintinearon.

—Qué quieren que les diga —dijo—. Su madre siempre me pareció un poco pirada.

Volvió a darse la vuelta y echó a andar por el pasillo oscuro; dejó atrás dos puertas, pero se detuvo delante de la tercera.

—¡Toc-toc! —dijo—. ¿Hay alguien en casa?

No hubo respuesta.

—¿Podemos pasar? —insistió, e hizo girar el picaporte.

La habitación era minúscula, con una única ventana empañada y paredes de color marfil con manchas de humedad. En el suelo, sin alfombras, había un colchón donde se amontonaban mantas desordenadas y prendas de ropa. Michael se quedó contemplando aquel lamentable panorama, y mientras lo hacía una de aquellas prendas se movió. Un niño pequeño se incorporó y los miró pestañeando. Luego retrocedió a toda prisa hasta el extremo más alejado del colchón.

—Hola, Pagan —dijo Pauline con voz suave.

El niño se quedó mirándola sin contestar. Tenía los ojos de un castaño acuoso, y el pelo negro y enmarañado. Era un pelo de extranjero, pensó Michael, de un negro más oscuro y brillante que el de los Anton. El niño tenía unas sombras azuladas bajo los ojos que le daban un aire hastiado y cansado de la vida, pese a que no podía tener más de tres años.

—¡Soy tu abuela! —iba diciendo Pauline—. La mamá de tu mamá. ¡Éste es tu abuelo! ¡Hemos venido desde Baltimore, Maryland, para verte!

Silencio.

—Voy a recoger sus cosas —dijo Destino—. La verdad es que son pocas.

De modo que, verdaderamente, aquella chica esperaba que los abuelos se llevaran al niño. Michael sabía que a estas alturas ya debía haberse acostumbrado a esa idea, pero de todos modos estaba conmocionado. Se quedó mirando cómo Destino se movía por la habitación, recogiendo una camiseta aquí y un jersey allá y colgándoselos de un brazo. Cuando se acercó al colchón, Pagan se puso en pie, agarrando una pequeña manta. Curiosamente, iba vestido con ropa convencional (un jersey rojo a rayas, vaqueros y zapatillas de deporte rojas), pero muy sucio, y tenía mugre debajo de las uñas. Como el colchón ocupaba toda la longitud de la pared del fondo no tuvo más remedio que plantarse en el centro de la habitación, y a Michael se le encogió el corazón al ver a un niño tan pequeño y asustado allí de pie, indefenso. Se retiró un poco instintivamente, y casi salió al pasillo, para demostrarle que no pretendía hacerle daño. Pauline, en cambio, avanzó hacia el niño. «Tesoro —dijo; se arrodilló delante de su nieto y lo abrazó—. ¡Ay, cariño, corazoncito, mi pobre angelito!».

Michael estaba horrorizado. Y también Destino, evidentemente, porque se enderezó tras recoger una chaqueta y se quedó mirando de hito en hito a la abuela y al niño.

Al principio, Pagan se quedó inmóvil dentro del círculo que Pauline formaba con los brazos. Luego apoyó la cabeza en su hombro. Estiró una sucia manita y le dio unas palmadas en la espalda.

Michael notó que se le llenaban los ojos de lágrimas. Tuvo que mirar hacia otro lado.

—Voy a darles una funda de almohadón para que pongan en ella sus cosas —dijo entonces Destino. Empezó a meter todo lo que había recogido del suelo dentro de una funda de almohadón más gris que blanca—. Su madre sólo tenía una bolsa. Le puse sus cosas dentro y mi marido se la llevó a Fleet Street.

¿Destino tenía marido? A Michael no se le había ocurrido que pudiera tenerlo. Se quedó mirando cómo la chica sacudía una sábana y se agachaba para recoger un calcetín rojo.

—¿Sabe usted si Lindy, si nuestra hija está casada? —preguntó, repentinamente esperanzado.

—Que yo sepa no —contestó Destino con desenvoltura.

—Me pregunto dónde estará el padre de Pagan.

—Ah. Bueno, ya sabe cómo funcionan esas cosas.

No, Michael no lo sabía. Esperó, por si Destino decidía explicárselo. Pauline seguía en el suelo canturreándole a Pagan:

—No pasa nada, tesoro. Ya verás, todo irá bien.

—¿Puede contarnos algo más de lo que ha pasado? —preguntó Michael.

—¿De lo que ha pasado? —repuso Destino.

—De cómo Lindy... tuvo el ataque.

Destino miró de reojo a Pagan y dijo:

—No creo que éste sea el mejor momento.

—Ya. Vale.

—¡Pero está en un sitio estupendo, eso seguro! Ese refugio es fabuloso. Su hija ha tenido mucha suerte.

—Lo que pasa —explicó Michael— es que queríamos llevarnos a nuestra hija a casa. Pero cuando llegamos allí ni siquiera nos permitieron hablar con ella. Me preocupa que la estén reteniendo allí en contra de su voluntad.

—No, no se preocupe. Es que no conviene interrumpir su renacimiento.

Michael estaba a punto de decir algo más, pero cerró la boca de golpe. Tenía la sensación de encontrarse en una de esas películas de ciencia ficción en las que de pronto el héroe comprende que los extraterrestres se han apoderado de las mentes de todos los demás.

—Bueno —djio Destino, y le entregó la funda de almohadón a Michael—, aquí están sus cosas. Creo que está todo, vaya. No les voy a devolver el resto del alquiler debido a la conferencia, y también a la ventana.

—¿Qué ventana? —preguntó Michael.

—Bueno, chico —le dijo Destino a Pagan—. Ha sido un placer conocerte. Espero que la vida te sonría.

Pauline se levantó del suelo y tomó a Pagan de la mano. El niño seguía agarrado a la manta —un harapo de franela azul desteñida—, y Pauline le preguntó a Destino:

—¿Es suya la manta?

—No, es de Pagan —contestó Destino, aunque no era necesario, porque Pagan ya se había soltado de la mano de Pauline para agarrarse aún con más fuerza a la manta.

—No pasa nada, cielo —lo tranquilizó Pauline. Salió con él de la habitación y fue hacia la escalera, seguida de Destino y Michael—. ¡Te vamos a llevar a la pensión donde duermen los abuelos! Te vamos a dar un baño, te vamos a poner ropa limpia...

Mientras bajaban la escalera, sólo se oía la voz de Pauline, un murmullo tranquilizador. Hasta cuando le dijo adiós a Destino al llegar a la puerta, utilizó aquel tono de canción de cuna.

—Gracias por llamarnos. Gracias por todo.

Cuando Michael vio cómo Pauline bajaba primero los escalones de la entrada y luego, al llegar a la acera, se daba la vuelta para esperar a Pagan, protectora pero discreta, sintió un profundo amor por ella.

Cuando los hijos de Michael eran pequeños, él solía pensar que caminar con un niño era como llevar un rebaño de agua. Nunca sabías qué se les iba a ocurrir hacer: echar a correr por delante de un coche que pasaba a toda velocidad, montar un berrinche en medio del tráfico o pararse para recoger una colilla mojada de la alcantarilla. Así que ¿cómo imaginar qué podía ocurrírsele hacer a aquel niño? Pagan caminaba en silencio entre Michael y Pauline, indiferente y resignado, abrazado a la manta con ambos brazos. Al llegar al primer cruce, soltó una mano de la manta y buscó la mano de Pauline de forma automática, sin mirarla y, al parecer, sin pensarlo siquiera; un gesto que Michael encontró tranquilizador. Se podía conjeturar que alguien se había ocupado del niño, que no siempre había tenido que apañárselas él solo.

Después hubo otras pistas, aunque Michael no las estaba buscando; eran cosas que indicaban cómo debía de haber sido la vida de Pagan hasta entonces. Parecía muy acostumbrado a comer fuera, por ejemplo. Cuando entraron en el Good Feelings Deli & Pizza, que estaba a media manzana de la pensión, Pagan colgó de manera eficiente su manta en el respaldo de una silla, se subió a ella, se instaló y esperó a que le llevaran la comida. Pero por lo visto nunca se había enfrentado a un perrito caliente, porque cuando éste llegó —se lo había pedido Michael—, al principio Pagan lo examinó con aire dubitativo, y luego, cuando hubo encontrado la manera de sujetarlo, se lo comió como si fuera una mazorca de maíz, mordisqueándolo en línea recta de izquierda a derecha. Tampoco parecía familiarizado con los refrescos. El primer sorbo de Pepsi-Cola le hizo arrugar la nariz, aunque no tardó en acostumbrarse a aquel cosquilleo y se terminó el vaso en un santiamén. Michael dedujo que aquello debía de significar que lo habían alimentado a base de comida hippy, sin azúcar y vegetariana. Sin embargo, Pagan sí tenía cierta experiencia con las patatas fritas. Se comió todas las suyas y a continuación casi todas las de Pauline, lamiéndose los dedos impregnados de aceite después de cada una. «¿Están buenas?», le preguntó Pauline, y él asintió con la cabeza.

Quizá no pudiera hablar. Quizá Destino había supuesto infundadamente que antes el niño hablaba. Michael no recordaba a qué edad empezaban a hablar los niños.

—¿Cuántos años tienes? —le pregu tó, sin esperar una respuesta.

Para gran sorpresa suya, Pagan lo miró a los ojos. Tenía unas cejas muy finas, y mucho más claras que el cabello; se juntaron frunciendo la piel del centro de la frente, como cuando das unas puntadas con la aguja en un trozo de tela. Finalmente llegó a una conclusión y, con una voz incongruentemente grave que no se parecía nada a la de un niño, contestó:

—Cuatro.

Pauline soltó un grito ahogado y se tapó la boca con la servilleta.

—¡Cuatro años! ¡Qué niño tan listo! —dijo—. Tiene cuatro años —le dijo a Michael.

—Ya lo he oído —repuso él con aspereza.

Que Pagan hubiera dicho su edad en lugar de levantar cuatro dedos podía ser otra pista. Por suerte tenía una madre que hablaba con él de forma inteligente. ¿O se estaba agarrando Michael a un clavo ardiendo?

Necesitaba pensar lo mejor de Lindy.

—Entonces debes de ir a la escuela —iba diciendo Pauline—. Al parvulario, a la guardería, al jardín de infancia... —ofreció todos los términos posibles. Pero por lo visto Pagan había dado por terminada la conversación.

O eso, o el concepto de ir a la escuela era completamente nuevo para él, porque se limitó a coger otra patata frita.

—¿Cómo va? —les preguntó la camarera—. ¿Van a tomar postres?

—Creo que no, gracias —le contestó Michael.

Era una camarera alegre, rolliza y maternal como las que Michael estaba acostumbrado a ver en Baltimore. Le habría gustado poder explicarle que ellos no tenían la culpa de que el niño fuera tan sucio.

¿Y cómo interpretar el hecho de que Pagan no supiera qué hacer con el camión de bomberos? Pauline lo sacó de su bolso y lo puso encima de una de las camas en cuanto entraron en su habitación. «¡Oh! —exclamó—. ¿Qué tenemos aquí?». Pero Pagan adoptó una actitud desconfiada, observando el camión desde lejos durante varios minutos antes de atreverse a poner un tentativo dedo encima del lado de celofán de la caja. Cuando volvió Michael, que había ido a preguntar si podían facilitarles una cama plegable (no las había; tendrían que apañárselas con las dos camas individuales), la situación no había avanzado mucho: Pagan había envuelto la caja del camión de bomberos con su manta, y uno de los extremos sobresalía de ella como si fuera la cara de un bebé.

Tampoco conocía la televisión. Se sentó al lado de Pauline, apoyado en la almohada de la cama de ella, boquiabierto e incrédulo ante un simple anuncio de Benson & Hedges. Después de los programas concurso dieron varios culebrones, y después las noticias de la noche, y cada parpadeante escena en blanco y negro captaba toda su atención. «¿Te gustaría ir a algún sitio? —le preguntó Michael—. ¿Al parque? ¿A los columpios?». Pero el perfil ribeteado de plata de Pagan seguía apuntando hacia la pantalla, y Michael estaba tan cansado que no insistió.

Cabía la posibilidad de que el niño estuviera traumatizado. Quizá en realidad no estuviera mirando la televisión, porque cuando un payaso se dio un porrazo en un anuncio de coches usados, Pagan no mudó aquella expresión imperturbable.

Mientras daban las noticias (sólo hablaban de Vietnam), Michael se quedó dormido, sentado, con la cabeza apoyada contra la cabecera metálica de su cama. Despertó al cabo de un rato, aturdido y con la boca seca, aunque comprendió que sólo había dormido unos minutos porque en la pantalla había un grupo de soldados con los cascos recubiertos de hojas marchando por la selva. La habitación estaba casi a oscuras, teñida por la luz azulada del televisor. Michael miró su reloj y dijo:

—¿Qué os parece si voy a buscar unas pizzas para cenar?

Pagan se animó enseguida y asintió enérgicamente. (Otra pista.) Sin embargo, el niño no quiso comprometerse respecto a los ingredientes para cubrir la pizza.

—¿Sencilla? ¿Con champiñones? ¿Con salchichón? —preguntó Michael, pero Pagan no dijo nada.

—¿Con sapos y ranas? —sugirió Pauline, y tuvo como recompensa una tímida y reacia sonrisa que la hizo reír y volverse con expresión triunfante hacia Michael—. Tráenos una pizza con sapos y ranas, abuelito, por favor.

—Cómo no —replicó Michael con excesiva efusividad, y se levantó de la cama.

Siempre había pensado que sus nietos lo llamarían *Dziadziu,* que era como llamaba él a su abuelo. Pero bueno, daba lo mismo. «Abuelito» tampoco estaba mal.

Mientras esperaba su pizza en el Good Feelings (sencilla, con doble de queso; parecía lo más seguro) llamó por el teléfono público que había en un rincón de la cafetería. Pidió el teléfono en Información, introdujo las monedas y marcó, y entonces tuvo que esperar diez o doce timbrazos hasta que contestó una mujer.

—¿Refugio de Fleet Street? —dijo, indecisa.

—Sí, quiero hablar con... Resurgir, por favor —dijo Michael.

Se oyó un ruido al otro lado de la línea, y luego silencio. Detrás del mostrador, el cocinero extendía una salsa de tomate líquida y rosada sobre una base de pizza.

—Resurgir al habla —dijo una voz por el auricular—. ¿En qué puedo ayudarlo?

—Soy Michael Anton. El padre de... Serenidad, ya sabe.

—Ah.

—Mire, hemos reservado un billete para mi hija en el vuelo de mañana por la mañana. Su madre y yo vamos a viajar a Baltimore con ella y con su hijo. Sin duda estará de acuerdo conmigo en que mi hija y el niño deben estar juntos.

—No sabía que tuviera un hijo —dijo Resurgir.

¿Cómo podía ser que ni siquiera lo hubiera mencionado? ¿Tan trastornada estaba? La atención de Michael se desvió por un instante, pero se serenó y dijo:

—Entonces comprenderá que...

—Esto es muy triste, francamente, muy difícil. Es muy triste cuando hay un niño implicado.

—Ahora entenderá por qué tenemos que llevárnosla.

—Querido amigo —dijo Resurgir con un tono de voz alarmante por lo solícito—, me parece que no se da cuenta de la gravedad de su estado.

—En ese caso —dijo Michael—, le agradecería que me describiera su estado.

—Esta joven ha quedado tan destrozada, tan pulverizada, enajenada, colgada, anulada y reventada por las drogas...

—¿Drogas?

—No podría subir al avión, amigo mío. No podría llegar ni a la puerta de esta casa.

—Cuando dice drogas, ¿se refiere usted a... narcóticos?

—Todo tipo de pastillas, píldoras, tabletas, cápsulas, inhaladores y polvos que se pueda imaginar. Todo tipo de estimulantes, sedantes, con receta y sin receta, legales e ilegales...

Michael se apoyó contra la pared.

—Y aunque fuera capaz de salir de aquí por su propio pie, cosa que no es capaz de hacer, ¿qué harían ustedes dos con ella? ¿Cómo evitarían que su hijo la viera?

Michael no pudo contestar. Tenía la impresión de que se le había cerrado la garganta.

—¿Hermano? ¿Está usted ahí?

Michael colgó el auricular.

En el Good Feelings Deli no hacían comida para llevar, así que Michael tuvo que llevarse la pizza envuelta en papel de aluminio. El calor traspasaba el envoltorio y le quemaba las palmas de las manos, pero no le importó: estaba congelado. Le castañeteaban los dientes, notaba los pies muy pesados y su cojera era más pronunciada de lo habitual.

Destrozada, pensó, *pulverizada, enajenada, colgada, anulada y reventada.* Todas aquellas palabras eran nuevas para él. Igual que la palabra que había utilizado Destino, pirada. El rostro de Destino apareció ante él, con una marca verde en un lado de la mandíbula, producto del roce del pendiente. No se había fijado en aquella marca hasta entonces, pero ahora parecía grabada en su memoria como una cicatriz.

Cuando llegó a la pensión no le contó a Pauline lo que le había dicho Resurgir. Pensaba contárselo, desde luego, pero de momento se sentía incapaz de repetir aquellas palabras. Se limitó a decir:

—He vuelto a hablar por teléfono con Resurgir, y al parecer Lindy tardará un poco en estar en condiciones de viajar.

Se preparó para recibir una avalancha de preguntas, protestas, repreguntas, pero Pauline sólo dijo «Oh», y se quedó callada un momento. Quizá ella ya se lo había imaginado.

—Bueno —dijo entonces—. Supongo que lo mejor será que vayamos tirando y volvamos a casa sin ella, ¿no te parece?

—Sí, supongo que sí.

Pauline se puso derecha —se recompuso, por decirlo así— y se levantó para encender la luz.

La pizza estaba blanda e insípida, pero Michael pensó que de todos modos ninguno de los tres la habría saboreado. Como no se había acordado de comprar bebidas, Pauline cogió tres vasitos de papel y los llenó de agua en el cuarto de baño que había al otro lado del pasillo. «¡Chin-chin!», dijo mientras los repartía. Pero daba la impresión de que estaba pensando en otra cosa. En varias ocasiones se interrumpió a media frase. «Muy bien, Pagan; deja que te limpie la... ¿Verdad que estamos como en...? ¿Quién quiere más...? ¿Alguien quiere...?»

Pagan mordisqueaba sin entusiasmo la punta de su trozo de pizza, dejando un ancho trozo de corteza, sin apartar los ojos de la pantalla del televisor. «¿Te gusta?», le preguntó Michael. Pagan no contestó. La luz de la bombilla que colgaba del techo era muy intensa, y el niño tenía los ojos entrecerrados, lo que le daba un aire furtivo y retraído.

Seamos realistas: aquel niño no era más que un sustituto. No era la hija por la que habían atravesado todo un continente.

Pagan no tenía cepillo de dientes. Tampoco tenía peine ni cepillo, a menos que Destino hubiera olvidado dárselos. No estaba acostumbrado a bañarse. (¿Cómo podía ser?) Tuvieron que convencerlo con mucha paciencia para que se metiera en la bañera con patas después de que reculara hasta un rincón, tembloroso y con las costillas marcadas, con sus calzoncillos grises y raídos. En cambio sí tenía pijama, y se lo puso sin ayuda: un pijama entero con estampado de naves espaciales, no muy limpio. (Todas las prendas de ropa que había en la funda de almohadón tenían un olor dulzón a caramelo, igual que el propio Pagan.)

No puso objeciones cuando apagaron la luz ni cuando bajaron la persiana para que no entrara la luz de la calle. Se metió obedientemente en la cama de Pauline y se colocó en posición fetal, con la manta apretada bajo la barbilla (el camión de bomberos seguía envuelto en la manta, dentro de la caja sin abrir). Se quedó dormido en cuestión de segundos, y Michael observó que respiraba acompasadamente, aunque quizá demasiado deprisa: una respiración superficial y susurrante, de gatito. No se chupaba el dedo, no se movía ni roncaba. Sin embargo, durante la noche se orinó en la cama. Michael se despertó oliendo a orina caliente y notó cómo Pauline trepaba por encima de él para meterse bajo las sábanas a su otro lado. Sin embargo, no consideró que la enuresis nocturna fuera una pista. Sabía que hasta los niños mejor educados experimentaban regresiones en situaciones difíciles.

Se quedó tumbado boca arriba con los ojos muy abiertos, con el brazo de Pauline sobre el pecho y su cabello haciéndole cosquillas en el hombro. Hacía mucho tiempo que no dormían tan juntos.

Michael llevaba muchos años, desde antes de que Lindy se marchara de casa, preguntándose dónde se habían equivocado. ¿Habían sido demasiado permisivos? ¿Demasiado severos? Ninguno de los dos era partidario de los castigos físicos, pero recordaba varias ocasiones vergonzosas en que había sujetado demasiado fuerte a Lindy por los brazos cuando ella era pequeña, o en que la había apartado con excesiva firmeza. Y Pauline, con aquella afición suya a decir cualquier cosa que le pasara por la cabeza... Sí, Pauline echaba unas regañinas tremendas a los niños cuando la hacían enfadar. Además, no podía evitar culpar a su esposa de aquellos defectos de carácter que veía en Lindy que parecían directamente heredados de Pauline: la fogosidad, la extremada emotividad, lo imprevisible de sus reacciones. (Aunque ¿no había comentado Pauline en más de una ocasión que la expresión sombría y ceñuda de Lindy era exacta a la de Michael?) O quizá, como tenían tres hijos, no les habían prestado suficiente atención a cada uno. O habían dedicado excesiva atención a Lindy, se habían concentrado excesivamente en ella, habían esperado de ella más de lo debido. ¿Qué era? ¿Qué? ¿Qué? ¿Qué?

Pero lo de las drogas... Las drogas eran algo tan químico, tan físico. Francamente, no eran una explicación satisfactoria. El misterio de Lindy Anton tenía que surgir de algo más complejo que un simple puñado de productos farmacéuticos.

Volvió a quedarse dormido como si el sueño fuera una derrota, como si agitara las manos y dijera: *Olvídalo. Me rindo.*

BIENVENIDA A CASA LINDY, rezaba la pancarta de Sally. Y George llevaba en las manos un ramillete de flores de esos que vendían los vendedores ambulantes, y Karen —que debería haber estado en clase— estaba de pie tan cerca de la puerta que los otros pasajeros que llegaban tenían que desviarse para esquivarla. «¡Estamos aquí! ¡Aquí!», gritó, dando brincos. Llevaba un minivestido rosa y naranja con estampado psicodélico, pese a que generalmente vestía vaqueros y camisetas, y se había rizado el cabello rubio hasta formar con él una gigantesca aureola; precía uno de aquellos anuncios de revista en que colocaban fotografías de enormes cabezas en unos cuerpecitos diminutos. Debía de haber estado trabajando en su atuendo desde el amanecer. Michael sintió lástima al ver cómo Karen escudriñaba las caras que se le acercaban, mientras George estiraba el cuello para mirar a los pasajeros que iban detrás. Sally, que todavía no sospechaba nada, seguía luciendo una sonrisa radiante, pero las sonrisas de los otros dos se estaban borrando de sus caras.

—¿Dónde está? —preguntó George a sus padres.

En lugar de contestar, Pauline hizo avanzar a Pagan.

—¡Mirad quién está aquí! —les dijo—. Éste es Pagan, el hijo de Lindy. Pagan, éstos son tu tía Karen, tu tía Sally y tu tío George.

—¿Dónde está Lindy? —inquirió Karen.

—¡Ah, ya vendrá! De momento va a quedarse un poco más en San Francisco.

—¿Por qué? ¿Está bien? ¿La habéis visto?

—Bueno, no la hemos visto en persona, pero...

—¡Mira lo que tengo, Pagan! —exclamó Sally—. ¡Tachán! —y sacó un pequeño canguro marrón de peluche con una cría en la bolsa—. Para ti —le dijo al niño.

Pagan lo tomó, clavando los serios ojos en los de Sally.

—¿Qué se dice? —dijo Pauline.

—Gracias —dijo Pagan con claridad, con aquella voz suya, asombrosamente grave.

Las mujeres se abalanzaron sobre él emitiendo grititos, como si el niño acabara de obrar un milagro.

Por el camino a casa —los hombres delante, las mujeres detrás, y Pagan sentado en las rodillas de su abuela—, Pauline empezó a construir la historia que contaría a partir de entonces sobre Lindy. Michael veía cómo se iba formando el relato; era un proceso fascinante.

—San Francisco es una ciudad fabulosa —empezó Pauline—. Tendríais que ir todos. ¡Y Lindy está en un sitio estupendo! Hablamos con el director. Como es lógico, nos habría encantado poder traerla a casa enseguida, pero ellos tienen sus procedimientos, ¿me explico?, sus métodos comprobados para ayudar a la gente a superar sus conflictos. ¡En ese sentido están mucho más adelantados que en Baltimore! Así que Lindy vendrá dentro de un tiempo. Pero entretanto, ¡tenemos a Pagan! ¿No es fabuloso? ¡El pequeño Pagan! ¿Verdad que se parece mucho a Lindy? Sobre todo los ojos.

En otras circunstancias, a Michael quizá le hubiera molestado aquella maquillada versión de la verdad. ¡Tanta preocupación por las apariencias, incluso dentro de la familia! Pero aquel día estaba conmovido. Pensó que su esposa tenía unas asombrosas reservas de fuerza, que las mujeres como Pauline eran las que hacían que la Tierra siguiera girando. O al menos, hacían que pareciera que seguía girando, aunque en realidad no hiciera otra cosa que bambolearse sobre su eje.

Durante las semanas siguientes, persistió su respeto hacia Pauline. Estaba impresionado por su entrega a Pagan y por su inagotable energía, no sólo física sino también emocional; por su entusiasmo, su cariño y su optimismo. Michael también colaboraba, desde luego: le leía a Pagan todas las noches, después de la cena, o jugaba a la pelota con él en el patio. Pauline, sin embargo, era la que se ocupaba constantemente de todo, y la triste verdad es que sus tareas eran muy ingratas. Lo cual no era culpa de Pagan, por supuesto. El niño debía de estar aturdido y afectado por todos aquellos cambios. Pero era tan insensible, tan frío, por decirlo así, y tan falto de alegría. Tenía la costumbre de mirar fijamente a la gente con una expresión que parecía de censura, sin parpadear, con unos ojos extrañamente opacos. Hablaba lo menos posible, y casi nunca contestaba cuando le hacían preguntas. Cualquier tipo de tentativa de acercamiento, por amistosa que fuera, hacía que se pusiera a la defensiva; las muestras de entusiasmo manifiestas lo volvían desconfiado como un animalillo. «¡Pagan!», gritaba Pauline, abatiéndose sobre él cada mañana. (Pagan dormía en la que había sido la habitación de Lindy. Como un invitado exageradamente tímido, permanecía en la cama hasta que lo llamaban, tardaran lo que tardaran.) «¡Pay-Pay! ¡Pequeño príncipe! ¡Ven a ver qué desayuno tan rico te he preparado!» Y Pagan se quedaba mirándola. Era como el papel secante, pensaba Michael: igual de denso y mate; absorbía todo cuanto caía sobre él y no devolvía nada. Pero Pauline estaba decidida a no desanimarse. «¡Huevos al nido, Pay-Pay! ¡Y zumo de naranja recién exprimido!»

Verdaderamente, Pauline era buena persona. Y Michael también, pensaba él. Sólo que cuando estaban juntos, su bondad... Cómo explicarlo, cuando estaban juntos no se portaban bien. No siempre se portaban bien el uno con el otro; Michael no podía explicar por qué.

Cada noche, sobre las siete —las cuatro de la tarde en la costa oeste—, Michael llamaba por teléfono al refugio. Calculaba que era lo bastante tarde para que se hubieran evaluado los progresos de un paciente durante el día. «¿Puedo hablar con Resurgir, por favor?», decía en un tono directo. Aquel nombre había dejado de resultarle extraño. Hasta pronunciaba sin problemas el nuevo nombre de Lindy. «Llamo para preguntar por Serenidad. Soy su padre.»

Michael daba por hecho que aquel nombre, Serenidad, no significaba nada para Pagan. Pero algo debió de alertar al niño, porque la tercera vez que Michael llamó al refugio, el niño apareció junto a su codo en mitad de la conversación, callado y atento, sin moverse, casi sin respirar. «Está mejorando, está mejorando —iba diciendo Resurgir—. Ya sabe que tienen ustedes a su hijo, se lo hemos dicho».

—¿Y qué ha dicho ella? —preguntó Michael.

—Bueno, lo que es decir... Todavía no habla mucho. ¡Pero no hay que perder la fe!

Cuando colgó el auricular, Michael le dijo a Pagan: «Se ve que va bien. Pero aún falta un poco». Escogió unas palabras deliberadamente ambiguas, por si Pagan estaba allí de pie sólo por casualidad, pero Michael se dio cuenta, por cómo de pronto encorvó los hombros, de que el niño lo sabía, de que había estado escuchando con atención, concentrándose con todas sus fuerzas en las noticias que llegaban desde el otro lado de la línea. ¿Qué más sabía? ¿Hasta qué punto era consciente de la situación?

El que había sido el pediatra de los niños, el doctor Amble, todavía tenía su consulta, y cuando Pagan llevaba varias semanas con ellos lo llevaron a hacerle una revisión. Lo primero que les dijo el doctor Amble fue que seguramente nunca lo habían llevado al médico, porque al principio estaba muy confiado —discretamente interesado en la sala de espera, con sus juguetes, sus rompecabezas y su decoración de canción infantil—, y luego, durante la exploración, se mostró indignado e incrédulo. Peleó en silencio para que no le quitaran la ropa, se bajó de la báscula, horrorizado, y apartó el estetoscopio en cuanto se lo pusieron en el pecho. «Hmm», murmuró el doctor Amble con aire pensativo. Entonces les dijo que Pagan debía de tener tres años. «Nos dijo que tenía cuatro —dijo Michael—. ¿No puede ser que sea un poco bajito para su edad?». Pero el doctor Amble dijo que no, que estaba dispuesto a jugarse su reputación profesional afirmando que tenía tres. Para Michael, aquello cambiaba el cariz de las cosas. Recordó el «cuatro» de Pagan y comprendió que la larga pausa del niño y su ceño fruncido eran la preparación para dar un salto a una edad exagerada y más imponente. Sonrió. Era la primera vez que abrigaba esperanzas respecto a..., bueno, la personalidad de su nieto, por decirlo así.

Una vez terminada la exploración, el doctor Amble hizo entrar a Michael en su despacho mientras Pauline ayudaba a Pagan a vestirse.

—Veamos —dijo el doctor Amble, sentándose en su silla—, hay muchas cosas sobre las que sólo podemos hacer conjeturas, desde luego. Es muy probable que no le hayan puesto ninguna vacuna. Le diré a mi enfermera que se encargue de eso —tomó un bolígrafo y, consultando sus notas, dijo—: Ni fecha de nacimiento, ni lugar de nacimiento, ni segundo nombre... Y, según su esposa, tampoco podemos estar seguros de su apellido.

—Estoy casi seguro de que es Anton —dijo Michael.

Reprimió la necesidad de recordarle al doctor Amble que nada de todo aquello era cosa suya ni de Pauline. Ellos habían sido muy escrupulosos con las revisiones de sus hijos, y les habían puesto todas las vacunas.

Entonces el doctor Amble afirmó:

—Hay una cosa buena.

—¿Cuál?

—El niño establece relaciones, ya lo ha visto. Ya ha visto cómo se agarraba a su esposa cuando se enfadaba.

—Sí, pero... no habla mucho con nosotros. Ya casi hace un mes que está en casa. Le ha costado muchísimo sentirse cómodo con nosotros.

—Eso también podría ser una buena señal. Demuestra que echa de menos a su madre, lo cual significa que ella ha debido de comportarse como una madre con él. Es evidente que habían entablado una relación.

Era patético lo poco que hacía falta para llenar a Michael de orgullo.

—¿Puedo hablar con Resurgir, por favor?

—Resurgir al habla.

—Soy Michael Anton. Llamo para preguntar por Serenidad.

—Ah, sí.

Michael esperó.

—Bueno, Serenidad ya no está con nosotros —anunció Resurgir.

El corazón de Michael se paró un momento.

—¿Cómo dice? —preguntó.

—Anoche, cuando entramos en su habitación, vimos que se había marchado.

—No lo entiendo.

—Al parecer decidió rechazar lo que le ofrecemos aquí.

—Pero... ¿me está diciendo que se marchó ella sola? ¡Usted me dijo que no habría sido capaz ni de bajar los escalones de la entrada!

—Ya, pero había progresado bastante. Asistía a las reuniones; hablaba de empezar una nueva vida con su hijo. ¡Todos creíamos que iba por buen camino! Y ahora esto: una negativa rotunda a persistir en su renacimiento. A veces pasa, por motivos que resulta muy difícil determinar.

Resurgir hablaba con una voz más triste y ligeramente más grave de lo habitual, como un disco que gira demasiado despacio. Michael, en cambio, se iba animando por momentos. ¡Lindy había asistido a reuniones! ¡Había estado hablando de su hijo!

Claro que se había marchado. Volvía a ser la de siempre, y debía de querer recuperar a su hijo. Iba a ir a Baltimore a buscarlo, seguro.

Michael le preguntó a Pauline si todavía tenía el número de teléfono de Destino. Su esposa le dijo que no, pero le recordó que el número debía de aparecer en alguna de aquellas facturas de teléfono viejas que él siempre insistía en conservar. Exacto, y ahora ella debía entender por qué insistía él, podría haber señalado Michael; pero estaba demasiado ocupado buscando en el escritorio, rescatando la factura, buscando el número de teléfono.

—Tendrías que llamar tú. Tú has hablado más veces con ella —le propuso a Pauline—. Pregúntale si Lindy ha ido a la pensión. Dile que, si ha ido, tendría que quedarse allí hasta que podamos enviarle dinero para el billete.

Quiso la suerte que Pagan hubiera ido a ver un partido de béisbol con George y Sally, y por lo tanto no presenció todo aquel alboroto: el cajón del escritorio revuelto como si hubiera pasado un huracán, Michael con el pelo de punta después de pasarse repetidamente las manos por él, Pauline tan aturullada que se equivocó al marcar el número y tuvo que empezar de nuevo. Y resultó que no sirvió de nada. Destino le dijo a Pauline que no había visto a Lindy. Sí, cómo no, le daría el recado si Lindy pasaba por allí, y la llamaría por teléfono si sabía algo, a cobro revertido, claro. Aunque, sinceramente, ella no esperaría mucho de una persona que abandonaba su propio renacimiento. Después de colgar, Pauline se quedó como deprimida.

—¡Ya lo ves! Estamos donde empezamos —dijo—. ¡Nuestra hija está por ahí suelta y no tenemos ni idea de dónde!

Por una vez, fue Michael quien adoptó una actitud optimista.

—Ya sabes cómo son los jóvenes de hoy en día. Hacen autoestop, viajan con amigos o buscan en los tablones de anuncios a alguien que los lleve. ¡Seguro que ya está en camino hacia aquí! Le doy hasta... Veamos, hoy es sábado. Calculo que el lunes ya habrá llegado. Quizá incluso antes, pero seguro que no más tarde del lunes.

Cuando Pagan volvió del partido de béisbol, luciendo con solemnidad una gorra de los Orioles, no se dio cuenta de que hubiera pasado nada raro. Pauline estaba tan contenta como de costumbre. Y Michael, tan tranquilo como siempre, sostenido por aquella diáfana visión de Lindy dirigiéndose hacia ellos. La veía caminando por el centro de una autopista de dos carriles, mirándolo a los ojos, sonriente. Sabía que se la imaginaba con una edad que no era la que tenía, pero se permitía aquella pequeña licencia: Lindy de niña, con ocho o nueve años. Llevaba el cabello recogido en dos coletas altas con forma de paréntesis encima de las orejas, y unos pantalones cortos debajo del vestido para poder hacer volteretas o el pino donde quisiera. Tenía las rodillas llenas de costras. Era la Lindy de antes, graciosa, batalladora y atolondrada, y estaba llegando a casa.

Hubo un breve periodo en la vida de los Anton en que tuvieron un perro. Era un collie con exceso de peso al que habían puesto *Lassie*, demostrando tener muy poca imaginación; un cabeza hueca, histérico, que no paraba de ladrar. Cada vez que uno de los niños salía de casa, *Lassie* corría hasta el ventanal y se levantaba sobre las patas traseras para apartar la cortina con el puntiagudo morro. Se quedaba allí vigilando durante horas, gimiendo y temblando y casi retorciéndose las patas.

Era así como se sentía Michael aquellos días, mientras esperaban a que llegara Lindy. Se acercaba hasta la puerta principal una y otra vez, y desde allí miraba la calle. Cada coche, cada transeúnte que se acercaba hacía que le diera un vuelco el corazón. Llegó el domingo, y Michael se pasó prácticamente todo el día pegado a la ventana, aunque delante de Pauline intentaba disimular. (Pauline parecía tener sus propias esperanzas. En su caso era el teléfono, e intentaba mantenerlo desocupado todo el tiempo.) George y Sally fueron a cenar, pero Michael se levantó varias veces de la mesa y caminó, casi contra su voluntad, hacia el salón. Aquella noche se levantó varias veces y volvió a mirar, fingiendo ir al cuarto de baño. Y el lunes se quedó en casa y no fue a trabajar. Dijo que ya iba siendo hora de que el encargado asumiera más responsabilidades. Pero como el encargado no había demostrado ser muy competente durante el viaje de los Anton a San Francisco, Michael se pasó el día llamando por teléfono a la tienda para ver cómo iba todo, y Pauline no paraba de decirle: «Por Dios, Michael, ¿quieres colgar el teléfono?». Habían invitado a Pagan a jugar con el nieto de Wanda Lipska, pero cuando Pauline le pidió a Michael que lo llevara, Michael dijo que prefería no hacerlo; podían necesitarlo en la tienda en cualquier momento. «¡Michael, por el amor de...!», protestó Pauline, y se marchó muy enfurruñada, haciendo sonar las llaves. Durante su ausencia, Michael permaneció todo el tiempo de pie junto a la ventana. No pasó nadie por delante de la casa. Tampoco pasó ningún coche (sólo las furgonetas de reparto), hasta que el coche de Pauline volvió a entrar en el camino y Michael soltó la cortina.

El martes tampoco fue a trabajar. Dijo que le dolía la garganta.

El miércoles fue a la tienda a la hora habitual.

No hablaron de ello. Ninguno de los dos se volvió hacia el otro y dijo: «Supongo que no va a venir». Fueron quedándose cada vez más callados y apagados, nada más.

¿Y Pagan? Durante unos días, cada vez que Michael llamaba por teléfono, el niño aparecía como por ensalmo a su lado. Pero poco a poco dejó de hacerlo. Pagan empezó a ir a la piscina. Se hizo amigo de la niña que vivía dos casas más allá. Pauline lo apuntó a un campamento de verano, sólo durante el día. Su habitación se convirtió en un caos de vías de tren y libros ilustrados, coches Matchbox, excavadoras, el camión de bomberos, que hacía tiempo que había salido de su caja, el canguro marrón de peluche con su cría, sorpresas de bolsas de Cracker Jack, galletas saladas, dinosaurios de plástico y brazos y ojos de un Mister Potato.

Michael se había imaginado que algún día, cuando las cosas se hubieran calmado un poco, Pagan les contaría cómo era la vida con Lindy. Irían saliendo fragmentos y detalles, filtrados, como es lógico, por la caprichosa memoria de un niño, pero aun así reveladores, aun así instructivos. Pero eso no ocurrió. Pagan parecía haber olvidado su pasado, y hubo un momento en que Michael se dio cuenta de que nunca sabrían más de él de lo que sabían entonces. Su pasado se había esfumado, igual que Lindy. Y Pagan iba a quedarse allí.

Una mañana, cuando acompañaba a Pagan al campamento, Michael perdió la paciencia porque resultó que por segunda vez aquella semana Pagan se había dejado la manta en casa y quería volver a buscarla. «¿No puedes pasar sin ella, aunque sólo sea hoy?», le dijo Michael, y Pagan respondió: «Es que la necesito, abuelito. La necesito». Así que Michael pisó el freno y se metió en el camino de una casa, y de pronto, cuando estaba dando marcha atrás, se acordó de un libro que les leía a sus hijas. Se titulaba *Heidi*. Heidi era una niña a la que enviaban a vivir con su abuelo en los Alpes. Por lo que podía recordar, la historia se centraba en la adaptación de Heidi a su nuevo entorno. Allí la niña de mejillas sonrosadas podía respirar aire puro y beber toda la leche de cabra que quisiera, de acuerdo. Pero de pronto pensó: ¿y el abuelo? ¿Se había molestado alguien en preguntarle al abuelo cómo se sentía al tener que adaptarse de nuevo a vivir con una niña?

Ahora, la bondad de aquel anciano le parecía heroica, y Michael sintió una mezcla de admiración y envidia.

El Día del Trabajo hicieron una barbacoa, como siempre. En realidad no era más que una reunión familiar, pero aun así, con los años, la lista de invitados se había ido alargando. Iba a ir Karen, que ya había terminado su empleo de verano en Ocean City; y George y Sally, por supuesto; y el padre, las hermanas y los cuñados de Pauline, con todos sus hijos que todavía vivían en la zona. Pauline le pidió a Michael que sacara las sillas de jardín que guardaban en el garaje. Entonces le entró uno de aquellos ataques de histeria que siempre le daban antes de una fiesta. Empezó a preocuparse por si no había suficiente comida, así que preparó otra tanda de ensalada de repollo, zanahoria y cebolla y llamó por teléfono a George para que llevara más carne picada, y unos minutos más tarde volvió a llamarlo para pedirle también panecillos para las hamburguesas. «No sé por qué seguimos haciendo esto —le dijo a Michael—. Ni siquiera lo pasamos bien. ¡Estoy reventada!». Y era verdad que tenía cara de cansada.

Michael decidió ponerse a salvo e ir a ver a Eustace. Era una costumbre que tenía, ahora que Eustace vivía de la Seguridad Social: de vez en cuando iba a la ciudad y le daba unos cuantos dólares al anciano. Así que se despidió con un «¡Ahora vuelvo!» y se marchó. De acuerdo, quizá no se aseguró del todo de que Pauline lo había oído. Pero llevaba varios días comentando que quería ir a ver a Eustace. Ella podía habérselo imaginado.

Sin embargo, Pauline no se lo imaginó, o eso afirmó más tarde. Cuando llegó Michael (hinchado de tanto Dr. Pepper, el refresco que siempre le ofrecía Eustace), lo recibió en la puerta y le preguntó:

—¿Se puede saber dónde demonios estabas?

—En casa de Eustace. Ya te lo he dicho. ¿Por qué? —preguntó él, y miró el reloj que Pauline tenía detrás. Sólo eran las cuatro y media, y la fiesta no empezaba hasta las cinco.

Pero Pauline le espetó:

—¡No me has dicho nada! ¡Me estaba volviendo loca! ¡Mi padre ha llegado hace media hora y está ahí solo, sin poder hablar con nadie más que con Pagan, y Karen ha ido a buscar hielo y aún no ha vuelto, y tú ni siquiera has encendido la barbacoa todavía!

—Hay tiempo de sobra para encender la barbacoa —replicó él. Pero sus palabras rebotaron en la espalda de Pauline, que ya se marchaba, indignada.

Desde aquel momento hasta el final de la velada, Michael no tuvo ocasión de cruzar ni dos palabras con su esposa. Pauline iba de un lado para otro, muy ajetreada. Pero al final se marchó el último invitado, y Karen se ofreció para acompañar a Pagan a la cama, y fue entonces cuando Michael se dio cuenta de que Pauline todavía estaba furiosa con él. Cuando llevó un montón de platos a la cocina, ella le espetó:

—¡Ya lo hago yo, muchas gracias! —le quitó los platos de las manos y los puso en la encimera, tan bruscamente que fue un milagro que no se rompieran.

—Oye, Poll —dijo él.

—¡Deja de llamarme Poll!

—Pauline, perdona que me haya marchado esta tarde, pero sólo fui a ver a Eustace, y ya sabes que heriría sus sentimientos si no me quedara un rato a charlar con él; ¿qué pensaría si...?

—Sí, claro, los sentimientos de Eustace; sí, sobre todo hay que tener en cuenta los sentimientos de Eustace, un viejo que trabajaba para ti, entre comillas, hace un millón de años. ¡Qué más da que yo tenga que organizar una fiesta enorme y que tenga un niño de tres años pegado a las faldas y que mi pobre padre no entienda por qué nadie habla con él!

—Bueno, ¿cómo querías que supiera que tu padre se iba a presentar tan pronto?

—¡Es de la familia, Michael! ¡Se puede presentar aquí a la hora que le dé la gana! ¡Pero tú crees que sólo cuenta tu familia, la cascarrabias de tu madre, a la que cuidé hasta el día de su muerte sin que nadie me diera jamás las gracias, y en cambio tú no moviste ni un dedo para ayudarnos a buscar a mi madre el día que salió a la calle sola y se perdió!

—¡Te ayudé a buscarla un montón de veces! ¡Dios bendito, pero si los dos últimos años de su vida mi hobby era salir a buscar a tu madre! Pero una sola y única noche, cuando no había nadie más para cerrar la tienda...

—¡La tienda, la tienda! ¡Siempre tu preciosa tienda! ¿Qué quieres? —le preguntó Pauline a Karen, que había aparecido en la puerta de la cocina.

—Nada —se apresuró a contestar Karen—. Sólo venía a decir buenas noches —y se escabulló.

—Buenas noches, cielo —le dijo Michael a su hija, pero Pauline no dijo nada. (Ella no podía dividirse; si estaba enfadada con alguien, dejaba que su ira se derramara y alcanzara a todos los demás.)

—Hasta el día que tu propia hija se marchó de casa —prosiguió—, ¿dónde estabas ese día? ¡En la tienda! ¡En tu tienda de marras!

—Pues claro. Era un día laborable. ¿Dónde esperabas que estuviera? En cambio tú, que no tenías nada más que hacer que vigilar a tus tres hijos...

—Eso es muy bajo, Michael. Es bajo, innoble e injusto. ¿Pretendes culparme de que Lindy se fugara de casa? ¿Y tú? ¿Qué me dices de un padre tan frío y distante que sus propios hijos no desean otra cosa que perderlo de vista y encontrar cariño en algún otro sitio? ¿Qué me dices de un padre cuya hija huye con el primer chico que conoce y cuyo hijo se casa antes de terminar sus estudios y cuya hija pequeña ni siquiera quiere ir a su casa durante las vacaciones de verano?

Cuando discutía con Pauline, Michael solía llegar a un punto en que lo invadían una rabia y una impotencia tan intensas que tenía que salir de la habitación. Pauline lo interpretaba como una retirada, una prueba más de su frialdad. Pero Pauline no entendía nada. O se marchaba, o la estrangulaba y la hacía callar para siempre. A veces Michael hasta sentía un cosquilleo en los dedos y el impulso de agarrarle aquel cuello nervudo y apretar, apretar, apretar.

Michael giró sobre los talones y salió por la puerta de atrás, dejando que la puerta de tela mosquitera se cerrara con un portazo. En el patio a oscuras, donde todavía había un desordenado corro de sillas, agarró una y le dio la vuelta, colocándola de espaldas a la casa. Se dejó caer en ella y echó la cabeza hacia atrás, obligándose a respirar despacio mientras contemplaba el cielo.

Detrás de él, las luces de la casa fueron apagándose una a una; lo supo porque el cielo se oscureció aún más y empezaron a verse las estrellas. Oyó una serie de portazos: los de las puertas de la cocina, del dormitorio, y seguramente de un armario. Pero siguió sentado, esforzándose para controlar la respiración.

Qué mujer tan frenética, tan tremenda, tan inestable, incluso cuando estaba de buen humor, con su exultante voz, sus relumbrantes ojos y su peligrosa excitación. ¿Por qué, por qué, por qué la había elegido a ella para casarse? ¡Cuando podía haber elegido a una dulce y robusta chica polaca de barrio, o a una de aquellas amables jóvenes de la cantina de la Cruz Roja de Virginia! ¿Por qué se había decidido por una persona tan descontrolada?

Pauline no tenía derecho a criticar la relación de Michael con los niños. ¡Él había tenido una relación mucho más íntima con ellos que la que su padre había tenido con él, y se había implicado mucho más en sus vidas! Y en cuanto a la tienda, bueno, ¿de dónde creía Pauline que procedía el dinero para pagar los campamentos, las clases de música, las matrículas de la universidad y los viajes? No, ella nunca había sabido valorar lo bien que había dirigido su negocio. Primero le había dado la lata para que abandonara el viejo local, pese a que éste le proporcionaba unos ingresos muy decentes. (Y había sido un abandono, verdaderamente. Supo desde el principio que el comprador pensaba montar una tienda de licores.) Luego se le había metido en la cabeza que tenía que montar un supermercado por todo lo alto, uno de esos monstruos iluminados con fluorescentes, con unos pasillos tan largos que no podías ver el final; pero Michael había sido lo bastante sensato para darse cuenta de que lo que hacía falta allí, en las afueras, era una versión de la vieja tienda del barrio, pequeña y familiar, con el énfasis puesto en la atención al cliente. Con empleados que saludaban a los clientes por su nombre, les fiaban y ofrecían galletas a sus hijos. Ahora tenía una clientela a la que ni se le ocurriría ir a comprar a otro sitio. Pero ¿le reconocía Pauline el mérito? No, qué va, todavía seguía presionando para que ampliara el negocio, y cuando él rebatía sus argumentos, ella le recordaba que no se había equivocado al aconsejarle que trasladara la tienda. Señalaba lo que había pasado en la ciudad: la delincuencia, el deterioro, y últimamente aquellos espantosos disturbios raciales. «Si no fuera por mí, todavía estarías allí, ¿verdad? —decía—. Vendiéndoles tres cartones de leche cada día a tres viejecitas!».

A veces Michael pensaba que más parecían hermanos que marido y mujer. Aquellos codazos y aquella competición continua, aquel disputarse el puesto, aquel regodeo del «Yo ya te lo dije». ¿Se comportaban igual las otras parejas? No lo parecía, al menos desde fuera.

Creía que todos aquellos jóvenes que se habían casado durante la guerra habían iniciado su andadura en la misma ignorancia. Se los imaginaba desfilando por la calle de una ciudad, como hacía la gente el día que él se alistó. Luego iban desapareciendo de dos en dos, porque habían madurado, habían ido adquiriendo experiencia y se sentían cómodos en su rol, hasta que sólo quedaban Pauline y él, tan inexpertos como siempre: la última pareja del desfile de amateurs.

Cerró los ojos y lamentó no tener a nadie con quien hablar de aquello. ¿Con quién iba a hacerlo? Había perdido el contacto con la mayoría de los hombres de su antiguo barrio, quienes de todos modos sólo hablaban de béisbol y del tiempo. Actualmente su vida social se reducía a una serie de reuniones concertadas de antemano: cócteles y cenas formales en Elmview Acres. De hecho no tenía amigos. ¿Había siquiera alguien que le cayera bien? ¿Le caía bien él a alguien? ¿Sería verdad que era un tipo frío y distante?

Pero esperen. La puerta de tela mosquitera se abrió y se cerró suavemente. Unos pies descalzos avanzaron sin hacer ruido por las losas del patio. Michael sintió una enternecedora sensación de alivio. Al menos podía afirmar que Pauline era su amiga. Ella lo conocía mejor que nadie; era ella quien lo había liberado de su atrofiada y asfixiante niñez.

Pero no era Pauline, sino alguien más bajo y más ligero. Alguien que arrastró trabajosamente, resoplando, una de las sillas de jardín; que tuvo que hacer un gran esfuerzo para subirse a ella. Michael abrió los ojos. Entonces estiró un brazo y puso una mano sobre la mano de Pagan, y ambos se quedaron allí contemplando el cielo nocturno.

6. Hervir la rana

El 26 de septiembre de 1972, Michael y Pauline celebraron su trigésimo aniversario de boda con una pequeña cena en familia. Era un martes; no era la mejor noche para una reunión social, como señalaron tanto George como Karen. Sin embargo, Pauline estaba empeñada en respetar la fecha exacta. Le gustaba poder anunciar: «Hace exactamente treinta años, a esta misma hora, vuestro padre y yo subíamos al tren que nos llevaría a Washington en nuestra luna de miel». Le habría gustado aún más poder decir que aquél era el momento en el que el pastor los había declarado marido y mujer, pero como se habían casado por la tarde, no podía ser. Sus hijos no eran nada aficionados a salir del trabajo antes de la hora; George tenía un empleo relacionado con las fusiones (Pauline no tenía ni idea de qué eran las fusiones) y Karen estaba haciendo el último curso de Derecho.

Eran siete alrededor de la mesa: Pauline y Michael, uno en cada extremo; Karen y Pagan en el lado de la ventana, y George y Sally en el lado del aparador, con JoJo en medio, sentado en una trona. Pauline se imaginaba un espacio vacío en la mesa, el que correspondía a Lindy, pero sabía que ella era la única que lo veía.

JoJo era el motivo por el que iban a cenar a las seis. Sólo tenía veinte meses. Era un niño muy guapo y muy risueño, Pauline lo adoraba, y ella no había ni querido oír hablar de que lo dejaran en casa con una niñera.

—Si no incluimos a nuestros nietos, ¿qué sentido tiene celebrar nuestro aniversario de boda? —dijo cuando Sally se disculpó porque JoJo había golpeado el plato con la cuchara mientras bendecían la mesa. Entonces Pauline estiró un brazo y le dio un apretón a su otro nieto. A Pagan también lo adoraba, aunque ahora que ya había cumplido siete años se había vuelto menos tolerante y mimoso. Pagan sonrió, pero se apartó de ella, concentrado en el trozo de pan que estaba untando con mantequilla.

El menú era un verdadero aburrimiento. Pauline había preparado los socorridos platos de siempre: rosbif, patatas al horno y ensalada de lechuga iceberg, y de postre, pastel de chocolate. Aquello era su concesión a Michael.

—Para ti, cariño —dijo, alzando su copa—. Nada de experimentos. Nada de platos sofisticados. No verás ni un champiñón, ni una anchoa ni una alcachofa. Todo bien sencillo, como a ti te gusta.

Michael dejó de masticar el tiempo suficiente para levantar su copa y decir:

—Muchas gracias, cariño.

En las copas había champán, pero a eso no puso objeciones. No podías acompañar una cena con vino de mesa cuando celebrabas que tu matrimonio había durado treinta años.

Michael tenía el cabello entrecano y el rostro curtido y surcado de arrugas, aunque estaba tan delgado como siempre. En cuanto a Pauline, nadie sabía de qué color tenía el cabello, seguramente blanco bajo el tinte rubio de Miss Clairol. Sin embargo, había tenido mucho cuidado con los kilos, sin contar ese poco de barriga que no conseguía eliminar. Sí, en general creía que todavía eran una pareja atractiva. Y estaba orgullosa de la imagen de grupo: todos con sus mejores trajes de domingo, bien peinados, limpios y relucientes. Hasta Karen, que solía descuidar un poco su aspecto cuando estaba concentrada en sus estudios, había hecho un esfuerzo aquella noche. Llevaba pantalones, como de costumbre, pero eran unos pantalones tipo sastre, con una blusa a juego, y había sustituido sus poco favorecedoras gafas por las lentes de contacto que, según afirmaba, le producían picor.

Fue Karen la encargada de entregarles el regalo. Primero le lanzó a George una serie de miradas elocuentes que sus padres fingieron no detectar, y luego, después de que George se excusara y regresara con un rectángulo plano envuelto con papel, dijo:

—¡Ejem, ejem! ¡Atención, por favor!

—¿Qué pasa? —preguntó Pauline, y Michael dijo:

—No hacía falta que nos trajerais ningún regalo.

—Tienes razón —dijo Karen con sarcasmo, y todos rieron, porque sabían perfectamente que Pauline daba mucha importancia a señalar las grandes ocasiones con regalos. Pauline hizo un ademán de repulsa (pensaba que la gente siempre exageraba su carácter), y Karen continuó—: Mamá, papá, esto es de parte de todos nosotros. Queríamos regalaros algo que os recordara estos últimos treinta años —cogió el paquete de las manos de George y lo puso en el regazo de Pauline.

Resultaba obvio que se trataba de una fotografía enmarcada. Pauline lo supo por la forma cuadrada del paquete y la parte más ahuecada del centro. Supuso que habían ampliado la fotografía de su boda, o que quizá habían encargado una copia en acuarela. De modo que se llevó una sorpresa cuando abrió el envoltorio y encontró dos fotografías ovaladas, en blanco y negro, colocadas sobre un fondo de lino de color marfil. La primera era una fotografía de Michael, muy joven, con una basta chaqueta de cuadros, entrecerrando los ojos bajo el sol. En la segunda estaba Pauline, también muy joven, riendo y sujetándose el sombrero. Ambas fotografías le resultaban familiares —la de Michael estaba en una caja de zapatos llena de fotografías que le había dado su suegra, y la suya en el álbum de la boda de su hermana Donna—, pero recortadas en forma de óvalo, con el borde dorado y enmarcadas parecían tan diferentes que tardó un momento en ubicarlas. Y ni siquiera entonces comprendió su relación con el aniversario.

—¡Qué bonito! —dijo Michael cuando Pauline le mostró el marco, y Pauline se dio cuenta de que él tampoco entendía nada.

Sally se encargó de explicárselo.

—Sois vosotros dos poco antes de conoceros —dijo.

—¿Antes de conocernos? —preguntó Pauline.

—Donna se casó el 8 de noviembre de 1941. Y en el dorso de la fotografía de Michael hay una nota escrita a mano: «Día de Acción de Gracias de 1941 en casa de tío Bron». De modo que ambas os las hicieron unas semanas, o unos días, antes de que entraras en la tienda.

—¿En serio? —exclamó Michael.

Pero Pauline se había quedado sin habla. El que aquellas dos fotografías documentaran, casualmente, casi los últimos momentos de sus vidas como personas independientes... ¡Oh, qué jóvenes eran, qué inocentes! Hasta la suave y deslavazada luz del sol sobre el rostro de Michael transmitía inocencia, y también la cadenciosa curva de la pluma del sombrero de Pauline.

—No teníamos ni idea —dijo Pauline, como distraída—. ¡No sospechábamos nada! Todavía no había pasado nada. Ni Pearl Harbor, ni la guerra; todavía no se habían cruzado nuestras miradas. Nuestros hijos no existían. No podíamos ni pensar en nuestros nietos.

—¡Bueno! ¡Feliz aniversario! —la interrumpió George.

—¿Te acuerdas de cuando me pusiste aquel vendaje en la frente? —le preguntó Pauline a Michael—. Me pareciste tan guapo. Todavía me acuerdo de aquel día cada vez que huelo el esparadrapo.

—Llevabas tu abrigo rojo —dijo él—, y cuando salimos a participar en el desfile te perdí de vista un momento, pero entonces vi un destello rojo, y fue como si la sangre volviera a correr por mis venas.

—Y aquellas estúpidas discusiones que teníamos —continuó ella—. Una vez salté de una noria porque habías ido a la fiesta de cumpleaños de Katie Vilna sin mí, ¿te acuerdas?

—¡De una noria en marcha! —aclaró Michael a los otros—. ¡Cuando todavía estábamos como mínimo a un metro del suelo!

—Al empleado le dio un pasmo —añadió Pauline riendo.

—Y aquella vez que te devolví todas tus cartas cuando estaba en el campo de instrucción.

—Y la vez que me enfadé tanto contigo porque me llamaste bolita de grasa cuando estaba embarazada de ocho meses.

—Te fuiste a casa de tus padres en camisón, ¿te acuerdas?

Entonces Michael se quedó callado, y Pauline, siguiendo la dirección de su mirada, vio que ninguno de los demás compartía su regocijo. Sally era la única que sonreía —una sonrisa abstraída que dirigía a JoJo mientras jugueteaba con el babero del niño.

—Bueno, en fin —dijo Michael—. Muchísimas gracias, chicos.

—Sí, muchas gracias —dijo Pauline.

Y todos los adultos se movieron un poco, se enderezaron y tomaron sus copas de champán.

—Hace treinta años, a esta misma hora —dijo Pauline—, estábamos registrándonos en el hotel President Lincoln de Washington, D.C.

Se quitó el vestido, lo sacudió un poco y lo colgó en una percha. Había una manchita de maquillaje en el cuello, pero si la tapaba con un broche podría ponérselo una vez más antes de llevarlo a la tintorería.

—Había un montón de soldados y marineros en el vestíbulo, ¿te acuerdas? —le preguntó a Michael. Él se estaba vaciando los bolsillos y dejando sus cosas encima de la cómoda, examinando cada billete y cada recibo antes de dejarlo a un lado, y no contestó. De todos modos, Pauline continuó—: Me senté en una butaca y me quedé esperando a que nos registraras. Sujetaba mi bolso con la mano izquierda para que todo el mundo viera que estaba casada.

Estaba tan nerviosa que tenía la boca seca como el cartón. Intentaba recordar los consejos del libro que su madre le había regalado: *Guía para el matrimonio*. «Relájate», le recomendaba el libro. ¡Ja! «Deja que tu marido te enseñe.» Desde donde estaba sentada, Michael parecía torpe y vacilante; su nuca, desnuda, era delgada como la de un colegial.

—Es curioso que, a veces, las cosas puedan parecer tan lejanas y tan cercanas al mismo tiempo —comentó—. ¡Mira, todavía me acuerdo del tacto de la hilera de tachuelas que había en el extremo del brazo de la butaca!

Le dio tiempo a Michael para que dijera algo si quería, pero él no hizo ningún comentario. Dejó un puñado de monedas en el platillo de porcelana que ella había puesto allí con ese propósito.

—Y entonces se me acercó un soldado —prosiguió Pauline—. Un teniente coronel, creo recordar. Me dijo: «Está usted sola, señorita?», y yo le contesté: «No, estoy esperando a mi marido, que nos está registrando». Era la primera vez que pronunciaba aquellas palabras en público: mi marido. Y de repente apareciste tú, plantado delante de mí, hecho una furia. ¡No logré convencerte de que no estaba coqueteando! En el ascensor tú ibas muy serio y enfurruñado, y yo no paraba de hablar para que el botones no sospechara nada.

—Sí —intervino entonces Michael—, algo así —por fin se dio la vuelta y miró a Pauline—. Nos peleamos la misma noche de bodas.

—Hombre, yo no diría que nos peleamos. Fue más bien un malentendido. Y enseguida hicimos las paces. ¡Al final resultó una noche de bodas maravillosa! ¿Te acuerdas, cariño? —preguntó, y se alegró de haberse quedado con la enagua, aquella tan sexy con la cinta ensartada en el corpiño.

Pero Michael ni se fijó en la enagua.

—El día que saltaste de la noria —dijo—. El día que te marchaste a casa de tus padres. ¿Te has dado cuenta, Pauline? ¿Te das cuenta de las cosas que hemos dicho esta noche? Todos nuestros recuerdos eran peleas. Creo que nunca me había fijado en eso. ¿Has visto la cara de nuestros hijos?

—No todo fueron peleas, Michael. ¡Por Dios! —dijo Pauline. Entretanto, recordó la expresión de sus hijos. Siempre la desconcertaba que Michael saliera con una de aquellas perspicaces observaciones nada típicas de él—. Yo te he recordado el día que me vendaste la frente —dijo—. Y tú me has hablado de mi abrigo rojo...

—Sacas otra vez el único momento tranquilo que hemos experimentado en toda nuestra vida juntos —dijo él.

—¿Qué?

Michael no contestó. Sus labios dibujaban una línea recta, y sus ojos tenían aquella expresión densa y misteriosa que adoptaban a veces cuando le dolía la cadera.

Pauline se le acercó y le puso una mano sobre el brazo.

—¡Michael! —dijo—. ¡Eso que dices no es cierto! ¡Hemos tenido muchísimos momentos buenos! Momentos románticos, momentos en los que nos hemos confesado nuestros temores y nuestras preocupaciones, momentos en que nos hemos reído. Las cosas graciosas que decían los niños cuando eran pequeños, ¿te acuerdas? ¿Te acuerdas de que Karen llamaba agua bulliciosa a la soda? Y de las penas que compartíamos, de los problemas con Lindy, de cómo me consolabas cuando mi madre empezó a perder la cabeza... ¿Qué importancia tiene que discutiéramos un poco? Creo que eso sólo demuestra que nuestro matrimonio es muy animado, un matrimonio con mucha energía y pasión. ¡Yo creo que ha sido un matrimonio divertido!

Pero él replicó:

—No ha tenido nada de divertido.

Pauline bajó la mano.

—Ha sido un infierno —añadió Michael.

Incluso mientras él pronunciaba aquellas palabras, Pauline creyó que no las estaba oyendo bien. Era imposible que Michael estuviera diciendo lo que ella había creído oír. ¡Si ni siquiera estaban en plena pelea! ¡Con una voz completamente normal!

—Todos estos gritos, estos llantos y estos follones —prosiguió él—. Marcharse con malos modos, dar portazos, dar patadas a los muebles, tirar mi ropa por la ventana, cerrar la puerta y dejarme fuera de casa...

—Entonces, ¿por qué no te vas? —dijo Pauline.

Michael se quedó callado.

—¡Si tan infeliz te sientes, márchate! Si tan desgraciado eres por mi culpa. Si tu vida es un tormento. ¡Vete! ¿A qué esperas?

Michael la miró un momento; luego cogió las llaves de su coche de encima de la cómoda, se dio la vuelta y salió del dormitorio.

Pues vaya. Menuda noche de aniversario. Pauline se quitó la enagua y la enrolló dándole forma de tubo para acordarse de lavarla con el programa de ropa delicada a la mañana siguiente. Se dio cuenta de que le temblaban un poco las manos. Se sentía débil y vacía, como si llevara demasiadas horas sin comer, y notaba los latidos del corazón casi a la altura de las clavículas, lo cual solía pasarle cuando se asustaba.

Se quitó el sujetador, pero no las bragas, y se puso un camisón de manga larga. (Siempre que estaba nerviosa, dormía con las bragas puestas y con el camisón más modesto que tenía; era una costumbre que había mantenido desde la infancia.) Se lavó la cara, se cepilló los dientes, se quitó los pendientes de perlas y los guardó en el joyero. Recorrió el pasillo de puntillas hasta la habitación de Pagan para asegurarse de que tenía la luz apagada, y entonces volvió a su dormitorio y se metió en la cama.

Michael volvería, de eso no había ninguna duda. En cuanto se apaciguara, volvería, pero ella ya estaría profundamente dormida, sin ninguna preocupación. Él haría ruido, cerraría un cajón con excesiva brusquedad, tiraría los zapatos al suelo. Era así como funcionaba Michael: en lugar de disculparse, se presentaba llamando la atención, *Aquí estoy,* esperando a que ella diera el primer paso. Podía pasarse días distante y poco comunicativo; ella le decía: «¡Por favor, Michael, no te pongas así!», y él respondía: «¿Ponerme cómo? No me pongo de ninguna manera». Mentía descaradamente. No era un hombre sincero. No era honesto a la hora de pelear. No era ni la mitad de franco que ella.

Miren cómo se comportaba con los niños, por ejemplo. «Tu madre dice esto» y «Tu madre dice lo otro». «Tu madre no quiere que llegues tan tarde.» «Tu madre quiere que nos llames por teléfono cuando llegues allí. Ya sabes que se pone muy nerviosa.» Siempre le adjudicaba a ella el papel de mala; nunca decía: «Quiero que hagas esto o que no hagas lo otro». Seguía haciéndolo incluso ahora, con Pagan. Aquella misma noche le había preguntado: «¿No te ha dicho la abuela que tienes que ir a acostarte, Pagan?». Y, en comparación, él parecía tan poco exigente, tan indulgente, tan bonachón.

Pauline apagó la lámpara y se quedó tumbada, tapada sólo con la sábana. Era una noche cálida y húmeda, más propia del verano que del otoño, y a través de la ventana abierta oía los zumbidos de los insectos de los matorrales. Pasó un coche por delante de la casa, pero no redujo la velocidad ni entró en el camino.

Y siempre la llamaba vieja durante aquellos tres meses del año en que ella era mayor que él; se creía muy gracioso, pese a saber, pues ella se lo había dicho un montón de veces, que para ella la edad era un tema delicado. «¿Qué pasa?», preguntaba él, entre perplejo y dolido. «¿Qué he dicho? Sólo era una broma. ¿No sabes aceptar una broma?» Así, ella quedaba como la que no tenía sentido del humor, y él como una persona despreocupada.

Cuando lo cierto era que él era más severo y más insensible que un juez.

La vez que le perdieron la pista a Lindy en San Francisco, Pauline quiso contratar a un detective privado para que la buscara. Había oído hablar de un tal Everjohn, recomendado por la amiga de una amiga, y le propuso a Michael llamarlo para concertar una cita con él. Pero Michael se negó. ¿Para qué molestarse?, fue lo que dijo. «Ella ya sabe dónde vivimos. Sabe que su hijo está con nosotros. Supongamos que ese tipo lograra dar con ella. ¿Y qué? ¿Qué iba a hacer? ¿Atarla y traerla por la fuerza hasta Baltimore? Ella no quiere vernos, Poll. Pues muy bien. Yo tampoco quiero verla a ella.»

Michael era así. Para él lo más fácil era abandonar. Lavarse las manos. Nada le importaba.

En una ocasión le había dicho a Pauline, cuando ella menos se lo esperaba, que un cliente suyo le había enseñado una frase hecha: hervir la rana.

—A ver si sabes de dónde viene —dijo.

—Ni siquiera sé qué significa —repuso Pauline.

—Significa hacer algo tan gradualmente que nadie se da cuenta. Reducir el tamaño de una caja de cereales, por ejemplo; de eso hablábamos cuando salió el tema. «Los precios no bajan, pero las cajas cada vez son más pequeñas», me comentó el cliente. «Están hirviendo la rana.» «¿Cómo dice?», le pregunté yo. A ver si sabes de dónde viene.

—¿De dónde?

—Resulta que si metes una rana en un cazo de agua fría y la pones a fuego lento, el agua se calienta grado a grado y la rana no se da cuenta de nada. Al final muere, pero sin haber sentido nada.

—¿Se puede saber por qué me lo cuentas? —le preguntó Pauline.

—¿Hmm?

—¿A santo de qué me lo cuentas?

—No sé, pensé que te interesaría, cariño.

—Querías insinuarme algo, ¿verdad?

—¿Qué?

—Me lo has contado por algún motivo, lo sé perfectamente.

—¡No sé de qué me hablas!

—Crees que nosotros dos nos estamos muriendo poco a poco, ¿verdad? Que estamos matando nuestro matrimonio. Y piensas que soy yo la que lo está haciendo.

—¿Te has vuelto loca?

No, Pauline no se había vuelto loca. Quizá pudiera parecérselo a un observador desinformado, pero ella llevaba suficiente tiempo casada con Michael para saber perfectamente lo que su marido estaba insinuando. Lo conocía como si lo hubiera parido. Lo sabía.

Al final se quedó dormida, aunque estaba tan nerviosa que había pensado que no conseguiría conciliar el sueño. Al cabo de un rato despertó sobresaltada y miró el reloj. Las tres y cuarto. Estaba completamente oscuro y no se oía nada, ni insectos, ni coches, y el lado de la cama de Michael estaba vacío. Quizá había tenido un accidente. ¡Sí, seguro que sí! De pronto tuvo tal certeza de que eso era lo que había pasado, que fue como si hubiera recibido una especie de transmisión telepática. ¿Cómo si no podía explicarse su ausencia? A Michael jamás se le ocurriría pagar por dormir en una habitación de hotel. No tenía ningún amigo en cuya casa pudiera pasar la noche. No, seguro que se había salido de la carretera, ofuscado por el champán y la falta de sueño. Y ahora debía de estar desangrándose debajo de su coche, y era ella quien tenía que llamar a la policía. Pero le daba demasiada vergüenza llamar. ¿Qué iba a decir? «Mi marido ha salido de casa muy enojado y estoy segura de que ha tenido un accidente. Estoy convencida.» «Sí, señora», le dirían. Además de eso, Pauline tenía la ilógica sensación de que ya había agotado su cupo de llamadas a la policía tras la fuga de

Lindy. «Eh, sargento, es la pesada de la señora Anton. Resulta que ha perdido a otro ser querido.»

Michael no tenía derecho a ponerla en aquella situación. Ningún derecho. Pauline se obligó a dormirse otra vez.

Por la mañana, mientras preparaba el desayuno, se le ocurrió de pronto otra cosa. Michael debía de haber pasado la noche en casa de alguno de sus hijos. ¡Qué cruel era! Seguro que les había dicho que ella lo había echado de casa, y ellos se habrían compadecido de él. Lo más probable era que hubiera ido a casa de Karen, porque ella tenía un apartamento en el centro, muy práctico, muy cerca de la autopista Jones Falls. Pauline dejó de untar la tostada y se volvió hacia el teléfono. ¿Llamar a Karen y preguntárselo? O no. Oyó ruidos en la habitación de Pagan: el golpeteo de los resultados de los partidos de béisbol de la noche anterior en su radio despertador. Si llamaba a Karen, tenía que hacerlo antes de que Pagan bajara a la cocina. Reflexionó un momento más, y luego levantó el auricular y marcó el número.

—Hola —contestó Karen.

—¡Hola, cielo! ¿Te he despertado?

—Qué va, si llevo horas levantada. Estoy intentando terminar un trabajo que tengo que entregar mañana a primera hora.

—Bueno, sólo quería darte las gracias por haber venido a cenar un día entre semana.

—No hace falta que me des las gracias.

—Sé que estás muy ocupada.

—No pasa nada.

Hubo una pausa.

—Y gracias otra vez por el regalo —añadió Pauline—. ¡Qué idea tan maravillosa!

—Sally se encargó de todo.

—Sí, ya me lo imaginaba. Sally es una excelente organizadora. Pero gracias por participar.

—De nada, mamá —dijo Karen.

—¡Bueno! —la radio de Pagan sonó más fuerte, lo cual significaba que debía de haber abierto la puerta de la habitación—. Bueno, ¿pasó papá por tu casa anoche? —preguntó Pauline precipitadamente.

—¿Papá? ¿Si pasó... por aquí?

—No, claro.

Pagan entró en la cocina, con la mochila sujeta por las correas.

—¿Por qué iba a venir aquí? —preguntó Karen.

—¡Ah, no, por nada!

—Creía que estaba en casa contigo.

—Sí, pero tuvimos una pequeña... ya sabes; tu padre exageró desmesuradamente una cosa...

Pagan soltó su mochila, que cayó al suelo con un ruido seco, o mejor dicho con gran estruendo —¿cuánto pesaría?—; se sentó en su silla y se quedó mirando a su abuela con expectación.

—¿Qué estás diciendo? —dijo Karen—. ¿Os peleasteis el día de vuestro aniversario de boda?

—Bueno, no fue exactamente una...

Pero no quería pronunciar la palabra «pelea» delante de Pagan.

—En realidad no fue nada —dijo—. ¡Cielos, mira la hora que es! Tengo que llevar a Pagan al colegio.

—¿Me estás diciendo que papá se ha marchado?

—¿Hmm? Ah. Bueno, ahora no está aquí, pero...

—¿Puedo desayunar Cheerios? —le preguntó Pagan.

—No, Pagan, ya te he preparado unas tostadas. ¡Lo siento, cielo, tengo que dejarte!

—Espera un momento —dijo Karen, pero Pauline colgó el auricular.

—Estoy harto de desayunar tostadas —protestó Pagan—. Ayer desayuné tostadas. ¿No puedo desayunar Cheerios?

—De acuerdo. Toma —cedió Pauline. Sacó la caja de Cheerios del armario y la puso con fuerza en la mesa, delante de Pagan. Luego volvió a descolgar el auricular y marcó el número de George.

—¿Y el cuenco? ¿Y la leche? —preguntó Pagan, al tiempo que Sally contestaba:

—¿Diga?

Caray. En fin.

—¡Buenos días, Sally! —dijo Pauline.

—Ah, hola, Pauline.

—¡Sólo quería darte las gracias por venir anoche y por esas fotografías tan bonitas!

— Me alegro de que te gusten. Temía que los bordes dorados quedaran un poco cursis.

—¿Los bordes? ¡Qué va! ¡Quedan preciosos, Sally!

—George dijo que habrían quedado mejor sin el borde dorado. Cuando las traje a casa, dijo: «¿Por qué has puesto el ribete dorado?». Y yo le contesté: «¿Ahora me lo dices? Ya te lo pregunté antes de llevar las fotografías a enmarcar; te dije: "¿Tienes alguna idea de cómo podríamos enmarcarlas?", y tú dijiste que no tenías ni idea de esas cosas y que lo dejabas en mis manos». Pero si quieres que lleve el marco a la tienda para cambiarlo, Pauline...

—¡No, por Dios! ¡Me encanta el ribete dorado! ¡Creo que lo mejor de todo es ese ribete!

—Ah —dijo Sally—. Entonces, a lo mejor... ¿Habrías preferido que en el marco también hubiera habido ribete?

—No, nada de eso —respondió Pauline con firmeza—. A los dos nos gusta tal como está. Michael me lo dijo expresamente. Ahora no está aquí, pero si no estoy segura de que él mismo te lo confirmaría. ¡Vaya, la verdad es que no sé dónde está! Tú no lo habrás visto, ¿verdad?

—¿A Michael? ¿No está trabajando?

—Mira, le diré que te llame cuando llegue a casa para darte las gracias.

—No, no hace falta que... ¿Tenía que venir aquí para algo? No entiendo.

—No, que yo sepa, no —dijo Pauline—. Bueno, gracias otra vez. ¡Adiós!

Colgó el auricular, pero se quedó un momento de pie al lado del teléfono, pellizcándose el labio inferior con el pulgar y el índice.

—Abuela —dijo Pagan—. Necesito un cuenco para los Cheerios.

—¡Ay, Pagan, ya eres mayorcito para buscarlo tú! —le respondió Pauline.

Pero de todos modos tomó un cuenco y lo puso en la mesa con tanta fuerza que Pagan pestañeó.

Al volver de la escuela de Pagan pasó por delante de la tienda. Casi le pillaba de paso. Sólo tenía que desviarse un poco hacia el sur para encontrarla: un edificio de ladrillo, estrecho y de una sola planta, entre una farmacia y una agencia inmobiliaria, con un largo letrero negro en lo alto que rezaba ULTRAMARINOS ANTON, en letras cursivas doradas. Había unas bonitas plantas que ocupaban gran parte de la zona de aparcamiento, de modo que Michael siempre aparcaba su coche en la parte de atrás, entre los contenedores y los cubos de basura; así pues, Pauline no tenía forma de saber si Michael estaba allí o no.

Aparcó cerca de la farmacia, tan lejos de la tienda como pudo, apagó el motor y se quedó un momento allí, dándole vueltas al asunto. Entonces se decidió y salió del coche.

Curiosamente, la tienda nueva —mucho más amplia y luminosa que la vieja— tenía los mismos olores, un poco más íntimos que los olores de un supermercado. Pero en los estantes había alimentos caros que en St. Cassian nadie habría podido permitirse comprar, y había un mostrador de carnicería y hasta un departamento de floristería. Pauline divisó al encargado junto a la sección de charcutería; era un individuo pálido, gordo, con el cabello engominado, que siempre llevaba una cruz de oro colgada de una cadena tan apretada que parecía incrustada en su cuello. Se dirigió hacia él y dijo con un tono indulgente y conyugal:

—¡Buenos días, Bart! Supongo que estará en su despacho.

—Sí, señora Anton —repuso Bart—. Y si no, no andará muy lejos. Acabo de verlo.

De modo que no había habido ningún accidente; nada de coches volcados en la cuneta. Al comprender que había estado sufriendo sin motivo, se sintió más enojada que aliviada.

—Gracias, Bart —dijo—. Voy a ver si lo encuentro —y echó a andar hacia el fondo de la tienda, pasando por delante de dos chicas con idéntico peinado, cortado a capas, que estaban quedando para jugar al tenis.

Pauline vio que la puerta del despacho estaba abierta. Michael estaba apoyado en el marco de la puerta, de espaldas a ella, escuchando a aquella chica, como se llamara, la que se encargaba de la contabilidad desde que se jubilara la señora Bird. Letitia, sí. Letitia estaba sentada en su silla, con el talle torcido, preguntándole algo a Michael, y Michael asentía lentamente con la cabeza. No había motivo para que se hubiera dado cuenta de que se acercaba Pauline —ella no había hecho ningún ruido, porque llevaba unas zapatillas Keds—, pero se dio la vuelta al instante, como si hubiera intuido su presencia, y la miró con gesto de arrepentimiento, como si se viera acorralado; Pauline, por un momento, creyó que lo había sorprendido flirteando con Letitia. Pero entonces comprendió que se trataba de algo peor: que él lamentaba que su esposa lo hubiera encontrado. (Que hubiera dado con él, como habría dicho ella.) Pauline no habría podido explicar cómo lo sabía, pero estaba convencida de ello. Michael no se alegraba de verla. Aquella certeza la golpeó con tal crueldad que dio un paso hacia atrás y tropezó con un carro de mercancías.

—Hola —dijo Michael, y Letitia dijo:

—Ah, hola, señora Anton —hizo un simpático ademán y se volvió hacia su calculadora.

Pauline dijo:

—Quería saber si vendrías a cenar esta noche.

Michael miró de soslayo a Letitia, y luego se acercó más a Pauline, pero manteniendo cierta distancia. Con un hilo de voz, apenas audible, contestó:

—Me parece que no, Pauline.

Fue humillante cómo añadió su nombre al final de la frase: tan solícito y preocupado, como si intentara dar con tacto una mala noticia. Pauline se sintió dolida.

—¡Muy bien! —dijo.

La tensión del rostro de él se relajó un tanto. Pauline se sorprendió diciendo:

—¡Estupendo! ¡Maravilloso! ¡No vuelvas nunca! —su voz parecía la de otra persona; era la voz de una loca delirante y eufórica. Se dio la vuelta, tropezando de nuevo con un carro de mercancías, quizá era el mismo, y salió a toda prisa por el pasillo; pasó por delante de las cajas registradoras, salió de la tienda y se metió en el coche.

No se lo dijo a nadie. Se pasó el día entero tirando cosas, ordenando cajones, limpiando armarios. Preparó la cena a base de latas sueltas que había desenterrado mientras ordenaba la cocina, pero sólo comió Pagan. Pauline se limitó a mirar cómo cenaba su nieto desde su extremo de la mesa.

—¿Dónde está el abuelo? —le preguntó Pagan.

—En una reunión —contestó ella.

Pagan aceptó aquella respuesta, pese a que era la primera vez que le decían que su abuelo estaba en una reunión.

Después de cenar, Pagan bajó a ver la televisión y Pauline se sentó en el sofá del salón, de cara al ventanal. Se hizo de noche, pero no se levantó para encender una lámpara. Plegaba el borde de su jersey con los dedos, una y otra vez, con la vista clavada en los árboles que había detrás de la casa de la acera de enfrente, cada vez más oscuros. Desde allí se oían ruidos procedentes del televisor que parecían ladridos; en realidad eran unos vaqueros que se gritaban órdenes unos a otros por encima del ruido de los disparos. Sabía que tenía que bajar a ver qué hacía Pagan, preguntarle si tenía deberes, si quería que le leyera un libro o jugara a algo con él, pero no lo hizo.

Cuando los faros iluminaron el camino de la casa, Pauline sintió que el corazón se le paraba un momento. Pensó en la descripción que había hecho Michael la noche anterior: *Fue como si la sangre volviera a correr por mis venas.* Cogió una revista y la abrió, a ciegas, y cuando Michael entró en el salón creyó que Pauline estaba leyendo a oscuras. Encendió la lámpara del techo y se quedó mirándola. Pauline, deslumbrada, entrecerró los ojos.

—He venido a buscar mi ropa —aclaró.

—Ah.

—Y también para ver cómo lo vamos a hacer con Pagan.

—¿Para ver cómo...?

—No voy a abandonarlo. Tendríamos que ponernos de acuerdo para que pueda verlo.

—¡Ah! —dijo ella—. ¡Muy bien, adelante! ¡Puedes verlo todo lo que quieras! ¡Si eso es lo que quieres, quédatelo para siempre! Voy a buscar sus cosas.

—De acuerdo —dijo Michael, encogiéndose de hombros—. Muy bien.

—¡No, espera! ¡No! —se puso en pie, apretando la revista contra su pecho—. Oh, Michael, ¿por qué tenemos que ser así?

Michael reflexionó unos instantes antes de contestar:

—No lo sé.

Pauline se dio cuenta de que aquélla era la pura verdad. Era verdad para ambos. Se desplomó en el sofá, y Michael, tras vacilar un momento, se dio la vuelta y se dirigió hacia la parte trasera de la casa.

Pauline podía identificar todos los ruidos que hacía su marido sin necesidad de estar presente. La escalerilla del desván deslizándose por la trampilla del techo de pasillo; sus irregulares pasos arriba y abajo, dos veces, cargado con maletas que chocaban contra los escalones de madera; y luego la escalerilla volviendo a deslizarse. Los cajones de los dormitorios abriéndose y cerrándose, las perchas del armario rozando la barra, la puerta del armario de las medicinas chirriando en el cuarto de baño. Luego Michael bajó a la sala de estar; Pauline oyó el murmullo de su voz apagado por los ladridos de los vaqueros, pero no oyó ninguna respuesta de Pagan. Seguramente la voz de Pagan era demasiado débil para que se oyera desde allí. Otro murmullo; luego, silencio. ¿Sería un abrazo de despedida? (Michael era mucho más efusivo con sus nietos de lo que lo había sido con sus hijos.) Pasos —más pesados y más lentos—, subiendo otra vez la escalera y acercándose. Cuando volvió a aparecer en la puerta del salón, Michael llevaba una maleta en la mano derecha, otra más pequeña colgada con una correa del hombro izquierdo y un portatrajes doblado sobre el brazo izquierdo.

—Me gustaría llevarme a Pagan los fines de semana —anunció—. Recogerlo el sábado por la mañana y devolverlo el domingo por la noche, si te parece bien.

—Llevártelo ¿adónde? —inquirió ella.

—He alquilado un apartamento en ese edificio nuevo que hay delante de la tienda.

Fue ridículo, pero Pauline pasó varios segundos intentando pensar de qué edificio estaba hablando. Creía que se refería a uno de estuco beige.

—Me voy a instalar allí el viernes —añadió Michael—. Hasta entonces estaré en el Colts Road Hilton, por si necesitas hablar conmigo.

—¡El Hilton! —exclamó ella—. ¡Lo que te va a costar!

—¿A ti qué más te da lo que me cueste? —replicó él.

Y entonces Pauline se convenció por fin de que su marido la había abandonado.

¡Y por un asunto tan trivial, después de los años que llevaban juntos! ¡Ni siquiera recordaba ya el motivo de la pelea! ¿Por qué aquélla en concreto? ¿Por qué no cualquier otra de los cientos de peleas que habían tenido?

Michael vaciló una vez más, pero finalmente se volvió hacia el recibidor. Pauline oyó cómo se cerraba la puerta, y poco después los faros del coche de Michael se encendieron y salió del camino dando marcha atrás. Pauline siguió con la mirada al frente. Notaba una extraña sensación de vértigo y desequilibrio, como si estuviera sentada en un tren parado y el tren que circulaba por la vía de al lado se pusiera en marcha, y ella no estuviera segura, durante unos segundos, de si era su tren o el otro el que se estaba moviendo.

Pasó el jueves, y el viernes. Pauline siguió sin contarle a nadie lo ocurrido, ni siquiera a sus hermanas. Ni siquiera a sus amigas ni a sus hijos. (Quienes no se molestaron en llamarla, por cierto. Supuso que debían de estar demasiado ocupados con sus propias vidas.) Se acordó de los primeros días después de la desaparición de Lindy: era mejor no pronunciar las palabras. Pronunciar las palabras lo hacía más real.

Y aquella tendencia a confundir a Michael con cualquier desconocido: aquello también le había pasado con Lindy. Pauline había aprendido que cuando buscas a alguien, intentas convertir a otras personas en aquella a la que tú buscas. Ves a alguien a lo lejos e, inconscientemente, le oscureces el cabello o le añades unos centímetros a su estatura o le quitas unos kilos, pero sólo son ilusiones.

Le pareció verlo echando una carta en el buzón de la esquina. Esperando para atravesar Beverly Drive en el cruce con Candlestick Lane. Hablando con una mujer delante del Salón de Belleza Almost Unique. Sintió la misma mezcla de sentimientos que la asaltaba cuando creía ver a Lindy: alegría y rabia, a partes iguales. ¡Odiaba a Michael! Pero se llevaba una decepción cada vez que se daba cuenta de que se había confundido de persona.

En casa, el teléfono parecía hincharse con los timbrazos reprimidos. La casa parecía envuelta en un silencio algodonoso que ella asociaba con las de las ancianas que vivían solas. Intentó pasar todo el tiempo posible en la calle, llenando el día con recados hasta que llegó la hora de ir a recoger a Pagan al colegio. Ella nunca había sido tan concienzuda con aquellas pequeñas y molestas tareas como cambiar la cortina de la ducha, recoger sacos de mantillo, buscar una baldosa que encajara con la que se había roto en la cocina. Fue al Safeway a comprar las cosas para la cena, y fue una revelación. (Estaba acostumbrada a que Michael llevara la compra a casa cuando volvía del trabajo, y no se había enterado de lo cara que se había puesto la comida.)

Finalmente llegó la hora de ir a buscar a Pagan. Cuando entraron juntos por la puerta, la casa volvió a parecerle viva y alegre.

—¡Tengo hambre! —protestó Pagan—. ¡Tengo sed! —y a continuación—: ¡Mira lo que he hecho en la clase de dibujo! ¿Podemos enmarcarlo? ¿Quién se ha comido las galletas saladas?

En una o dos ocasiones, Pauline intentó hablar con Pagan de la ausencia de Michael.

—Bueno —dijo el viernes por la noche—, ya sabes que mañana verás a tu abuelo, ¿no?

—Mmmm —dijo él, muy entretenido buscando algo en el cajón de los utensilios de cocina.

—Ya sabes que tu abuelo se ha tomado unas vacaciones. Quiere estar solo unos días.

—¿Has visto mi pajita? —le preguntó Pagan.

—Está en el lavavajillas. A veces la gente se toma unas vacaciones para descansar un poco de su pareja. Pero eso no quiere decir que tu abuelo no te quiera.

—Como el padre de Beth Ann —dijo él.

—¿Beth Ann?

—El padre de Beth Ann tiene otra madre.

—Otra... ah. Bueno, tu abuelo jamás...

—¿Dónde del lavavajillas? ¡No la veo por ninguna parte!

—Mira en la bandeja superior, Pagan —dijo Pauline. Y se rindió.

Era un niño muy guapo —con la piel aceitunada y los ojos negros, el pelo, también negro, liso y cortado en redondo—, y Pauline lo adoraba. Pero siempre lo había encontrado demasiado reservado, demasiado introvertido y esquivo, y eso la hacía sentirse frustrada. En cierto modo, ella habría preferido que Pagan se hubiera derrumbado, que hubiera llorado en sus brazos, que le hubiera pedido que lo tranquilizara.

Aunque era de agradecer que lo llevara tan bien, desde luego.

Michael llamó por teléfono aquella noche cuando Pagan ya se había acostado.

—¿Cómo estás? —preguntó educadamente.

—Muy bien, gracias. ¿Y tú? —replicó Pauline.

—Bien. Quería saber si mañana podía ir a recoger a Pagan sobre las ocho.

—Sí, puedes venir a las ocho.

—Vale, estupendo. Hasta mañana.

—Adiós.

Pauline colgó el auricular.

Aquella noche se le ocurrió pensar que, en realidad, le había ordenado a Michael que se marchara. Le había pedido claramente y sin lugar a dudas que se marchara.

¡Claro que se había marchado! ¿Qué alternativa tenía? ¡Claro que no había vuelto! Ella tenía la culpa de todo, y por lo tanto le correspondía a ella arreglarlo.

El sábado por la mañana se levantó pronto y se puso un vestido azul con escote redondo que se había comprado en las rebajas de Hecht's. Pero cuando se miró en el espejo vio que parecía demasiado nuevo; daba la impresión de que se estaba esforzando demasiado. Se puso unos pantalones negros y una blusa roja. Se cepilló el cabello, se maquilló y volvió a mirarse en el espejo. La blusa roja le quedaba bien. Hacía juego con el lápiz de labios y resaltaba el rubor de sus mejillas, y además recordaba al abrigo rojo que llevaba el día que se conocieron.

¿Cuántas veces, cuando estaba harta de tratar con Michael, se había obligado a recordar el aspecto que tenía él aquel primer día? El ángulo de sus delgados pómulos, la firmeza de sus labios mientras le ponía el esparadrapo en la frente. En realidad, su problema era que ahora se conocían demasiado bien el uno al otro. Volver a la imagen original que tenía de Michael le hacía recordar por qué se había enamorado de él.

Recorrió el pasillo hacia la cocina, se detuvo delante de la habitación de Pagan y asomó la cabeza.

—¿Estás despierto?

—Sí, estoy despierto —contestó él desde debajo de una maraña de sábanas.

—Vamos, corazón. El abuelo llegará dentro de media hora.

En la cocina, Pauline iba de aquí para allá preparando el café, poniendo el pan en la tostadora, sirviéndole el zumo de naranja a Pagan.

—¡Pagan! —gritó—. ¡A desayunar!

—Ya voy.

Atravesó el comedor y fue hasta el recibidor; dejó la puerta de la calle abierta y arregló los cojines del banco. Al regresar al comedor, vio su regalo de aniversario encima del aparador. Lo cogió, volvió al recibidor y lo puso encima de la mesa que había allí, enfocándolo hacia la puerta para que pudiera verlo cualquiera que entrara por ella. Con la luz del día, las dos fotografías parecían más desvaídas. Además, la joven Pauline poseía una dureza que le faltaba al joven Michael. Ella parecía mayor que él, y más dura.

—¿Abuela? ¿Dónde estás? —llamó Pagan desde la cocina.

—Ya voy, Pagan —respondió ella. Pero volvió a su dormitorio. Agarró el cepillo que había en la bandeja de su cómoda y empezó a cepillarse y ahuecarse el cabello hasta que éste adquirió un volumen rejuvenecedor.

—¡Hoy es sábado, abuela! ¡Los sábados siempre desayuno chocolate!

—Tienes razón. Voy a preparártelo.

Pero ahora estaba peleándose con los botones; se quitó la blusa y buscó otra: una con estampado de capullos rosas y blancos, más suave, con volantes.

Cuando llegó Michael, siete minutos y medio más tarde de lo que había prometido, Pauline se había puesto otra vez la blusa roja (pensándolo bien, consideró que los capullos de rosa eran un error) y estaba en el recibidor, sonriente y abriéndole la puerta de tela mosquitera a Michael mientras él recorría el camino de la casa.

—Hola —dijo Pauline.

—Hola.

—Pagan está recogiendo sus cosas.

—Vale —dijo él, y entró en la casa. Llevaba una camisa que Pauline hacía tiempo que no le veía puesta:

una camisa azul con las puntas del cuello abotonadas que le daba un aire serio y formal.

—¿Necesita saco de dormir? —preguntó Pauline.

—No, hay una cama de invitados.

—¿Tu apartamento está amueblado?

—Bueno, más o menos —contestó Michael—. Es un poco rudimentario.

Michael no la miraba a los ojos. Miraba hacia otro lado, haciendo sonar las llaves, y ella tuvo que contenerse para no ponerse deliberadamente en medio de su campo de visión.

—¿Quieres una taza de café mientras esperas? —le preguntó.

—No, gracias. He pensado que podríamos repasar el funcionamiento del talonario de cheques.

—El talonario de cheques —repitió ella.

—En realidad es muy sencillo. Cuando llegue una factura, la pagas. Seguro que no tendrás ningún problema. Pero he extendido un par de cheques que hay que apuntar: el depósito del apartamento y cosas así —se había metido la mano en el bolsillo de la camisa, y sacó un trozo de papel—. Toma, los he anotado aquí.

Pauline cogió el trozo de papel, pero siguió mirando a Michael.

—Abrí una cuenta nueva con el cheque de la paga del viernes, pero tardará unos días en ser efectivo —dijo él.

—Ya.

—¿Hay algún otro tema del que tengamos que hablar?

—Lamento haberte dicho que te marcharas —dijo ella.

Tras una pausa, él dijo:

—No pasa nada.

—De verdad, lo siento mucho. ¿Cómo pudiste pensar que lo decía en serio? Lo que pasa es que me sentí ofendida. Hablabas como si nunca hubiéramos sido felices juntos. Supongo que entenderás que reaccionara de aquella forma.

Michael la escuchaba con paciencia y tolerancia, sin replicar; había dejado de hacer sonar las llaves. Y Pauline se sintió derrotada. Notó que se le llenaban los ojos de lágrimas, y dijo:

—Llevamos treinta años casados, Michael. ¡Hemos pasado tantas cosas juntos! ¡No puedes echarlo todo por la borda sólo por una cosa que dije!

—No fue lo que dijiste —replicó él—. Fue cómo me sentí cuando lo dijiste.

Ella esperó.

—Cuando dijiste «Vete», me sentí... liberado —explicó Michael—. Pensé: pues sí, podría irme, ¿no? No es mala idea. Sentí como si me quitaran una carga de encima.

—Una carga —dijo ella.

Habían dejado de brotarle lágrimas, pero todavía tenía las mejillas húmedas. Aunque Michael no pareció notarlo. Miraba hacia un punto situado a la izquierda de ella. Con aire pensativo, dijo:

—No sé por qué llegué a esa conclusión en aquel momento concreto. En cierto modo, eso no tiene importancia ahora. Soy demasiado viejo para empezar de nuevo. Pero parece una pérdida de tiempo que continuemos siendo desgraciados juntos. Más vale tarde que nunca, decía mi madre. No tiene sentido seguir tirando dinero a la basura, ni seguir tirando años, en este caso...

—Bueno, desde luego yo no quiero ser una carga —dijo Pauline, poniendo énfasis en la última palabra.

Entonces Michael la miró.

—Dios nos libre de que sientas el peso de la responsabilidad, del deber o de la obligación. No, tienes que irte, Michael. Jamás se me ocurriría retenerte. ¡Vete! ¡Vete! ¡Vete!

—¿Abuela? —dijo Pagan.

Estaba de pie en la puerta del comedor, con una bolsa en los brazos.

—¡Hombre! —dijo Michael—. ¿Cómo está mi chico?

—¿Qué le pasa a la abuela?

—Nada, hijo. ¿Estás preparado?

Pagan miró a Pauline, y ella forzó una sonrisa.

—Adiós, tesoro —dijo.

Cuando se marcharon, Pauline buscó a tientas el banco y se sentó en él. Le temblaban visiblemente las rodillas, y estaba acalorada.

Aquel fin de semana se lo contó a todo el mundo. El teléfono era su cuerda de salvamento, su única fuente de oxígeno. Tenía la impresión de que si dejaba de estar conectada con alguien durante dos minutos, se quedaría sin aire y le entraría pánico. Se puso a doblar la ropa limpia, pero de pronto, inexplicablemente, se encontró marcando el número de su hermana mayor en el teléfono del dormitorio.

—No sé qué voy a hacer, Donna. ¿Cómo voy a vivir? ¿Cómo voy a seguir adelante? ¡Él es el centro de mi vida!

Donna opinaba que aquello no podía durar mucho.

—Pauline —dijo—, voy a olvidar que me has mencionado esto, porque mañana por la mañana vosotros dos volveréis a ser los de siempre.

—¿Tú crees? —dijo Pauline. Se animó, y después de colgar el auricular fue a vaciar el lavavajillas, olvidándose de la ropa. Pero entonces marcó el número de Katie

Vilna en el teléfono de la cocina y le contó toda la historia.

—¡Oh, Poll! —dijo Katie—. ¿Cómo se atreve? ¡Qué canalla! ¡Pero si lleváis casados una eternidad!

—Treinta años —concretó Pauline, secándose las lágrimas con la manga.

—¡Treinta años! ¡Imagínate! Y Michael es tan..., bueno, quizá no debería decirlo, pero siempre se las ha dado de recto. Sabes, ¿no? Tan sereno, tan formal y tan virtuoso. ¡Nadie podía competir con él en rectitud moral! No sé cómo has podido soportarlo tanto tiempo. Mira, lo máximo que aguanté yo casada fueron cuatro años, la segunda vez, con Harold, y durante los tres años y medio últimos aguantaba de milagro.

—Sí, ya, pero Harold... —dijo Pauline. Harold y Michael no tenían absolutamente nada en común, podría haber señalado.

Wanda quiso saber por qué se habían peleado. Pauline dijo:

—Hmmm... —y luego—: El motivo de la pelea no tiene importancia. De hecho, ya ni me acuerdo. Es curioso que pueda surgir una discusión por cualquier tontería, ¿no? Recuerdo que una vez nos peleamos por si podía hacer demasiado frío para que nevara. Michael estaba convencido de que sí; si prestaba atención me daría cuenta de que en las noches verdaderamente frías nunca veías nevar. Yo le dije que eso sólo eran cuentos de viejas. «¿Cómo se explica entonces que nieve tanto en el Polo Norte y en el Polo Sur?», le pregunté. Él me contestó que no sabía de qué estaba hablando. Le dije que no tenía ningún derecho a hablarme en aquel tono tan condescendiente. Al final casi llegamos a las manos. ¡Pasamos días sin dirigirnos la palabra!

—Mamá decía que los matrimonios eran como árboles frutales —dijo su hermana mediana—. ¿Te acuerdas? Esos árboles con diferentes ramas injertadas en los troncos. Pasado un tiempo se unen, crecen juntos, y por muy extraña que sea la mezcla, melocotones en un manzano o cerezas en un ciruelo, si intentaras separar las ramas causarías una herida fatal.

—¿Por qué me cuentas esto, Megan? ¿Por qué no se lo cuentas a él? ¿Crees que esta separación ha sido idea mía? ¡Yo no he tenido nada que ver! Ha sido él quien se ha marchado. ¡Ha alquilado un apartamento! ¡Debe de importarle muy poco habernos causado una herida fatal!

Sin embargo, después de colgar, la imagen del injerto permaneció en su mente. Se sentía dolida, ésa era la verdad. Como si tuviera una herida abierta en el hueco que separaba sus pechos.

Y le pareció apropiado comparar su matrimonio con un árbol. Se imaginó uno de aquellos árboles retorcidos, nudosos y arrugados que se ven en los acantilados azotados por el viento, donde no hay suficiente agua ni suficiente tierra.

Mimi Drew dijo:

—Perdona que te lo diga, Pauline, pero no puedo olvidar que tú eres un poco... temperamental, por decirlo así. A veces la gente interpreta eso como un desafío. A lo mejor Michael sólo necesita un descanso.

—¡Un descanso! ¿Y yo? ¡Con una casa que llevar y un nieto que criar! ¿No necesito yo un descanso?

—Sí, claro que sí. Ya lo sé. No creas que no lo sé, Pauline.

Pauline colgó el auricular de la cocina de golpe y volvió a su habitación; pensaba tumbarse en la cama, pero había dejado allí la ropa limpia, así que siguió doblándola. «¿Qué sabrá ella? —preguntó a unos vaqueros de Pagan—. Doña Perfecta, la Esposa Ideal, con su "No os acostéis nunca enfadados" y su "Acuérdate de hacerle un cumplido a tu marido cada día", lo cual estaba muy bien si tu marido era como Bradley Drew, un tipo feo, con forma de pera, conjuntivitis crónica y lo bastante bobo para creerse todo lo que le decías».

Su nuera dijo:

—No lo entiendo. ¿Dónde está viviendo? ¿Cómo ha encontrado un apartamento tan deprisa? ¿Sabes lo que tardaron mi hermano y su mujer en encontrar un piso de alquiler asequible en esa zona?

—¡Ni lo sé ni me importa! —chilló Pauline—. ¡Lo último que me preocupa son sus tratos con la inmobiliaria!

—Sí, claro. Lo siento, Pauline, qué poco tacto tengo. Es que pensaba... Bueno, ya sabes, esto tiene que ser temporal. No es la primera vez que vosotros dos os... Mira, George ha ido a hacer unos recados, pero ¿quieres que vaya a tu casa a hacerte compañía?

—No, gracias. No hace falta —contestó Pauline. No quería que la viera nadie, llena de mocos y con los ojos hinchados, y menos aún su impecable y acicalada nuera.

—¡Podría llevarte a JoJo! ¡El pequeño JoJo estará encantado de alegrar a su abuelita!

—Quizá más tarde —dijo Pauline, y colgó precipitadamente el teléfono.

Pensó que todos los padres primerizos creían que sus hijos eran los únicos niños del universo. Creían que no había nacido ningún niño más; creían que el mundo había estado conteniendo la respiración todos aquellos siglos, hasta que nació su hijo.

Entonces Sally debió de llamar a Karen, que llamó a Pauline cinco minutos más tarde. Pauline no había querido contárselo a Karen porque se imaginaba que Karen podía ponerse de parte de Michael, aunque en realidad allí no había partes. Karen fue al grano y dijo:

—Dice Sally que papá y tú os habéis peleado otra vez.

—No, no nos hemos peleado otra vez, Karen. Nos hemos separado. Nuestro matrimonio ha terminado.

Formularlo con aquella rotundidad hizo que a Pauline se le volvieran a saltar las lágrimas, aunque ella pretendía aparentar impasibilidad. Se sorbió la nariz, y Karen suspiró y dijo:

—Está bien, mamá, dilo como quieras —y luego, con la frialdad que la caracterizaba, cambió de tema. Le pidió a Pauline la receta de cangrejo imperial. Pauline intuyó que Karen pretendía impresionar a algún amigo suyo. «Sería para dos», especificó su hija. Habría podido ser más diplomática y evitar hacer referencias al romance, dada la situación.

—¿Tu padre no te ha comentado nada? —preguntó Pauline—. ¿No piensa explicárselo a sus hijos?

—A mí no me ha dicho nada —dijo Karen—. Ha llamado hace una hora para preguntarme si quería ir al cine con él y con Pagan, pero pensé que llamaba desde casa. Bueno, y si no tengo esas bases especiales para hornearlo, ¿puedo utilizar una fuente Corningware?

Entonces llamó Sherry, la hermana menor de Pauline, la pequeña de la familia, que tenía la impresión de que por ser la pequeña siempre la dejaban al margen de todo. Sus primeras palabras fueron:

—Ya me he enterado. Ha tenido que contármelo Megan. Se lo has contado a Donna, se lo has contado a Megan. Y yo, ¿qué?

—Estabas comunicando —mintió Pauline.

—Ah, bueno. ¿Sabes cuál es el problema? —dijo Sherry—. Que no tuvimos hermanos. Es imposible que entendamos a los hombres, porque no conocimos a ninguno cuando éramos pequeñas.

—Estaba papá —le recordó Pauline.

Mencionar a su padre le produjo una profunda ansiedad. La aterraba tener que darle la noticia. Su padre siempre había preferido a Michael a todos sus otros yernos.

—Pero papá se pasaba el día trabajando —continuó Sherry—. No lo teníamos cerca; si hubiéramos tenido hermanos, habríamos convivido más con ellos.

—Quizá tengas razón —concedió Pauline—. Yo no entiendo a los hombres. Es posible que ni siquiera me gusten. ¿Me puedes explicar por qué Michael ha hecho esto? ¿Y por qué ahora? ¿Por qué no lo hizo hace años, si tan insatisfecho estaba? ¡Cuando yo era joven y guapa y habría podido rehacer mi vida!

—Además, teníamos el handicap del feliz matrimonio de nuestros padres —prosiguió Sherry—. Hacían que pareciera tan fácil... ¡Con eso no nos hacían ningún favor, te lo aseguro! No nos preparaban para las dificultades del matrimonio.

—Oh, Sherry, ¿tú también tienes problemas con tu marido?

—¡Es insoportable! ¡Una tortura!

—Ahora que lo pienso —dijo Pauline—, me sorprende que yo haya aguantado tanto tiempo.

—Pero ahora ya no tienes que aguantar más. Tienes suerte.

—Tengo suerte —repitió Pauline, y se puso a reír, con los ojos empañados de lágrimas.

Cuando llamó George y preguntó: «¿Qué es eso que me han contado?», Pauline no tuvo ningún problema para enfocar el tema de forma muy diferente.

—Estoy bien, de verdad —le dijo—. Quizá estaba un poco disgustada cuando hablé con Sally, pero ya me estoy haciendo a la idea. Quizá sea todo para bien.

—Esto no puede ir en serio, mamá. Seguro que sólo es otra de vuestras discusiones.

—No, no es una discusión más. Tu padre ha alquilado un apartamento y ha abierto una cuenta bancaria para él, y quiere tener a Pagan los fines de semana.

—Creo que es lo más absurdo que... Mira, voy a hablar con él —dijo George.

—¿En serio, George? ¿Crees que podrías hablar con él? Ya sé que tu padre piensa que yo le ordené que se marchara... Bueno, es verdad que se lo dije, pero fue en un momento de exaltación.

—Después de treinta años de matrimonio, él tendría que haberse dado cuenta de que no lo decías en serio —dijo George con aquel tono adulto y maduro que a ella siempre le daba risa.

Después de colgar, Pauline recordó que Michael se había dado cuenta. George no iba a conseguir que Michael cambiara de opinión. Y a Michael no le iba a gustar nada que ella le hubiera contado sus problemas a todo el mundo.

De pronto pensó que se había equivocado al comparar su matrimonio con un árbol. Más bien parecía algo derramado, algo deshecho y sangrante cuyos bordes se extendían como un huevo frito con la yema rota.

El domingo no llamó a nadie. Fue a la iglesia, adonde de todos modos Michael nunca la acompañaba. Volvió a casa y se preparó una ensalada de atún para comer. Luego se puso unos pantalones y trabajó un rato en el jardín, esparciendo mantillo alrededor de las azaleas. Su vecina de al lado, Marnie Smith, la saludó con la mano cuando salió de su casa y se metió en el coche.

—¿Qué tal? —le preguntó.

—Muy bien —contestó Pauline con soltura.

Luego le dio un buen repaso a la casa. Metió en una caja de cartón todas las cosas que Michael no se había llevado: la ropa que estaba en la lavadora cuando se marchó, cosas que encontró en varios armarios, una sudadera, sus botas de nieve, los papelitos que había apilado en su cómoda aquella noche. «Durante su ausencia...», rezaban aquellos papelitos, y «Admiral Poultry con huevos», y «limones, mantequilla de cacahuete, jamón»...

Las monedas que había dejado en el platillo se las metió en el bolsillo, muy contenta, como si hubiera hecho una travesura y se hubiera salido con la suya.

La caja no era muy grande. Se estaba dando cuenta de que los hombres no arrastraban con ellos tantos objetos como las mujeres. ¡Imagínense que ella hubiera tenido que recoger todas sus cosas para mudarse! Sintió una punzada de envidia al imaginarse el apartamento de Michael, con sus «rudimentarios» muebles y un armario cuyo contenido podía trasladarse con un solo viaje de coche.

Bueno, ya basta.

Recordó todos los defectos de Michael. Cómo, cuando ella planteaba alguna objeción completamente razonable —cuando él llegaba del trabajo una hora más tarde de lo prometido, por ejemplo—, él hacía algún comentario condescendiente, algo como «Lo que pasa es que estás irritable porque haces régimen; esto no tiene nada que ver conmigo». Su costumbre de meterle prisas cuando se estaban vistiendo para salir, y después encerrarse en el cuarto de baño cuando ella ya estaba preparada. Y la serenidad que aparentaba durante sus peleas —se volvía etéreo, por decirlo así—, como si con ello quisiera destacar la excitabilidad de ella, su emotividad, su necesidad de calmarse, todas aquellas expresiones que a él tanto le gustaban.

Sonó el teléfono y Pauline corrió a contestar, pero sólo era Sarah Vine, que llamaba para cambiarle la hora que le había asignado en el programa de asistencia a domicilio a personas discapacitadas. «No hay ningún problema —dijo Pauline—. Tengo un horario muy flexible». Sin embargo, después de colgar pensó que quizá tuviera que dejar su trabajo de voluntaria y buscarse un empleo remunerado. ¿Cuál era, exactamente, su situación económica? ¿Seguiría manteniéndola Michael? ¿Le enviaría..., oh, Dios mío, una pensión alimenticia? Aquella palabra tenía un sonido sofisticado, frágil, que no parecía tener relación alguna con su vida.

Mientras miraba por la ventana del salón vio acercarse a su padre. Su reluciente Buick negro avanzaba por la calle y entonces entró lentamente en el camino de la casa, como una gigantesca y poco maniobrable barcaza. Su padre aparcó, salió del coche y se paró un momento, palpándose los bolsillos del traje; luego cerró la puerta del coche sin mirar y echó a andar hacia la casa. Hacía varios años que su padre se movía a aquel ritmo (tenía más de ochenta años, y estaba encorvado, encogido y artrítico), pero Pauline no pudo evitar pensar que la causa era ella: que él caminaba con aquella dificultad por el disgusto que le había producido enterarse de lo que su hija había hecho con su matrimonio. Seguro que se había enterado por alguna de sus hermanas. Él jamás se habría presentado sin avisar, de no tener un buen motivo.

Pero lo único que dijo cuando Pauline le abrió la puerta fue:

—Hola, cielo —como si fuera ella quien lo hubiera sorprendido. Pasó a su lado, con los brazos colgando junto a los costados, y se dirigió hacia el salón.

—¿Qué te trae por aquí, papá? —preguntó ella, que lo había seguido. Era mejor ir al grano.

Su padre se sentó en una butaca y se alisó las arrugas de los pantalones. Entonces levantó la cabeza y miró a su hija con sus tiernos, azules y cándidos ojos, y dijo:

—Pues mira, se me ocurrió ir a visitar a mi hija Pauline. ¿Te parece bien?

—Por supuesto —dijo ella—. ¿Te apetece un café?

—No, gracias. Estoy intentando beber menos café. Últimamente no duermo muy bien.

Pauline se tomó aquello como un reproche. Fingió que no captaba lo que él había querido decir.

—Pues un zumo —propuso—. O un refresco.

—No, ahora mismo no me apetece nada.

Resignada, Pauline se sentó enfrente de él y esperó a que su padre empezara.

—¿Dónde está Pagan? —preguntó él.

—Ha ido al cine con Michael.

—¿Ah, sí? ¿Qué han ido a ver?

—No lo sé, no se me ocurrió preguntárselo.

Estaba muy equivocado si creía que iba a ser ella quien sacara el tema.

—Me parece que anoche no dormí ni dos horas —comentó él.

—Lo siento mucho.

—Y la noche anterior, quizá tres. No me cuesta conciliar el sueño, pero me despierto enseguida.

—Pues mira, últimamente yo tampoco duermo muy bien —dijo ella. Pensó que un padre más comprensivo le habría ofrecido su apoyo y su consuelo.

—¿Y qué haces? —le preguntó él—. ¿Te levantas o te quedas despierta en la cama?

—Pues... me quedo en la cama.

—Yo también. Me quedo en la cama y me pongo a pensar.

—Ah, sí. A pensar —dijo Pauline con cierta amargura.

—Lo peor es pensar —dijo él.

Pauline apretó las mandíbulas. Ya estaba.

—Pienso en cada una de las veces que me enfadé con tu madre. En cada vez que me exasperaba cuando ella se repetía o se hacía un lío.

—Pensar que dos personas pueden estar casadas toda la vida sin enfadarse nunca es una estupidez —dijo Pauline, con excesiva vehemencia.

Su padre se mostró sorprendido.

—¿Qué pasa? —dijo ella—. ¿Me tomas por una especie de santa? Estas cosas tienen muchos matices. Nadie se enfada si no lo provocan.

—Sí, pero ella no podía evitarlo. Era la enfermedad.

Pauline vaciló y dijo:

—La enfermedad.

—Ya lo sabes, ella desaparecía y yo sufría muchísimo por ella. Los vecinos la traían a casa y yo le decía: «¡Pero Doris! ¿Dónde has estado? ¿Qué demonios te ha pasado?», y entonces veía la expresión de su rostro. Estaba tan avergonzada, como una niña pequeña a la que han regañado; se le llenaban los ojos de lágrimas y decía: «Lo siento, lo siento», y yo me sentía fatal. Ella no tenía la culpa. O cuando yo mostraba una paciencia infinita. Tu madre me hacía la misma pregunta quince veces seguidas, y al final yo decía, con aquel tono de paciencia infinita: «Como ya te he dicho, querida...». Pero eso no es verdadera paciencia; eso es como decir: «Mira los esfuerzos que hago para controlarme». Es como decir: «Mira lo bien que me porto». Yo sabía que la hacía sentirse mal.

—Hacías lo que podías —repuso Pauline.

—Anoche recordé un día en que tu madre derramó la leche —continuó su padre—. Había sido un día agotador, y encima se me quemó la cena y tuve que empezar desde el principio. Lo puse todo en la mesa, la senté en su silla, me senté, agarré el tenedor... y ella derramó su vaso de leche. Había leche por todas partes: en los platos, en la mesa, en su falda y en el suelo; yo no dije nada y fui a la cocina a buscar un trapo; regresé, exhalando suspiros, y mientras le limpiaba la falda ella me acarició la cabeza y me dijo: «Eres un encanto».

Se quedó callado. Dirigió la mirada hacia la ventana y tragó saliva.

—Ay, papá —dijo Pauline.

—Me temo que cuando me muera iré al infierno —dijo él con un hilo de voz.

—¡Tú no vas a ir al infierno!

Pauline se inclinó hacia delante; quería levantarse y abrazarlo, pero él hizo un ligero movimiento y ella no se puso de pie. Su padre todavía miraba hacia la ventana. Entonces dijo:

—Si resulta que voy al cielo, tu madre me dirá: «¿Tú? ¿Qué haces tú aquí, con lo mal que te portaste conmigo?».

—Eso no va a pasar —dijo Pauline—. Ni hablar. Te lo prometo. ¿Sabes lo que va a pasar?

—¿Qué? —preguntó él, pero con aire distante, como si no le interesara mucho.

Pauline dijo:

—Mira, subirás al cielo, y cuando llegues arriba verás que las puertas ya están abiertas y que mamá está de pie esperando para recibirte. No la encontrarás vieja y enferma; será la chica que conociste cuando erais jóvenes, y estará muy emocionada. Riendo, te dirá: «¡Eres tú! ¡Has venido! ¡Corre, entra!». Tú le dirás: «¿No tengo que hablar

primero con nadie? ¿No tengo que hacer ningún examen?».
Y ella te contestará: «No, qué va. Ya has pasado el examen
más difícil que hay»; te tomará de la mano y te llevará
adentro. Te lo prometo.

Su padre la miraba a los ojos.

—Eres una buena persona, Pauline —dijo.

Y por un momento, ella lo creyó.

Le preparó gachas de avena con pasas —un clá-
sico de las noches de domingo en la familia Barclay—,
y después de cenar él se marchó; al parecer no se había
dado cuenta de que pasara nada raro en la casa. Pauline lo acompañó hasta su coche y se quedó de pie diciéndole adiós con la mano mientras él salía dando marcha atrás, despacio, hasta la calle. Entonces volvió a la
casa.

La caja con las pertenencias de Michael seguía
en el banco del recibidor. A Pauline le pareció muy poco
hospitalario tenerla tan cerca de la puerta; era como insi-
nuar que esperaba que él, sencillamente, la tomara y se
marchara. Se la llevó al salón. A continuación fue a la cocina y se puso a recoger, tarareando mientras lo hacía. Se
dio cuenta de que se las estaba arreglando bien. Regó las
plantas del alféizar de la ventana. Colgó la bayeta en el grifo y apagó la luz de la cocina.

Cuando sonó el timbre de la puerta, Pauline estaba
entrando en el salón. ¿Cómo podía Michael ser tan cabe-
zón? Tenía la llave en el bolsillo; sólo quería hacerse notar. Pauline se tomó su tiempo para cruzar el recibidor
y abrir la puerta.

Pero allí sólo estaba Pagan, abrazado a su petate.

—¿Sabes qué? —exclamó—. ¡El abuelo tiene una
piscina!

Pagan entró en la casa, y Pauline se quedó mirando hacia fuera. El coche de Michael ya se había puesto en marcha, y no era más que un bulto incoloro en el anochecer.

—Hay una escalera que lleva a la terraza, y allí hay una piscina enorme, con trampolín y todo —iba diciendo Pagan—. Si el fin de semana que viene todavía hace buen tiempo, me llevaré el bañador.

Pauline cerró la puerta.

—Y tengo televisor en mi dormitorio. El abuelo me dejó ver un programa en la cama.

—Qué bien —dijo ella débilmente.

—¿Hay helado?

—¿Tu abuelo no te ha dado un tarro entero para ti solo?

—¿Qué?

—Sí, hay helado —dijo Pauline—. Pero no ensucies mucho, ¿vale?

Pagan dejó su petate en el suelo y se dirigió hacia la cocina, pero en lugar de entrar con él, Pauline fue al salón. No encendió ninguna lámpara. Se sentó a oscuras en el sofá, se apretó las mejillas con ambas manos y se quedó mirando al frente.

Por su mente empezaron a pasar imágenes, diminutas pero asombrosamente claras. Vio a Michael poniéndose la chaqueta de cuadros la tarde que se conocieron. Lo vio afeitándose en el cuarto de baño del hotel la mañana después de la boda, con aquel método tan gracioso que tenía: se agarraba la punta de la nariz y la apartaba hacia un lado mientras se afeitaba la piel de debajo. Lo vio entrando en la habitación del hospital con un ramo de flores después de nacer Lindy (Pauline jamás había visto tantas flores juntas, y estaba segura de que eran carísimas), una montaña de flores que casi tapaba su cara tímida, joven, delgada y entusiasta.

En su memoria, todas aquellas imágenes eran muy soleadas, y le partieron el corazón. Sin embargo no lloró. Por una vez no le brotaron las lágrimas. Comprendió que quizá Michael tenía razón. Era verdad que podía hacer demasiado frío para que nevara.

7. El mundo no se acaba

Aquel verano, el plan original era que Pagan se quedara a dormir en algún campamento. Al fin y al cabo, ya era mayor, tenía trece años y medio; en septiembre iba a empezar octavo en el instituto. Le gustaban casi todos los deportes y habría podido ir, por ejemplo, al campamento de fútbol de Virginia al que iba cada año el hijo de los vecinos de al lado. Pero no, de pronto anunció que lo que quería era aprender a tocar la guitarra. Y como no había ningún campamento de guitarra donde los chicos se quedaran a dormir —al menos, nadie en el vecindario sabía que lo hubiera—, decidieron matricularlo en el curso de verano de música de la Academia de Artes Maestro, en Falls Road.

Y ahí era donde entraba Michael. Las clases empezaban a las diez todas las mañanas, pero Pauline entraba a trabajar a las nueve. (Tenía un empleo de recepcionista a media jornada en la consulta de unos cardiólogos.) Llamó por teléfono a Michael y le preguntó si podía ayudarla con el transporte.

—Yo puedo recogerlo por las tardes —dijo—, pero necesitaría que tú lo llevaras por las mañanas. Te lo dejaría todos los días en tu apartamento antes de ir a trabajar.

—O en la tienda, mejor —dijo Michael—. Generalmente salgo hacia la tienda sobre las ocho.

—De acuerdo, en la tienda. Gracias —dijo ella con brío, y colgó el auricular.

En aquel tiempo las conversaciones con Pauline eran como acuerdos de negocios, muy concisas y formales. Eso era preferible a lo de antes, por supuesto (las lágrimas y las recriminaciones, el ruido del auricular al colgarlo de golpe), pero hacía que Michael se sintiera rechazado. Colgó él también, pero se quedó un momento allí plantado, con una mano encima del teléfono.

El curso de verano empezaba un lunes, lo que simplificaba mucho las cosas. El domingo por la noche Pagan se quedó a dormir en casa de Michael, en lugar de volver a casa de Pauline como de costumbre. Por la mañana Michael se fue a trabajar, y a las nueve y media cruzó la calle hasta el aparcamiento que había detrás de su edificio. Pagan lo esperaba allí, apoyado en el lado del pasajero del coche y arrancándole los primeros acordes a su nueva, reluciente y prometedora guitarra. Aquel invierno había pegado un estirón increíble. Iba encorvado, como si intentara recuperar su estatura anterior, y una mata de grueso y negro cabello le tapaba casi por completo la cara; cuando vio a Michael pareció que tuviera que desenredar sus extremidades antes de poder enderezarse. «Qué pasa», dijo; aquella frase se había convertido en su saludo favorito, sacado quién sabe de dónde. Su voz estaba en esa etapa intermedia, irregular e impredecible. Llevaba unos vaqueros azules y una camiseta que le iba grande, con más agujeros que tela. Michael confiaba en que en la Academia de Artes Maestro no hubiera normas relativas al atuendo.

En el coche ya hacía demasiado calor y olía a eskay recalentado, así que circulaban con ambas ventanillas delanteras abiertas y el aire acondicionado a máxima potencia. Michael tenía que chillar para que Pagan lo oyera.

—¿Sabes dónde está la escuela exactamente?

—No.

—¿Hacia dónde tengo que girar al llegar a Falls Road? ¿Hacia el norte o hacia el sur?

Pagan se encogió de hombros y punteó una cuerda de la guitarra.

—¿No has ido a ver la escuela?

—No.

—Entonces, ¿cómo te enteraste de que existía?

—Por una amiga de la abuela, creo.

Michael se arriesgó y torció hacia el norte; pasó por delante de un grupo de viejos edificios de piedra y luego atravesó un bosque frondoso.

Mucho antes de lo que había imaginado, vieron un letrero blanco con letras rojas, azules y naranjas que rezaba: ACADEMIA DE ARTES MAESTRO. Cursos 9º a 12º. 1974. «¡Maldición!», dijo Michael, y frenó en seco. Torció a la izquierda y entró en un camino; dio marcha atrás y volvió hacia el desvío, pensando que no era raro que no lo hubiera visto a tiempo. Lo único que veía eran árboles; no había ningún edificio. Pero después de varios metros de tortuoso camino de tierra, lleno de baches, llegaron frente a una inmensa casa de madera con un letrero que decía ¡ACADEMIA MAESTRO! ¡BIENVENIDOS! colgado del alero del porche. Había varios coches y una camioneta aparcados en el patio de tierra, y una chica que parecía recién llegada de los años sesenta sentada en el balancín del porche, tocando la flauta. Pese a lo estudiado de su pose —la cortina de cabello liso y rubio caía en cascada hacia un lado; los pliegues de la vaporosa falda le cubrían las piernas y sólo dejaban entrever los dedos de los pies, descalzos—, a Michael le conmovió el dulce sonido de su flauta. Subieron los escalones del porche, y Michael se abstuvo de pedirle a la chica que le indicara el camino, pues no quería interrumpirla. «Vamos a ver si encontramos a algún responsable», le dijo a Pagan. Abrió la puerta de tela mosquitera y entró en la casa, seguido de Pagan, que agarraba la guitarra con tres dedos.

En el vestíbulo, oscuro y sin muebles, olía a trementina; el papel pintado de las paredes tenía estampado de rosas. Se pararon para orientarse. Apoyado en la pared del fondo había un hombre con barba, vestido de negro de pies a cabeza, que murmuraba mientras hojeaba un fajo de papeles.

—Disculpe —dijo Michael, y el desconocido levantó la cabeza. Llevaba un pendiente de oro en una oreja, algo que todavía sorprendía a Michael—. ¿Puede decirnos dónde tienen que presentarse los alumnos de música? —preguntó.

—Al final del pasillo. En la sala grande que hay al fondo.

—Gracias.

Michael no pudo evitar atisbar en las aulas a medida que recorrían el pasillo. Vio caballetes, barras de ballet, un bosquecillo de atriles. Una mujer con pantalones cortos de deporte —una madre, supuso— y una adolescente hablaban con una anciana que llevaba un vestido de brillantes colores que parecía suramericano.

Por lo visto, Pagan y él se dirigían hacia una especie de sala de actos, a juzgar por las hileras de sillas plegables que Michael alcanzaba a ver desde el pasillo. Pero antes de llegar allí pasaron por delante de una habitación pequeña donde había alguien tocando el piano. La melodía era dulce y pausada, delicada como el sonido de un riachuelo; Michael, sin darse cuenta, dejó de hacer ruido al andar para oír cómo cada una de las notas encajaba con precisión mágica en la melodía. Finalmente se detuvo, pero Pagan siguió caminando. Michael se asomó por la puerta que tenía a su izquierda y vio a una mujer sentada frente a un piano vertical, con la espalda completamente recta, sin la más leve curva, y las manos planas sobre el teclado. No le veía la cara; sólo el cabello, un cabello liso y castaño que descendía hacia el cuello blanco de su blusa, donde las puntas se volvían hacia adentro formando lo que, si no estaba equivocado, se llamaba una melena a lo paje.

A lo paje. Aquella palabra rescató un recuerdo de su memoria —la imagen de una joven poniéndole un pañuelo en la frente a Pauline—, y dijo:

—¿Anna?

La mujer dejó de tocar, se dio la vuelta y sonrió. No parecía sorprendida.

—Hola, Michael —saludó.

—¡Anna! ¿Qué haces aquí?

Ella se rió y levantó las manos del teclado. Michael vio que había envejecido, pero era de esas mujeres que no cambian con los años, que sólo añaden una débil arruga aquí, una cana allí, sin que su apariencia se altere mucho.

—Soy la profesora de piano —declaró.

—¡Qué casualidad!

—No tanto —dijo ella—. ¿Quién creías que le había hablado a Pauline del curso de verano?

—No me dijo nada —repuso Michael—. Caramba... ¡Qué sorpresa! Creía que vivías en Colorado o algo así.

—En Arizona —le corrigió Anna—. Pero me marché de allí cuando murió mi marido.

—Ah. Lo siento.

—Y yo siento lo de vuestro divorcio —dijo Anna.

—Ya, bueno. Pues... ¡Vaya! ¡Me alegro de verte!

—Yo también. Espero que a tu nieto le guste esto.

—Seguro que sí —dijo Michael—. Bueno, hasta luego.

Ella se quedó allí sentada, mirándolo, en una postura impecable, con las manos recogidas sobre el regazo con las palmas hacia arriba, mientras él le decía adiós con la mano, salía de la habitación y seguía por el pasillo para alcanzar a Pagan.

Anna Grant. Bueno, ya no debía de apellidarse Grant, claro. Michael no sabía cómo se llamaba el hombre con quien se había casado; ni siquiera lo había conocido, y no recordaba que Pauline le hubiera comentado que había muerto, aunque seguro que lo había mencionado. La amistad de Pauline con Anna había ido reduciéndose hasta una de aquellas relaciones distantes, mantenidas gracias a las felicitaciones navideñas, y cada vez que ella decía algo como «¡Oh! ¡Una carta de Anna! ¡Mira cómo ha crecido su hija!», Michael se limitaba a gruñir y seguía abriendo facturas.

Y sin embargo...

Sin embargo, en algún rincón de su mente, Anna siempre había representado cómo podrían haber sido las cosas si Michael hubiera elegido a otra mujer. Y no es que hubiera podido elegir a Anna concretamente. Ella jamás le había prestado atención; Michael apenas la conocía, sólo habían intercambiado media docena de frases en toda su vida. Pero en más de una ocasión, durante su matrimonio, en aquellas ocasiones en que Pauline se ponía exasperante, Anna era la mujer a la que él imaginaba como una alternativa. ¡Anna jamás habría roto una taza de café en un ataque de furia! ¡Anna no le habría destrozado el periódico por considerar que él no la estaba escuchando! ¡Ni se habría puesto a llorar en público, ni se habría gastado el dinero de él en fruslerías, ni lo habría despertado de un profundo sueño para preguntarle si la quería!

A veces se ponía a fantasear y pensaba que, cuando se acercara la muerte, le mostrarían una especie de película casera de todos los caminos que no había tomado y adónde lo habrían conducido. Supongamos, por decir algo, que le hubiera hecho caso a la hermana Ursula en la clase de Ciencias de noveno y hubiera decidido ser médico. Si hubiera encontrado el dinero para costearse la carrera, si hubiera conseguido una beca..., y entonces la película le mostraría que durante el segundo año de la carrera de Medicina se había ofrecido voluntario para un experimento farmacéutico para pagarse los gastos, y el experimento había salido mal y había muerto a los veinticuatro años. O no se había ofrecido voluntario, había seguido estudiando y había descubierto un remedio para el cáncer. O había participado en una misión médica en el corazón de África, donde... ¡Había tantas bifurcaciones, tantos desvíos!

Supongamos que aquel día de 1941, cuando las tres chicas llevaron a Pauline a la tienda, no se hubiera enamorado de Pauline, sino de Anna. Supongamos que hubiese sido lo bastante inteligente, lo bastante sensato, para preferir a la chica más callada, más serena, menos apasionante, y que hubiesen entablado una inteligente conversación sobre la guerra, sobre la situación mundial...

En ese caso, quizá ni siquiera se habría alistado. Fue Pauline quien lo llevó a hacerlo, con aquel entusiasmo patriótico que ahora él recordaba como un fervor indecoroso. Bueno, seguro que de todos modos lo habrían llamado a filas, tarde o temprano. Pero Anna y él habrían tenido un noviazgo serio y maduro, y se habrían casado en una ceremonia digna y habrían tenido hijos que habrían sido..., bueno, que se habrían parecido más a él.

Se reía de aquellas ideas. Estaba en una habitación y se reía solo. Y sin embargo, de vez en cuando se permitía pensar aquellas cosas.

Pagan empezó a poner en práctica una forma de hablar completamente nueva. «¡Súper!», exclamaba siempre que tenía ocasión, y «Personalmente, no», o «Personalmente, sí».

—¿Quieres otra mazorca de maíz, Pagan?

—Personalmente, no.

Michael dedujo que así era como hablaban en la Academia Maestro. También decía: «Puede que sí y puede que no».

—¿Te quedas a dormir en mi casa este domingo, Pagan?

—Puede que sí y puede que no.

—¿Qué se supone que significa eso? —estallaba Michael.

Pagan se limitaba a levantar una ceja, otra de sus habilidades recién adquiridas.

Y la ropa, madre mía. Sandalias de cuero sin calcetines —¡un chico!—, y pantalones anchos fruncidos con un cordón y sin cremallera, por amor de Dios, y un montón de camisetas nuevas (pese a que parecían viejas) con nombres como The Band y James Taylor escritos. James Taylor era su héroe. Pagan se sentaba en el sofá de Michael (no en el asiento, sino encaramado en el respaldo, con los pies descalzos metidos entre los cojines), y rasgueaba lánguidamente unos cuantos acordes y cantaba con voz nasal sobre él y su guitarra, o «no me dejes solo esta noche», o «nunca he estado en México pero me encantaría ir allí». Tenía una funda de guitarra negra con cierres cromados (era evidente que no estaba bien visto llevar el instrumento en las manos, aunque tu único medio de transporte fuera un Buick Regal), y la funda también parecía vieja, pese a la pasmosa suma que había costado, porque la había cubierto de adhesivos y quizá (eso sospechaba Michael) hasta le había dado unas cuantas patadas y le había hecho unos cuantos arañazos a propósito. Por su aspecto, cualquiera habría deducido que Pagan llevaba años recorriendo el país haciendo autoestop, tocando para pagarse las cervezas en bares de mala muerte.

Anna aseguraba que tenía talento. Decía que el señor Britt, el profesor de Pagan, estaba admirado de la rapidez con que lo captaba todo.

—Pues no sé de dónde le vendrá —le dijo Michael—. Los Anton nunca hemos sido muy aficionados a la música.

Estaban sentados en el porche de la escuela. Michael la había visto en el balancín del porche al entrar en el patio con el coche y le había dicho a Pagan: «Creo que voy a saludar a la señora Stuart», refiriéndose a ella en aquel tono tan formal porque llevaba dos semanas inventándose excusas para entrar en la escuela cuando dejaba allí a Pagan, y no quería que Pagan pensara nada raro. «¿Por qué no me presentas al señor Britt?», le había dicho a Pagan la primera vez, y «Déjame ver la sala de prácticas», la segunda. En ambas ocasiones Anna había parecido alegrarse de verlo, lo había saludado con mucha simpatía y no le había costado encontrar temas de conversación. La primera vez le había preguntado qué había sido de la vieja tienda, si todavía existía, y le había preguntado dónde vivía ahora y si le gustaba, y le había descrito su casa (vivía cerca de Falls Road, en una casa que tenía alquilada con opción a compra). Su segundo encuentro tuvo lugar después de que ella se enterara de que su hija iba a ir a visitarla, y aquello les proporcionó mucho material sobre el tema de los hijos.

—Bueno, verás, Lindy... —dijo Michael—, nuestra hija mayor... —y se interrumpió, pues no sabía si Anna conocía toda la historia.

—Debe de ser muy duro no tener ni idea de dónde está —dijo entonces Anna.

—Sí —admitió él—. No te acostumbras nunca. Parece que tienes que acostumbrarte, pero no.

Ella asintió, pero no hizo preguntas. Michael ya se había fijado en que no era una persona entrometida.

Michael impulsaba el balancín con las puntas de los pies mientras ambos contemplaban a los alumnos que iban llegando: adolescentes melenudos con pantalones cortos deshilachados o con aquellos absurdos pantalones fruncidos con cordón; y los bailarines (una especie aparte), tan angulosos, con aquellas ceñidas mallas negras con las que debían de pasar un calor espantoso. Anna iba vestida como siempre, con una camisa blanca de algodón, de manga corta, que dejaba al descubierto sus brazos bronceados, salpicados de pecas, y unos pantalones tipo sastre, los de hoy grises, y mocasines planos de color negro.

—Elizabeth llega mañana —comentó—, y hasta hoy no me he acordado de que tendré que preparar platos sin carne. Es vegetariana.

—A nosotros también nos pasó, una temporada —dijo Michael—. Con Karen, la pequeña.

—¿Comía pescado?

—No. Pero comía productos lácteos.

—Elizabeth, al menos, come pescado. Así que no será tan difícil. De hecho podría comprar un poco de cangrejo esta noche cuando salga del trabajo, si tengo tiempo.

—Si quieres te lo llevo a casa —dijo Michael.

Ella vaciló.

—En la tienda tenemos un cangrejo muy bueno —dijo él—. Nos lo traen fresco cada día. Podría coger una libra, meterla en una bolsa con hielo y llevártela a tu casa.

—Hombre, eres muy amable, pero...

—Así, a lo mejor podrías invitarme a una copa.

Ella lo miró un momento, el tiempo suficiente para que él pensara que tenía que echarse atrás.

—Bueno, no quiero que te sientas obligada —dijo—. Te llevaría el cangrejo de todos modos, aunque no me invitaras a tomar algo.

—Me encantaría invitarte a una copa —dijo ella—, pero tendrás que dejarme pagar el cangrejo.

—Ah, no. Eso sí que no.

—Entonces no puedo aceptar.

Se quedaron mirándose.

—A ver qué te parece esto —dijo Michael—. Yo no te dejo pagar el cangrejo, pero tú me tienes que preparar la cena.

Ella amplió su sonrisa; daba la impresión de que estaba reprimiendo la risa.

—Qué —dijo él.

—Si te preparo la cena, primero tendré que ir a hacer la compra —dijo—. Y si voy a hacer la compra, puedo comprar el cangrejo.

—¡No, espera! —dijo él—. Vale, lo retiro. ¿Qué me dices de dos copas? Nada de cena; dos copas. O tres.

Rieron los dos.

—¡Tres copas! —dijo ella—. ¿Cómo ibas a volver a tu casa? Está bien, tráeme el cangrejo, no te pediré que me lo dejes pagar y te enviaré a buscar comida a un chino.

—Hecho —replicó él.

A sus espaldas, la puerta de tela mosquitera se abrió y Pagan dijo:

—¿Todavía estás aquí?

—¿No deberías estar en clase? —preguntó Michael.

—Puede que sí y puede que no —contestó Pagan, y soltó la puerta de tela mosquitera.

Anna vivía en una callecita que había a menos de dos kilómetros de la escuela. La casa era de tablas de madera, sencilla, con la forma rectangular y estrecha, alta y acabada en punta, de los hoteles del juego del Monopoly, rodeada de un descuidado jardín donde crecían descontroladamente los matorrales. Cuando Michael tocó el timbre de la puerta, ella apareció de inmediato; se la veía un poco más arreglada, aunque llevaba la misma camisa y los mismos pantalones que por la mañana.

—¡El hombre del cangrejo! —canturreó él, y levantó la bolsa de plástico llena de hielo.

Ella agarró la bolsa y dijo:

—Muchas gracias —y luego, mirando en el interior, añadió—: ¡Qué cantidad! No hacía falta que trajeras tanto.

—Para tu hija, sólo lo mejor —repuso él.

Pero en realidad estaba pensando: sólo lo mejor para Anna.

La siguió por el salón, decorado con muebles dignos pero viejos, hasta una cocina de un estilo que hacía años que no veía: una extensión de linóleo azul refregado, una pila con patas de porcelana, una nevera con esquinas redondeadas y una cocina eléctrica enorme que debía de datar de los años cuarenta. Aquella cocina era tan inmensa y despejada que se habría podido patinar en ella.

—Qué bonito —le dijo a Anna, que estaba guardando el cangrejo.

Ella debió de pensar que bromeaba, porque se rió.

—Lo digo en serio —puntualizó él—. ¡Mira la encimera! Ni batidora, ni licuadora, ni tostadora...

—He cambiado tantas veces de casa —explicó ella— que no he podido acumular muchos objetos personales —cerró la puerta de la nevera y se volvió hacia Michael—. ¿Qué quieres beber?

—Una cerveza, si tienes.

—Claro —dijo ella, y volvió a abrir la nevera. La cerveza que sacó era de importación, mejor que las que Michael estaba acostumbrado a beber. Se preguntó si las compraba para ella o para alguien más. ¿Había algún hombre en su vida? Aquellas dos últimas semanas, Michael se la había imaginado sola, dirigiendo su vida sin intervención de nadie, pero ¿era creíble que viviera así, tratándose de una mujer tan atractiva como Anna? Ella se estaba sirviendo una copa de jerez, y se movía con una fluidez y una lentitud que a Michael le recordaron a los alumnos de baile de la Academia Maestro.

En el salón se sentaron en ambos extremos del sofá, y entonces ella dijo:

—¡Oh! No te he preguntado si querías vaso.

—Recuerda que soy un viejo polaco —dijo él—. Siempre bebo la cerveza de la botella.

Michael nunca se refería a sí mismo como un polaco. Debió de ser la influencia de aquella casa, su cómoda atmósfera; una casa que no intentaba agradar, como si su elegancia se diera por descontada. Los tapetes y los crucifijos de su madre, e incluso los «modernos» muebles de Pauline parecían muy serios a su lado. Michael bebió un sorbo de cerveza, que tenía un sabor más intenso que la que solía beber.

—¿Viniste directamente a Baltimore desde Arizona, o has vivido en otros sitios?

—No, me he movido bastante, sobre todo por el oeste —contestó ella—. Cuando murió Paul Elizabeth sólo tenía diez años y tuve que ponerme a trabajar, así que me fui a Idaho, donde vivía mi familia política. Después di clases en una escuela de Cleveland hasta que la cerraron, y luego en Albuquerque. ¡Y aquí me tienes! He tenido suerte. No resulta fácil encontrar plaza de profesor de música.

Michael carraspeó y dijo:

—¿Tu marido tuvo una muerte repentina?

—No, tenía leucemia.

Aquello respondía la pregunta de Michael, sí, pero él se dio cuenta de que no era eso lo que él quería saber. Lo que le habría gustado preguntarle a Anna era: ¿quería a su marido? ¿Todavía lo echaba de menos? Volvió a carraspear y trazó una línea por la húmeda botella de cerveza.

—Nos conocimos durante la guerra —añadió ella—. Supongo que poco después de que os casarais Pauline y tú. Recuerdo que no pudisteis venir a la boda porque el embarazo de Pauline estaba muy adelantado y ella no podía viajar.

—Ya —dijo Michael, aunque no se acordaba de aquel detalle.

—¿Pauline y tú seguís siendo amigos?

La pregunta se parecía tanto a la que a él le habría gustado hacerle que sintió un rayo de esperanza. Se inclinó hacia delante y puso en orden sus ideas.

—No, no somos amigos —contestó—. Bueno, mantenemos el contacto, desde luego. Es inevitable. Tenemos hijos, y hay que estar por ellos, ya sabes; por no mencionar a Pagan. Pero a veces la miro y pienso: *¡Imagínate! Antes, esta mujer y yo estábamos casados.* Parece tan extraño, como si..., no sé, como si entonces yo hubiera sido otra persona. Como si me hablaran de un conocido que se casó con una mujer que se llamaba Pauline, hace muchísimo tiempo.

Lo que estaba diciendo era la verdad, expresada con toda la precisión de la que él era capaz. Entonces, ¿por qué, de repente, se le ocurrió otra cosa? Pensó en un día de la primavera anterior en que había pasado por la consulta donde trabajaba Pauline (ella necesitaba con urgencia un cheque o una firma). La vio detrás de su ventanilla en la sala de espera, conversando tranquilamente con otras dos recepcionistas mientras ordenaba un montón de carpetas. «¡Es tan típico de ti!», estaba diciendo ella, risueña, y justo un momento antes de que Pauline levantara la cabeza y viera a Michael, él tuvo tiempo para preguntarse cómo podía ser que sintiera que se iba a asfixiar si no se alejaba de aquella mujer. Al fin y al cabo, Pauline no era mala persona. No lo había engañado, no había maltratado a los niños, no bebía demasiado ni era aficionada al juego. De hecho, era mejor que él, en ciertos aspectos; más simpática y abierta, más sociable. ¿Y si los problemas de la pareja eran únicamente problemas de él?

Como si le hubiera leído el pensamiento, Anna dijo:

—Siempre he admirado a Pauline.

Michael reflexionó sobre aquel verbo, admirar, analizando su posible trasfondo.

—En realidad no la conocía muy bien —añadió Anna—, pese a que íbamos al mismo instituto. No éramos de la misma pandilla. Pero me gustaba su vivacidad, y ella nunca nos desairaba, como hacían algunos de los de su grupo.

—Pero ibas con ella el día que la conocí —le recordó Michael.

—Ya, sí, por lo de Pearl Harbor. Qué tiempos aquellos. Fue como si todos estuviéramos unidos, todos atrapados en los acontecimientos. ¡Y lo que todavía no sabíamos! Yo perdí a un hermano en aquella guerra.

—Lo siento —dijo Michael—. Creo que eso no lo sabía.

Anna dirigió la mirada hacia su copa de jerez. Michael se fijó en que su cara era una serie de óvalos: un gran óvalo que contenía unos largos, castaños y ovalados ojos, y una boca ovalada sin aquella muesca central en el labio superior que tenía la mayoría de la gente; y luego estaba el suave óvalo de su cabeza, con las puntas del pulcro cabello metidas hacia dentro. Michael no se había dado cuenta hasta entonces de que el óvalo era una figura relajante.

—Pauline, Wanda Bryk y... ¿quién era la otra chica que estaba allí aquel día? —preguntó Anna.

—Katie Vilna.

—Ah, sí, Katie. Wanda y ella vinieron a ayudarnos cuando Pauline se hizo aquel corte en la frente.

—Todavía viven por aquí —comentó Michael—. Me parece que Pauline todavía se reúne con ellas de vez en cuando.

—¿Y tú? —preguntó Anna.

—¿Yo?

—¿Conservas a tus amigos del barrio?

—No, qué va. A veces veo a mi amigo Leo, y de vez en cuando voy a visitar a la señora Serge, que vivía en la casa de al lado. Pero no soy muy sociable, la verdad.

—Yo tampoco —dijo Anna.

—¿Ah, no?

—Eres mi primer invitado desde que vivo aquí.

—¿En serio? —se extrañó él, y miró alrededor. Entonces cayó en la cuenta de que tendría que haberle hecho algún cumplido—. Has arreglado muy bien la casa —observó—. Yo llevo seis años en mi apartamento y ni siquiera he colgado un solo cuadro.

—¿No te gustan los cuadros?

—Sí, claro que me gustan. Lo que pasa es que no sabría escogerlos.

Anna ladeó la cabeza y lo miró, y a él le pareció adivinar lo que estaba pensando. Estaba pensando que ella sí sabría escogerlos. Pauline, en la misma situación, lo habría dicho abiertamente; Pauline siempre estaba tan segura de poder poner orden en la vida de los demás... Pero Anna se reservó la opinión. Fue Michael quien, al final, dijo:

—A lo mejor podrías darme algunos consejos.

—Quizá sí —repuso ella.

Y tras una pausa, Anna añadió:

—Pero no te aseguro que funcione.

Seguramente ella no tenía ni idea de por qué él sonreía con tanta ternura.

El sábado siguiente por la tarde, cuando ya se había marchado su hija, Anna fue al apartamento de Michael y lo recorrieron juntos contando las paredes donde hacían falta cuadros. Luego fueron a una tienda de Towson donde vendían reproducciones enmarcadas a buen precio. Pagan los acompañó, porque los sábados los pasaba con Michael; no pareció extrañarle que una profesora de música de la Academia Maestro ayudara a su abuelo a comprar obras de arte.

—¿Y tú, Pagan? ¿Qué te gustaría para tu dormitorio?

—¿Un póster de James Taylor? He visto uno genial en la tienda de discos del centro comercial. ¿Puedo comprármelo, abuelo?

—No veo por qué no —respondió Michael.

A Michael le habría encantado tener las ideas tan claras. Temía parecer ignorante al elegir algo con poca clase. No paraba de lanzarle miradas a Anna mientras comparaba varios cuadros, pero ella se limitaba a devolverle la mirada con una expresión neutra y abierta que a él no le ofrecía ninguna pista.

—¿Por qué no eliges tú? —le propuso finalmente—. No sé cuáles me gustan. No tengo criterio.

—No hace falta que lo decidas esta misma tarde —repuso ella—. No tenemos ninguna prisa.

Cuando le abrió la puerta a Anna al salir de la tienda, Michael posó suavemente una mano en su espalda, donde la camisa se metía debajo de los pantalones. Y después, cuando entraron con el coche en el aparcamiento de su edificio, le preguntó si quería subir a tomar algo. Pero ella dijo que no, gracias; tenía que hacer unos recados.

El lunes por la tarde, Michael volvió a la tienda solo y examinó una vez más todos los cuadros. Detrás del mostrador había una mujer con el cabello teñido de rosa a la que Michael no había visto el sábado.

—¿Cuál de éstos es mejor? —le preguntó—. Para ponerlo encima de un sofá, por ejemplo. ¿Éste? ¿Éste?

—El Chagall es muy bonito —respondió ella.

Michael siguió su mirada y coincidió con ella; verdaderamente era bonito, enigmático y soñador, con varias figuras flotando impávidamente en el cielo. Lo compró, y también compró los girasoles de Van Gogh y otro Van Gogh de un dormitorio, y un anuncio antiguo de licor francés y un paisaje de Grant Wood que eligió él solo porque le gustaba el efecto relajante de los árboles con forma de pirulí que salpicaban las verdes colinas. En cuanto llegó a casa colgó los cuadros que había comprado —le dieron más trabajo de lo que había imaginado—, y luego, todavía sudoroso por el esfuerzo, llamó por teléfono a Anna y la invitó a ir a verlos al día siguiente.

—Ya sé que trabajas —dijo (claro que lo sabía. Había elegido una noche en que Pagan no estaría con él)—. Pero podría darte de cenar, y así no tendrías que cocinar después del trabajo. Cenaremos muy pronto, te lo prometo.

—Vale, perfecto —contestó ella.

Al día siguiente, Michael salió de la tienda a media tarde, cargado de bolsas. Fue a casa y asó un pollo, hirvió unas patatas y preparó una ensalada. Era un menú sencillísimo (el aderezo de la ensalada era de bote; el postre era un pastel de la pastelería de la tienda), pero Michael cometió todos los errores posibles, y cuando hubo terminado de prepararlo todo, la cocina estaba hecha un desastre. Pauline habría podido hacer todo aquello con los ojos cerrados. Bueno, seguro que cualquier mujer habría podido. Contempló, impotente, el montón de cazos sucios que se habían acumulado en el fregadero, y luego fue a ducharse y afeitarse.

Su sofá (el sofá del casero) estaba tapizado con eskay beige. La mesita del salón (del casero) tenía un tablero de formica que imitaba el veteado de la madera. Tendría que haber comprado también algunos muebles. Tendría que haber comprado alfombras para tapar la moqueta beige, y relojes, jarrones y otros objetos decorativos para darle un poco de personalidad al apartamento.

Todo aquello era demasiado para él. Demasiado. Se dejó caer en el sofá, asegurándose de darles la forma correcta a las «informales» arrugas de sus pantalones caqui; echó la cabeza hacia atrás y se quedó mirando el techo, desesperanzado. Un largo hilo de telaraña colgaba casi hasta su nariz. ¡Qué idea tan absurda la de invitar a Anna a su apartamento!

Sin embargo, tenía que reconocer que hacía años que no se sentía como se sentía últimamente, tan animado y tan activo. Anna era en lo primero que pensaba cada mañana y en lo último que pensaba cada noche. Incluso mientras dormía, era como si Anna flotara por el oscuro fondo de su mente, emitiendo un débil y cálido resplandor y una sensación de satisfacción. De hecho, ¿alguna vez se había sentido así? ¿Incluso de joven? Quizá lo hubiera olvidado, pero tenía la impresión de que todo aquello era nuevo para él. Su vida no había hecho más que empezar, y la pesada atmósfera veraniega parecía cargada de promesas. Si resultaba que ella no lo amaba a él, Michael apreciaría de todos modos saber que era capaz de albergar aquellos sentimientos.

Anna llegó puntual, con una falda morada en lugar de pantalones, lo cual alegró mucho a Michael porque significaba que para ella aquella cena era una ocasión especial. Llevaba una botella de vino y una crujiente hogaza de pan.

—¿El pan lo has hecho tú? —le preguntó Michael al cogerlo, pero ella rió y dijo:

—Qué va. Lo he comprado en una panadería de Falls Road —luego miró el cuadro que Michael había colgado encima del sofá—. ¡Así que compraste el Chagall! —dijo—. Queda perfecto. Y los girasoles también; hacen juego con el amarillo de las cortinas.

—Deja que te enseñe los otros —propuso Michael.

La guió por el comedor (el anuncio de licor francés) hasta su dormitorio (el otro Van Gogh y el paisaje).

—¿Crees que el paisaje es un poco cursi? —preguntó—. Como no es... abstracto, ni nada de eso.

—No, no; has elegido muy bien.

Daba la impresión de que lo decía en serio. Y no dio muestras de haberse fijado en que en la cama de Michael no había colcha, ni en que encima de su cómoda no había objetos decorativos, sino sólo un tarro de mayonesa lleno de monedas.

Volvieron al salón; Michael le ofreció a Anna una copa del jerez que había comprado especialmente para aquella ocasión, y se sirvió también él una pese a que nunca le había gustado el jerez porque lo encontraba empalagoso. Michael se sentó en la butaca, a cierta distancia de Anna; no quería avasallarla. Como cerca de su butaca no había ninguna mesa, se quedó con la copa en las manos, haciéndola girar entre las palmas mientras permanecía inclinado hacia delante con los codos apoyados en las rodillas. Anna, que era la desenvoltura personificada, ocupaba el centro del sofá, con su copa cuidadosamente puesta sobre una servilleta doblada, como si la mesita fuera de madera de verdad.

—Esta tarde me he encontrado a Pauline cuando ha venido a recoger a Pagan —comentó—. Dice que Pagan le está suplicando que lo matricule en la Academia Maestro para seguir allí sus estudios cuando llegue a noveno.

—Sí, a mí también me ha hablado de eso —dijo Michael—. Pero..., bueno, no quiero ofender a la Academia Maestro, pero ¿recibiría una buena educación allí?

—Hombre, durante el curso se imparten también Lengua, Matemáticas y todo eso —dijo Anna.

—Además, verás, la música no es exactamente una profesión —añadió Michael—. Es decir, para un chico. Es decir, la guitarra. Bueno, a menos que seas una especie de genio o algo así. Ya sé que a ti te ha ido muy bien con la música, desde luego, pero...

Tenía la sensación de que se estaba metiendo en un lío.

—Bueno, no sé —atajó—. ¿Le has comentado a Pauline que esta noche ibas a verme?

—No —contestó Anna—. No ha salido el tema —entonces se ruborizó y agregó—: Además, no estaba segura de si le importaría o no.

Por primera vez, a Michael se le ocurrió pensar que quizá Anna también consideraba la posibilidad de que llegaran a ser algo más que amigos. Quizá aquello no fuera pura fantasía suya. Anna lo miraba a los ojos; todavía tenía las mejillas sonrosadas, y la barbilla levantada en una actitud que a Michael le pareció casi desafiante. Entonces fue él quien se aturulló.

—¡Oh! —dijo—. ¡La cena! —se puso rápidamente en pie, como si hubiera dejado algo en el horno.

Su cocina se reducía a una serie de electrodomésticos que se veían desde el salón, de modo que no tenía excusa para interrumpir la conversación. Sin embargo, por suerte Anna tomó las riendas y le formuló preguntas sencillas desde el sofá. ¿Le gustaba cocinar? ¿Se hacía él mismo la cena todas las noches? ¿Iba mucho a restaurantes?

—Como cocinero soy un desastre —confesó Michael—. Para preparar la cena de hoy he tenido que empezar a las cuatro de la tarde. Casi siempre como en casa, pero no me complico la vida, sólo me hago un bocadillo de mantequilla de cacahuete, o de atún. No voy mucho a restaurantes porque me siento idiota allí sentado, solo.

Puso el cuenco de patatas sobre el mostrador que separaba la cocina del salón; miró a Anna y, armándose de valor, dijo:

—Pero si tú me acompañaras, no me importaría salir a cenar fuera.

Ella seguía con la barbilla levantada, un gesto que denotaba franqueza, y dijo:

—Me encantaría ir contigo.

Y así fue como empezó todo.

Fueron a Martick's, a Marconi y a un sitio que había al final de St. Paul Street donde hacían unas sopas buenísimas. El restaurante de St. Paul se convirtió en su favorito, y siempre intentaban que les dieran la misma mesa, una pequeña y redonda cerca de la ventana; y si alguno de los dos pedía la sopa de mollejas el otro tenía que pedirla también, porque llevaba mucho ajo. Ahora ya se daban un beso de despedida por las noches —todavía eran besos vacilantes, cautos, contenidos—, de modo que lo del ajo era un tema delicado.

Iban al cine y se tomaban las manos; ella tenía unas manos musculosas y sólidas, sin duda de tocar el piano. Su cabello olía a caramelos de azúcar y mantequilla. En los momentos con más suspense de la película, ella tenía la costumbre de contener la respiración, y Michael siempre se sorprendía conteniéndola también, como si de ese modo se solidarizara con ella.

Iban a conciertos, pero allí no parecía apropiado que se tomaran las manos, porque Anna estaba muy concentrada y extasiada. Michael la miraba de soslayo para saber cuándo tenía que aplaudir. Cuando una pieza llegaba a su fin, a ella se le quitaba una especie de velo de los ojos, y entonces se inclinaba hacia delante y aplaudía con generosidad.

A veces cenaban en el apartamento de Michael (platos preparados que él llevaba de la tienda, fiambres y ensaladas de la charcutería), y a veces en casa de Anna (comida china o pizzas para llevar). Anna no era una gran cocinera. Le faltaban los utensilios básicos —un tamiz o un juego de vasos medidores—, y no parecía interesada en comprárselos. A Michael eso le parecía alentador. También le impresionaba su autosuficiencia. Si habían quedado en un sitio que estaba más cerca de la casa de él que de la de ella, Anna proponía que se encontraran allí en lugar de que él pasara a recogerla, o incluso se ofrecía para recogerlo a él. Nunca se presentaba en casa de Michael con las manos vacías; siempre llevaba vino o flores. Nunca lo llamaba por teléfono a la tienda, pese a que a él no le habría importado que lo hiciera. Y la relación de Anna con su hija era muy madura. Nada de escenas, ni enfados, ni silencios prolongados, o al menos Anna no los mencionaba; era una relación alegre y cortés, mutuamente respetuosa.

A ella no le importaba estar sola —ni cenar sola ni ir sola a algún espectáculo—, y se encargaba de que le cambiaran los neumáticos del coche, de que fueran a repararle la lavadora o a sacar los mapaches que se habían colado en el desván. Para Michael (que todavía llevaba el Chevy de Pauline al taller cada cinco mil kilómetros para que le cambiaran el aceite), aquello resultaba extraordinario. Para Anna era lo más normal del mundo.

A diferencia de la mayoría de las parejas de novios, ellos se veían más entre semana que los fines de semana. Pagan estaba con Michael los fines de semana, y él no se sentía cómodo mezclando sus dos vidas. Sin embargo, gradualmente, a medida que junio dejó paso a julio y julio a agosto, Michael se acostumbró tanto a estar con Anna —se volvió tan dependiente, la verdad— que empezó a invitarla a diversas actividades los sábados y los domingos. Anna iba con ellos a la hamburguesería o a tomar un helado; se bañaba con ellos en la piscina, con un bañador negro de punto de una pieza, muy decoroso, que por extraño que parezca era la prenda más seductora que Michael había visto jamás. Tenía el escote bronceado y cubierto de pecas, como los brazos, pero en la parte que lindaba con la tela del bañador había una franja de piel más clara, y Michael se imaginó los pechos de Anna como dos globos blanquísimos, frescos como pepinos. La leve protuberancia de la parte superior de sus muslos, donde terminaba el traje de baño, pedía a gritos que Michael la acariciara, y él tuvo que hacer un esfuerzo sobrehumano para dirigir la mirada hacia Pagan, que en ese momento hacía un salto mortal hacia atrás.

¿Y Pagan? ¿Le habría hablado a su abuela de Anna? Bueno, seguramente. Su nombre debía de haber salido en alguna conversación. («Cuando el abuelo y yo fuimos a comer a casa de Anna...») Pero Pauline no hizo ningún comentario, y Michael la veía bastante a menudo, de modo que había tenido muchas ocasiones de hacerlo. Quizá lo sabía y no le importaba. Quizá hasta se alegraba por él. Quizá, por una vez, se estaba comportando como una persona adulta.

Anna dijo que había hablado muy poco con Pauline, sólo una breve conversación de esas que mantienen los conocidos cuando se encuentran por casualidad.

—Cuando volví a Baltimore, hablamos de quedar algún día —dijo—. Me llamó para pedirme información sobre la Academia Maestro; Belle Adams, de nuestra antigua parroquia, le había dado mi número de teléfono. Dijimos que quedaríamos para comer, pero ya sabes lo que pasa. Y ahora me alegro, porque creo que quizá habría sido un poco violento.

¿Quizá? Anna no sabía ni la mitad del asunto. Parecía dar por descontado que todo el mundo era tan sensato como ella.

Un día iban en coche por la I-83 y Michael se puso a hablarle de un accidente que había tenido en aquella carretera. Le habían fallado los frenos y había chocado con una camioneta de la lavandería.

—Lo más curioso es lo que pensé cuando me di cuenta de lo que estaba pasando —explicó—. No tenía ningún control sobre el coche, pisaba el freno hasta el fondo sin que pasara nada; y entonces pensé: *¡Guau!* Bueno, no lo dije en voz alta, no tuve ni tiempo. Pero pensé: *¡Guau! ¡Me la voy a pegar! ¡Me voy a estrellar! ¡Se va a armar una buena!* Y tuve una sensación de alivio descomunal.

—¿De alivio? —dijo Anna—. ¿Quieres decir que no te importaba morirte?

—No, no...

—¿Estabas deprimido?

—No, qué va. Sólo...

Sintió una inesperada punzada de impaciencia, y respiró hondo.

—Es que disfrutaba con aquel instante de..., de no tener ninguna responsabilidad —dijo.

—Madre mía —dijo Anna.

Michael comprendió que era inútil hacérselo entender.

Pero ¿acaso no demostraba aquello el mérito de Anna? Era una mujer completamente razonable. Era todo con lo que él había soñado cuando estaba casado con Pauline. Era un milagro que le hubieran dado aquella segunda oportunidad.

La Academia Maestro anunció que la noche del último viernes del curso de verano habría una función dedicada a los padres que incluiría un cuarteto de cuerda, un solo de piano, un baile de *Giselle,* una lectura de *Troilo y Crésida...* Y una chica cantaría *Wayfaring Stranger* con Pagan acompañándola con la guitarra.

Pagan se quejó de las canciones que habían elegido —¿no podía ser algo que no hubiera tocado todo el mundo hasta la saciedad?—, y dijo que la cantante tenía una voz quejumbrosa. Pero era evidente que aquello era un honor. (Sólo había otro alumno de guitarra, y a él lo relegaron a un grupo muy variopinto que iba a tocar la música de fondo durante la lectura de *Troilo y Crésida.*) Pagan pasó el fin de semana anterior al concierto ensayando casi sin descanso, sentado formando una C en el sofá de Michael con la cabeza tan agachada que su cara quedaba por completo oculta. «*Voy hacia allí...*», cantaba, y desafinaba en la nota alta. A Michael se le pegó la melodía, y durante la semana siguiente le parecía oírla, triste y nostálgica, mientras repasaba las facturas o recibía la llamada de un cliente.

La familia Anton pensaba asistir al completo; no sólo Michael y Pauline, sino también George y Sally con sus dos hijos, y Karen si no salía demasiado tarde del trabajo. Cuando lo supo, Michael se puso nervioso. Sería la primera vez que su familia lo vería con Anna. Pero lo cierto era que quería que lo vieran; quería que supieran que Anna era importante para él. Así que cuando Anna le preguntó si prefería que ella fuera con su coche, él contestó: «Ni hablar. Te recogeré a las siete». Y cuando llegaron a la escuela, con casi media hora de antelación, Michael la condujo hasta la primera fila de sillas plegables.

En otros tiempos, la sala de actos debía de haber sido un salón. El diminuto escenario de contrachapado parecía un añadido, y los pocos focos que había estaban precariamente sujetos a una moldura de caoba para colgar cuadros. Junto a las paredes había cuadros pintados por los alumnos montados en caballetes: una versión tras otra del bosque que había detrás de la escuela, así como varios bodegones con una calabaza y varios melones.

Anna le estaba hablando a Michael del alumno que iba a interpretar el solo de piano, que estaba muerto de miedo y había prohibido asistir a su familia, y el día anterior había amenazado con no actuar. Llevaba un elegante vestido negro y zapatos de tacón. Michael pensó que era un detalle por su parte haber hecho aquel esfuerzo.

Empezó a llegar gente: padres, abuelos, niños pequeños. Una chica que llevaba una malla se asomó por la puerta que había a la izquierda del escenario. Una mujer ataviada con un vestido hawaiano pasó corriendo cargada de carpetas.

Entonces Pauline dijo:

—¡Ah, estás aquí!

Se paró delante de Michael; Karen estaba detrás. Llevaba una blusa blanca y una falda de flores, el cabello recién teñido y peinado, y su pintalabios, de un rojo brillante, hacía juego con los pequeños pendientes rojos. Karen, en cambio, iba vestida sin ninguna gracia, como siempre, con unos vaqueros desteñidos y una camiseta de Greenpeace. Karen esperó impasiblemente, con expresión de resignación en su redonda cara con gafas, mientras Pauline seguía hablando por los codos. «Sólo puedo decir que me alegro de que por fin haya llegado el gran día. Si vuelvo a oír una vez más a Pagan rasgueando el estribillo ese de *Wayfaring Stranger,* os juro que... ¡Hola, Anna! ¡No te había visto! Karen, ¿conoces a mi amiga Anna Grant? Mejor dicho, Anna Stuart. Pensaba llamarte para darte las gracias, Anna. La Academia Maestro ha resultado ser...

Se interrumpió. Se volvió de Anna hacia Michael y abrió mucho los ojos, con expresión de perplejidad.

Pero ¿qué había visto? Michael y Anna no iban de la mano ni nada parecido. No estaban sentados muy cerca el uno del otro; sus hombros ni siquiera se tocaban. Pero de pronto Pauline puso cara de pasmo, cerró la boca de golpe, se dio rápidamente la vuelta y se marchó —volando, con el bolso colgado del hombro flotando tras ella— hacia el fondo de la sala. Karen dijo: «¡Mamá!» y le lanzó una mirada de desconcierto a Michael antes de seguir a su madre.

Anna miró a Michael arqueando las cejas, pero en ese preciso instante la mujer del vestido hawaiano canturreó: «¡Bienvenidos!» con una voz alegre y resonante desde el escenario, y los dos se vieron obligados a mirar hacia delante. Michael no oyó lo que la mujer dijo después. Sólo era consciente de que Pauline lo estaba observando desde las filas traseras. Notaba que el cuello se le estaba poniendo rígido debido a la tensión de permanecer inmóvil, sin inclinarse hacia Anna ni apartarse de ella, manteniendo la vista al frente.

La función consistió en una vaga sucesión de miembros enfundados en medias blancas y zapatillas de ballet, clarinetes chillones, chicos con barbas postizas y, sí, en medio de todo aquello, la melena negra de Pagan inclinada sobre su guitarra y sus ágiles dedos punteando acordes sin un solo contratiempo mientras una chica cantaba *Wayfaring Stranger* con una voz que no tenía nada de quejumbrosa. Pero en lo único que pensaba Michael era en dominarse y no girar la cabeza para buscar a Pauline entre el público.

De todos modos no la habría encontrado.

Pauline se había marchado directamente a casa. O directamente a algún sitio, lejos de aquel edificio, porque cuando la mujer del vestido hawaiano volvió al escenario, aplaudiendo sólo con las yemas de los dedos, y anunció que iban a servir refrescos en la terraza, Pauline no apareció por ninguna parte. Ni Karen. Los únicos Anton que quedaban allí eran George y Sally, que se habían sentado al fondo por si alguno de sus hijos molestaba. Jo-Jo iba agarrado al brazo de Sally, y Samantha se había quedado dormida en su regazo.

—¡Muy bien, chaval! —dijo George, y le desordenó el cabello a Pagan con una mano; luego le preguntó a Michael—: ¿Dónde está mamá?

—¿No se ha sentado con vosotros?

—No, yo no la he visto.

—Bueno, debe de haberse... marchado antes, supongo —dijo Michael—. Karen debe de haberla acompañado a casa —hizo una pausa y añadió—: George, Sally, quiero presentaros a Anna Stuart.

—Encantado —dijo George con simpatía.

Pero quien de verdad miró a Anna fue Sally, y luego miró a Michael y dijo:

—Me alegro de conocerte.

—Creo que George y yo ya nos conocíamos —reveló Anna—. Pero de eso hace más de treinta años, así que no me sorprende que no se acuerde de mí.

—Ah, ¿eres amiga de la familia? —preguntó Sally.

—Sí, pero de hace mucho tiempo. Fui al instituto con Pauline.

Michael se dio cuenta de que Sally estaba intentando explicarse todo aquello, aunque no hiciera más preguntas.

Evidentemente no podían pasar de los refrescos. Y evidentemente tenían que darle las gracias al señor Britt, y sonreír a una docena de padres que los felicitaron, e intentar averiguar de quién eran los padres para poder devolver los cumplidos. A Michael empezó a dolerle la cara. Se preguntaba si aquello iba a durar mucho.

Pero al final pudieron marcharse. Michael, Anna y Pagan salieron del edificio y buscaron el coche de Michael. Hacía una noche preciosa y apacible, y como la escuela estaba bastante alejada del centro, se veían millones de estrellas en el cielo. A Michael le habría gustado llevarse a Anna a su casa, pero era viernes, así que no tenía más remedio que dejarla en la puerta de su casa y marcharse a su apartamento con Pagan.

Pagan estaba mucho más hablador de lo habitual, sin duda por el alivio que sentía.

—¿Se ha notado que al principio estaba muy nervioso? —le preguntó a Anna. Y luego—: ¿Te has fijado en que en el segundo estribillo he entrado un poco tarde?

—Lo has hecho estupendamente —afirmó Anna—. Ha sido una interpretación excelente.

Michael conducía en silencio por la oscura Falls
Road. Había sido una idiotez pensar que Pauline lo sabía
y no decía nada.

Y de pronto parecía que lo supiera todo el mundo; cada uno tenía su opinión. Wanda Lipska no entendía
por qué los hombres siempre se enamoraban de protes-
tantes, y Karen dijo que como mínimo su padre habría
podido avisar a Pauline; Pagan (que de pronto se daba
cuenta de las repercusiones, evidentemente) se cortaba y
se ponía evasivo cada vez que Anna iba al apartamento
de Michael. George declaró que Anna le parecía una mujer muy correcta, pero Sherry, la hermana de Pauline, la
llamó golfa. «Todo el mundo está de acuerdo en que las
amigas no deben robarse los maridos», aseveró. Sally le
preguntó a Michael si querría ir algún día a cenar a su
casa con Anna, aunque cuando los niños ya se hubieran
acostado, por supuesto, para que no se lo contaran a
Pauline; pensándolo bien, quizá fuera mejor que fueran
a cenar a un restaurante. Leo Kazmerow dijo que se alegraba muchísimo de saber que Michael había dejado de
vivir como un monje. Luego se enteraron los empleados
de la tienda —Michael no supo cómo—, y cruzaban sonrisas de complicidad cada vez que él se marchaba temprano, le hacían preguntas maliciosas sobre lo que había hecho el fin de semana y le preguntaban quién le había
elegido aquella camisa nueva.

Pero en realidad, ¿qué había que saber? Anna y él
todavía no habían hablado de lo que sentían el uno por
el otro. No dormían juntos ni mucho menos. Quizá sólo
fueran un par de buenos amigos que casualmente se sentaban muy pegados el uno al otro y se daban un beso cuando se despedían. ¿Era así como lo veía Anna?

Michael practicaba delante del espejo mientras se afeitaba. «Anna, nuestra relación está empezando a significar mucho para mí.» No: «Estás empezando a...». Qué expresión tan rebuscada, «significar mucho». ¿Se atrevería a decirle «te quiero»?

Cada vez que Anna tenía que ir al apartamento, Michael cambiaba las sábanas de su cama y limpiaba el dormitorio, pese a que ella no había puesto un pie allí desde que él le enseñara los cuadros. Y ¿se atrevería a dar aquel paso? La única mujer con la que se había acostado era Pauline, y durante los últimos años de su matrimonio cada vez habían hecho el amor con menos frecuencia. No sabía cómo lo hacía la gente. ¿Lo preguntaban abiertamente? ¿Se lanzaban sin hacer preguntas, a menos que los obligaran a parar? Cuando Anna y él se besaban, Michael notaba los labios de ella blandos y flexibles, pero Anna los mantenía cerrados. Michael ponía la mano sobre su talle, debajo de su brazo, y notaba las costuras del borde de su sujetador, pero ella nunca cambiaba sutilmente de posición para acercar los dedos de él hacia sus pechos. En fin, no daba ningún indicio de querer algo más que lo que ya tenían, y él suponía que eso era significativo en una persona por lo general tan franca y segura de sí misma.

Quizá debía abandonar antes de ponerse en ridículo.

A principios de octubre, la señora Brunek, su antigua vecina, llamó a Michael para comunicarle que había muerto la señora Serge.

—Como sé que todavía ibas a verla a veces —razonó—, pensé que teníamos que decírtelo. Creemos que murió sin sufrir mientras dormía. Su nuera la encontró cuando pasó por su casa para llevarle la compra. El velatorio será hoy de tres a cinco, y el funeral, mañana a las diez.

—Muchas gracias —dijo Michael—. Iré al funeral, no faltaba más.

—Pregúntale a Pauline si quiere ir también —añadió la señora Brunek.

Pero cuando Michael llamó a Pauline, ella dijo que no. Tenía que ir a trabajar, le recordó. No podía dejar de ir a la consulta como si tal cosa cada vez que se moría alguien. La señora Serge no era «alguien»; había sido su vecina durante los siete primeros años de su matrimonio. Michael sospechó que aquello tenía algo que ver con Anna. Pauline no le había dicho ni una sola palabra cortés desde la noche en que los había visto juntos. Volvía a emplear aquel tono amargo y recriminatorio de los primeros días posteriores a su separación. Michael recurrió a la misma táctica que había utilizado entonces: fingió que no se daba cuenta.

—Ah, vale —dijo—. En ese caso, les transmitiré tus condolencias.

—No necesito a nadie para transmitir mis condolencias —repuso Pauline con frialdad.

—De acuerdo. ¡Hasta luego!

Michael colgó el auricular. Entonces, sin detenerse a reflexionar sobre sus motivos, llamó a Anna y le propuso acompañarlo.

Anna apenas conocía a la señora Serge. De hecho, a Michael le sorprendió que recordara su nombre.

—Me parece que no volví a verla después de vuestra boda —dijo Anna—, pero era una mujer encantadora. ¡Recuerdo que os llevó un regalo enorme!

—Sí, un esclavo de yeso que sostenía dos fuentes para poner pastas.

—Caramba.

—Es que no me apetece ir solo. Me deprime mucho volver al viejo barrio. Todo se está cayendo a trozos, y sólo quedan unas pocas personas a las que conozco. Ya sé que mañana hay clases, pero he pensado que a lo mejor, si por casualidad...

—Es el día que no tengo ninguna clase por la mañana —le recordó Anna—. ¿Crees que habré vuelto a la una?

—Te lo garantizo.

—Entonces iré.

Después de colgar, Michael pensó que Anna debía de considerarlo algo más que un amigo, porque si no no habría accedido a ir con él. Entonces se avergonzó por haber utilizado la muerte de la pobre señora Serge como excusa para concertar una cita.

Michael se puso un traje negro para ir al funeral, y Anna también, lo cual Michael agradeció, porque la gente de St. Cassian daba mucha importancia a aquellas cosas. Era un hermoso día de otoño, frío y soleado, y Michael había salido con tiempo suficiente para poder pasar por el antiguo colmado antes de la ceremonia. En cuanto dobló la esquina se dio cuenta de que había cometido un error. Ya sabía que en el local habían puesto una tienda de licores y luego otra de ropa de segunda mano; estaba preparado para ver batas manchadas de lejía y arrugadas y quebradizas botas de trabajo en el escaparate. Pero aquel día la ventana estaba tapada con papel de embalar, y en la puerta había colgado un letrero escrito a mano que rezaba EN VENTA. Detuvo el coche junto al bordillo y miró más de cerca. En el piso de arriba —que llevaba años deshabitado y seguramente se utilizaba como almacén— las persianas de papel amarillento daban a las ventanas un aspecto mortecino.

—Qué pena —comentó Anna.

—Me alegro de que mi madre ya no pueda ver esto —dijo él.

—Parece más pequeña que antes, ¿verdad? —observó ella—. Ya sé que es un tópico, pero verdaderamente esta casa parece minúscula. Cuesta creer que en otros tiempos la gente encontrara aquí todos los artículos que necesitaba.

—Bueno, en aquellos tiempos no necesitaban tantas cosas como ahora —dijo Michael—. Al menos, no tanta variedad.

Mientras seguía conduciendo hacia la iglesia, meditó sobre su tienda en las afueras, tan espaciosa y luminosa. A veces miraba los productos expuestos —las galletas de agua inglesas, las aceitunas españolas, las mostazas francesas con sus bonitos tarros de cerámica azul y blanca— y tenía la sensación de que en realidad aquel sitio no le pertenecía. Se sentía falso y pretencioso. Y sin embargo, todo aquello había sido idea suya. Quizá Pauline había insistido en que se mudaran, pero era él quien había tenido la visión de algo más lujoso que estuviera a la altura de su nuevo barrio.

Aparcó detrás de la escuela primaria, pero se quedó sentado con las manos posadas en el volante. Anna le lanzó una mirada inquisidora, y él le dijo:

—La pasada Navidad, como cada año, fui al centro para darle a Eustace su aguinaldo. ¿Te acuerdas de Eustace? No, no creo que te acuerdes; aquel hombre de color que trabajaba para mí en el colmado. Se jubiló cuando yo la vendí, pero todavía mantenemos el contacto. Pues bien, llamé a la puerta de su casa y me abrió un chaval con un enorme peinado afro, con un blusón o una túnica con motivos africanos y unos vaqueros. «¿Está Eustace?», le pregunté, y él me contestó: «¿Quién es usted?». «Soy su antiguo jefe, he venido a darle el aguinaldo.» Y me soltó: «¡Él no quiere su aguinaldo!». «¿Cómo dices?» «¡Lárguese de aquí con su aguinaldo!» Entonces oí a Eustace en el fondo de la casa. Decía: «¿Quién es, Jimmy? Jimmy, ¿quién es?», pero el chaval me dijo: «¿Quién se ha creído que es para venir aquí con aguinaldos?», y me cerró la puerta en las narices. No sé si era sólo él quien pensaba así, o si Eustace pensaba igual que él. ¡Pero mi intención no era ofender a nadie! ¡Llevaba años dándole el aguinaldo, y Eustace siempre se limitaba a darme las gracias educadamente!

—Bueno, supongo que los tiempos cambian —reflexionó Anna.

—Sí, ya lo creo —repuso él.

Entonces suspiró y abrió la puerta del coche.

En la iglesia también habían cambiado los tiempos; Michael se dio cuenta tan pronto como entraron en ella. Sí, físicamente estaba igual —en penumbra, con olor a cera—, pero sólo los dolientes muy ancianos iban vestidos de negro. Los otros llevaban ropa de todos los colores del arco iris, prendas que cuando Michael era joven a nadie se le habría ocurrido ponerse: camisetas, jerséis de cuello alto, pantalones caqui, zapatillas de deporte. Wanda Lipska caminaba por el pasillo vestida como si fuera a navegar en velero, con una chaqueta azul marino y pantalones blancos. Leo Kazmerow, sentado en el banco de delante, llevaba una cazadora de nailon azul eléctrico, y cuando se volvió para saludar, Michael vio que en el bolsillo del pecho había un emblema de una marca de gasolina estampado. «Hola, Mikey», dijo Leo. «Mira quién está aquí, cariño», y le dio un codazo a su esposa, a la que Michael no había reconocido porque había engordado mucho. Tenía la espalda ancha y fornida como un camionero, y su cabello —de un castaño muy intenso, artificial— tenía la textura del algodón de azúcar, tan cardado que Michael podía ver a través de los mechones.

Les habría presentado a Anna, o se la habría vuelto a presentar, pero justo entonces empezó el oficio religioso. Un sacerdote al que no había visto nunca subió al altar y el órgano cambió de tono; a continuación, seis chicos larguiruchos empujaron un reluciente ataúd por el pasillo. Debían de ser los nietos de la señora Serge. Michael creyó recordar que Joey había tenido un montón de hijos.

Anna estaba sentada lo bastante cerca de Michael para que él notara el calor de su brazo y el leve movimiento de su respiración. Al cabo de un rato, ella puso una mano junto a la de él, y Michael se la tomó, agradecido. Se puso a pensar en una noche de la semana anterior; Anna salía del apartamento de Michael y él le dijo: «No te vayas», y ella repuso: «¿Que me quede?», y él dijo: «Quédate». Y durante un instante pareció que Anna fuera a quedarse, porque compuso una sonrisa muy seria. Pero entonces se inclinó hacia delante y le dio un beso en la mejilla —no en los labios, sino en la mejilla—; dijo buenas noches y se marchó. Michael lamentaba haber sido tan directo. Confiaba en no haberlo estropeado todo.

Al final de la ceremonia, cuando la esposa de Leo se dio la vuelta para reanudar la conversación que habían interrumpido, Michael tuvo que dominar el impulso de soltar la mano de Anna como si fuera una patata caliente. En aquel barrio, él todavía era un niño culpable, un sospechoso. Y cuando la señora Brunek dijo: «Dale recuerdos de mi parte a Pauline. Pobre mujer, tener que criar a su nieto ella sola», Michael encajó el comentario con estoicismo y no intentó defenderse.

Eran poco más de las once; el oficio había sido corto.

—¿No te prometí que llegarías con tiempo de sobra a la escuela? —le preguntó Michael a Anna al salir de la iglesia. No iban a ir al cementerio—. Hasta podemos comer algo. ¿Te invito a comer?

—No, gracias, ya comeré algo en casa —dijo ella—. Tengo un montón de cosas que hacer antes de ir a la escuela.

Aquéllas eran las cosas que lo desconcertaban. ¿Acaso no tenía él un montón de cosas que hacer? Pero él habría aplazado de buen grado cualquier cosa para estar con Anna. Era evidente que Anna no pensaba lo mismo. Durante el trayecto, Michael iba callado. Anna lo miraba de vez en cuando, pero sin hacer comentarios.

En la vía de salida de la I-83 para conectar con Northern Parkway, un deportivo que circulaba a toda velocidad los obligó a apartarse hacia un lado. Michael había visto aquel coche unos minutos atrás, y ya sabía que el conductor era un loco, de modo que se apartó tranquilamente, sin hacer maniobras bruscas. En cambio, Anna, que no estaba preparada, puso cara de susto, y luego se rió.

—Lo siento —le dijo a Michael.

—No pasa nada —dijo él.

Llegaron a Falls Road y Michael torció a la izquierda. Michael estaba recordando la reacción de ella: la brusca inhalación y el aspaviento involuntario. Normalmente siempre iba muy tranquila en el coche; era una pasajera muy relajada y confiada. Jamás había hecho siquiera el gesto de pisar el freno.

Michael puso el intermitente y volvió a girar a la izquierda por Wickridge, y luego a la derecha para entrar en el camino de la casa de Anna, donde detuvo el coche.

—Gracias, Michael —dijo ella—. Cenamos juntos mañana, ¿no? —tenía una mano encima del tirador de la puerta.

—Me parece que te caigo bien —le dijo Michael.

Hubo una breve pausa, cargada de asombro. Hasta él estaba sorprendido.

Y entonces ella dijo:

—Me parece que te quiero.

Empezaron a dormir juntos entre semana, generalmente en casa de Anna, porque era más acogedora. Tumbado boca arriba, a oscuras, con el brazo dormido a causa del peso de la cabeza de ella, apoyada en su hombro, Michael se maravillaba de lo natural que resultaba aquella situación. Parecían un matrimonio mayor. Cuando dormía, Anna colocaba una de las manos de él sobre su estómago, como si le perteneciera, y a Michael le encantaba; despierta, Anna no era tan atrevida. Dormía con un pijama de algodón, siempre blanco. Despertaba contenta pero callada; no le gustaba hablar a primera hora de la mañana. Era recatada en extremo, y siempre se daba la vuelta cuando se vestía.

Se contaron sus secretos más íntimos. Anna había dejado de estar enamorada de su marido antes de que él muriera; Michael se sentía culpable por lo que había pasado con Lindy. «Creo que no le prestaba suficiente atención —confesó—. Recuerdo que sentí un gran alivio cuando supe que era una niña, porque así se me exigiría menos».

Anna siempre escuchaba toda la historia antes de hacer comentarios. Él se lo agradecía. Entonces ella le hacía preguntas, a veces inesperadas. Por ejemplo:

—¿Y si Lindy no es la madre de Pagan?

—¿Qué?

—¿Cómo podéis estar seguros de que no estaba cuidando al hijo de una amiga suya? Ya sabes cómo funcionaban las cosas en aquella época, todo aquello de las comunas; los jóvenes vivían como si formaran parte de una gran familia.

—Claro que estamos seguros —dijo Michael—. Antes de que Pagan empezara a ir a la escuela, buscamos su partida de nacimiento. Lindy era su madre, pero no se mencionaba al padre.

—Debía de ser hispano —comentó Anna con aire pensativo—. Por el pelo, y por esos ojos tan oscuros.

En otra ocasión le preguntó por qué Pauline y él no habían ido a ver a un consejero matrimonial.

—¿Para qué? —dijo Michael—. ¿Qué le habríamos explicado?

—Pues no sé, que no erais felices.

—Me parece que hay que darles razones más sólidas —dijo Michael—. Como «Ella me ha hecho esto» y «Él me ha hecho lo otro». No sirve de nada ir a un consejero matrimonial si lo que pasa es sencillamente que dos personas no están hechas la una para la otra.

—Pero cuando os conocisteis sí estabais hechos el uno para el otro.

—Mira, ya ni siquiera me acuerdo de lo que pensaba entonces —dijo Michael—. Quizá sólo quería tener novia. Era joven y quería salir con alguien, y entonces apareció Pauline.

Anna se quedó mirándolo. Dijera lo que dijese Michael, ella nunca se escandalizaba, como solía hacer Pauline. No se tomaba las cosas como un insulto personal; no decía, por ejemplo: «¡Pero yo también estaba allí!», aunque podría haberlo dicho, por ejemplo. Y nunca tomaba nota de las confesiones de Michael para poder utilizarlas contra él más adelante.

Los fines de semana dormían cada uno en su casa, por Pagan. Michael estaba de acuerdo en que aquello era lo correcto, pero no podía evitar pasarse todo el sábado y todo el domingo refunfuñando. Pagan había llegado a esa etapa de la vida en que los amigos —una pandilla de chicos con los que había ido a la escuela secundaria, y últimamente también unas cuantas chicas— eran más importantes que la familia. Muchas noches salía hasta las diez o las once, y Michael se quedaba solo, y Anna se quedaba sola en su casa sin ningún motivo especial.

—Esto es ridículo —le dijo un día Michael por teléfono—. ¡Sólo hago de portero! Mi única función consiste en abrirle la puerta al chico cuando se le antoja aparecer.

—Eso es muy noble por tu parte —bromeó ella, y Michael no tuvo más remedio que reírse.

Pagan se llevaba bien con Anna cuando estaban cara a cara. Al menos, se mostraba muy simpático cuando ella iba al apartamento los fines de semana. Sin embargo, cuando Anna no estaba presente, Pagan hacía campaña en contra de ella. O quizá no tanto en contra de Anna, sino a favor de Pauline.

—No entiendo por qué la abuela y tú no volvéis a estar juntos —decía—. ¡Esto es una tontería! ¡Estáis casados!

—Te equivocas, no estamos casados —le corregía Michael.

—Mis amigos nunca saben dónde estoy cuando quieren hablar conmigo.

—Ah, de modo que ése es el problema.

Los jóvenes eran increíblemente egocéntricos. Incluso los hijos de Michael, que ya eran mayorcitos, se habían enfurruñado como críos de dos años cuando Michael presentó la demanda de divorcio.

—Esto no es lo normal —le había dicho George—. Se supone que tiene que haber dos personas.

—Es que hay dos personas —señaló Michael.

—Dos personas juntas. Un padre y una madre.

—Por el amor de Dios, George, tú ya eres padre; ¿qué más te da? Además, ¿qué querías que hiciera yo? Tu madre me dijo que me marchara, no lo olvides.

—Mi madre llevaba años diciéndote que te marcharas. Eso no significa que tuvieras que marcharte.

Eran todos muy poco razonables. A su lado, Anna parecía un chorro de agua fría y transparente.

La Navidad de aquel año fue desnuda y marrón, no hubo ni un solo copo de nieve, pero en enero cayó una gran nevada en una sola noche. Michael despertó más temprano de lo habitual un domingo y vio que su dormitorio estaba lleno de un resplandor blanco y extraño, y cuando se levantó y miró por la ventana vio que los árboles se habían convertido en cepillos de deshollinar blancos y que los coches que había en el aparcamiento se habían convertido en iglús.

Fue al dormitorio de Pagan, llamó a la puerta y asomó la cabeza. Las cortinas estaban echadas, había una luz tenue y el aire olía a cerrado. Pagan era sólo un bulto bajo las mantas al que se oía respirar.

—¿Sabes qué, Pagan? ¡Ha nevado!

Pagan se revolvió y gruñó.

—Tendré que ir a casa de la abuela a limpiar la entrada —le dijo Michael.

No obtuvo respuesta.

—Así que tendrás que levantarte y arreglarte para no llegar tarde. ¿Recuerdas que Anna nos invitó a desayunar gofres en su casa? Espero que estés listo cuando yo vuelva, a las diez menos cuarto.

—Hmmm —dijo Pagan.

—¿Me has oído?

—Hmmm.

Michael esperó tener suerte y cerró la puerta.

Para cuando se hubo duchado, afeitado y vestido y hubo encontrado sus guantes y las botas que no se había puesto desde el invierno anterior, eran casi las nueve. Habían limpiado la nieve de la acera de la parte trasera del edificio, pero el aparcamiento todavía estaba cubierto y tuvo que caminar hasta su coche con gran esfuerzo, y luego limpiar a patadas los ventisqueros que se habían formado junto a la puerta para poder abrirla. Primero puso el motor en marcha y encendió la calefacción y el desempañador. Entonces quitó un montón de nieve del capó y del parabrisas con las manos. La rasqueta que tenía era demasiado pequeña; la nieve que había caído formaba una capa muy gruesa, pero era tan esponjosa que cuando arrancó el coche se compactó fácilmente bajo las ruedas. No tuvo problemas para llegar a la calle y recorrer la corta distancia hasta Elmview Acres.

El camino de la casa de Pauline era una extensión intacta de nieve. Era una lástima que Michael no pudiera empezar a retirar nieve con la pala desde la acera hacia dentro, porque sus botas dejaban unas huellas onduladas que luego sería más difícil quitar. Dando sólo unas cuantas zancadas, llegó hasta la puerta y tocó el timbre. Pauline abrió la puerta enseguida; llevaba una chaqueta de esquiar roja y un gorro de punto con una borla.

—¡Acabo de llamarte! —dijo ella—. No ha contestado nadie.

—Vaya, eso quiere decir que Pagan debe de seguir durmiendo.

—¡Pensé que tendría que quitar la nieve del camino yo sola!

Había mujeres que siempre lo hacían, pero Michael no lo dijo. En cierto modo, disfrutaba cumpliendo aquellos deberes, las tareas de marido que todavía se esperaban de él, estuviera casado o no. Aquella obligación le hacía sentirse responsable y hábil. Se fijó en que caminaba más erguido de lo habitual cuando se dirigió hacia el garaje donde Pauline guardaba la pala.

La nieve era casi ingrávida, y levantarla con la pala era como levantar nubes. Michael trabajaba a buen ritmo, desde la casa hacia la acera, y luego se ocupó del camino de entrada de los coches. Pauline lo seguía con una escoba, barriendo con ella la fina capa blanca que él iba dejando sobre el cemento. «Qué sorpresa, ¿verdad? —comentó ella—. ¡Cuando me he despertado y he mirado por la ventana, no podía creer lo que estaba viendo!». Su voz sonaba como una campana en aquella atmósfera tan transparente, y las manchas sonrosadas de sus mejillas le daban un aire alegre. Por lo visto, la nieve le había hecho olvidar que estaba resentida. Michael también lo olvidó; él también se quedó de pie sonriendo cuando hubo terminado, mirando cómo Pauline corría hacia él dando rápidos pasitos. Llevaba unos mitones rojos, y el gorro ocultaba su esculpido peinado de señora mayor. Sólo asomaban unos cuantos mechones rubios por los bordes que a Michael le recordaron el aspecto que tenía de joven.

—¿Y las cañerías? —le preguntó—. ¿Te acuerdas de dejar el grifo del sótano un poco abierto?

—Bueno, hasta ahora no lo he hecho, pero supongo que tendré que empezar.

—Como mínimo deberías hacerlo esta noche —le aconsejó él—. Vigila el termómetro. Si la temperatura baja a menos de cero, tienes que dejar el grifo goteando.

—¿Te apetece un café, Michael? Acabo de prepararlo. He decidido que hoy no voy a ir a la iglesia.

—¡Oh! —apartó el puño de la chaqueta de encima del reloj—. No, gracias. Tengo que irme —dijo. Volvió al garaje y dejó la pala en un rincón. Había otras herramientas amontonadas allí, una azada, un rastrillo, un cortabordes—, y Michael los colocó bien contra la pared de la casa antes de volver al camino.

—Tengo que recoger a Pagan —dijo.

—Me imagino que estará muy emocionado con la nevada —comentó Pauline.

—Lo estaría si se hubiera levantado de la cama.

—Es igual que George cuando tenía su edad, ¿te acuerdas? Si lo dejábamos, George era capaz de dormir hasta que se hacía otra vez de noche.

—Debe de ser la adolescencia —dijo Michael.

Iba caminando hacia la acera, y Pauline lo seguía. Cuando llegó a su coche se dio la vuelta; ella se paró y lo miró, con los brazos cruzados para protegerse del frío.

—Gracias por venir, Michael —dijo—. No sé qué haría si tuviera que ocuparme yo de todo esto: la nieve, las cañerías...

—De nada.

Cuando arrancó la vio por el espejo retrovisor, agitando un grueso mitón rojo como una niña pequeña.

Cuando llegó al apartamento eran las diez menos diez, pero Pagan no sólo no se había preparado para ir a casa de Anna, sino que ni siquiera se había levantado.

—¡Eh! —dijo Michael—. ¿Qué pasa aquí? —y descorrió las cortinas. El olor a cerrado y el montón de ropa desechada que había esparcida por el suelo lo deprimieron—. ¡Pagan! ¿Me oyes? ¡Venga, levántate! ¡Anna nos está esperando!

Pagan se movió, gruñó y se incorporó. Tenía en la mejilla las marcas de la almohada, y sus ojos eran dos estrechas rendijas.

—¿Sabes que ha nevado? —le preguntó Michael.

—Hmmm.

—¡Mira por la ventana!

Pagan miró, pero luego volvió a dejar caer la cabeza sobre la almohada.

—Anna nos está haciendo gofres, Pagan. Tendríamos que haber salido hace cinco minutos.

—¿Tengo que ir?

—Sí, claro que tienes que ir —contestó Michael con firmeza. Fue al salón con la intención de telefonear a Anna para avisarla de que iban a llegar tarde. Pero Anna estaba comunicando. Michael supuso que debía de estar hablando con su hija, pues solían llamarse los domingos.

Después de levantarse y vestirse, Pagan mostró más interés por la nieve.

—¡Súper! —le dijo a Michael mientras iban hacia el coche—. ¿Crees que mañana cerrarán las escuelas?

—No lo sé —respondió Michael—. Es posible.

—¡Maldición, no tengo el trineo! Vamos a casa de la abuela a buscarlo.

—Ya llegamos tarde, Pagan. Iremos a buscarlo cuando salgamos de casa de Anna.

—¿Tengo que ir obligatoriamente a casa de Anna? ¡Me voy a perder lo mejor! ¡Seguro que Keith y los demás ya han salido con sus trineos!

—Si son como tú, seguro que están durmiendo como troncos —dijo Michael. Abrió la puerta del pasajero y luego se dirigió hacia el lado del conductor.

Ya habían limpiado la nieve de la mayoría de las calles principales, y el sol estaba bastante alto, de modo que las superficies volvían a estar negras.

—¿Lo ves? —se lamentó Pagan—. ¡Se está derritiendo!

—No se está derritiendo. La nieve seguirá en su sitio hasta mucho después de que te hayas comido los gofres y le hayas dado las gracias a Anna por haberte invitado.

Por Navidad Michael le había regalado a Anna una plancha para hacer gofres, y por eso los había invitado. También le había regalado una cafetera eléctrica, una tostadora y una batidora. «Ahora tienes tantos electrodomésticos que tendrás que pensártelo dos veces antes de volver a cambiar de casa», razonó. Ella rió, pero Michael lo decía en serio.

Cuando aparcaron en el camino de la casa de Anna ya eran las diez y veinticinco. Anna salió al porche, secándose las manos con el delantal, y al salir del coche Michael le gritó:

—¡Lo siento! ¡Llegamos tarde!

—No pasa nada. Me preocupaba que os hubierais quedado atrapados en la nieve.

—El que se ha quedado atrapado ha sido Pagan. Atrapado entre las sábanas.

—Sí, claro, échame la culpa a mí —refunfuñó Pagan. Cerró la puerta del coche y le dijo a Anna—: ¿Cómo voy a despertarme yo solo un domingo? El abuelo ha ido a limpiar la entrada de la abuela y yo no tenía ni idea de qué hora era; creía que todavía era de noche.

Michael no tenía pensado decirle a Anna que había ido a casa de Pauline. No es que fuera exactamente un secreto, pero habría preferido no contárselo. Miró a Anna, intentando ver cómo reaccionaba, pero la cara de ella no expresaba nada.

La acera de Anna estaba limpia y completamente seca. Debía de haber retirado la nieve muy temprano. Hasta el camino del coche estaba despejado, y tampoco había restos de nieve en su coche. Al subir las escaleras del porche, Michael se disculpó:

—Si hubiera venido más pronto te habría ayudado a quitar la nieve.

—No te preocupes —dijo ella mientras él le daba un beso en la mejilla—. Me parece que todavía puedo quitar la nieve de la entrada yo sola, gracias.

Lo dijo con total naturalidad, pero Michael se preguntó por qué le había ofrecido la mejilla en lugar de los labios.

Anna había encendido el fuego de la chimenea, y la casa olía a jarabe de arce caliente.

—Sentaos a la mesa; yo voy a hacer los gofres —dijo—: ¿Café? ¿Zumo de naranja? He preparado chocolate, Pagan —iba haciendo viajes de la cocina al comedor; tenía un aire inusitadamente casero con aquel delantal blanco que le tapaba el jersey y los pantalones. Pagan, mientras tanto, seguía obstinado con lo del trineo:

—Seguro que ya están todos en Breakneck Hill —insistió—. Cuando llegue allí, seguro que ya han gastado toda la nieve.

—La nieve no se gasta, Pagan —dijo Michael.

—¡Claro que sí! ¡Ya lo verás! Keith, Rick y los demás estarán haciendo pistas de trineo, y dentro de poco ya no quedará ni pizca de nieve.

Michael se quedó mirándolo un momento. Era verdad que últimamente Pagan estaba en desventaja, dividido entre dos casas, sin pertenecer del todo a ninguno de los dos barrios. De hecho, ni siquiera podía llamarse barrio a la zona donde vivía Michael. Su edificio de apartamentos estaba habitado por ancianas viudas y matrimonios jóvenes, y la zona era muy comercial.

—Haremos una cosa —le dijo—. En cuanto terminemos de desayunar, te llevaré a casa de la abuela para que recojas tu trineo, y luego te acompañaré a Breakneck Hill.

—¿En serio? ¡Genial! Ya he terminado de desayunar.

—Vale, pero yo no —dijo Michael, y con mucha parsimonia cogió la jarra de jarabe de arce—. De modo que te aconsejo que te comas otro gofre.

Para sorpresa de Michael, Pagan hizo caso de su sugerencia. Al parecer, la perspectiva de reunirse con sus amigos lo había puesto de mejor humor, porque se comió dos más y se bebió otra taza de chocolate, y cuando Anna le preguntó qué tipo de trineo tenía, Pagan inició un interminable monólogo sobre direrentes tipos de artículos para la nieve.

—Rick, en cambio, tiene uno fabuloso, sueco, que tiene una forma completamente diferente; es como más delgado. ¡Y no sabes lo rápido que va! Pero supongo que le costó mucho dinero.

Anna escuchaba, sonriente, bebiendo de vez en cuando un sorbo de café. Sabía hablar con los jóvenes. Parecía verlos como extranjeros interesantes; les hacía preguntas sobre sus costumbres, su música, sus hobbies, como si estuviera escribiendo una guía; y hasta Pagan, que tenía catorce años y era un poco tosco con la gente, se animaba y se volvía comunicativo a medida que se prolongaba la conversación. Hizo un amplio movimiento con ambas manos para dibujar la forma de diferentes trineos, y estuvo a punto varias veces de volcar la jarra de jarabe de arce y su taza de chocolate.

Pero a Michael le pareció que Anna sólo miraba a Pagan, y temió que aquello significara que estaba enfadada con él.

Después de desayunar, cuando Michael le propuso a Anna que fuera con ellos a Breakneck Hill, ella dijo que no podía ir.

—Ed da hoy su concierto, ¿no te acuerdas? —dijo.

Michael no se acordaba, y sospechó que Anna se lo había inventado.

—¿Un concierto a estas horas? —dijo.

—A la una. Va a tocar el violoncelo. Podemos quedar después, ¿no te parece? Cuando dejes a Pagan con sus amigos ya serán las doce, me imagino; y tendrás que ir a recogerlo al cabo de una hora o dos, ¿no? Lo mejor será que cada uno vaya por su lado y nos veamos más tarde.

—Muy bien —dijo Michael—. Tienes razón, quizá sea eso lo mejor.

Anna tomó aire para decir algo, pero se dio la vuelta y fue a buscar la chaqueta de Michael.

En casa de Pauline la entrada ya estaba seca, y para Michael aquello supuso una satisfacción. Pagan fue corriendo hacia la puerta y desapareció dentro de la casa mientras Michael esperaba sentado al volante. Pasados unos minutos, Pagan volvió a salir con unos guantes de nailon negros y unas enormes botas de goma con los cierres sin abrochar. Se dirigió tintineando hacia el garaje, y Pauline abrió la contrapuerta y le gritó:

—¡No te dejes la bufanda!

—¡No puedo ponerme la bufanda para ir en trineo!

Pagan se metió en el garaje y desapareció de la vista el tiempo suficiente para que Pauline mirara a Michael con gesto de impotencia, y entonces el chico volvió a aparecer con su trineo, un macizo Flexible Flyer que había sido de George.

—¡Pillarás una neumonía! —le gritó Pauline. Iba descalza, pero salió a la puerta y se quedó allí de pie mirando a Pagan, haciendo visera con una mano.

—La bufanda podría engancharse en los patines y moriría estrangulado —dijo Pagan sin detenerse.

Pauline volvió a mirar a Michael, pero él se limitó a sonreír.

Tras meter el trineo en el maletero, se dirigieron hacia Breakneck Hill.

—¿Cuánto tiempo piensas estar? —preguntó Michael.

—Todo el que pueda, supongo.

—Necesito saber a qué hora tengo que ir a recogerte, Pagan.

Pagan reflexionó, y entonces dijo:

—Si quieres puedo volver andando a casa de la abuela cuando haya terminado. Seguramente, después iré a casa de Keith con mis amigos, y así no tendrás que llevarme a casa de la abuela otra vez esta noche. Me dejas allí y ya volveré yo solo.

—¿Y tus cosas? —preguntó Michael.

—Todo lo que necesito está en casa de la abuela. En tu casa sólo tengo ropa.

—De acuerdo.

Michael paró el coche al pie de la colina. Era una pendiente larga y no muy pronunciada —en realidad no era nada peligrosa*— que descendía desde una colina arbolada hasta el extremo norte de Elmview Acres. Varias figuras de diferentes colores salpicaban aquella extensión blanca; trepaban por la pendiente o descendían en trineos, platos de plástico y trozos de cartón. Parecía una escena extraída de una felicitación de Navidad, y cuando Pagan echó a andar con su trineo, Michael se quedó un rato mirando.

¿Qué podía hacer?

Anna se estaría preparando para ir al concierto. Él todavía tenía tiempo para volver a su casa y ofrecerse para ir con ella, si quería. Pero no quería. Si estaba enfadada con él, que fuera ella sola. ¡Que fuera tan independiente como quisiera!

---

* Referencia a Breakneck Hill, que se puede traducir como «colina rompecuellos». *(N. de la T.)*

Arrancó, volvió a la carretera y se dirigió a casa.

A veces, Anna era un poco desagradable. A veces era casi demasiado sincera, aunque la sinceridad no fuera un defecto. «¿Qué pensabas de mí cuando éramos jóvenes?», le había preguntado Michael un día, y ella le había contestado: «Pues mira, la verdad es que no pensaba nada». Él se había sentido ofendido, pese a saber que no tenía motivos para ofenderse. ¡Pues claro que no pensaba nada de él entonces! Él no era más que un conocido, el novio de una compañera de clase. Pero le habría gustado que Anna le hubiera mentido; o no exactamente que le hubiera mentido, sino que se hubiera engañado a sí misma. *Siempre pensé que tenías algo muy especial.* Pero Anna Grant no era de esas mujeres que se engañan a sí mismas.

Entró en su aparcamiento y estacionó en el rectángulo que su coche había ocupado aquella noche. Casi todos los otros coches seguían cubiertos de nieve. Al fin y al cabo, era domingo; la gente no necesitaba salir. Se imaginó a aquellos matrimonios jóvenes durmiendo hasta tarde, comiendo en casa, apretujados en el sofá mientras leían o veían la televisión. Pero él tenía más cosas en común con las ancianas viudas, pensó mientras caminaba a trompicones por la nieve, solo, hacia su vacío y resonante apartamento.

Cuando entró por la puerta le pareció que el olor a sueño de la habitación de Pagan se había extendido por todo el apartamento. Y los deberes de historia de Pagan todavía estaban esparcidos por la mesita del salón; de modo que no era verdad que tenía todo lo que necesitaba en casa de Pauline. Se suponía que Michael tenía que recogerlo todo y llevárselo a Pagan a casa de Pauline antes de que él se marchara a la escuela. Pero no pensaba hacerlo. ¡Pagan tenía que aprender a ocuparse de sus cosas! No era asunto de Michael.

Se sentó un rato en la butaca, mirando por la ventana del salón, pese a que lo único que veía desde allí era el cielo. De pronto se le ocurrió pensar que no tenía ningún hobby. Ningún interés. Nada que hacer. ¿Qué hacía con su tiempo antes de conocer a Anna?

No quería pensar en Anna.

Tenía la costumbre de llevarse un periódico de la tienda a casa, pero era domingo y la tienda estaba cerrada. Y el esfuerzo de levantarse para encender el televisor se le antojaba insuperable.

A las tres y media, cuando sonó el teléfono, todavía estaba sentado en la butaca, sin hacer nada. Se sobresaltó, y luego se quedó mirando el teléfono, que sonaba y sonaba; sonó seis veces, pero Michael no movió ni un dedo, convencido de que debía de ser Anna. ¡Le estaba bien empleado! Pero cuando cesaron los timbrazos, Michael se dijo: ¡Espera! Se incorporó de un brinco. Había cometido un terrible error. Se levantó de la butaca, y cuando iba hacia el teléfono dispuesto a marcar el número de Anna —«¿Me has llamado? Estaba en el cuarto de baño», pensaba decir—, éste volvió a sonar. Se abalanzó sobre él.

—¿Diga?

—¿Michael?

—Ah, hola, Anna.

—¿Dónde estás?

—En casa, evidentemente.

—Es que... Pensaba que íbamos a vernos después del concierto.

—Tenía cosas que hacer.

—Ah.

Una breve pausa.

—Bueno, ¿quieres que vaya a tu casa? —preguntó ella—. ¿Ya has ido a buscar a Pagan?

—No, no tengo que ir a buscarlo. Volverá andando a casa de Pauline cuando haya terminado —contestó Michael.

De modo que Anna se vio obligada a volver a preguntar:

—Entonces... ¿voy a tu casa?

—Tengo un montón de asuntos pendientes —dijo él—. ¿Por qué no lo dejamos?

—Ah, vale.

—¡El mundo no se acaba porque dejemos de vernos una noche!

—Es verdad —dijo ella.

—Bueno, hasta luego —dijo él, y colgó el auricular.

Fue a su dormitorio, se sentó a la mesa y se puso a pagar las facturas. Cerró los sobres. Pegó los sellos en las esquinas. Extrajo todos los cajones y los limpió y tiró viejas circulares, clips, gomas y tarjetas.

Después fue a la cocina y se entretuvo cuanto pudo preparándose la comida. Hirvió arroz y a continuación mezcló varias latas de sopa y de estofado para formar una especie de *gulasch*. Cortó verduras para hacer una ensalada; desgraciadamente, una vez que hubo mezclado los ingredientes la ensalada resultó enorme, pero de todos modos se la comió toda. Comió de pie junto a la encimera, directamente del cuenco de ensalada, y el *gulasch* directamente de la cazuela. A continuación limpió la cocina. Luego volvió al salón y encendió el televisor.

Poco después de las once, mientras veía el último noticiario, llamaron a la puerta. Michael se levantó y miró por la mirilla. Vio el rostro de Anna, pequeño, bien definido e inexpresivo, o eso le pareció, pero cuando abrió la puerta vio que las lágrimas habían dejado un rastro reluciente por sus mejillas.

—¡Anna!

—No sé por qué te comportas así —prorrumpió ella—. No sé por qué te has enfadado —entró en el apartamento; llevaba una chaqueta roja acolchada que él no había visto nunca, y tenía los brazos cruzados—. ¡Creía que íbamos a pasar el domingo juntos, y ahora resulta que no quieres estar conmigo!

—Eso no es verdad, Anna —dijo él—. Claro que quiero estar contigo —de pronto le entró pánico—. Dios mío. ¿Qué he hecho? ¡No quería herir tus sentimientos! No llores, Anna, por favor —suplicó. Nunca la había visto llorar. La abrazó y la llevó al salón—. Por favor, Anna... Siéntate, siéntate. Dios mío, ¿dónde están los kleenex? ¡No llores, por lo que más quieras!

La sentó en el sofá y se sentó a su lado, intentando tomarle las manos; pero ella se frotaba los ojos con las palmas.

—Por favor, Anna —insistía Michael. La abrazó—. Escúchame, por favor. No sé qué me ha pasado. Ha sido un día muy extraño, y he sacado todo tipo de conclusiones absurdas. Creo que lo que me pasa es que... me siento inseguro. Tenemos una relación tan insegura... Siempre haciendo malabarismos con nuestro tiempo, pasando la noche separados cuando Pagan está aquí... Creo que tendríamos que casarnos.

Anna soltó una risita mezclada con un resoplido, como si se lo tomara a broma, pero él dijo:

—Hablo en serio, Anna —y era verdad—. ¡Para que esto no vuelva a pasar! Esta tensión, estos malentendidos, sin que ninguno de los dos esté seguro del otro... Por favor, Anna, cásate conmigo.

Anna bajó las manos, se separó de él y lo miró a los ojos. Tenía las pestañas mojadas, las mejillas húmedas, y el blanco de los ojos enrojecido. Exhaló un tembloroso suspiro y dijo:

—Bueno. Quizá tengas razón.

—¿Es eso un sí?

—Supongo —dijo ella.

—¿Te casarás conmigo?

—Supongo.

—¡Oh, Anna, no te arrepentirás! ¡Voy a hacerte tan feliz!

Y volvió a abrazarla con fuerza.

En aquel momento debió haberse sentido el hombre más feliz del mundo. Pero hasta cuando ella se relajó en sus brazos, Michael sintió una especie de dolor sobrante, residual. Tenía la impresión de que aquel día había causado cierto daño, no a ella, sino a él, o quizá a ambos.

8. Un trozo fresco de almohada

Fue una ironía que Pauline se durmiera, porque llevaba toda la noche deseando que se hiciera de día. Hubo un momento en que, al salir de un sueño agobiante sobre una factura que se le había olvidado pagar, sintió alivio al ver que el despertador marcaba las seis y diez, una hora aceptable para levantarse. Pero la habitación estaba muy oscura, y cuando volvió a mirar se dio cuenta de que en realidad eran las dos y media. Gruñendo, apartó la manta, se dio la vuelta y se colocó boca arriba; soltó un ruidoso bostezo, volvió a taparse con la manta (era el mes de abril, una época del año en que el clima era imprevisible), se tumbó de lado... y de repente eran casi las nueve y el mundo se había puesto en marcha sin ella. Oía a los hijos de los Bennet, los vecinos, saltando en su cama elástica, y a los basureros trasegando cubos de basura a lo lejos, y, oh, Dios mío, era sábado y se le había olvidado dejar la basura en el callejón. Se levantó de la cama y se acercó a la ventana; separó dos tiras de la persiana y vio cómo la parte trasera del camión de la basura desaparecía por la curva. Carrie Bennett estaba plantando pensamientos en la franja de tierra que separaba sus patios traseros, y el sol, de un amarillo intenso, ya estaba muy alto.

Entonces vio que no había agua caliente. ¿Qué demonios? Se quedó de pie, desnuda, sobre la alfombrilla de la bañera, con una mano metida por detrás de la cortina de la ducha para comprobar la temperatura del agua, durante un minuto entero, y luego otro. Fría como el hielo. Había días en que tenía la sensación de que aquella casa había decidido hacerle la vida imposible. Cerró el grifo y se quedó un rato pensando. Lo único que sabía del agua caliente era que salía de un depósito que había en el sótano. Y que se calentaba con gas, una sustancia invisible y peligrosa. ¿Y si había un escape y el gas se estaba acumulando en el sótano?

Pagan estaba en la universidad, y Pauline no quería llamar a Michael por si su mujer contestaba el teléfono. Tendría que recurrir a George. Miró otra vez el reloj mientras se ataba el cinturón de la bata; luego se sentó en la cama y marcó el número de su hijo.

—¿Diga? —contestó Samantha.

¡Qué alegría! Pauline se sintió feliz con sólo oír la voz de Sam.

—¡Hola, tesoro! Soy la abuela.

—Hola, abuela —dijo Samantha. Era una de esas niñas maduras para su edad; pese a tener sólo once años, hablaba con una seguridad que resultaba cómica—. ¿Sabes qué? Nos hemos comprado un cachorro —anunció.

—¿Un cachorro? Creía que JoJo era alérgico a los perros.

—Sí, es alérgico, pero mamá leyó en el periódico que los niños alérgicos también pueden tener caniches, porque los caniches no tienen caspa.

—No sabía que los perros tuvieran caspa —admitió Pauline—. ¿Estás segura de lo que dices? Y los caniches... ¿no son un poco nerviosos?

—No, los grandes no. Mamá se ha informado. Además, los caniches son una de las razas más inteligentes que hay, y sobre todo...

—¿Pauline? —la interrumpió Sally.

—Hola, Sally. Estaba...

—Siento mucho interrumpir vuestra conversación, pero tenemos que ir a Phoenix a recoger un perro.

—Sí, Samantha me lo estaba contando. ¡Vais a tener un caniche! ¡Qué ilusión!

—¿Podemos llamarte por la tarde?

—Bueno, en realidad quería hablar con George porque tengo una avería en casa.

—George ha ido a la ferretería. Mira, le dejaré una nota para que te llame en cuanto llegue, ¿vale? Hasta luego.

Se oyó un chasquido, y Pauline se quedó con el auricular en la mano. No pudo evitar sentirse un poco dolida, aunque sabía que lo único que pasaba era que Sally tenía prisa.

Decidió llamar a Karen.

—¿Karen?

—Hola, mamá.

—No te lo vas a creer: no tengo agua caliente.

—¿Ah, no?

—Iba a darme una ducha, pero el agua sale fría. Ni siquiera se ha puesto tibia.

—Vaya, tendrías que llamar a la compañía eléctrica.

—Es que el calentador no es eléctrico. Es de gas. O eso creo.

—Es la misma compañía, mamá. Mira, tengo que dejarte. Llego tarde a una reunión de trabajo y todavía no he desayunado.

—¡Pero si es sábado! ¡Los sábados no trabajas!

—Normalmente no, pero si no solucionamos este caso, van a desahuciar a toda una familia el lunes por la mañana, así que...

—Ah, bueno. Entonces, vete —dijo Pauline, y colgó el auricular.

Nada más lejos de su intención que alejar a Karen de sus queridos indigentes.

Sin duchar, con el pelo por lavar, enojada y hambrienta, Pauline buscó su ropa interior en el cajón. En momentos como aquél era cuando más echaba de menos a Lindy. Lindy siempre había sido la más comprensiva de sus tres hijos, la más atenta y vigilante, mientras que Karen estaba demasiado ocupada salvando a la humanidad y George, sinceramente, vivía dominado por Sally. (Aunque sabía que no tenía ninguna lógica, Pauline le recriminaba a George no haber estado en casa cuando ella llamó por teléfono.) ¡Vaya par! ¡Qué decepción!

Cada vez que alguien advertía a Pauline que determinada experiencia podía resultar difícil —que podía ser complicada, dolorosa o podía exigir una gran cantidad de paciencia—, ella contestaba: ¿Lo dices en broma? ¡Pero si tengo hijos!

Se puso unos pantalones y una camiseta. Desde hacía un par de años llevaba el pelo muy corto y ahuecado, pero como aquella mañana no había podido lavárselo lo tenía pegado al cráneo, y parecía un monje. Se lo cepilló con golpes rápidos y briosos para darle volumen mientras se miraba, ceñuda, en el espejo. La parte inferior de los brazos le recordaba al forro de fieltro del techo de aquel viejo Dodge que habían tenido, que se había despegado y siempre colgaba formando guirnaldas.

Pauline todavía no se creía que tuviera sesenta y cuatro años. Aquella cifra, sesenta y cuatro, parecía la edad de otra persona.

Fue descalza a la cocina y, preparándose para el desastre, encendió un fogón, pero la llama prendió inmediatamente; de modo que el problema del calentador no podía tener nada que ver con el gas. Entonces, ¿con qué? Pensó en bajar al sótano, pero decidió no hacerlo. Preparó una cafetera, se sirvió un vaso de zumo de naranja y puso dos rebanadas de pan en la tostadora. En realidad, reflexionó (mientras se sentaba con el zumo de naranja en la mesa de la cocina, iluminada por el sol, y enroscaba los pies en los travesaños de la silla), la situación no era tan grave. Iba a hacer un día de verano, en los árboles estaban brotando hojas nuevas que parecían estrellas verdes, y el gorjeo de los pájaros al otro lado de la ventana le hacía abrigar esperanzas de que aquella primavera quizá hubiera un nido en su pequeño cerezo. Le encantaba su casa. Después del divorcio, sus hijos habían intentado convencerla para que se mudara a un apartamento, pero ella había vivido allí tantos años —treinta y seis en septiembre— que no se imaginaba que pudiera sentirse cómoda en ningún otro sitio. Hasta los elementos más anticuados la tranquilizaban: la mesita del salón, con forma de riñón; el banco de madera de arce estilo colonial del vestíbulo, que no hacía juego con nada; el ridículo nicho empotrado del televisor de la sala de estar, que no era lo suficientemente profundo para poner en él un televisor en color. Si hubiera querido, habría podido redecorar la casa, pero ¿para qué iba a hacerlo? Recordaba cuándo había comprado cada uno de aquellos muebles, cómo los había estudiado durante meses en las revistas, cómo había ahorrado hasta poder comprárselos. Le habría partido el corazón verlo todo en el callejón esperando a que pasara el chatarrero.

Ella no era de esas personas que podían desprenderse de su pasado sin mirar atrás.

La llamó su hermana Sherry. Tenía cincuenta y seis años, pero todavía era la pequeña de la familia y en cualquier momento podía darle un arrebato por cualquier cosa, y aquel día le tocó a la tintorería.

—Entro y le digo al empleado que le dejo seis jerséis. Me pregunta dónde está el ticket. Le digo: «¿Cómo que dónde está el ticket? ¡Pero si acabo de traerlos!». Y me dice: «¿No me ha dicho que venía a buscar seis jerséis?». Con un mal genio, tan gruñón..., como si yo hubiera hecho algo mal.

Pauline chasqueó la lengua y dijo:

—A que no sabes...

—Era el mismo empleado que aquella vez me dio un vestido que no era, uno morado, feísimo y nada favorecedor, de la talla cincuenta y cuatro. ¡Cincuenta y cuatro! ¿Te imaginas? Creo que lo hizo a propósito.

—No tengo agua caliente —dijo Pauline.

—¿Cómo?

—Esta mañana me he levantado, he ido a ducharme y sólo salía agua fría.

—Ah, a mí me pasó lo mismo una vez.

—¿Y qué hiciste?

—No lo sé; lo arregló Pete.

—Ah.

—O el fontanero —añadió Sherry con tono despreocupado—, pero fue Pete quien lo llamó.

—Qué suerte —dijo Pauline.

—¿Qué? Ay, lo siento, Pauline, no me he dado cuenta. Ya sé que es una lata que tengas que solucionar todas esas cosas tú sola. ¿Quieres que intente despertar a Pete?

—No, gracias. George me va a llamar en cuanto vuelva de la ferretería.

—No sé cómo lo soportas —dijo Sherry—. ¡Yo estaría furiosa! Llamaría a Michael y le diría: «¡Ven aquí ahora mismo, canalla!».

—Bueno, bueno —dijo Pauline. Cuando Sherry se ponía así, ella se sentía maravillosamente tolerante—. La verdad es que todo eso ya lo tengo superado —afirmó—. ¡Si no, estaría fatal! Me he ido adaptando. No voy a gastar mi energía en rencores.

—Eres increíble —dijo Sherry.

—No es tan difícil como tú crees —declaró Pauline, y lo decía en serio. Con los años, había dejado de sentir rencor hacia Michael. O quizá había consumido todo su rencor. Había llegado a la conclusión de que estaba mejor sin él, porque ¿para qué quería a un hombre capaz de echar por la borda treinta años de matrimonio por una nimia discusión? El problema de Michael era que no sabía perdonar. Para Michael, todo era permanente; una vez dichas, las palabras no se podían retirar, y los actos no se podían corregir. Por eso se había quedado con Anna, aquella mujer tan sosa y estirada.

Pauline tenía que reconocer que todavía sentía rencor hacia Anna.

Cuando sonó el timbre de la puerta, Pauline creyó que George había decidido ir en lugar de llamar por teléfono, pero era uno de aquellos obreros itinerantes que solían pasar en primavera y en otoño.

—¿Quiere que le limpie los canalones? Están muy sucios —dijo, pero Pauline respondió:

—No, gracias. Teóricamente hay un empleado que se encarga de eso.

—¿Teóricamente? —dijo él, y se rió. Se volvió hacia un muchacho que esperaba en la acera y le dijo—: Dejémoslo, a la señora ya le limpian los canalones teóricamente.

De modo que Pauline no le preguntó si sabía algo de calentadores, que era lo que había pensado hacer al ver quién era.

—Gracias de todos modos —dijo, que era mucho más de lo que merecía aquel individuo, y le cerró la puerta en las narices.

¿Cuándo se había convertido en la imagen de caricatura, estereotipada y unidimensional que la población general tenía de la mujer de mediana edad?

¿Y dónde estaba el empleado que se encargaba de los canalones, por cierto? ¡Debería haber pasado en diciembre! ¡Hoy en día ya no podías confiar en nadie!

Volvió a llamar a George, pero no contestaron. Llamó a Mary Kay Bart, una enfermera de la consulta en la que trabajaba Pauline cuyo marido, si Pauline lo había entendido bien, se dedicaba a las reformas de cocinas (y eso tenía algo que ver con los calentadores, ¿no?), pero tampoco contestó nadie. Era sábado, y todo el mundo estaba ocupado con alegres y animadas actividades familiares. Muy bien. Colgó el auricular y fue al dormitorio a buscar sus zapatos. No tenía sentido quedarse deprimida en casa.

Fue al Giant de York Road y compró varias cosas que necesitaba para pasar la semana: fruta para llevársela al trabajo y platos preparados congelados, bajos en calorías, para cenar. Luego devolvió una blusa que se había comprado en Stewart's. Le dijo a la dependienta que a su marido no le había gustado. Mientras estuvieron casados, él nunca se metió con sus gustos, pero Pauline no quería confesarle a la dependienta el verdadero motivo del cambio: que el pronunciado escote que en el probador le había parecido tan tentador le había parecido patético en cuanto llegó a su casa. Al parecer, de la noche a la mañana la hendidura entre los pechos de Pauline había adquirido una textura arrugada.

¡No era extraño que últimamente gastara menos dinero! Ya nada le quedaba bien. Eso hacía que le resultara mucho más fácil ceñirse a su presupuesto.

En uno de los mostradores de cosméticos maquillaban gratis a las clientas. Le estaban aplicando base de maquillaje a una mujer, mientras unas cuantas más observaban, y Pauline se detuvo también para mirar, pero sólo un momento. Luego salió de la tienda y fue a su coche. Volvió a su casa por el camino más largo y más bonito; bueno, en parte porque era más bonito y en parte porque se equivocó en un cruce. En la radio ponían viejos éxitos que celebraban la primavera, y Pauline se puso a cantar *April Love* con Pat Boone y se le olvidó mirar por dónde iba.

En cuanto llegó a su casa volvió a llamar a George. Esta vez su hijo contestó:

—¡Oh! ¡Hola, mamá! —dijo, sorprendido e inocente.

—¿Te ha contado Sally lo de mi calentador? —le preguntó Pauline.

—¿El calentador? No, no me ha dicho nada. Me ha dejado una nota diciéndome que te llamara, y pensaba hacerlo ahora mismo, en cuanto hubiera terminado de...

—No tengo ni gota de agua caliente. Sale fría aunque la deje correr mucho rato.

—Ah.

Pauline esperó un momento.

—¿Qué puedo hacer? —preguntó entonces.

—Bueno, quizá tengas que llamar a un fontanero, mamá.

—¿Un fontanero? Dios mío. Un fontanero en sábado; ya sabes qué me va a decir. Me dirá que no puede venir hasta el lunes, y eso significa que me voy a pasar todo el fin de semana sin...

—Aunque podría ser sólo el piloto —dijo George.

—¿El piloto?

—¿Has bajado al sótano? ¿Hay agua en el suelo? Porque si hay agua, seguramente necesitarás un calentador nuevo; pero si no la hay, podría ser sólo el piloto, y eso tiene fácil arreglo.

—Tienes razón, a lo mejor es el piloto —dijo Pauline.

—¿Hay agua en el suelo?

—No estoy segura.

—No estás segura —repitió George.

—Me da miedo bajar.

—Mamá —dijo George sin perder la paciencia.

—¡Está bien! ¡Está bien! Pero quédate al teléfono, ¿de acuerdo?

Dejó el auricular sobre la encimera de la cocina, recorrió el pasillo y fue a la escalera que conducía al sótano. En el tercer escalón se detuvo, contuvo la respiración y aguzó el oído, pero no oyó nada alarmante. La moqueta de la sala de estar —una superficie peluda de color verde, como una mesa de billar— parecía seca desde donde ella estaba; de modo que se armó de valor y bajó el resto de escalones. Cruzó de puntillas la sala de estar y se asomó por la puerta que había a la izquierda de la barra de bar, que daba a una sala de máquinas; allí estaban la caldera, el calentador de agua, la lavadora y la secadora, bañados por la débil luz que entraba por una única ventana. El suelo, de cemento, estaba completamente seco, y Pauline no olió a gas. A lo mejor la situación no era tan grave al fin y al cabo.

—Debe de ser el piloto —informó a George cuando se puso otra vez al teléfono.

—Estupendo. Entonces, lo único que tienes que hacer es volver a encenderlo.

—¿Yo?

—Sabes encender una cerilla, ¿verdad, mamá?

—Me da miedo que explote.

George hizo una pausa que duró varios segundos, y entonces dijo:

—Está bien. Iré y lo haré yo.

—¡Gracias, tesoro!

—Pero primero tengo que acabar aquí. Estoy intentando montar una caseta para perros antes de que traigan el cachorro a casa.

—¿Cuánto crees que tardarás? —preguntó Pauline.

—No lo sé. Quizá un par de horas.

—Te lo pregunto porque he quedado para comer con mis amigas a las... —miró su reloj—. Dentro de una hora.

—Muy bien. Iré después de comer.

—¡No! ¡Espera! ¿Cómo voy a ducharme y vestirme para ir a la comida? ¿No puedes venir ahora?

—No, no puedo —contestó George.

—Oh, George.

—Le prometí a Sally que haría esto —dijo él—. Llámame cuando llegues a casa e iré enseguida, te lo prometo.

—Bueno. Qué remedio —dijo ella.

Pauline colgó lentamente, con gesto triste, como si su hijo la estuviera viendo.

Le tocaba a Katie Vilna hacer de anfitriona, y como era habitual, había organizado la reunión por todo lo alto: había cócteles con sombrillitas y gigantescos centros de flores por todas partes. (Katie tenía la costumbre de casarse con hombres ricos. Ahora vivía en Ruxton y su casa era una verdadera mansión.)

Ya hacía mucho tiempo que habían dejado de fingir que jugaban a las cartas. Primero tomaron unas copas en el salón (piano de cola, alfombras persas, incómodos muebles victorianos con tachuelas de cristal que se te clavaban en la espalda), y luego fueron al comedor. El centro de flores de la mesa era tan enorme que Katie tuvo que retirarlo para que pudieran verse unas a otras. Katie se sentó en la cabecera de la mesa, con un caftán largo y suelto más propio de una fiesta nocturna que de una comida de viejas amigas. Wanda, que ya había dejado de esforzarse con su indumentaria, se sentó a su derecha con una falda vaquera que le hacía bolsas y una holgada rebeca verde. Enfrente de Wanda se sentó Marilyn, que no era ni la sombra de lo que había sido, pues le habían diagnosticado cáncer de mama y se había sometido a un tratamiento de quimioterapia. Tenía la cabeza cubierta de unos finos mechones de cabello que recordaban a las plumas de un pollito, y en lugar de uno de sus elegantes trajes de pantalón llevaba un chándal. Pauline estaba en el otro extremo de la mesa. Se había dejado los pantalones, pero se había quitado la camiseta y se había puesto una elegante blusa de poliéster; llevaba un pañuelo de seda con estampado de cachemira a modo de diadema con el que confiaba disimular el hecho de que no se había lavado el pelo.

Al principio no hablaron de otra cosa que de la salud de Marilyn; tenían que quitarse aquel tema de encima como fuera. ¿Ya no estaba tan cansada? ¿Qué le apetecía comer? Tenía que comer más, desde luego.

—No puedo —les explicó ella—. Lo intento, pero sólo de pensar en comer me dan ganas de vomitar. Lo siento, Katie —añadió, porque no había probado la famosa ensalada de cangrejo con aguacate de Katie.

Pauline sabía perfectamente que todas estaban pensando lo maravilloso que debía de ser no tener hambre, pero que no querían expresar en voz alta aquella idea. ¡A estas alturas conocía tan bien a aquellas mujeres! Sin embargo, era curioso que sus amigas más íntimas fueran del barrio de St. Cassian. Antes estaba harta de los polacos —de sus nombres impronunciables, de su música animada, de sus comidas pesadas, de los trajes de campesino que se ponían los días de fiesta—, pero ahora, cada vez que oía el sonido de un acordeón, se ponía sentimental y le entraban ganas de llorar.

Y Wanda, con su «Tendrías que comer yogur, Marilyn. Te daré el nombre de una marca muy buena que tiene bacterias muy beneficiosas...». De acuerdo, Wanda era muy autoritaria, Katie tenía una vena frívola, y Marilyn tenía tendencia a alardear en exceso de sus hijos; pero Pauline había perdido la capacidad de juzgar a aquellas mujeres. De hecho ni siquiera sabía si le caían bien; y quizá no le caían bien, pero eso ya casi no importaba, porque ¿cómo iba a iniciar nuevas amistades a esas alturas?

Katie preguntó si se habían fijado en la cantidad de experiencias que habían tenido las cuatro.

—Mirad, una viuda —dijo señalando a Wanda con la cabeza—, dos divorciadas, una de ellas vuelta a casar y la otra no; un hijo muerto, una hija desaparecida, una histerectomía, y ahora un cáncer.

—Algún día —dijo Marilyn— se morirá una de nosotras.

Sólo ella fue lo bastante valiente para hacer aquella afirmación.

Y como una vez más Pauline sabía qué estaban pensando todas (que lo más probable era que fuera Marilyn la primera en morir), se apresuró a cambiar de tema.

—¿Sabéis qué? ¡Esta noche tengo una cita!

—¿Con quién? —quisieron saber todas.

—Con un hombre al que conocí en mi parroquia. Dun Osgood. Su mujer y él vinieron a vivir aquí hace un par de años, desde Minnesota. Y su mujer murió la pasada Navidad; fue de repente, tuvo un infarto mientras dormía, después de una agradable comida navideña.

Y desde entonces he intentado varias veces entablar conversación con él; le dije lo mucho que sentía lo de su esposa, y siempre que lo veo le pregunto cómo se encuentra. Pues bien, el domingo pasado se me acercó después del oficio y me invitó a cenar.

—A ver —dijo Wanda, contando con los dedos—. Enero, febrero, marzo... cuatro meses. Un duelo muy corto, si no te importa que te lo diga.

—Bueno, a lo mejor sólo busca compañía. ¡Y a mí me parece muy bien! ¡No tengo nada que objetar! Podríamos tener una relación cómoda para ambos, y luego, ya sabes, con el tiempo...

—¡Tienes una suerte increíble con los hombres, Poll! —intervino Katie—. Mírame a mí, apurando al máximo; la última vez me pasé seis años sola como una mona, hasta que conocí a Gary. ¡En cambio, tú no has parado de salir con hombres!

—No tantos, no tantos —dijo Pauline—. Y muchos eran auténticos desastres, créeme.

—Aun así. ¿Cuál es tu secreto? ¿Te acuerdas del día que conoció a Michael? —le preguntó Katie a Wanda—. Entró por la puerta y... ¡zas! A nosotras Michael jamás nos había mirado de aquella forma.

—Pauline se había hecho un corte en la frente —le explicó Wanda a Marilyn—, y la llevamos a la tienda de la madre de Michael para que le pusieran una tirita.

Marilyn, que debía de haber oído aquella historia infinidad de veces, buscó la fina cicatriz blanca que Pauline tenía en la sien.

—¡No quiero ni acordarme de cómo sangraba! Quiero decir que la situación no era precisamente romántica. Pero Michael entró en una especie de trance. Se empeñó en vendarla él mismo, se la llevó de la tienda y no volvió a separarse de ella jamás.

—Bueno, tanto como jamás... —dijo Pauline con aspereza.

—¡Todas creímos que lo había hechizado con una pócima! Analizábamos su ropa, su peinado, su risa... ¿te acuerdas, Katie? Nos pintábamos unos picos en el labio superior; creíamos que aquél podía ser el secreto. Sólo que los picos de su labio no desaparecían, mientras que los nuestros se borraban enseguida. Y luego Richard; ¿os acordáis de Richard?

—Richard era el dentista, ¿no? —dijo Marilyn.

—No, el dentista era Norm. ¿Lo veis? ¡No podemos llevar la cuenta! Norm era el dentista con el que salió cuando acababa de separarse, y Richard vino después. Richard era el oftalmólogo.

—Bueno, en realidad era óptico —aclaró Pauline.

—Fue el que más duró; quería casarse contigo. O eso parecía por las cosas que empezó a decir.

—Era demasiado crítico y sentencioso —alegó Pauline.

—¡Mírala! —exclamó Katie—. ¿Sabes cuántas mujeres de tu edad firmarían sin pensárselo dos veces para casarse con un hombre como Richard?

—Pues mira, se lo regalo.

Katie levantó ambas manos y puso los ojos en blanco, y Pauline se sintió muy temeraria y audaz.

Sin embargo, en el coche, de camino a casa, iba muy seria, y cuando empezó a sonar *April in Paris* apagó la radio. Las cosas nunca eran como parecían desde fuera. Todos aquellos presuntos pretendientes... Bueno, sí, había tenido unos cuantos. Pero Norm, el dentista, llevaba cadenas de oro y se hacía la manicura, dos cosas que Pauline no podía soportar. Y el que vino después (Bruce, aquél sí tenía verdadero potencial) había dejado de llamarla; Pauline no estaba segura del motivo. Sospechaba que quizá tenía algo que ver con una discusión que tuvieron una noche, cuando él llegó tarde a la cena. Había hombres que querían que los demás tuvieran sus sentimientos bien guardados.

En cuanto a Richard, al principio no era tan sentencioso. Estaba lleno de admiración; le alababa cualidades que nadie más sabía valorar. ¡Qué mano tenía para las plantas! ¡Qué imaginación tenía para cocinar! Le encantaban su risa y su entusiasmo. Como es lógico, ella se daba cuenta de que aquello no podía durar eternamente. La novedad acabaría pasando. Sin embargo, un día él le dijo si no le importaría aliñar las ensaladas con jugo de limón en lugar de vinagre, porque el vinagre no ligaba con los vinos que él llevaba, y pese a saber que no lo había dicho con mala intención, Pauline se sintió ligeramente ofendida. ¿Que el vinagre no ligaba con el vino? ¿No sería que nunca le habían gustado sus ensaladas y no había dicho nada hasta entonces? De pronto se sintió menos deseable, menos segura de sus poderes.

Poco después, su hija, que vivía en Ohio, lo invitó a pasar la Navidad con ella. Richard le dijo a Pauline que iba a rechazar la invitación porque prefería pasarla con ella. «Aunque la verdad —añadió— es que mi hija tiene problemas con su marido y sé que seguramente cuenta con mi apoyo en estos difíciles momentos...».

Así que, como es lógico, Pauline dijo: «Oh, en ese caso deberías ir»; los hijos eran lo primero, ella lo entendía. Y entonces a él se le escapó que ya había comprado el billete de avión. ¡Había dado por hecho que ella insistiría en que fuera a casa de su hija!

Pauline no pudo disimular la sensación de agravio.

—Ah, ahora lo entiendo. ¡Muy bien! ¡Ya me hago una idea!

Y él dijo:

—Oye, oye, creo que le estás dando demasiada importancia.

Y aquella frase le sonó a una de las frases favoritas de Michael. *Le estás dando demasiada importancia. Eres demasiado emotiva. Cálmate, Pauline.*

Rechazó a Richard de plano. No quiso hablar con él cuando regresó de Ohio; no contestaba el teléfono, y cuando él se presentó en su casa, se lo quitó de encima sin ningún reparo. Él creyó que era porque había hecho el viaje, pero no se trataba de eso. Era su «Oye, oye...».

Pauline no quería que se repitiera la historia, aunque eso significara pasar sola el resto de su vida, apañándoselas como pudiera con los calentadores de agua, conduciendo sola por carreteras que acababan donde ella menos lo esperaba o se convertían en otras carreteras, carreteras equivocadas que no había visto jamás... ¡Madre mía, era como nadar en la niebla! ¡Vivía en un planeta inmenso e iba a la deriva por él, completamente desprotegida!

Vio un semáforo un poco más allá y torció a la izquierda, y de pronto, por fortuna, se dio cuenta de dónde estaba. Unas cuantas manzanas más allá estaba Stewart's, su querida y vieja Stewart's. Sintió tanto alivio que se dirigió al aparcamiento, dejó el coche y entró en la tienda.

En el mostrador de cosméticos todavía estaban maquillando. Una joven se miraba en un espejo, examinando el resultado: ojos con pestañas negras, mejillas relucientes, una boca que parecía de mermelada de fresa. Pauline se paró a mirar, y la dependienta dijo: «¿Y usted? ¿Le gustaría probar nuestros productos?».

Pauline tenía cajones llenos de cosméticos: coloretes, esmaltes, polvos, cremas, lociones...; muchos sólo los había utilizado una vez. Aun así, se sorprendió diciendo: «Bueno, ¿por qué no?». Al fin y al cabo, aquella noche tenía una cita. No estaba de más acicalarse un poco.

Además, los golpecitos de las yemas de los dedos de la dependienta, que le aplicaba crema sobre la cansada piel de debajo de los ojos, tenían un efecto sedante. La crema olía a pétalos de rosa. La dependienta tenía los dedos frescos y suaves, y mientras trabajaba tarareaba para sí con naturalidad, con el blando cojín de su pecho a escasos centímetros de la cara de Pauline. De vez en cuando le hacía algún cumplido. «¡Qué cejas tan bonitas tiene!» O «Creo que voy a resaltar esos preciosos ojos azules con un poco de sombra azul». El resultado final no fue exactamente milagroso —seguía siendo Pauline, sólo que más reluciente—, pero al menos le levantó el ánimo, y las tres o cuatro clientas que se habían parado a mirar murmuraron en señal de aprobación. Pauline acabó comprando todo un lote de productos, además de un juego personalizado de pinturas astutamente presentadas en un estuche que imitaba una caja de acuarelas. La dependienta le regaló un kit de viaje con el logotipo de la marca. Pauline necesitó dos bolsas para llevárselo todo a casa.

George confirmó que se había apagado la llama del piloto, tal como él sospechaba. Lo había vuelto a encender, y pasada media hora Pauline debería tener agua caliente. Cerró la puerta del sótano, muy satisfecho, y se guardó una caja de cerillas en el bolsillo de la camisa.

—Podrías haberlo hecho tú —le dijo a su madre.

—Ya lo sé, corazón, soy una tonta —admitió ella—. No debería depender tanto de ti —esperó un momento, por si él la contradecía, y entonces dijo—: Pero ¿qué le ha pasado al piloto?

—¿Cómo?

—¿Por qué se ha apagado? ¿Cómo podemos estar seguros de que no se apagará otra vez en cuanto te marches?

—Mira, si se apaga otra vez, es que necesitas un fontanero.

—¿Insinúas que se va a apagar? —preguntó ella. Se separó de la encimera en la que se había apoyado.

—No insinúo nada, mamá. El piloto estaba apagado; lo he encendido, y supongo que no pasará nada. Eres tú la que dice que se puede apagar otra vez.

—Es que si no había ningún motivo para que se apagara, tampoco lo hay para que no vuelva a pasar. No sé si me explico.

George suspiró y dijo:

—¿Por qué siempre imaginas lo peor, mamá?

—Ay, tienes razón. ¡Tienes toda la razón! Soy una aprensiva, eso es lo que me pasa. Pero tengo que encargarme yo sola de esta casa. No puedes recriminarme que me ponga nerviosa cuando pasan estas cosas.

—Llevamos años diciéndote que deberías irte a vivir a un apartamento.

—¡Aquí he criado a mis hijos, George! ¡Éste es mi hogar! ¡Me moriría si tuviera que vivir en un cuchitril!

—Papá lo hizo, durante un tiempo —le recordó George.

—Bueno, lo hizo porque quiso —repuso ella de mal humor—. Además, él es un hombre. Los hombres no os encariñáis tanto con las casas.

George se estaba asegurando de que tenía su cartera, como hacía siempre cuando estaba a punto de marcharse. Pauline lo conocía muy bien.

—¿Te apetece una taza de café? —le preguntó.

—No, gracias.

—Te la preparo en un santiamén. ¿O prefieres un refresco? ¿Un zumo? ¿Una cerveza?

—Los niños me están esperando —dijo, y chasqueó la lengua—: Ese cachorro es muy travieso.

—¿Y qué tal es la casa donde vive ahora tu padre? —preguntó Pauline precipitadamente—. La casa de Anna. ¿Es acogedora?

—¿Hmmm?

—¿Hay un ambiente...? ¿Cómo decirlo? ¿Cálido y acogedor?

—No está mal —contestó él, dirigiendo la mirada hacia la ventana de la cocina.

—Porque siempre he pensado, y corrígeme si me equivoco, que Anna no es una mujer muy hogareña. No me imagino cómo habrá decorado su casa. ¿Hay adornitos y fotografías y mantas? ¿O hay un ambiente más bien...? ¿Cómo te lo diría? ¿Estéril? ¿Tiene muebles de algún estilo determinado?

—Ay, mamá, yo qué sé —respondió George. Iba hacia el comedor, camino del recibidor—. Yo no sé distinguir los estilos decorativos —dijo—. Es una casa como otra cualquiera.

—Pero debes de tener alguna opinión de ella —insistió Pauline, que lo seguía de cerca—. Debes de tener alguna impresión cuando entras allí. ¿Te sientes extraño o fuera de lugar o incómodo? ¿Cómo es la casa? ¡No puede ser que no tengas ninguna opinión!

Al llegar a la puerta, George se dio la vuelta y se inclinó para besar a su madre en la mejilla.

—Sobre las... cinco y cuarto —dijo—, mira si ya tienes agua caliente.

Abrió la puerta y salió.

A veces George la sacaba de quicio.

Sí, tenía agua caliente. Se dio una larga ducha, se secó el cabello y se puso un vestido azul claro y unos zapatos de salón azules. (No sabía adónde pensaba llevarla a cenar Dun; consideró que lo más seguro era ponerse un vestido.) Por último, se maquilló con las pinturas nuevas: base de maquillaje de color marfil, un toque de colorete rosa, lápiz de labios rosa y sombra de ojos azul claro, casi idéntico al del vestido. La mujer que la miró desde el espejo era de color rosa y dorado; su cabello, una cofia rubia que le rodeaba la cara. Pauline ya no pretendía estar guapa; se contentaba con lograr una apariencia aceptable, inobjetable, agradable. Recordaba que, de niña, cuando veía a una mujer mayor que se había tomado la molestia de pintarse los labios y las uñas, sentía alivio y gratitud. Entonces, no había necesidad de sentir lástima.

Se estaba poniendo la chaqueta cuando sonó el timbre de la puerta. Eran las seis en punto, y eso le pareció alentador. La puntualidad era señal de entusiasmo. (¿O era sólo que la falta de puntualidad era señal de falta de entusiasmo?) Cuando Pauline abrió la puerta, Dun Osgood ya estaba sonriendo, como si hubiera estado practicando: una sonrisa amplia, fija, decidida, temblorosa en las comisuras de la boca. Era un hombre alto que encorvaba un poco los hombros, como si se avergonzara de su estatura, y tenía un rostro atractivo y curtido, coronado por un abanico de liso cabello gris.

—¡Hola! —saludó él—. ¿Qué tal estás?

—Muy bien, Dun. ¿Y tú?

—Hace una noche estupenda para salir. ¿Estás segura de que no vas a tener frío?

—No, no voy a tener frío —Pauline agarró su bolso del banco de madera, salió por la puerta y la cerró tras ella. Vio que Dun iba igual de acicalado que ella; llevaba una chaqueta de sport, una camisa blanca con el cuello desabrochado y unos elegantes pantalones grises. Cuando echaron a andar por el camino él la sujetó por el brazo, por encima del codo; le abrió la puerta del coche y se aseguró de que Pauline había metido dentro la falda del vestido antes de cerrarla.

—Me parece que te va a gustar el sitio adonde vamos —comentó Dun mientras arrancaba el coche—. Pincers. ¿Has estado allí?

Pauline negó con la cabeza.

—Yo iba a cenar a ese restaurante todos los miércoles con Mattie. Los miércoles por la noche hay postre doble. Pides un postre y te dan gratis otro igual o más barato. Mattie siempre pedía la tarta de nata Boston y yo pedía el pastel de chocolate con nueces.

—Qué bien —dijo Pauline.

—Pero hoy no es miércoles, claro.

—Da lo mismo —dijo Pauline—. Nunca me han gustado mucho los postres.

—¡No lo dirás en serio! —exclamó Dun con lo que Pauline juzgó un asombro desproporcionado. Se paró ante una señal de ceda el paso e inició una larguísima danza con otro conductor antes de arrancar de nuevo—. Ah, entonces Mattie y tú no habríais tenido mucho en común —comentó—. ¡Mattie era tan golosa! En casa siempre preparaba algún postre, aunque fuéramos a cenar los dos solos. No te puedes imaginar qué tartas hacía, con unos hojaldres deliciosos.

Pauline evocó la imagen de Mattie Osgood, que verdaderamente parecía la típica pastelera: blanda sin ser gorda, con una cara simpática y con pecas.

—Debes de echarla mucho de menos —dijo.

—Oh, sí. Oh, sí.

Hablaba con acento de Minnesota, y sus «oes» tenían un sonido redondo, inocente y sincero.

—A veces me olvido de que ya no la tengo —dijo Dun—. Pienso: «¡Tengo que contarle esto o lo otro a Mattie!», o «¡Ay, cuando Mattie se entere de esto!». Y entonces me acuerdo.

—O esa sensación que tienes cuando vas andando por la calle —aportó Pauline— de que la persona a la que has perdido va caminando a tu lado. Tienes una sensación cálida, de compañía, en un lado de tu cuerpo, y entonces te acuerdas, y todo ese lado del cuerpo se te pone como frío.

—¡Sí, a mí me ha pasado eso! —dijo Dun, y le lanzó una mirada rápida.

Guardaron silencio durante unos minutos; Pauline dejó que Dun pensara en sus cosas. Estaba anocheciendo y el paisaje iba perdiendo sus colores. Los capullos rosas de los árboles se pusieron blancos, y las casas, blancas, de un gris perlado.

—Oye, Dun —dijo Pauline cuando consideró que había pasado un tiempo razonable—. ¿De dónde viene tu nombre? No es muy común.

—Ah, viene de la familia de mi madre —dijo él—. Se llamaban Dunniston. Pero a mí siempre me llamaron Dun.

—Lo encuentro muy atractivo.

—¿Ah, sí? Pues a mí también me gusta tu nombre.

Pauline se recostó más en el asiento, satisfecha. Torcieron hacia el este y entraron en una calle por la que circulaban muchos coches. Era agradable participar en las celebraciones del sábado por la noche. A Pauline le encantaban los rituales de las citas: arreglarse, los nervios de última hora, el proceso de llevar a alguien desde una charla intrascendente hasta una verdadera discusión. La torpeza de Dun Osgood hacía que salir con él fuera un reto mayor para Pauline. Además, nunca le habían gustado los hombres demasiado sencillos.

—Me parece que nunca te lo he preguntado, Dun. ¿Tienes hijos?

—No, no —otra vez aquellas «oes», aunque ahora tenían un deje de aflicción—. Queríamos tenerlos —explicó—, pero en esta vida no siempre consigues lo que quieres.

—¡Qué gran verdad! —coincidió ella.

—A mí no me costó mucho resignarme, pero Mattie estaba muy disgustada. Adoraba a sus sobrinos. Los adoraba.

—¿Y viven cerca sus sobrinos? ¿Los ves a menudo?

—Oh, no.

Pauline esperó.

—Pues yo tengo un hijo y dos hijas —dijo finalmente.

—¿En serio? —Dun entró en un aparcamiento, junto a un restaurante con un cangrejo de neón sobre la puerta—. A Mattie le habría encantado tener hijas. Decía que las hijas tenían más apego a la familia que los hijos.

—¿Ah, sí? —dijo Pauline. Se planteó rebatir aquella opinión, pero decidió esperar a que surgiera algún otro tema sobre el que él estuviera mejor informado.

El restaurante estaba inusitadamente tranquilo —ni siquiera había hilo musical— y tan oscuro que la jefa de comedor tuvo que guiarlos hasta su mesa con ayuda de una linterna. Sólo vieron a unos pocos clientes, algunos de ellos sentados solos, la mayoría con cócteles adornados con cerezas al marrasquino o trozos de fruta. Un restaurante de gente mayor, seguro. Pauline estaba familiarizada con aquel tipo de establecimientos. Aquélla era la hora en que estaban más ocupados: de las cinco a las seis y media, más o menos. Se acomodó en el banco y tomó la enorme carta que le ofrecieron. La mesa era de una madera oscura y rugosa, y encima había manteles individuales de papel. Una vela protegida por un pequeño sombrerete de latón parpadeaba en el centro. Pauline inclinó el sombrerete de modo que la luz de la llama iluminara la carta. Ensalada césar, pastel de cangrejo, filete de ternera, solomillo con gambas... Miró a Dun y le sonrió. «¡Qué maravilla!», dijo, muy bajito, para no perturbar la calma que reinaba en el restaurante.

—¿Crees que encontrarás algo que te apetezca comer? —le preguntó Dun.

—Claro que sí.

—Mattie no podía comer pescado. Fue una pena que viniéramos a vivir a la costa este y que ella no pudiera saborear los excelentes pescados y mariscos que hay aquí. Pero tenía problemas digestivos. En cambio, le gustaba el filete de ternera. A lo mejor a ti también te apetece.

—No, creo que comeré pastel de cangrejo —dijo Pauline con firmeza.

—¿Y para beber? —preguntó una camarera que se había acercado a la mesa y esperaba con un bloc y un lápiz en la mano.

Pauline no se había dado cuenta de que ya les estaban tomando nota. Se había imaginado que tendría más tiempo para pensar.

—Pues... una copa de vino blanco —dijo. Miró a Dun para ver si él proponía que pidieran una botella, pero como no lo hizo, le dijo a la camarera—: De la casa.

—Para mí, zumo de tomate —dijo Dun.

—¿No te vas a tomar un cóctel? —le preguntó Pauline.

—No, me dan mucho sueño —explicó Dun—. Pero tú pide lo que quieras. Y el filete de ternera —añadió dirigiéndose a la camarera—, muy hecho, con patatas fritas y ensalada, con vinagreta.

—¿Y usted, querida? ¿Qué quiere de guarnición? —le preguntó la camarera a Pauline. Era una chica muy joven, desgarbada, con cola de caballo, pero ya tenía aquel tono de voz maternal típico de las camareras.

—Oh... —dijo Pauline, y volvió a leer la carta—. Ensalada de col... y judías verdes.

Pauline esperó a que la camarera se hubiera alejado lo suficiente y entonces dijo:

—No tenía que haber pedido vino. Podía haber pedido un zumo.

—Nada de eso, quiero que disfrutes —le dijo Dun—. Y recuerda lo que te he dicho antes de los postres: espero que no dejes de pedir uno sólo porque hoy no es miércoles. ¡Yo pienso pedirlo! ¡Aunque no me cobren la mitad! ¡Siempre digo que hay que vivir la vida mientras se pueda!

—Espera a ver si me queda algún rinconcito —dijo Pauline.

—¿Sabes qué hacíamos Mattie y yo muchas veces? Pedíamos un tercer postre y nos lo partíamos. Mattie siempre decía que en realidad sólo pagábamos dos. Los miércoles por la noche, claro. ¡Pero esta noche podríamos hacerlo! ¡Es una ocasión especial!

Pauline lo miró a los ojos y dijo:

—Sí, es una ocasión especial, ¿verdad?

—Sí, desde luego.

—Es la primera vez que salimos juntos, los dos solos.

Dun desvió la mirada hacia la camarera, que se acercaba con sus bebidas, y la observó atentamente cuando le puso una gran copa de vino delante a Pauline. Y también cuando llegó su vasito de zumo de tomate, con una ramita de apio de adorno.

—Salud —dijo Pauline levantando su copa.

—Sí, salud —dijo él.

Bebieron y dejaron las copas en la mesa.

—¿Sabes qué me gusta preguntarle a la gente? —dijo Pauline. Se inclinó hacia delante, con aire confiado, mientras sujetaba el pie de su copa con los dedos de una mano (aquello se le daba bien. Tenía que dársele bien. Otras mujeres —mujeres que llevaban muchos años casadas y que daban demasiadas cosas por supuestas— podían permitirse el lujo de quedarse sentadas en actitud pasiva y dejar que la conversación fuera derivando, pero Pauline había tenido que aprender a ser amena y hacer pensar a la otra persona)—. Es como un test de personalidad —dijo—. Cuando quiero conocer a alguien, le pregunto sobre su sueño de la casa.

—¿La casa de sus sueños?

—No, su... Verás, creo que casi todos soñamos de vez en cuando con la casa en la que vivimos. Soñamos que un día subimos por una escalera que nunca habíamos visto y abrimos una puerta que no existía y ¡sorpresa! ¡Descubrimos una habitación nueva! Una habitación desconocida que antes no existía. ¿Alguna vez lo has soñado?

—Pues... —dijo Dun—, sí, me suena de algo, ahora que lo dices.

—Y esto es lo que yo he observado: hay gente que piensa: *¡Qué maravilla! ¡Un sitio nuevo para explorar!* Mientras que otros piensan: *Lo que me faltaba: otro problema de mantenimiento. Esta habitación lleva años sin limpiarse, y el techo está a punto de venirse abajo.*

Dun frunció el ceño.

—¿Qué me dices? —le preguntó Pauline.

—Pues...

—¿Contemplarías esa habitación como un regalo, o como una carga? Porque yo creo que es muy revelador, ¿tú no?

La camarera les llevó los platos.

—¿Desean algo más? —preguntó.

—No, nada más —dijo Dun—. A menos que tú, Pauline...

—No, gracias —dijo ella—. No te preocupes; no hay una respuesta correcta y otra incorrecta. Sólo es... un símbolo, ¿me explico? Un símbolo del tipo de persona que eres.

—La verdad —dijo Dun— es que no estoy seguro de haber tenido ese sueño.

—Ah —dijo Pauline.

—Pero es una pregunta interesante.

Cortó el bistec y lo examinó. Pauline, amablemente, volvió a inclinar el sombrerete de la vela para que Dun tuviera más luz.

—Yo siempre tengo la sensación de que se me ofrece una oportunidad. ¡Una habitación por estrenar! ¡Una aventura! En cambio, mi marido..., su versión del sueño era que descubría un segundo piso, cuando nuestra casa, como ya sabes, es de una sola planta, y el suelo estaba cubierto de charcos y había serpientes nadando en ellos.

—Pero eso es imposible, ¿no? —dijo Dun.

—¿Cómo? Bueno, sólo era un sueño.

—¿Hace poco que lo perdiste?

—¿Perder?

—A tu marido. ¿Cuánto hace que murió?

—No murió. Estamos divorciados —aclaró Pauline.

—Ah, lo siento —dijo Dun.

—¡No te lamentes! ¡Ya lo he superado! —comió un poco de pastel de cangrejo. Sus palabras quedaron suspendidas en el aire un momento; se dio cuenta de que habían sonado vehementes en exceso—. Fue un divorcio muy amistoso y civilizado —explicó suavizando el tono de voz—. Nada de interminables batallas en el tribunal, ni nada parecido.

—Ya, pero aun así... —dijo Dun—. Supongo que debió de ser doloroso. ¡No sé qué habría hecho yo si Mattie me hubiera pedido el divorcio! ¿Podrás creer que mi mujer y yo jamás nos peleamos? No digo que no estuviéramos nunca en desacuerdo; a veces ella quería que subiera el termostato de la calefacción y yo estaba sudando; o quería ir a alguna fiesta y yo prefería quedarme en casa. Pero nunca tuvimos una pelea auténtica; nunca lamentamos habernos casado. Me considero afortunado por eso. Creo que he tenido mucha suerte.

—Sí —convino Pauline—, eres muy afortunado. Sí, poca gente puede decir eso.

De pronto la invadió un aburrimiento tan aplastante que se imaginó que era una inmensa niebla gris que se filtraba silenciosamente en el restaurante.

Y cuando se oyó aquel fuerte estrépito —un porrazo seguido de una serie de tintineos— agradeció la distracción. Se enderezó en la silla y miró expectante por encima del hombro de Dun. En el espacio embaldosado sin mesas que había frente al mostrador de la jefa de comedor, la camarera que les había servido se llevó las palmas de las manos a las mejillas y se quedó mirando un montón de platos destrozados.

—¡Dios bendito! —exclamó Dun, pero Pauline dijo:

—¡No mires!

—¿Cómo dices?

—Es lo que me dice siempre mi hija Karen. Una vez trabajó de camarera para ayudar a pagarse los estudios de Derecho, y aun hoy, si estamos en un restaurante y a alguien se le cae algo, me dice: «¡Sobre todo, no mires!

Haz ver que no te has dado cuenta». Pobre camarera, debe de estar muerta de vergüenza.

—Pensé que había habido una explosión —dijo Dun, y volvió, obediente, a su bistec. Cortó otro trozo mientras, detrás de él, la camarera se ceñía la falda y se arrodillaba para recoger los fragmentos de platos con forma de media luna y las tazas sin asa. *Cling, cling,* hacían a medida que los iba poniendo en la bandeja. Los otros clientes miraban con mucho interés, pero Pauline, muy diplomática, miró hacia la izquierda, y de pronto vio que había una taza de café blanca en medio del pasillo.

—¿Tienes una hija abogada? —le estaba preguntando Dun.

—Sí, se dedica a ayudar a la gente que subsiste gracias a las prestaciones sociales —contestó Pauline. La taza estaba tumbada de lado, un único destello blanco en la penumbra, y Pauline se fijó en que ni siquiera estaba desportillada. Eso hacía que pareciera que la hubieran dejado allí con algún propósito. ¿Debía señalarle la taza a la camarera? ¿O sería eso meterse donde nadie la llamaba? Se obligó a mirar de nuevo a Dun, que iba diciendo:

—Debes de estar orgullosa de ella.

—¿Orgullosa?

—De tener una abogada en la familia.

—Sí, claro, aunque nadie diría que Karen es de la familia, porque se ha cambiado el apellido y se hace llamar Antonczyk.

Dun dejó de masticar y preguntó:

—¿Por qué lo ha hecho?

—¿Verdad que es el colmo? —dijo ella. De acuerdo, reuniría la energía necesaria para intentarlo una vez más. Rió y sacudió la cabeza—. Ése era el apellido de mi marido hace dos o tres generaciones. Se lo cambiaron por Anton, no sé cuándo, y ahora va ella y recupera el Antonczyk, para volver a sus raíces y qué sé yo. Todos nos quedamos sorprendidos, pero Karen es así, tiene su propio criterio.

—Uno de los sobrinos de Mattie hizo exactamente lo mismo —dijo Dun.

—¿Ah, sí?

—Sólo que él se cambió el nombre de pila. Se llamaba Peter y se lo cambió por Rock.

Pauline reflexionó sobre aquello.

—Dijo que significaba lo mismo y que Rock sonaba más elegante, pero no sé; la familia se lo tomó muy mal. Mattie le dijo que algún día lo lamentaría. Él me lo comentó en el funeral de Mattie. Me dijo: «Tía Mattie tenía razón. Creo que me lo voy a cambiar». La quería muchísimo; todos la querían muchísimo. A ella jamás se le olvidaba un cumpleaños. Siempre les enviaba tarjetas: por Navidad, por Pascua, el día de San Valentín, el día de Acción de Gracias, hasta el Día del Trabajo.

Por encima del hombro de Dun, Pauline vio a una pareja de ancianos que entraban en el restaurante. Pasaron junto al mostrador de la jefa de comedor, pero no la vieron en ninguna parte. Se miraron. El hombre dio unos cuantos pasos y miró a su mujer. Ella parecía indecisa. El hombre tenía un sombrero de fieltro en las manos y lo giraba, nervioso, sujetándolo por el ala, mientras daba unos cuantos pasos más; su mujer se aventuró a dar también un par de pasos detrás de él. El hombre empezó a caminar más deprisa; parecía mirar hacia una mesa que había detrás de la de Pauline, y no apartaba de allí la vista, y entonces le dio con el pie a la taza de café. ¡*Cling!*, hizo la taza al dar contra la baldosa del suelo, y salió despedida, girando como una peonza, produciendo un sonido metálico y circular que hizo aparecer de pronto a la jefa de comedor. Los dos ancianos se quedaron quietos; luego se dieron la vuelta a la vez y se precipitaron hacia la puerta. A Pauline le hizo gracia la expresión del rostro del marido un instante antes de volverse —de pura perplejidad; ¿cómo demonios explicar tan extraña metedura de pata?—, y le dio la risa. Intentó contenerse, por supuesto. Bajó la barbilla y se tapó la boca con una mano. Pero no podía parar de reír, y emitía una especie de graznidos; por si fuera poco, empezaron a resbalarle lágrimas por las mejillas. Dun, que había dado un pequeño respingo con el primer *cling*, pero había seguido con la vista al frente (recordando quizá las instrucciones de Pauline), no pareció reparar en el comportamiento de ella. O quizá sólo estaba siendo discreto. En cualquier caso, siguió hablando:

—Hasta el Primero de Mayo; ¿tú te acuerdas del Primero de Mayo? La mayoría de la gente no se acuerda. No sé qué ha pasado con el Primero de Mayo. Antes la gente colgaba cestas con flores en las puertas, y Mattie todavía lo hacía; colgaba unas cestitas preciosas que compraba en grandes cantidades en la tienda de artesanía y que adornaba con lazos. Este año, cuando llegue el Primero de Mayo, lo voy a pasar muy mal. No sé qué voy a hacer.

Pauline consiguió por fin recobrar la compostura.

—Sí —coincidió—, va a ser muy duro para ti. Lamento mucho que ella ya no esté aquí.

Y añadió unas cuantas palabras de consuelo más. Pero su mente era un animal travieso que retozaba en otro sitio mientras ella se secaba las lágrimas, se guardaba un pañuelo y empezaba a comerse el pastel de cangrejo, la ensalada de col y las judías verdes.

Pese a todo, cuando Dun la llevó a casa, Pauline le pidió que entrara con ella. En realidad lo hizo porque detestaba entrar sola en una casa vacía. Detestaba aquella brusquedad, el repentino contraste. Así que dijo:

—¿No quieres pasar? Tengo chocolate caliente —había intuido que el chocolate debía de ser una de las bebidas preferidas de Dun.

—¿Chocolate caliente? —dijo él—. ¿Recién hecho?

—Pues claro, recién hecho.

Era cacao instantáneo, pero él no tenía por qué saberlo.

Pauline lo llevó hasta el sofá del salón y le hizo quitarse la chaqueta de sport, y cuando le llevó su taza de chocolate ella se sentó también en el sofá, aunque Dun no le interesaba ni lo más mínimo y, de hecho, le habría repugnado que él se le hubiera acercado más de la cuenta. (Pero de eso no había ni la más remota posibilidad.) El curtido rostro de Dun había pasado a parecerle reseco; su acento del medio oeste, mojigato. De todos modos, Pauline dijo:

—¡Me lo he pasado tan bien! Hacía tiempo que no pasaba una velada tan agradable.

Y cuando él le devolvió la taza y dijo que no podía creer que se hubiera hecho tan tarde, ella dijo:

—Es como en esa canción, ¿verdad? Como en *Two Sleepy People*. Siempre pensaba en esa canción cuando mi marido y yo éramos novios. Llegábamos de una cita y ambos estábamos muertos de cansancio, pero ya sabes cómo son esas cosas; todavía había tantas cosas de que hablar, tantas cosas que queríamos contarnos... Y yo siempre me acordaba de aquella canción sobre una pareja que se resistía a darse las buenas noches. ¿Te acuerdas de ella?

—Sí, claro —contestó Dun—. La recuerdo muy bien —pero mientras lo decía ya estaba agarrando su chaqueta.

Pauline llamó a Pagan, que estaba en la residencia de estudiantes. Sólo eran las nueve; para él, la noche acababa de empezar. Contestó otro chico, que se puso a llamar a Pagan a voz en grito. «¡Anton! ¡Pay Anton! —bramó. Pero al cabo de un momento dijo—: Lo siento. Debe de haber salido».

«Bueno —dijo Pauline—, dile que ha llamado su abuela, por favor. No es nada urgente; sólo quería charlar un rato». Pero dudaba mucho que Pagan recibiera su mensaje. Él llevaba una vida que Pauline no podía ni imaginar, en la que chicos y chicas andaban revueltos y una atronadora música sonaba en los pasillos, aunque él parecía encantado con todo aquello.

Llamó a Katie con el pretexto de darle las gracias por la comida. Pero Katie dijo: «Qué tonta, no hacía falta que... ¿Qué dices, cielo? Es Pauline», de modo que Pauline comprendió que lo mejor que podía hacer era despedirse rápidamente. Katie ni siquiera le preguntó cómo le había ido la cita; eso significaba que estaba deseando volver con su marido.

Entonces llamó a Wanda. Podían hablar de Marilyn. ¿Cómo estaba verdaderamente Marilyn? ¿Por qué todavía sufría mareos? ¿No debería haber superado ya esa fase? Pero el teléfono de Wanda sonó diez veces sin que Pauline obtuviera respuesta. Debía de estar en casa de alguna de sus hijas. Wanda tenía mucho contacto con sus hijas.

Un día, años atrás, cuando Michael todavía hacía los ejercicios de piernas que le mandaba el fisioterapeuta, él le había confesado a Pauline que si contrajera una enfermedad terminal, una parte de él se alegraría porque al menos así podría dejar de hacer aquellos ejercicios. Pauline se escandalizó.

—¡Menudas ideas tienes! —le espetó, pero él añadió:

—Y podría dejar de ir a cócteles, y a cenas, y de visita a casa de uno y otro y no tendría que hablar de política ni del tiempo con gente frívola. Podría dejar todo eso. Podría encerrarme y dejarlo todo, y nadie me lo echaría en cara.

—Pues no lo entiendo —repuso Pauline—. Yo haría todo lo contrario. Intentaría hacer el máximo de cosas en el tiempo que me quedara. ¡Iría a bailar todos los días hasta el amanecer! ¡Me moriría de ganas de estar con gente!

Bueno, ésa era la diferencia entre ellos dos. Parecía injusto que fuera ella quien viviera sola ahora, mientras que él estaba felizmente arrellanado en el sofá de otra casa.

(«Tendrías que verlos —le había dicho Karen en una ocasión, con el tono divertido y compungido que solía emplear cuando hablaba de Michael—. Sentados a la mesa de la cocina haciendo el presupuesto doméstico, anotando el consumo de gas y el importe de la factura, clasificando cupones de descuento para lavar el coche y para limpiar la moqueta. Son como dos gotas de agua».)

Pauline recorrió la casa apagando luces. En el dormitorio, cerró las persianas y se puso el camisón. Comprobó, muy contenta, que en el cuarto de baño había agua caliente. Tendría que haberse puesto la crema nutritiva de noche, pero le dio pereza hacerlo.

Se metió en la cama y buscó la revista que había estado leyendo la noche anterior. Un artículo sobre... ¿qué? Sobre cómo organizarse el tiempo. Se había quedado dormida leyéndolo, y no le extrañaba. Su problema era cómo ocupar el tiempo. Pasó la página. Se saltó varios anuncios de colonias, de maquinillas de afeitar para mujeres, de medias que disimulaban el vientre. Sus párpados parecían dos pesadas cortinas de terciopelo. Un hombre con esmoquin le abrochaba un collar de perlas a una hermosa mujer. Una famosa nutricionista escribía sobre las calorías ocultas en nuestra dieta. Las calorías ocultas en los aliños para ensaladas, en los cereales de avena, presuntamente saludables... en los cereales de avena, presuntamente saludables...

Despertó sobresaltada y ¡vaya! ¡Era de día! No, sólo era la luz de la lámpara. Pauline suspiró y apagó la lámpara. Volvió a tenderse, pero ¡mira por dónde!, ya no podía dormirse otra vez. Era como una de aquellas muñecas a las que se les cerraban los ojos cuando las tumbabas, sólo que a ella le ocurría al revés. En cuanto se tumbaba, se despertaba. Hubo un tiempo en que probó los somníferos, pero la dejaban tan atontada que se sentía desvalida y asustada. Prefería luchar ella sola para conciliar el sueño. Ponerse de lado. Ponerse boca arriba. Buscar un trozo fresco de almohada.

Pensar era lo que hacía que las noches se hicieran tan largas. Todos los malos pensamientos del pasado se agolpaban en su mente. Se había equivocado tanto en la vida; lo había estropeado todo. Se había casado con quien no debía sólo porque se había montado en ese tren y no había sabido bajarse a tiempo; había continuado por el camino elegido y se había comportado siempre como alguien que no era, alguien de mal genio y complicado. Había dejado escapar a las personas que más quería, incluso a Michael, al que resultó que sí quería, pese a no ser el hombre de sus sueños; lo quería por su paciencia, su seriedad y ese carácter tan concienzudo. ¿Cómo podía ser que Michael la hubiera abandonado?

Y Lindy. A veces pensaba que Lindy era a la que más quería, aunque las madres quieren a todos sus hijos por igual, desde luego. A veces, cuando en la radio del coche sonaba una de aquellas canciones de antes (*Are You*

Going to San Francisco? era la más triste; sonaba tan perdida y lejana), Pauline tenía que secarse las lágrimas para poder ver la carretera. Sin embargo, no había sabido apartar a Lindy del peligro. No la había protegido, no se había agarrado fuerte a ella, ni siquiera la había esperado levantada cuando Lindy salía por las noches. Porque se sentía totalmente impotente, por eso. No tenía ni idea de cómo controlar todo aquello. Su infancia había sido demasiado inocente y segura.

Sin embargo, otros padres habían sabido hacerlo. Los hijos de otros padres no habían desaparecido.

También lamentaba no haber ayudado más a su padre durante la enfermedad de su madre. Debió invitarlo a comer más a menudo cuando ella murió. ¿No se dio cuenta de que no podía haber nada más urgente?

Pensó en su suegra, anciana y temblorosa, a la que le recriminaba sus titubeos y sus manías de vieja. «No me des tanto la lata, que me va a dar un ataque», le dijo la señora Anton en una ocasión, y Pauline le espetó: «Muy bien. Supongamos que ya le ha dado el ataque y que está tendida en el suelo; sólo dígame desde allí cuál de estas revistas puedo tirar». Pauline recordó palabra por palabra aquella conversación, tan remota; hizo una mueca de dolor y se tapó los ojos con una mano.

Entonces recordó que no era con Michael con quien ella se había quedado hablando hasta tarde. ¿Era él? No, era otro chico anterior a Michael cuyo nombre no podía recordar. Ni siquiera recordaba su cara, y mucho menos de qué estuvieron hablando. Lo único que sabía con certeza era que los dos pasaron horas hablando, y que ella no estaba sola.

9. Especialista en infancia y familia

Una gris y fría mañana de febrero de 1990 —tanto frío hacía que había helado la noche anterior— George estaba quitando el hielo del parabrisas de su coche cuando oyó encenderse un motor cerca de allí. Echó un vistazo a la calle de señoriales casas coloniales, cada una con sus dos o tres vehículos aparcados delante, pero aquel coche que escupía bocanadas de humo no era de nadie que él conociera. Era un Ford Falcon blanco, viejísimo, con la pintura sin brillo, oxidado y abollado, que traqueteaba mientras el motor marchaba al ralentí. George se dio la vuelta y terminó de raspar el parabrisas. Dejó la rasqueta en el asiento trasero, se sentó al volante y encendió el motor, que produjo apenas un susurro cuando el coche arrancó. Conducía un Cadillac Eldorado, que en su opinión era el último modelo de coche de un tamaño digno.

Al llegar a North Charles, frenó detrás de un autobús; miró por el espejo retrovisor y vio que el Falcon iba detrás de él. El parabrisas del Falcon estaba completamente limpio, pero no recién raspado, sino transparente de borde a borde, y por eso dedujo que debía de llevar un buen rato circulando. Quizá había ido a su barrio a dejar a la asistenta de algún vecino. El autobús se puso de nuevo en marcha; George miró hacia delante y torció a la derecha por Charles Street.

Su oficina estaba en Towson. George era vicepresidente de Jennings, Jensen y tenía su propia plaza de aparcamiento, indicada por un letrero de madera blanca que rezaba: RESERVADO G. ANTON. Después de cerrar el coche fue al maletero por su maletín, y entonces fue cuando vio el Falcon saliendo del aparcamiento. Dedujo que había entrado por error, porque sólo los miembros de su empresa podían aparcar allí. Lo vio alejarse dando resoplidos hacia York Road, con la parte trasera demasiado separada del suelo, a diferencia de los coches modernos. Luego se olvidó de él.

Pasaron varios días hasta que volvió a ver el Falcon. Estaba aparcado en Allegheny, a una manzana y media de su oficina. Lo vio mientras se despedía de un cliente con el que había comido, y se interrumpió a media frase al ver aquella singular parte trasera y el maletero abollado y con manchas de herrumbre. En el parachoques había un adhesivo de CARTER/MONDALE medio despegado. Sin embargo, dentro no había nadie. Recobró la calma y volvió a prestarle atención a su cliente.

El lunes siguiente, a última hora de la tarde, cuando volvía a casa del trabajo, vio el Falcon aparcado en Greenway, no muy lejos de la calle donde vivía. Esta vez había alguien dentro. George redujo la velocidad y echó un vistazo al interior, pero el coche que tenía detrás tocó la bocina y no tuvo más remedio que continuar. De todos modos, había visto suficiente para tranquilizarse. La conductora era una mujer, cuarentona, de aspecto inofensivo y casi con toda seguridad una desconocida, aunque como había poca luz, eso no podía asegurarlo del todo. Además, ella había girado la cabeza al ver que él la miraba, lo cual era completamente normal. A nadie le gusta que lo espíen.

Aparcó delante de su casa y cerró el coche, sacó el maletín del maletero y saludó a Julia Matthews, que en ese momento se metía en su Buick, dos puertas más abajo.

Cuando echó a andar por el camino de su casa oyó cómo otro coche frenaba y daba marcha atrás, y algo le hizo volverse y mirar. Era el Falcon, que maniobraba para aparcar detrás del Eldorado de George. El hueco era sobradamente amplio, pero la conductora tuvo que rectificar tres veces para meter el coche en él, y aun así lo dejó a más de dos palmos de distancia del bordillo. Durante todo el proceso, George se quedó de pie esperando, mirando directamente hacia el Falcon y con el maletín en la mano.

La mujer salió del coche, cerró la puerta y echó a andar hacia donde estaba George. Era anodina y un tanto andrajosa, una de esas personas que cuando hace frío se abrigan poniéndose una capa tras otra de ropa; no un abrigo grueso, sino una serie de jerséis de largos diferentes encima de un vestidito de algodón. Los calcetines largos y los zuecos de ante le daban un aire bohemio. El cabello oscuro y liso le llegaba por los hombros (George siempre había pensado que aquel peinado hacía que las mujeres mayores parecieran brujas) y sus ojos eran castaños, pequeños y muy brillantes, incluso desde lejos.

La mujer se paró a un par de metros de George y dijo:

—¿George?

Él tuvo la sensación de que había algo que estaba evitando reconocer.

—¿George Anton? —dijo ella.

George inspiró y dijo:

—¿Lindy?

—¡Eres tú! —gritó ella, pero parecía tan incrédula como él. Fue a acercársele un poco más, pero entonces pareció cambiar de idea.

George se había imaginado un millón de veces aquel momento. Ahora que estaba sucediendo, notaba el peso de sus cuarenta y cinco años. Se había imaginado a Lindy envejeciendo con el paso de los años, al menos de un modo vago y teórico, pero curiosamente, nunca se había imaginado a sí mismo de pie delante de ella: un fornido ejecutivo con el cabello de un rubio desteñido, envuelto en un amplio abrigo beige de pelo de camello y con un maletín en la mano.

—Llevo días siguiéndote —reveló ella—. Espero no haberte asustado. Es que tenía que reunir todo mi valor.

—¿Tu valor? —dijo él—. ¿Necesitabas valor para dirigirte a mí?

—Encontré tu nombre en el listín telefónico. Eras el único.

Tenía el bolso agarrado con ambas manos, una bolsa de tela de aquellas que hacían los indios americanos. Sí, parecía nerviosa.

—Busqué a mamá y a papá —prosiguió—, y a Karen..., pero no aparecían por ninguna parte. Ni siquiera encontré el colmado Anton. ¿Dónde están todos? ¿Qué ha pasado?

Al final fue él quien se le acercó. Estuvo a punto de darle un abrazo o un beso en la mejilla, pero le pareció que habría sido un gesto demasiado íntimo tratándose de una mujer a la que ya no conocía. La agarró por el brazo y dijo:

—Vamos dentro, ¿no?

Ella habría podido seguir interrogándolo, pero no lo hizo. Quizá temiera sus respuestas. Para disimular aquel incómodo silencio, George alargó el camino que conducía a la casa, guiando a Lindy, por ejemplo, alrededor de un minúsculo desnivel en el sitio donde la raíz de un árbol había levantado una losa. Los zuecos de ella hacían un sonido blando, como si fueran patas. Llevaba algo que tintineaba. Seguro que le gustaban esas piezas de bisutería pesadas cuya compra beneficiaba a algún artesano autóctono desfavorecido.

George se alegró de oír el pitido de la alarma antirrobo cuando abrió la puerta, porque significaba que ni Sally ni Samantha se hallaban en casa. De momento, prefería tener a solas aquella conversación. Dejó las llaves en el aparador y cruzó el recibidor para marcar el código de la alarma.

—Pasa —dijo al tiempo que se quitaba el abrigo—. ¿Quieres quitarte el... jersey?

Ella no contestó. Miraba alrededor, fijándose en el tapiz que Sally y George habían comprado en Florencia, la pequeña ventana de cristal emplomado con forma de arco, las puertas cristaleras del recibidor. La araña de luces que colgaba del techo iluminaba la parte superior de su cabeza, revelando unas pocas canas disparadas, tiesas como alambres, que le daban un aire trastornado. Su rostro se había ablandado un tanto, como si hubiera desarrollado una especie de capa adicional de piel, y sus angulosas facciones se habían suavizado. (Como si le hubieran echado por encima una capa de caramelo líquido, pensó George.) Pero su voz conservaba aquel tono poco modulado y despreocupado que George recordaba de su infancia.

—Qué casa tan sensacional —comentó Lindy, y George encontró misteriosamente familiar su modo de pronunciar aquella palabra, «sensacional».

—Vamos a sentarnos al salón —propuso él.

Echó a andar delante de ella, encendiendo luces, y Lindy lo siguió. En el salón, ella se dejó caer en el sofá. George se sentó en el sillón de orejas, delante de su hermana, con una mesita baja con tablero de vidrio entre los dos, y se preocupó de cuadrar los hombros y meter el estómago.

Aun así, ella dijo:

—Te encuentro muy cambiado.

—Sí, bueno, hace tiempo que quiero...

—¿Eres el único que queda? —le interrumpió ella—. Dímelo. Necesito saberlo.

—No, claro que no —respondió George.

—Pues en el listín telefónico...

—Ya, el listín telefónico —dijo él—. Karen se cambió el apellido y ahora se llama Antonczyk; por eso no la encontraste. Y papá, después de divorciarse de mamá...

—¿Divorciarse? —exclamó Lindy.

—Después de divorciarse, él se volvió a casar y se fue a vivir a casa de su mujer; por eso en el listín...

—¿Y Pagan? —saltó Lindy.

—Pagan está bien.

Lindy se recostó en los cojines del sofá, y entonces George se dio cuenta de lo tensa que había estado hasta entonces.

—¿No ha tenido problemas? ¿Es feliz? ¿Seguro que está bien?

—Sí, ya te digo que está bien. Pero como te iba diciendo...

—¿Lo criaron papá y mamá? ¿Estuvieron juntos el tiempo suficiente?

—Sí, claro. Bueno, no... Es decir, no estuvieron juntos mucho tiempo, pero se repartían el trabajo, así que todo salió bien. En fin, papá vive en casa de Anna, Anna Stuart, y...

—¿Anna Grant Stuart? ¿La amiga del instituto de mamá?

—No sabía que la conocieras.

—Una vez vino a vernos, cuando todavía vivíamos en St. Cassian Street. Nos regaló una caja de tortugas de chocolate.

—Pues yo no me acuerdo.

—¿Fue Anna el motivo del divorcio?

—No, no. Qué va; se divorciaron... seis o siete años antes —dijo George. Hizo una pausa para retomar el hilo de lo que estaba diciendo—. En cuanto a la tienda, primero papá la trasladó a las afueras y le cambió el nombre, y luego la vendió a World O'Food, hace un par de años, si no recuerdo mal...

—¡Pero si papá odiaba World O'Food! ¡Decía que las cadenas de supermercados nos iban a arruinar!

—... Y por eso no encontraste «colmado Anton» en el listín —prosiguió George, implacable—. Y mamá, bueno...

Tragó saliva.

—Mamá está... muerta —dijo.

George sintió como si algo se quebrara en el espacio que los separaba. Le habría gustado encontrar una expresión menos rotunda, quizá algún término ambiguo que Lindy no hubiera entendido a la primera.

—Tuvo un accidente —continuó—. Se metió en dirección contraria en una vía de salida. En el 87, marzo del 87.

—¿Mamá está muerta? —dijo Lindy.

Sus ojos parecían todo pupila.

—Primero la policía pensó que debía de conducir borracha —explicó George—, o drogada, o que se había dormido. No podían creer que alguien en su sano juicio hubiera cometido semejante error, hasta que les explicamos que ella conducía así.

Chasqueó débilmente la lengua. Pero Lindy no le siguió.

—Pero Pagan... —susurró finalmente—. Dices que Pagan está bien.

—Sí, Lindy; Pagan está bien.

El deje de impaciencia de su voz lo sorprendió incluso a él. Lindy le lanzó una rápida ojeada, y él agachó la cabeza y murmuró, casi como si quisiera disculparse:

—Aunque es un poco tarde para que te intereses por él.

Lindy siguió mirándolo.

—En mi opinión, claro —añadió George tras una pausa.

Lindy abrió su bolsa india y empezó a rebuscar en ella. Sacó una cartera deformada, unas llaves atadas con un trozo de hilo rojo y un recorte de periódico doblado, del tamaño de una tarjeta de crédito.

Estoy sentado en el salón de mi casa con Lindy, pensaba George. *Con mi hermana Lindy, en persona, después de tantos años. Lleva unos bastos zuecos de ante con una hoja marrón pegada a la suela. Tiene un Ford Falcon del sesenta y algo, y uno de los botones de su jersey cuelga de un hilo.*

Lindy desdobló el recorte de periódico y lo examinó. George notaba una sensación extraña alrededor de los oídos, una especie de zumbido etéreo.

—Toma —dijo Lindy entregándole el recorte.

George vio una fotografía en blanco y negro, de grano grueso, de dos hombres; uno era mayor, con bigote, y el otro era joven. Tardó un poco en darse cuenta de que el joven era Pagan. Habría podido ser cualquiera, con su mata de cabello negro y su jersey gris de punto. El pie de foto rezaba así:

El doctor William Gamble, psicólogo infantil, y Pagan Anton, especialista en infancia y familia, con dilatada experiencia, debaten sobre los méritos y los inconvenientes de la futura legislación.

—¿Te has fijado en la redacción? —preguntó Lindy.

—¿La redacción? —dijo George.

Lindy asintió, sonriente, como invitando a su hermano a compartir con ella algo que encontraba gracioso.

—Pues no sé... —dijo él—. Sí, desde luego, teniendo en cuenta que Pagan sólo tiene veinticinco años...

—Me refiero a cómo lo describen. «Especialista en infancia y familia.» Qué ironía, ¿no?

Lindy soltó una risita áspera y cogió el recorte. George no había terminado de examinarlo, pero le pareció que ella tenía prisa por recuperarlo, así que lo soltó.

—Lo encontré encima de una mesa —explicó Lindy—. ¿Verdad que es increíble? Llevaba un montón de años pensando en él, intentando no pensar en él, intentando apartarlo de mi mente... Bueno, al principio no, claro. Al principio estaba demasiado hecha polvo; entonces no podía pensar en nada. Pero después, cuando me casé... Me casé con un hombre que tenía dos hijos. Nos conocimos cuando yo todavía vivía en la comuna. Supongo que no sabrás lo de la comuna, pero fue allí donde me redimí. Y Henry fue a dirigir un taller de poesía; entonces era profesor de Literatura en un instituto de Berkeley, pero ahora vivimos en Loudoun County...

—¿En Loudoun County, Virginia? —preguntó George, incrédulo.

Lindy asintió.

—Nos fuimos a vivir allí el año pasado —concretó—. ¡Sí, ya sé lo que parece! Parece que lo haya hecho a propósito, que haya planeado irme acercando. Pero te juro que fue una coincidencia. A Henry le ofrecieron un empleo por casualidad, y ahora que los hijos de Henry se han hecho mayores... Pero lo que quería explicarte es que me casé con él y él tenía dos hijos, de seis y nueve años.

Y al principio, para mí los niños no eran más que una carga, pero poco a poco me fui encariñando con ellos. Empecé a quererlos, vaya. Y eso es lo más curioso: en cuanto ocurrió eso, en cuanto empecé a querer a aquellos niños que no tenían nada que ver conmigo, de pronto cada vez pensaba más en Pagan. ¡Lo echaba tanto de menos! ¡Creí que me iba a morir! Era como si aquellos niños fueran un recordatorio constante. Bueno, yo sabía que no tenía ningún derecho. Él tenía su propia vida, había salido adelante. Juré que me mantendría alejada de él. Pero entonces...

Giró bruscamente la cabeza y se quedó mirando una lámpara de porcelana que tenía a la izquierda. Por un instante, George creyó que algo le había llamado la atención, pero entonces se dio cuenta de que estaba conteniendo las lágrimas. Tras un largo y doloroso silencio, Lindy se volvió de nuevo hacia él y dijo:

—Entonces encontré este recorte.

—Entiendo —dijo George.

—Estaba despejando la mesa de Henry para hacer un solitario, y había un montón de artículos sobre pedagogía. Los reuní y los puse en el cajón, y entonces fue cuando vi su nombre. Pagan Anton.

Pronunció su nombre detenidamente, prestando atención a cada sílaba. George carraspeó.

—Al principio pensé que me lo había inventado. Pensé que estaba alucinando. Pero cuando miré la fotografía y vi aquella mata de pelo mexicano, como el de su padre, supe que tenía que ser mi Pagan. Le pregunté a Henry: «¿De dónde has sacado esto? ¿De qué periódico es?». Él no lo sabía; estaba en una carpeta que le había dado el director. Y en el recorte tampoco había ninguna pista; en el dorso había un anuncio de venta de carne por correo. Le dije: «¡Pero es especialista en infancia y familia! ¿No habrá un apartado de especialistas en infancia y familia en las páginas amarillas?». Porque hacía poco ya había buscado a Pagan en el listín telefónico de Baltimore. Me había convertido en una especie de espía. Estaba como enloquecida. Pero al único que encontré fue a ti. Ni a Karen, ni a mamá, ni a papá...

Volvieron a llenársele los ojos de lágrimas, pero esta vez siguió mirando a George.

—Ahora me doy cuenta de que siempre me imaginé que estaríais todos tal como yo os había dejado —dijo—. Mamá con su minifalda. Papá peleándose con aquel viejo cortacésped. Karen y tú, pequeños todavía.

—Pagan está aquí, en Baltimore —dijo George. Se avergonzaba de la impaciencia que había demostrado hacía un rato.

Lindy lo miró fijamente.

—Pero vive en la escuela donde trabaja. Por eso no aparece en el listín telefónico. Dirige un curso experimental de música para niños autistas. Se casó con su novia de la universidad y tienen un hijo.

—Soy abuela —dijo Lindy. Y luego preguntó—: ¿Me odia? —por un instante, pareció que estuviera preguntando si su nieto la odiaba.

—Nunca habla de ti —contestó George.

Pero aquella respuesta sonó tan cruel que se apresuró a añadir:

—Pero no sé. ¿Quién sabe? Entonces él era tan pequeño; no estoy seguro de que se acuerde de ti. Bueno, de que... —porque aquello también sonaba cruel. Volvió a empezar—: Cuando papá y mamá lo trajeron aquí, al principio él no hablaba con nadie. Siempre estaba... callado. Como si fuera sordomudo.

Como si fuera autista, mejor dicho; algo que a George nunca se le había ocurrido pensar hasta entonces. ¿Explicaba eso la profesión que había elegido Pagan, que

George siempre había considerado frustrante, por no decir inútil?

—Pero se fue animando poco a poco —prosiguió—. Con mamá, por ejemplo. Recuerdo que al principio actuaba como si no se diera cuenta de su existencia, pero cada vez que ella salía de la habitación, él se ponía como rígido, y cuando mamá volvía, se relajaba otra vez.

—Así que se fue adaptando.

—¡Ya lo creo! Se fue adaptando poco a poco a la vida aquí y tuvo una infancia completamente normal.

Pero daba la impresión de que George no podía dar el tema por zanjado. Se sintió obligado a continuar.

—De lo único de lo que no estoy seguro es de si te habrá olvidado. A lo mejor se acuerda de ti pero finge que no. Porque a veces tengo la sensación..., bueno, lamento tener que decirlo, pero...

¿Por qué lo decía? Ya no tenía más remedio que terminar la frase.

—Tengo la sensación de que continuamente nos envía el mensaje de que no debemos pronunciar tu nombre —dijo—. Es como si nos lo estuviera prohibiendo en silencio. Aunque puede que sean imaginaciones mías, desde luego.

Miró tímidamente a Lindy. Por lo menos, ella había dejado de llorar y lo escuchaba con serenidad.

—Ya te digo que podría estar equivocado —insistió él.

—No sé si prefiero que me recuerde o que me haya olvidado —afirmó Lindy—. Estábamos tan unidos. ¡Lo hacíamos todo juntos! Sólo nos teníamos el uno al otro. Pero una vez...

Volvió a dirigir la mirada hacia la lámpara. En esta ocasión, la pausa fue más larga.

—Una vez lo tiré por una escalera —dijo.

—¡Oh, vaya! —dijo George, y se revolvió en el sillón—. Dios, estoy seguro de que tú... ¡Bueno, estas cosas pasan! Bueno...

—¿Y tú, George? —preguntó Lindy.

—¿Yo?

—¿Estás casado? ¿Tienes hijos?

—Sí, sí. De hecho, Sally debe de estar a punto de llegar —estaba deseando que llegara su mujer. Tenía la sensación de que Lindy y él ya llevaban mucho rato solos—. Tenemos un hijo en Princeton, y una hija que todavía va al instituto. Yo soy vicepresidente de una empresa que prepara fusiones de pequeñas empresas.

—Fusiones de pequeñas empresas —repitió Lindy. George la miró con recelo, pero le pareció que Lindy se limitaba a cavilar sobre aquella frase—. Antes hacías aeromodelos forrados de papel de seda —dijo Lindy.

George soltó una risita y dijo:

—Pues ya no.

—¿Y Karen? ¿También se ha casado?

—No. Es una célebre abogada. Defiende los intereses de los indigentes.

Esperaba impresionar a Lindy (en realidad, Karen no era tan célebre), pero la expresión de su hermana era la de alguien que se está preparando para hablar en cuanto se calle la otra persona; y casi antes de que George hubiera terminado la frase, Lindy dijo:

—¿Por qué no lo llamas, George?

Él no tuvo que preguntarle a quién se refería.

—Por favor —insistió Lindy—. Y si quiere, si no dice que no, yo podría ponerme al teléfono.

—Bueno —dijo George.

—No soportaría llamar yo y que me colgara.

No se le ocurrió ninguna excusa convincente. Ni siquiera él entendía por qué se resistía a hacerlo. Al final no tuvo más remedio que decir:

—Bueno. Como quieras.

Se levantó y esperó a que ella se levantara también.

—El teléfono está en el estudio —dijo.

—Ah —dijo ella, pero siguió sentada. Entonces, despacio, como si pesara mucho más de lo que pesaba en realidad, tomó su bolso, se levantó del sofá y se ciñó las diversas capas de jerséis—. Estoy muerta de miedo —confesó—. ¿Verdad que es absurdo?

George la guió por el pasillo sin contestar.

Al llegar al estudio, George encendió una lámpara e hizo sentarse a Lindy en un sillón reclinable. Él se sentó a la mesa y descolgó el teléfono. Era un teléfono muy moderno con marcación automática; un misterio para él, pero a Sally se le daban bien esas cosas y se lo había programado. Lo único que tenía que hacer era pulsar un botón. Delante de Lindy, le pareció que aquello era un alarde. *¿Ves lo poco que me cuesta a mí hablar con tu hijo?* Y también era engañoso, porque generalmente era Sally la que se mantenía en contacto con la familia. Sin embargo, cuando Pagan contestó, George hizo todo lo posible por adoptar un tono campechano y familiar.

—Hola, Pagan. Soy George —dijo.

—¿George? ¿Qué pasa?

Los Anton habían llegado a una etapa en la que una llamada de teléfono siempre significaba una mala noticia, y eso se notó en el tono aprensivo de Pagan. Debió de ser la muerte de Pauline lo que los había conducido a todos hasta aquella situación. Así que George alargó cuanto pudo su respuesta, hablando en un tono tranquilo y desenfadado.

—Nada, no pasa nada. Todo bien, al menos por aquí, pero...

Notó que se le aceleraba el corazón, y eso lo sorprendió. Y Lindy, sentada en el borde del sillón, sujetaba tan fuerte su bolso que George veía cómo se le ponían los nudillos blancos.

—... pero mira, tengo una sorpresa para ti —dijo George—. ¿A que no adivinas a quién tengo delante ahora mismo?

—A mi madre —dijo Pagan con voz cansina.

—¿Ya lo sabías?

Lindy levantó la barbilla y miró fijamente a George.

—No —contestó Pagan—, pero ¿quién iba a ser?

—Claro. Tienes razón. Bueno. ¿Quieres hablar con ella?

—¿Por qué no? —dijo Pagan.

George le pasó el auricular a Lindy, y entonces (contra lo que le dictaba el instinto) se levantó para irse. Casi había salido del estudio cuando Lindy dijo:

—¿Hola?

George se quedó en el pasillo el tiempo suficiente para oír a su hermana diciendo:

—Muy bien, ¿y tú?

Fue al salón, se sentó en el sillón y se quedó mirando al vacío. Todavía notaba aquel extraño zumbido alrededor de la cabeza. Buscó en su mente imágenes de la Lindy que él había conocido, una niña flacucha, con las rodillas y los codos huesudos, que siempre estaba trepando por encima de él o apartándolo a codazos y adelantándolo para hacerse con algo. Con las espinillas cubiertas de cardenales de patinar y de jugar al béisbol en la calle. Con el cabello enmarañado y apelmazado, por mucho que su madre intentara cepillárselo.

Se acordaba de cómo competían el uno con el otro, de cómo se peleaban por cada caramelo y por cada tebeo. «¡Yo primero!», le decía Lindy, y él replicaba: «¡No hay derecho!». Veía a Lindy jugando a las tabas en la acera, delante de la tienda, haciendo unos brutales descensos en picado que explicaban que siempre tuviera rasguños en las manos. Reconstruyó mentalmente el dormitorio de St. Cassian Street que había compartido con sus dos hermanas, que previamente había sido la habitación de sus padres, y mucho antes la de su abuela; Lindy y él dormían en la cama de matrimonio, y Karen en la cuna. Por la noche, Lindy le contaba historias en voz baja. «Había una vez un hombre sin ojos que murió en esta misma casa, ¿lo sabías?» George se tapaba los oídos, pero luego apartaba las manos, horrorizado e intrigado a la vez. «¿Y qué pasó?», preguntaba.

A lo mejor, la mujer que estaba en el estudio era una impostora.

La puerta de la calle se cerró, y Sally dijo «¿George?». Él oyó el ruido de sus tacones por el parquet. Cuando Sally apareció en el umbral del salón, parecía recién llegada de otro planeta, con su rubia cabellera, lacia y brillante como una plancha de aluminio pulida, las mejillas brillantes a causa del frío, el cuello de su abrigo de cachemira levantado alrededor de la cara.

—¿Ha llegado Sam? —le preguntó a su marido—. Se me olvidó decirle que... ¿Qué pasa?

—Nada. ¿Por qué? —dijo él.

—¿Por qué me miras así?

—No te miro de ninguna forma.

—¿Qué te pasa, George?

—¡Nada! ¡No me pasa nada! —se levantó con una lentitud exagerada y se aflojó el nudo de la corbata—. Aunque supongo que tendría que mencionarte una cosa —añadió—. Ha venido Lindy.

—¿Qué Lindy? —preguntó Sally.

—Mi hermana Lindy.

Sally se quedó mirándolo y dijo:

—¿Aquí? ¿A esta casa?

—Sí. Está en el estudio, hablando por teléfono con Pagan.

Y entonces Lindy llegó por el pasillo. Sally se dio la vuelta.

—¿Cómo ha ido? —preguntó George.

Pero Lindy no le oyó, o hizo como si no le hubiera oído. Miraba a Sally con gesto sorprendentemente inexpresivo. En el preciso instante en que George comprendió que tenía que presentarlas, Sally se abalanzó sobre Lindy, le tomó ambas manos y exclamó:

—¡Lindy! ¡Oh, qué ilusión! ¡Qué sorpresa! Por cierto, soy Sally, la mujer de George. ¡Me alegro tantísimo de conocerte!

En otros tiempos, Lindy no soportaba que la gente montara aquellos números. (Su madre, por ejemplo.) Pero esta vez se lo tomó con calma, o quizá ni siquiera se dio cuenta. Dejó que Sally la acompañara hasta el sofá.

—¿Llevas mucho rato aquí? ¿De dónde vienes? ¿Cómo nos has encontrado? —le preguntó Sally. Se sentó a su lado en el borde del sofá, sin quitarse el abrigo, de modo que parecía que fuera ella la que había ido de visita—. ¿Cómo has encontrado a tu hermano? ¿Lo habrías reconocido? ¿Sabes que no te pareces mucho a él? Supongo que tú te pareces más a vuestro padre.

—Sally, deja que nos cuente cómo ha ido la conversación con Pagan, ¿quieres? —le dijo George.

—¡Lo siento! ¡Qué charlatana! —exclamó Sally. Entonces se irguió un poco, entrelazó los dedos con remilgo y dejó hablar a Lindy.

Lindy dijo:

—Ah. Bien.

—¿Ha sido muy emotivo? —inquirió Sally—. ¡No puedo ni imaginármelo! Después de tantos años, y de repente... ¡Bueno, debíais de tener muchas cosas que contaros!

—No tantas —dijo Lindy.

—¿Se ha quedado mudo de asombro?

—Sally, ¿quieres hacer el favor de dejarla hablar a ella? —dijo George.

Sally parpadeó, y Lindy dijo:

—No pasa nada.

Hablaba sin mover apenas los labios, con la cara rígida y entumecida.

—Le ha cambiado la voz —dijo—. Ése es el tipo de cosas para el que ni siquiera se te ocurre prepararte: que ya no tendrá aquella dulce y clara vocecita.

—Pero ¿qué ha dicho? —preguntó Sally, y miró de reojo a George.

—Ha sido muy educado. Me ha preguntado cómo estaba; ha dicho que se alegraba de oírme; que sí, que ahora tenía una familia... Le he dicho: «¿Qué te parece si quedamos para vernos?». Y él ha dicho: «¿Vernos? Ah. Bueno, no sé. Creo que no tiene mucho sentido, ¿no?».

—¿Que no tiene sentido? —saltó Sally.

—Bueno, supongo que es comprensible —dijo George.

Las dos mujeres lo miraron.

—Teniendo en cuenta..., ya sabéis, las circunstancias —añadió él.

—Pues no, no lo sabemos —le dijo Sally, y se volvió hacia Lindy—. Espero que lo hayas convencido.

—No. Le he dicho: «Vale» —dijo Lindy—. Le he dicho: «De todos modos, le dejaré mi número de teléfono a George por si algún día quieres hablar conmigo».

—Es que lo has pillado desprevenido —decidió Sally—. Tiene muy buen corazón, de verdad. Lo que pasa es que no se esperaba esto. ¡Te llamará, estoy segura! El teléfono sonará en cualquier momento, ya lo verás.

—No, no creo que llame —dijo Lindy, y se ciñó los jerséis—. Tengo que irme a casa.

—¿Tan pronto? ¡Pero si casi no hemos hablado! —protestó Sally.

—Mi marido me espera.

—¿Te has casado? ¿Dónde vives? ¡No sé nada de ti!

—Ya te lo contará George —dijo Lindy—. Estoy cansadísima. Tengo que irme.

Se levantó y echó a andar hacia el recibidor, sujetando su bolso con ambas manos. Se movía como si le dolieran los pies.

—Espera —dijo George.

Lindy se paró, pero no giró la cabeza.

—¿Y papá? ¿Y Karen? ¿No piensas ir a verlos?

—Quizá otro día.

Una seductora mezcla de frustración y desconcierto se apoderó de George, que dijo:

—Como quieras.

Pero Sally intervino:

—Por favor, Lindy. Piénsalo mejor. ¡Se mueren de ganas de verte! ¿No podríamos llamarlos por teléfono e invitarlos a venir? ¿Aunque sólo fuera una breve visita? ¿Unos minutos, quizá?

—Es que estoy completamente agotada, de verdad —se disculpó Lindy—. Pareces una persona encantadora. Pero ahora sólo quiero irme a casa y meterme en la cama. George, te he dejado mi número en la mesa, por si Pagan te lo pide. Aunque no te lo pedirá.

Lo más curioso de todo aquello, y lo más injusto, fue que todo el mundo le echó las culpas a George. Sally dijo que había adoptado una actitud muy pasiva, que había desistido con excesiva facilidad, que casi parecía alegrarse de que Pagan hubiera rechazado a Lindy.

—¿Alegrarme? —protestó George—. Perdona, pero ¿quién lo ha llamado? ¿Quién le ha dicho que Lindy quería hablar con él?

—Te juro que parecías la mar de satisfecho cuando Lindy ha dicho que Pagan no quería verla. Has dicho: «Bueno, supongo que es comprensible» —Sally adoptó un tono de voz retumbante y ampuloso que no tenía nada que ver con el tono de voz de George—. Reconócelo: estabas de su parte. Tú tampoco creías que debieran verse. Eres un rencoroso, George Anton.

—Lo único que he querido decir —se defendió él— es que debía de haberse imaginado que, seguramente, un niño de tres años que fue arrojado a las fieras por su madre no tendría gran cosa que decirle después de tanto tiempo.

—Pagan ya no tiene tres años; tiene veinticinco. ¡Y claro que tiene cosas que decirle, aunque no sean agradables! Debiste llamar tú a Pagan de inmediato, George, y proponerle que viniera aquí enseguida. Para empezar, no debiste salir del estudio. Seguramente Lindy, con los nervios, dijo todo lo que no tenía que decir.

—Quería respetar su intimidad, Sally.

—¡Su intimidad! ¡Su intimidad! —desaprobó Sally—. Lo que pasa es que eres igual que tu padre. Crees que la actitud distante es una virtud.

¿Y su padre? Su padre, que debería haber sido el más rencoroso de todos, se comportó como si Lindy sólo hubiera estado de compras por ahí todos aquellos años. «¿Cuándo va a volver? ¿Te lo ha dicho?», preguntó cuando George lo llamó por teléfono. «¿Por qué no me lo has dicho? ¿No se te ha ocurrido pensar que yo querría verla?» Michael era un hombre que había soportado un sufrimiento y un dolor indescriptibles, por no mencionar una segunda ronda de turnos para ir a recoger a toda una pandilla de niños en coche, partidos de fútbol y reuniones de padres y profesores por un crío que no era su hijo; pero ahora lo único que quería saber era: «¿Te ha preguntado por mí, al menos? ¿Le interesaba saber cómo estaba?».

—Pues claro que me lo ha preguntado —contestó George. (Bueno, más o menos.)

—¿Ha lamentado lo de tu madre?

—Sí, mucho.

Su padre exhaló un suspiro.

—Pobre Pauline —dijo—. Cómo siento que no haya vivido para ver esto.

—Ya lo sé, papá.

—Ella nunca perdió la esperanza. Nunca dejó de creer que algún día, tarde o temprano... Mira, ¿te acuerdas de aquella vez que le salió la oportunidad de hacer un crucero? Habría podido ir con un grupo de su parroquia, pero dijo: «Ay, no, no me apetece pasar tantos días lejos de casa». Y yo estuve discutiendo con ella; le insistía que debía ir. ¡Nosotros podíamos apañárnoslas perfectamente sin ella! Tú ya ibas a la universidad y Karen tenía... ¿cuántos años tenía? Bueno, pongamos que tú tuvieras dieciocho; entonces ella debía de tener...

Desde que se había jubilado, Michael se había vuelto pesadísimo. Sus conversaciones eran tan largas y prolijas, tan confusas, enrevesadas y pedantes, llenas de repeticiones, calificadores, correcciones, pausas para dar con la palabra justa que tenía en la mente, obstinados intentos de expresarse con la máxima exactitud, mencionando fechas, calles, nombres concretos incluso cuando esos datos no afectaban en absoluto a la historia. Y todo debido a la soledad, sin duda. La tienda había sido su única vida social. Anna se encargaba de aligerar el relato. «Bueno, en junio o julio, qué más da. El caso es que...» proponía amablemente. Pero por teléfono ella no podía ayudar; de modo que tuvo que ser George, al final, quien lo interrumpiera diciendo:

—Sí, es verdad, mamá siempre estaba... mirando por la ventana por si llegaba Lindy.

—Guardaba todas las cosas de Lindy por si algún día volvía, ¿lo sabías? Su ropa, sus libros, sus papeles, sus pinturas, sus discos...

Sí, George lo sabía. Fueron Karen y él quienes lo encontraron todo, cuando todavía estaban en la fase de incredulidad posterior a la repentina muerte de su madre. (Marilyn Bryk, la antigua amiga de su madre, había llamado a George una lluviosa noche de marzo; Marilyn, la enferma de cáncer, la que en teoría tenía que ser la primera en morirse. Se había enterado antes que nadie porque la policía había encontrado una felicitación de cumpleaños que le había enviado a Pauline en el bolso de ésta.) Imagínense lo que debieron de sentir cuando descubrieron un jersey de cuello alto descolorido, unos vaqueros negros con una hilera de remaches plateados que iba desde la cintura hasta el dobladillo, un enorme y arrugado chubasquero lleno de hebillas y trabillas; aquel armario era una triste cápsula del tiempo, y Samantha, la hija de George, lo reclamó inmediatamente. Samantha estaba chiflada por Lindy, o eso le parecía a George. Ella había nacido muchos años después de que Lindy se fugara de casa, pero siempre estaba haciendo preguntas sobre ella, contemplando fotografías suyas, convirtiéndola en una especie de personaje mítico, mágico.

Cuando Samantha se enteró de que se había perdido la visita de Lindy, se puso hecha una fiera.

—¿Que ha venido Lindy? ¿Que ha estado en esta casa? ¿La persona a la que más he deseado conocer desde que nací? ¡No puedo creer que la hayas dejado marchar sin que yo la viera!

—¿Tengo yo la culpa de que no hayas vuelto de la escuela hasta el anochecer? —le preguntó George.

—¡Pues mira, culpa mía tampoco es! ¡Estaba esperando a mi entrenador de tenis! ¡Mamá se olvidó de avisarme de que había llamado para cancelar la clase! Además, ¿cuánto rato ha estado Lindy aquí? ¿Tres minutos y medio? ¿Por qué se ha marchado tan pronto? ¿Qué le has dicho para que se fuera? ¿Le has dicho algo desagradable?

Gina todavía fue más dura; Gina Meredith, la autoritaria mujer de Pagan, una feminista que había conservado su apellido de soltera, se negaba a depilarse las piernas y amamantaba a su hijo en público.

—Pagan me ha dicho que ha venido su madre —dijo cuando llamó por teléfono a George—. ¿Todavía está ahí?

—No, Gina; se ha marchado.

—Mira, George, esto es sumamente importante. Creo que Pagan debería hablar con ella. Los dos deberíamos hablar con ella. Es más, deberíamos hablar todos, como familia.

—Pero si el propio Pagan ha dicho...

—En primer lugar, necesito preguntarle si consumió drogas durante el primer trimestre.

—¿Ah, sí?

—Esas cosas pueden tener efectos a lo largo de toda la vida. Conviene estar bien informados.

—Mira, Gina, lo siento mucho, pero Pagan le dijo que no tenía sentido que se vieran.

—Al menos podrías haber intentado convencerlo —argumentó Gina.

—No me pareció que tuviera derecho a discutir con él. Y tampoco me parece que lo tengas tú, si no te importa que te lo diga —se acaloró George—. Al fin y al cabo, el perjudicado es Pagan. Debe ser él quien decida si quiere verla o no.

—Mira, esto es inaceptable —se pronunció Gina.

—Hay muchas cosas que son inaceptables —rebatió George—. Pero eso no quiere decir que no ocurran.

Aunque sospechaba que Gina todavía era demasiado joven para creerlo.

Karen fue la única que entendió la postura de George. Primero quiso conocer todos los detalles. Lo que más le interesaba saber era qué aspecto tenía Lindy (¿todavía podría ponerse aquellos vaqueros, suponiendo que le apeteciera?), y después por qué no se había quedado hasta que pudiera llegar Karen, y en qué había consistido exactamente su conversación con Pagan.

—Al menos Pagan no le ha colgado el teléfono, ¿no? ¿O sí? ¿Crees que le habrá preguntado quién era su padre?

—No tengo ni idea —contestó George.

—Bueno, si quieres que te diga la verdad, no me extraña. Lo abandona sin dar explicaciones, desaparece, deja que se espabile él solito, y de repente dice: «¡Ay, madre! ¿No tenía yo un hijo en algún sitio? ¿Qué habrá sido de él?». Pues claro que no ha querido verla. Y con mucha razón.

George no hablaba a menudo con Karen. Se llevaban muy bien, eso sí, pero sus vidas no tenían mucho en común. Además, George tenía la impresión de que a Karen no le caía muy bien Sally, aunque su hermana jamás había hecho ningún comentario sobre ella. Sin embargo, ahora George sentía un intenso cariño por ella.

—Me encantaría que convencieras de eso a Gina.

—¿A Gina?

—Acaba de llamarme muy enojada. Cree que debí, no sé, atar a Lindy a una silla hasta que ella llegara aquí para investigar su mapa genético. Estoy seguro de que se imaginaba una gran confrontación familiar.

—Ah, pues si eso es lo que quiere Gina, seguramente la habrá —dijo Karen.

Gina era otro tema sobre el que George y Karen estaban de acuerdo. George casi lo había olvidado.

Como si la visita de Lindy hubiera apartado una cortina o una mampara, durante los días siguientes George no paró de tener algo que sólo podía llamar saltos en el tiempo. Eran más vívidos que los simples recuerdos, y más breves; en realidad no eran más que imágenes mentales independientes. El bastón de madera con que caminaba su padre, con el mango gastado, de tacto sedoso, que llenaba a George de amor y de pena cada vez que lo veía colgado del picaporte de la cocina en el apartamento de St. Cassian Street. Un geranio que su madre había rescatado del cubo de basura de unos vecinos y que había mimado hasta convertirlo en un monstruo descomunal cuyos segmentados y escamosos tentáculos se extendían por el alféizar. Cuando contaba monedas para devolverles el cambio a los clientes en la alta caja registradora de bronce de su padre. La dependienta de la zapatería apretándoles los dedos de los pies cuando su madre los llevaba a comprarse zapatos antes del inicio de cada nuevo curso escolar.

Luego recordó otras veces que había ido de compras con su madre; se arrastraba detrás de ella mientras Pauline, incansable, buscaba alguna ganga, y lo invadía un aburrimiento atroz. Se acordó de un día en que Pauline se metió en un probador para probarse un vestido de algodón gris; pasados unos minutos, llamó a sus hijos, riendo: «¡Niños! ¿Queréis ver cómo estaría vuestra madre si la internaran en un manicomio?». Al verla, Lindy se puso a reír a carcajadas, pero George estaba demasiado impresionado para reír, porque el atuendo de su madre resultaba asombrosamente convincente.

Y las Navidades en que su padre le regaló el camisón: negro, con unas copas de encaje negro casi transparentes. «¡Pero Michael!», dijo Pauline, y su padre puso cara de idiota; bajó la mirada y se sonrió. Ella fue inmediatamente al dormitorio y se probó el camisón. Entonces ya vivían en Elmview Acres, y el dormitorio principal estaba justo enfrente del salón, pero en lugar de volver al cabo de unos minutos, su madre llamó desde allí: «¿Michael? ¿Puedes venir un momento?». Su padre apartó una caja de calcetines que estaba examinando sin mucho interés, se levantó y salió del salón, todavía con la cabeza agachada; y la puerta del dormitorio se cerró con llave y no se oyó nada hasta pasado un rato. Entonces los niños tenían... quizá doce, once y siete años, o algo así; eran lo bastante mayores para lanzarse miradas embarazosas y sin embargo, aquel lejano recuerdo hizo sonreír a George.

Bueno, había muchas cosas de sus padres que les hacían sentir vergüenza. ¿O les pasaba eso a todos los niños? Pero George tenía la impresión de que la vida de los Anton era más extremada que la de los demás. Aquel mismo camisón, sin ir más lejos; sólo horas más tarde había dado pie a una gran batalla, cuando a su madre se le ocurrió preguntarle a su padre cómo había sabido qué talla tenía que comprar. Se había llevado a Katie Vilna a comprar con él, explicó su padre, porque había calculado que Pauline y Katie tenían más o menos la misma talla. Y entonces se armó la gorda. George no sabía si fue por el hecho de que su padre había actuado en connivencia con otra mujer o porque su madre creía que Katie tenía menos pecho que ella; pero el caso es que su madre explotó, su padre la llamó loca, y su madre tiró el camisón a la papelera...

En la familia Anton no existía la palabra «templanza». Los Anton hacían cosas exageradas, como tirar la ropa a la basura, fugarse de casa o morir en espectaculares accidentes de tráfico.

O aparecer después de veinticinco años preguntando dónde estaban todos.

Pues bien, al final se reunieron todos, como había pronosticado Karen. Cuando Gina se proponía algo, cuidado. Llamó a Anna, llamó a Karen, llamó a George para pedirle el número de teléfono de Lindy, y por último, no se sabe cómo, convenció a Pagan para que rectificara. O quizá convencer a Pagan fue lo primero. Fuera como fuese, la familia se reunió en casa de Anna un domingo de marzo a la hora de comer. Fueron todos menos JoJo, que estaba en la universidad. Pagan fue con Gina y su hijo; Lindy fue con su marido. Comieron asado de cerdo, pero también había una lasaña de berenjena para Gina, que no comía carne. No ocurrió nada especial. Nadie montó ninguna escena; nadie se levantó de la mesa y se marchó, ni se puso a llorar. A Lindy sí se le empañaron un poco los ojos con su nieto —un crío de seis meses que evidentemente le recordaba a Pagan cuando tenía esa edad—, pero por lo demás se mostró muy comedida, igual que Pagan. De hecho, en realidad no tenían mucho en común. Lindy parecía haber trasladado todos sus sentimientos al bebé. Evitaba hablar con Pagan, o mirarlo siquiera, siempre que podía, y Pagan se mostró tan cortés y reservado como siempre. Finalizada la tarde, se intercambiaron las clásicas cortesías: esto hay que repetirlo, me alegro tanto de haberos visto, la próxima vez tenéis que venir a nuestra casa... Y entonces cada uno se marchó por su lado. Fue una comida perfectamente civilizada.

Entonces, ¿por qué lo pasó tan mal George?

Antes de sentarse a comer, apoltronado con gesto triste en la banqueta del piano de Anna, con los brazos cruzados, la barbilla apoyada en el pecho, observaba los preparativos con cierto cinismo. Cada comentario provocaba en él un silencioso y mordaz *Sí, claro*. Cuando Lindy dijo «Para mí sólo una infusión de hierbas, si tenéis alguna, por favor. No tomo ningún estimulante artificial», puso los ojos en blanco y soltó un bufido que se oyó demasiado. (Lindy parecía aquella niña de sonrisa tonta de *La bella y la bestia*. «Para mí una sola rosa perfecta, padre, por favor.») Y la respuesta de Michael —«¡Claro que sí! ¡Ahora mismo te la preparo!»— fue tan obsequiosa y tan patética; el rubor de su rostro lleno de emoción y entusiasmo contrastaba con su fino cabello blanco.

Sí, hasta el aspecto de la gente lo ponía nervioso. El marido de Lindy resultó ser una caricatura del profesor de Literatura, con aquella barba entrecana, corta, aquellos amables ojos grises y aquellas coderas de ante. El peinado a lo paje de Anna, que todavía tenía el pelo castaño, parecía expresamente diseñado para hacer ostentación de su dominio de sí misma. (George tenía la teoría de que los peinados revelaban la personalidad; que la gente con el pelo liso y dócil, por ejemplo, tendía a ser sumisa, mientras que los que tenían el pelo rizado eran descontrolados y desorganizados.) Gina estaba demasiado lozana y exuberante, y las manchitas que tenía sobre cada pezón eran una vergüenza. ¿Y qué decir de Samantha, vestida de negro desteñido de pies a cabeza y con un montón de collares de semillas y cuentas y símbolos astrológicos? Un atuendo sacado de los cajones de la cómoda de Lindy, pero si Lindy lo reconoció, no dijo nada. A su lado, ella parecía convencional con su sencillo vestido de campesina y su chal con flecos; y estaba demasiado entretenida soñando con el bebé. Samantha, que estaba sentada a su lado, podría no haber existido.

Allí estaba Lindy, el misterio central de sus vidas, la espina clavada en el corazón de la familia, ¿y qué hacían todos? Discutir sobre si los ojos de los bebés cambiaban de color. Pedir copas de jerez, soda y ginger ale, y preguntarse si debían llamar a JoJo, aunque ¿se habría levantado ya? ¿No sería mejor aplazarlo hasta después de comer?

—Es como si estuviéramos en una comida normal y corriente —le susurró Karen a George al oído—. Tenemos a una invitada normal y corriente, sólo que esa invitada es Lindy —aquello se parecía mucho a lo que estaba pensando George. ¿No era todo demasiado fácil? ¿De verdad podía Lindy mezclarse con ellos con aquella llaneza?

Entonces Gina empezó a atacar.

—Lindy, tengo que preguntarte una cosa. ¿Qué historial clínico tenía el padre de Pagan?

—¿Historial clínico? —se extrañó Lindy—. Pues la verdad... —miró a los demás y dijo—: Era un batería de un pueblecito de Texas. En realidad nunca fuimos una pareja estable.

No pareció que Pagan oyera aquella respuesta, o al menos no pareció que le importara. Estaba tranquilamente sentado al lado de Gina, quien, ay madre, de repente se abrió el sujetador de lactancia y le ofreció un pecho al bebé.

—¡Un batería! —le dijo Gina a Pagan, alejada, al menos temporalmente, de sus preocupaciones médicas—. ¡De ahí te viene el talento musical!

—Podría ser —concedió Pagan sin mucho interés.

Sally, cambiando precipitadamente de tema, preguntó por qué todavía había colgadas tantas coronas navideñas.

—¿Tanto cuesta quitar una corona de la puerta? No lo entiendo.

—Supongo que es una de esas cosas en las que la gente, pasados unos días, ya no se fija —propuso el marido de Lindy.

—En cambio sí se fijan en los árboles de Navidad, ¿no? ¡Y en las decoraciones de los jardines! No me explico por qué dejan las coronas, con lo fácil que es...

—Ay, mamá. Que dejen las malditas coronas colgadas hasta junio, si quieren —la interrumpió Sam—. No te pongas así.

—No, si sólo es curiosidad, Samantha. No me pongo de ninguna manera. Lo que pasa es que siento curiosidad por el género humano, sencillamente.

George se dio cuenta de que si cerraba los ojos habría jurado que era su madre quien hablaba.

Y por cierto, durante la comida se pusieron a contar «historias paulinianas», como las llamaba en secreto George. No estaba seguro de cómo había empezado aquella tradición, que consistía en intercambiar recuerdos de los momentos más chiflados de su madre mientras su padre chasqueaba la lengua con cariño y Anna componía una sonrisa tolerante. Normalmente George participaba, pero aquel día se quedó callado mientras Karen empezaba con una descripción de la cena que se organizó con motivo del cumpleaños de Mimi Drew en Haussner's, el inmenso restaurante Haussner's, con kilómetros cuadrados de mesas.

—La anfitriona era una mujer a la que mamá no conocía —le explicó Karen a Lindy—, y cuando llegó allí vio que no conocía a nadie. Pero de todos modos se sentó a la mesa e inició una conversación, hasta que de pronto se dio cuenta de que ni siquiera Mimi estaba entre los comensales. Pensó: «Vaya, me he equivocado de fiesta», y entonces divisó a Mimi en la otra punta del restaurante; pero se lo estaba pasando tan bien que decidió quedarse donde estaba.

—Siempre hacía cosas así —apuntó Sally mientras le pasaba la lasaña a Lindy (resultó que ella tampoco comía carne)—. Una vez fuimos al centro y le dio un dólar a un mendigo, sólo que no era un mendigo, sino un profesor universitario. «Señora —dijo aquel hombre—. Soy profesor universitario», pero Pauline agitó una mano y dijo: «No importa, quédeselo de todos modos», y yo dije: «¡Pero Pauline...!».

El marido de Lindy soltó una de sus barbudas, peludas risotadas.

Luego le llegó el turno a las historias del coche. La vez que Pauline se perdió en su propio callejón, la vez que confundió el freno con el acelerador, la vez que dio marcha atrás y atropelló a un peatón, lo tiró al suelo, sacó la cabeza por la ventanilla, dijo «¡Lo siento!», escondió la cabeza, puso la marcha atrás y volvió a arrollar al pobre hombre. Fue Sam la encargada de relatar aquella anécdota, pero era George quien la había vivido; tenía catorce años y pasó una vergüenza atroz, y aunque había ocurrido más o menos como Sam la había explicado, en cierto modo sonaba falsa. Su madre no era ninguna imbécil; su madre era, dependiendo de la ocasión, asustadiza y aterradora, irascible, amarga, rencorosa, desgraciada, celosa, dolida, aturdida, desorientada.

—¡No fue así! —dijo, pero Sam replicó:

—Bueno, más o menos —y los demás siguieron riendo.

Sólo Lindy lo miró a los ojos brevemente. Sólo Lindy pareció entender lo que George quería decir. Lindy no se reía.

En fin: tenemos que irnos, esto hay que repetirlo, tenéis que venir a nuestra casa, bla, bla, bla.

¿Ya estaba?

En el jardín de la casa de Anna, George le dio un beso en la mejilla a Lindy y le estrechó la mano a su marido. Se quedó allí de pie, con los demás, mientras el Falcon se alejaba cabeceando por la calle, con su elevada parte trasera, descomedido y abollado. Los otros decían: «¿Verdad que ha estado bien?» y «¿No creéis que todo ha salido a la perfección?».

Bla, bla, bla.

Entonces George se dio cuenta de que lo que debería haber preguntado era: *¿Por qué lo hiciste, Lindy? ¿Valió la pena? ¿Tan espantosa era nuestra familia? ¿Qué era eso tan importante por lo que hiciste añicos nuestro mundo? ¿Ni siquiera te importa? ¿Nunca te arrepientes de haberlo hecho? ¿Pensabas en nosotros, todos aquellos años? ¿Te preguntabas qué habría sido de nosotros? ¿Nos echabas de menos? ¿Soñabas con nosotros por la noche? ¿Pensaste alguna vez que te habías equivocado, que habías sido egoísta, o cruel, o incluso... mala?*

¿No era yo motivo suficiente para que te quedaras aquí?

¿Tan poco te costó olvidarme?

¿Cómo pudiste abandonarme, Lindy?

10. El hombre-postre

Michael despertó de un sueño que tenía el paisaje de un cuento de hadas: colinas y valles suaves y verdes, una estrecha carretera que serpenteaba hacia el horizonte. La atmósfera de aquel sueño impregnó las primeras horas de la mañana. Mientras se duchaba, se afeitaba, se vestía y desayunaba con Anna, imaginaba que unas volutas de niebla se le adherían al cabello. La dulce voz de Anna viajaba hasta él recorriendo una gran distancia: quizá volviera tarde aquella noche; tenían que empezar a planear las Navidades; no quería olvidarse de llamar a Mollie Picciotto durante el fin de semana.

A las 8.45 la acompañó al trabajo; lo hacía cada día desde que se había jubilado. Aquella rutina, que lo obligaba a levantarse y a salir de casa, daba cierta forma a sus días. Después, generalmente hacía algunos recados. Aquella mañana quería ir a comprar masilla para las ventanas; era una misión más distraída que otras. Al oír el comentario de Anna, la noche anterior, sobre el aire que entraba por la ventana del salón, Michael se había entusiasmado. Repasó las posibilidades. ¿Masilla? ¿Tiras de fieltro? ¿O debía optar por el enfoque más profesional y comprarse una auténtica pistola para enmasillar?

—Espero encontrar lo que necesito en Schneider —le dijo a Anna—. No me gustaría tener que ir hasta Home Depot.

—¿Cómo dices? —dijo Anna—. Me parece que no has oído ni una sola palabra de lo que te estaba diciendo.

Michael rebobinó apresuradamente. Calvin; Anna había mencionado a Calvin, el director de la escuela.

—Problemas en la escuela —aventuró—. El viejo Cal ha vuelto a hacer de las suyas.

—Trabajamos sin parar de nueve a tres. Hasta la comida es trabajo, porque se supone que tenemos que comer con los alumnos. ¡Y por si fuera poco tenemos que aguantar unas interminables reuniones después del horario escolar! Esta vez, a Calvin no se le ha ocurrido nada mejor que ponernos la reunión un viernes, cuando lo que estamos deseando todos es llegar a casa y tumbarnos en el sofá.

Michael puso el intermitente y torció a la izquierda para entrar en el camino de la Academia Maestro.

—Anna —dijo, conduciendo por un bosque desnudo, débilmente iluminado por el sol—. Hay una solución muy sencilla. Deja la escuela. Tienes ochenta años. Es absurdo que sigas dando clases.

—No quiero dejar la escuela —repuso ella.

—Podríamos viajar —insistió Michael. Entró en el aparcamiento y miró a Anna—. Podríamos pasar más tiempo con nuestros nietos. Tú podrías ver a tu hija más a menudo.

Anna ponía cara de «no me vas a convencer». Todavía era una mujer atractiva, pese al cabello canoso y las arrugas, pero cuando se ponía tozuda, la línea de su mandíbula le recordaba a Michael a un cascanueces.

—Para mí las clases son muy importantes —dijo ella—. Nunca las dejaré voluntariamente.

—Pero mira lo que acabas de decirme —argumentó él—. ¿No acabas de decirme que lo que estás deseando es llegar a casa y tumbarte en el sofá? Y yo te estoy diciendo que eso tiene solución.

—Es que yo no quiero solucionar nada.

—Muy bien —dijo él—. Me rindo.

—Si la reunión se alarga demasiado, te llamaré para que vengas a recogerme —dijo mientras salía del coche—. Que tengas un buen día, cariño.

—Tú también. Adiós.

Pero mientras daba marcha atrás, salía del aparcamiento y volvía a la calle, Michael le iba dando vueltas a su conversación. Si una persona comentaba un problema, ¿no era lógico que la otra persona ofreciera alguna sugerencia útil? ¡Sobre todo cuando la otra persona era tu esposa! Los matrimonios se apoyaban. Pero según Anna, no. Anna no necesitaba a nadie. Para ella, Michael no era más que un fleco. Un lujo. Un postre.

Bueno, quizá debiera sentirse liberado. No estaba obligado a nada; no le correspondía a él arreglar las cosas. Qué alivio, ¿no?

Entró en Falls Road y dijo, en voz alta: «Ella también puede ser mi postre».

Pero aquello no resultaba tan satisfactorio como parecía.

En junio, Anna y él cumplirían veintidós años de matrimonio. Parecía increíble; curiosamente, él seguía considerándolo un segundo matrimonio. Pese a todo lo apacible que era, parecía un matrimonio suplementario, no del todo auténtico; de hecho, quizá sólo fuera la imprevista y desproporcionada reacción de una de sus peleas con Pauline. Aunque si vivía ocho años más, podría afirmar que había estado casado más tiempo con Anna que con su primera mujer. Y lo más probable era que viviera ocho años más; era perfectamente posible. Su médico le había asegurado que tenía el corazón de un hombre de sesenta años. Al principio Michael no lo había entendido bien. «¿Sesenta?», había dicho. «¡Son muchos años!» Él no se consideraba viejo. Iba un poco encorvado, le temblaban las manos, y su cara era la de un adusto vejete al que no reconocía cuando se miraba en el espejo; pero por dentro todavía tenía veinte años, y se marchaba a la guerra mientras una chica con un abrigo rojo le decía adiós con la mano.

Aquel día era el aniversario de Pearl Harbor, y se había armado más jaleo de lo habitual porque no sólo era el sesenta aniversario, sino el primero después del ataque contra las Torres Gemelas. En la televisión hacía una semana que daban películas patrióticas. Entrevistaban a veteranos, ancianos con la voz cascada y con unos párpados tan caídos y arrugados que no se entendía cómo podían ver. En la radio del coche se oía el discurso de Roosevelt; *Día de la infamia,* decía. Michael torció a la izquierda hacia Northern Parkway y se encontró frente a un río de pilotos de freno, pues era la hora punta. Maldita sea, debió ir por Harvest Road. Se paró, se contorsionó para quitarse la chaqueta de lana y la dejó en el asiento del pasajero.

Siempre le sorprendía que cuando Anna y él no estaban de acuerdo en algo, ese desacuerdo permanecía desconectado del resto de sus vidas. Anna nunca lo asociaba a otros desacuerdos, nunca desenterraba antiguos temas de discusión ni guardaba rencor después. Pasados dos minutos, ella volvía a ocuparse de sus cosas. E incluso cuando discutían, ocasionalmente, no parecía que ella imaginara que aquello podía significar el fin de su matrimonio. Sí, en un par de ocasiones, al principio, él mismo había planteado esa posibilidad, movido por una especie de acto reflejo. «Si tanto te importa, siempre puedes pedir el divorcio.» Pero la transparente mirada de Anna sólo denotaba incomprensión. «¿Pedir el divorcio?», dijo sorprendida.

En el sueño de la noche anterior, Michael caminaba por un neblinoso valle intentando encontrar el camino de regreso a casa. Alguien lo ayudaba, una hermosa mujer de rubio y largo cabello que llevaba una varita mágica. Vaya, era la bruja buena de *El mago de Oz*. Hasta ahora no la había reconocido. Le decía que no dejara que nadie lo besara detrás de la oreja izquierda, y que no dejara que el sol se situara detrás de su hombro izquierdo, y que no escuchara los pasos que lo seguirían por la calle. «Resumiendo —le decía con su empalagosa voz—, si quieres volver a tu casa, no mires nunca atrás». Y entonces Michael despertó.

En Schneider decidió que lo mejor era la masilla: barata, práctica y fácil de aplicar. (Michael ya no era tan hábil como antes.) Después de elegir una caja, echó un vistazo al resto de la tienda, que era como un armario grande pero en la que podías encontrar cualquier cosa que necesitaras. Examinó una selección de ganchos adhesivos. ¿No había pensado que necesitaba ganchos para no sé qué un par de días atrás? Leyó la letra pequeña de un saco de descongelante para aceras. El problema era que muchos de aquellos productos estropeaban el césped y las baldosas.

Los únicos clientes que había en la tienda eran una familia de tres personas: el padre, alto y con gafas; la madre, morena y bajita; y un niño muy pequeño con el pelo cortado a máquina. Estaban pagando uno de aquellos trineos anticuados de madera con patines metálicos que se exhibían en la acera de Schneider, y el niño estaba emocionadísimo. Michael no pudo evitar sonreírle. «¿Estás seguro de que vas a poder llegar a usar eso?», le preguntó; el niño interrumpió un momento su danza de la alegría para reflexionar sobre aquella pregunta.

Michael tenía contacto con tan pocos niños pequeños que casi había olvidado cómo hablar con ellos. Los hijos de George ya tenían edad suficiente para tener sus propios hijos, pero JoJo, que tenía treinta años, todavía vivía como un adolescente, viajando por el país con un grupo de rock que se llamaba Dark at the End of the Tunnel; Samantha, por su parte, estaba entregada a sus estudios de Medicina y por lo visto ni se había planteado casarse. No parecía que ninguno de los dos fuera a tener descendencia, al menos de momento. En cuanto a los dos hijos de Pagan, ya habían superado aquella etapa en que todo eran risas, bromas y júbilo desenfadado: tenían doce y diez años, y ya se podía hablar con ellos de cosas más serias, desde luego. Bobby llevaba unos espectaculares aparatos de ortodoncia que le daban a su boca un aspecto apretujado y deforme. Polly llevaba un peinado muy poco favorecedor: dos gruesas y redondas colas de caballo que nacían donde un osito de peluche habría tenido las orejas, con esa semejanza acentuada por unas gomas de piel artificial marrón.

En realidad, Polly se llamaba Pauline.

¿Por qué a nadie se le había ocurrido ponerle Michael a su hijo?

A veces, en las reuniones familiares, cuando la gente empezaba a contar historias divertidas sobre Pauline, Michael sentía una punzada de celos. ¿No se acordaban de lo difícil que era Pauline? ¿De lo exigente que era? ¿De lo cargante? («Hoy he tenido que darle un billete de cinco dólares a mi mendigo porque no tenía ninguno de uno», dijo la última vez que Michael la vio, y aquella palabra, «mi», su íntimo atrevimiento, bastó para que él recordara por qué se habían divorciado.)

Se dirigió al mostrador y pagó lo que había comprado; entregó el importe exacto y rechazó la bolsa que le ofrecieron. Ya en la calle, examinó una selección de palas de nieve antes de seguir de mala gana hasta su coche. Las ferreterías tenían algo tan tranquilizador. El mensaje que Michael recibía de ellas era: *Podemos ayudarle a arreglar cualquier cosa. Ventanas que no cierran bien, aceras heladas, moho, polillas, malas hierbas... ¡Podemos con todo! ¡No se preocupe!*

Si hubiera tenido una relación más estrecha con Lindy, habría conocido a aquellas niñas, las nietas de Lindy, o mejor dicho nietastras: dos gemelas de tres años y un bebé. Pero su relación con Lindy era poco más que educada; había mejorado respecto a los viejos tiempos, pero seguía sin ser algo de lo que enorgullecerse. Sólo se veían una o dos veces al año, casi siempre en casa de Pagan, cuando había alguna reunión familiar. Sus conversaciones tendían a patinar un rato por la superficie hasta que de pronto se sumergían bruscamente en unas aguas oscuras. El verano anterior, por ejemplo, Lindy había anunciado que su familia le recordaba a un animal atrapado en una trampa. ¡Lo dijo así, sin más! ¡Sin que nadie la provocara! Estaban hablando de la reciente excursión de Bobby y Polly al circo y Michael le había preguntado a Lindy, sólo por seguir la conversación, si se acordaba de cuando la llevaban a ella al circo. «Sí, ya lo creo —contestó ella—. ¡Dios bendito, aquellas eternas excursiones familiares! "Nosotros solos", decía mamá. "Sólo nosotros cinco", como si aquello fuera algo deseable, y nunca olvidaré la claustrofobia que me daba. Nosotros cinco hechos un condenado y enmarañado nudo, vueltos hacia dentro, atrofiados, como un zorro atrapado mordisqueándose una pata».

Iba hacia el este por Northern Parkway, conduciendo sin rumbo fijo, bajo un cielo pálido e invernal, con un dedo sobre el volante. En la radio sonaba *The White Cliffs of Dover.* ¿Por qué la música de hoy en día no podía sonar como la de antes? Le gustaba la discreción y la sencillez con que la cantante modulaba su voz, tan decidida a expresar su tristeza que ni se le ocurría exhibirse.

Cuando llegó a Rock Road se dio cuenta de que iba hacia la tienda. Qué tonto. Era verdad que en su lista mental de tareas figuraba un cartón de leche, pero había un montón de tiendas que estaban más cerca que ultramarinos Anton. O World O'Food, como se llamaba ahora. Odiaba aquel nombre. Odiaba el concepto de las cadenas de supermercados, y se sentía desgraciado cada vez que entraba en aquel sitio, pero por algún extraño motivo su coche siempre acababa encontrando el camino hasta allí. Se relajó y se dejó llevar, escuchando, distraído, una entrevista con un veterano que había servido en Francia. Había perdido a sus dos hermanos, a tres primos y a su mejor amigo en aquella guerra, refirió el veterano, que hablaba con un tono meditabundo, sin rastro de indignación. ¡Los jóvenes de hoy en día jamás habrían aceptado algo semejante! Ellos habrían buscado a alguien a quien demandar, se dijo Michael. (Lindy seguro que lo habría hecho.) En algún momento de la historia, los ciudadanos de aquel país habían llegado a la suposición de que la vida tenía que ser siempre lógica y justa. No admitían la mala suerte por azar, ni aceptaban ninguna tragedia que hubiera podido impedirse mediante el ácido fólico, los airbags laterales o los asientos homologados por la Agencia Federal de Aviación.

Pasó por delante de un centro comercial que no existía un mes atrás (al menos, eso habría jurado Michael). Pasó por delante de la tintorería donde llevaba la ropa cuando vivía en el apartamento, sólo que ahora era un videoclub. Entonces vio la tienda, que se había ampliado y había absorbido los locales que antes había a ambos lados, con el letrero azul y verde de World O'Food con la «O» en forma de globo. Habían asfaltado el aparcamiento de grava, lo cual era una mejora, eso había que reconocerlo. Las ruedas de su coche rodaron sobre el asfalto con una suavidad inquietante. Aparcó entre dos todoterrenos, salió con esfuerzo de detrás del volante, intentando no forzar la cadera, y se puso la chaqueta. Era descorazonador ver la cantidad de coches que había, muchos más que cuando la tienda era suya.

Dentro, hasta la distribución era diferente. Habían trasladado la floristería a la parte delantera. Habían sustituido las cajas registradoras con escáners y habían añadido un expositor de madera clara en la parte de atrás con un letrero de neón que rezaba *O'CUISINE* con letras cursivas. Sushi, ensaladas de pasta, cuscús de pollo, manojos de brotes de alfalfa... ¿Qué demonios? En la carnicería, una joven con cara de medio oriental, con vaqueros y unos zapatos con plataformas que le hacían ganar unos centímetros de estatura, comparaba unos tarros de caviar mientras el joven que iba con ella —de vistosos ojos azules, y que hablaba con acento irlandés— le preguntaba si podía ser cierto que los productos importados fueran mejores que los nacionales. Un crío vestido de pies a cabeza con ropa de esquiar suplicaba a su madre que le comprara perritos calientes de tofu.

Hasta en el expositor de productos lácteos había novedades. Michael se fijó en una nueva marca de leche y nata envasadas en nostálgicas botellas de cristal, pero tomó un cartón de la clásica Cloverland y fue hacia las cajas.

La cajera llevaba un aro en la nariz y otro en la ceja. A Michael le costó mirarla a la cara.

Cuando salió a la calle, el frío le produjo alivio. En World O'Food hacía demasiado calor. Después de poner la leche en el maletero, se quedó un momento de pie, sopesando las llaves con una mano, aplazando el momento de meterse en el coche. Entonces se acordó de que el siguiente punto del programa era su paseo. ¿Por qué no darlo por Rock Road en lugar de recorrer las calles de su barrio como hacía todos los días? Se guardó las llaves en el bolsillo y se puso en marcha.

El médico le había recomendado que caminara media hora cada mañana. Michael miró la hora. Caminaría quince minutos y luego daría media vuelta. Nunca alargaba sus paseos más de la cuenta, porque la verdad era que no le gustaba caminar. Resultaba demasiado lento y aburrido, sobre todo ahora que, con la edad, su cojera había empeorado. El ritmo torcido de sus andares siempre disparaba el mismo absurdo estribillo en su mente: *Eso CREO, pero no SÉ, Eso CREO, pero no SÉ.* Los CREO y los SÉ coincidían con el paso firme de la pierna buena; después de cada CREO había una breve pausa que coincidía con el paso torcido de la pierna mala.

Pauline siempre la había llamado su «herida de guerra». Michael se había acostumbrado tanto a aquella expresión que casi podía imaginar que había participado en los combates, aunque no lo hubiera hecho. ¿Dejaría algún día de sentirse culpable por eso? En otros tiempos, Michael le echaba la culpa a Pauline. (Si él no hubiera estado tan disgustado por el comportamiento frívolo de ella, por las cartas en las que describía los bailes en las cantinas y a sus atractivos compañeros de baile, él no habría iniciado aquella absurda pelea con su compañero de litera.) Ahora, en cambio, pensaba que la culpa la tenía su carácter. Él era de esas personas que se quedan al margen mientras los demás actúan. No se hacía ilusiones de haber podido ser un buen soldado. De hecho, seguramente lo habrían matado en su primer combate real. Así que no lamentaba no haber ido al frente, sino no haber estado capacitado para ir. Le habría gustado vivir más la vida, haberla empleado mejor, haberla llenado más.

... CREO, pero no SÉ, Eso CREO, pero no... Y entonces una camioneta tocó la bocina y ahogó el resto de la cantinela. Suponía que debía de poner nerviosos a los conductores: un anciano cojo y vacilante, paseando por el arcén de la carretera. ¡Un anciano! Otro sobresalto.

Se había fijado en que, de un tiempo a esta parte, tenía tendencia a empezar una frase y terminarla automáticamente mientras pensaba en otra cosa, a menudo con resultados muy estrambóticos. La noche anterior, durante la cena, quería decirle a Anna «Esto está buenísimo», y de pronto dijo: «Esto está ridículo». Y sólo unos minutos después, dijo: «¿Por qué no te sientas y descansas mientras pongo los platos en el ordenador?». Se preguntaba si estaría perdiendo facultades, la pesadilla de todos los ancianos. O quizá sólo fuera que había pronunciado aquellas frases idénticas tantos cientos, miles de veces, que su lengua había empezado a rebelarse contra aquella espantosa monotonía.

Otro bocinazo, éste tan fuerte que Michael se sobresaltó. Se apartó de la calzada y buscó un sitio más seguro por donde caminar; fue entonces cuando divisó, al otro lado de la calle, la verja de entrada de Elmview Acres.

Qué deteriorada se veía: el hierro forjado tenía manchas de herrumbre y los pilares de ladrillo estaban porosos y cubiertos de verdín. 1947, una fecha que en su momento pareció tan moderna, pero que ahora producía un efecto pintoresco. Y cuando cruzó Rock Road y echó a andar por Elmview Drive, le sorprendió la altura de los árboles. Pese a ser diciembre, la urbanización ya no tenía el aspecto pelado de antaño. Las casas (del modelo Rancho Californiano, pasadas de moda) estaban bordeadas de densa vegetación donde en otros tiempos sólo había tierra y unos pequeños y delgados arbustos.

Optó por tomar el desvío de la derecha, el que describía una curva hacia Beverly Drive. *Eso CREO, pero no...* Una mujer con un abrigo a cuadros paseaba a su perro. Otra, en bata, salió a la entrada para recoger el periódico.

Al menos era el mismo sitio, o casi, pese a que la mayoría de la gente que vivía allí ni siquiera había nacido cuando Pauline y él se fueron a vivir a la urbanización. St. Cassian, en cambio... Michael había estado allí el pasado otoño, con Anna; habían ido un domingo a visitar a los Kazmerow. Todavía vivían en la vieja casa adosada (aunque su hija tenía una mansión en Guilford, y uno de sus nietos trabajaba en el mundo de las altas finanzas), pero muchos edificios de St. Cassian estaban abandonados y cerrados con tablas, muertos o moribundos. El local del antiguo colmado tenía un candado en la puerta y un graffiti pintado en la fachada, y cuando Leo y Michael pasaron por delante después de comer, le pareció oír un correteo dentro: una rata, o un drogadicto, o acaso un fantasma. En las calles de los alrededores proliferaban los talleres de pintores y las carísimas tiendas de antigüedades, así como pubs con nombres enigmáticos frecuentados, según Leo, por universitarios; también aquellos locales estaban desfigurados, aunque de otra manera. Ah, y ¿se había enterado, le preguntó Leo, de que Ernie Moskowicz vivía en una residencia para ancianos, y que el último hijo de los Szapp había muerto de una embolia, y de que las gemelas Golka habían muerto con una diferencia de un mes, una de cáncer y la otra de neumonía? De todos modos, ya hacía mucho que se habían marchado del barrio.

Paseando por St. Cassian Street, Michael se había sentido como el superviviente de alguna catástrofe natural. Wanda Lipska había muerto en el 98 (de un infarto), y hasta una de sus hijas había muerto —la mayor, que había nacido pocos meses antes que George—; Katie Vilna había muerto de cáncer de pulmón, y Johnny Dymski de cáncer de hígado. Y remontándose más en el tiempo, encontraba a sus padres, borrosos como fotografías antiguas, y a su hermano Danny, que todavía era y siempre sería un chico de diecinueve años, aunque de todos modos, aunque no hubiera enfermado, seguramente ya habría muerto de viejo. Al final caían todos, y algún día le llegaría el turno a Michael, por mucho que él fantaseara con que iba a vivir eternamente.

Cuando le llamaron por teléfono para decirle lo de Pauline, le había costado asimilar la noticia. «Hoy será el primer día que viviré en este planeta sin ella», caviló cuando despertó a la mañana siguiente. Pero aun así, la situación parecía irreal. Podía imaginarse partes de ella con tanta claridad: aquellos dos pronunciados picos de su labio superior, el extravagante ramito de pestañas en la comisura interna de los ojos, donde la mayoría de la gente no tenía pestañas; y sus ojos, azules como los pensamientos, confiados y expectantes. Sabía que no habían sido felices juntos, pero ya no recordaba por qué. ¿Por qué temas discutían? Fue incapaz de señalar ni uno solo. Recordaba la fría y aborrecible rabia que Pauline despertaba en él, las noches en el sofá, los hirientes silencios, aquella sensación de desgarro en el pecho, pero ¿qué era lo que lo provocaba?

—Tú eras como el hielo y ella como el cristal —le había dicho Lindy hacía poco, en una de sus bruscas conversaciones—. Dos sustancias curiosamente similares, ahora que lo pienso, y ambas nefastas para vuestros hijos.

—No seas tan dura, Lindy —dijo él—. Lo hicimos lo mejor que pudimos. Hicimos lo imposible. Lo que pasa es que no estábamos... bien preparados; nunca llegamos a dominar el asunto. Y no fue porque no lo intentáramos.

Eso CREO, pero no SÉ. Estaba cruzando Beverly Drive para torcer por Winding Way, con una mano apoyada en la parte baja de la espalda, donde empezaba a notar aquel tirón. Habían talado el roble de la esquina, que en su día había sido el único árbol adulto de Elmview Acres, y lo único que quedaba de él era un tocón.

Y quizá fuera ver la calle de Pauline, o quizá que el esfuerzo para desenterrar un recuerdo había desenterrado accidentalmente otro, pero de pronto se acordó de una fiesta que habían organizado a principios de los setenta, un cóctel para los vecinos; Pauline se llevó a Michael a un lado y le susurró al oído:

—Jamás adivinarías lo que acaba de hacer el doctor Brook. Ha metido la mano en mi cuenco de pétalos perfumados y se ha metido un puñado en la boca.

—¿Que ha hecho qué? —dijo Michael, y ella asintió, colorada del esfuerzo que tenía que hacer para contener la risa.

—Ese cuenco que hay en el aparador —concretó—. Y eso no es lo peor: lo he visto con tiempo de sobra para impedírselo, pero no lo he hecho. Me he quedado mirando cómo metía la mano en el cuenco mientras hablaba con los Derby, ¡y me he ido! ¡Me he dado la vuelta y me he ido!

Y no pudo contener más la risa; se tapó la boca con ambas manos, como una niña pequeña, con un brillo pícaro en los ojos.

O la vez que fueron juntos a Nueva York, poco antes de que Pagan fuera a vivir con ellos. Iban bajando las escaleras del metro y Pauline le pidió a Michael una ficha.

—Acabo de darte una ficha —le recordó Michael.

—Sí, pero necesito otra.

—¿Qué has hecho con la primera?

—Mira, me la he comido.

—¿Qué dices?

—Me la he metido en la boca no sé por qué y sin querer... me la he tragado, ¿vale? Me la he tragado. No sé por qué te pones así.

Michael sonrió, aunque aquel día no lo había hecho.

Casi podía fingir que Pauline había seguido viva todo aquel tiempo, ejecutando su propia rutina en su propio rincón del mundo. Podía imaginársela en el jardín de su casa, que estaba justo detrás de la siguiente curva. Estaba llenando el comedero de pájaros, o recogiendo ramitas bajo un sol que, inexplicablemente, parecía un sol del mes de agosto, dorado como la flor de las forsitias, cálido, casi líquido. Cuando sus pasos se acercaran un poco más —con su ritmo irregular, tan familiar—, ella dejaría lo que estaba haciendo y se quedaría escuchando, y cuando apareciera él, ella se enderezaría, haciendo visera sobre los ojos con una mano. «¿Eres tú?», le preguntaría. «¡Eres tú! ¡Eres tú de verdad!», gritaría, y la felicidad iluminaría su rostro.

Michael aceleró el paso y fue hacia la curva.

Índice